Der Bulle von Garmisch

Nach fünfundzwanzig Jahren als Musiker wechselte Martin Schüller die Kunstform und begann, sein stilübergreifendes Interesse an Musik in Kriminalliteratur umzusetzen. Ebenso beherzt und erfolgreich wechselt der Rheinländer die Regionen: Nach etlichen Köln- und Düsseldorf-Krimis erscheint nun der bereits fünfte Band seiner »Garmisch«-Bestsellerreihe.

MARTIN SCHÜLLER

Der Bulle von Garmisch

Schwemmers fünfter Fall

KRIMINALROMAN

emons:

Bibliografische Information der Deutschen Nationalbibliothek
Die Deutsche Nationalbibliothek verzeichnet diese Publikation
in der Deutschen Nationalbibliografie; detaillierte bibliografische
Daten sind im Internet über http://dnb.d-nb.de abrufbar.

© Emons Verlag GmbH
Alle Rechte vorbehalten
Umschlagmotiv: photocase.com/megula
Umschlaggestaltung: Tobias Doetsch
Gestaltung Innenteil: César Satz & Grafik GmbH, Köln
Lektorat: Dr. Marion Heister
Druck und Bindung: CPI – Clausen & Bosse, Leck
Printed in Germany 2016
ISBN 978-3-7408-0004-8
Originalausgabe

Unser Newsletter informiert Sie
regelmäßig über Neues von emons:
Kostenlos bestellen unter
www.emons-verlag.de

*Die Welt wird nicht bedroht
von den Menschen, die böse sind,
sondern von denen, die es zulassen.*

Albert Einstein

EINS

»Die wievielte ist das jetzt?« Werner Schafmann lehnte an seinem Wagen, die Hände in den Taschen seines Mantels vergraben, und sah der Feuerwehr bei der Arbeit zu. Die Herbstnacht war unangenehm. Es nieselte eklig.

»Die wievielte was?«, fragte Oberinspektor Krengel.

»Brandstiftung, was denn sonst?« Schafmann zog den Schirm seiner klein karierten Kappe weiter in die Stirn.

Krengel sah ihn unsicher von der Seite an. »Ich weiß nicht, wie viele Brandstiftungen wir hatten. Käm ja auch drauf an, von wann an gezählt.«

»Seit wir Flüchtlingsheime haben, würd ich sagen.«

»Oh, ach so, äh ... bis jetzt waren das ... vier, glaub ich. Wäre also die fünfte.«

Eine Gruppe dunkelhaariger Menschen, etwa zwanzig, einige in Schlafanzügen und Hausschuhen, stand ein paar Meter entfernt im Regen und starrte in die Nacht. Eine Frau, ein kleines Kind auf dem Arm, weinte geräuschlos.

»Eine Ladung ist schon weg, das Rote Kreuz kümmert sich drum. Der nächste Bus kommt gleich«, sagte Krengel.

»Wo bringen sie die hin?«

»Weiß nicht ...«

»Klären Sie das, wir müssen die befragen.«

»Mach ich ... Oh Sch...« Krengel starrte über Schafmanns Schulter hinweg und zog die Nase kraus. Schafmann drehte sich um. Ein hochgewachsener, feister Mann mit glatten blonden Haaren stieg aus einem dunklen BMW X6.

»Na toll«, murmelte Schafmann. »Das LKA. Die fehlen mir grad. Und dann ausgerechnet der Grellmayer.«

»Wenn das nicht der Erste Kriminalhauptkommissar Schafmann ist ...« Grellmayer stapfte auf sie zu, ein joviales Grinsen im Gesicht. Er hieb Schafmann auf die Schulter und nickte Krengel zu. Grellmayer war einen Kopf größer als Schafmann, aber mindestens dreißig Kilo schwerer.

»Hast ordentlich zugelegt, seit du beim LKA bist«, sagte Schafmann, ohne ihn anzusehen.

»Dünner geworden bist auch nicht.« Grellmayer lachte übertrieben.

Die Flammen hinter dem eingeworfenen Fenster erloschen. Der Brandgeruch biss in der Nase. Schafmanns Mantel würde in die Reinigung müssen.

»Dachstuhl wär mir lieber gewesen«, sagte Grellmayer.

»So?« Jetzt drehte Schafmann doch den Kopf und wusste sofort wieder, warum er das hatte vermeiden wollen. Grellmayer war ihm absolut unangenehm, er spürte körperliche Abneigung gegen den Mann. Das war schon so gewesen, als sie noch zusammen in der Garmischer Inspektion gearbeitet hatten, aber seit er zum LKA gewechselt war, war es noch schlimmer geworden, vielleicht weil er ihn seltener sah.

»Weil: Dachstuhl bei 'nem bewohnten Haus würde bedeuten: wahrscheinlich keine Brandstiftung. Also keine Arbeit für uns. Ist beim Erdgeschoss anders. Kommt man ja leichter dran.« Grellmayer nickte zufrieden. »Wie man sieht.«

»Was machst du eigentlich hier?«, fragte Schafmann.

»Ich war zufällig im Ort und hab's im Funk gehört. Ich dachte, ich schau mal vorbei, ob einer von den oiden Kollegen da ist.«

Grellmayer grinste ihn auf eine Art an, die bei Schafmann den Wunsch nach einer körperlichen Auseinandersetzung weckte. Niemals in den langen Jahren seiner Dienstzeit hatte er sich über die Versetzung eines Kollegen so gefreut wie über Grellmayers. Der Mann war eine Sau. Intrigant und dazu noch gewalttätig. Er brachte es auf die gleiche Zahl Anzeigen wegen polizeilicher Übergriffe wie der gesamte Rest der Inspektion zusammen. Zuletzt hatte ihn eine Kollegin beschuldigt, ihren Verlobten, einen Schwarzen, in den Rollstuhl geprügelt zu haben, aber Grellmayer hatte ein Alibi. Die Typen, die ihm das Alibi gaben, waren ziemlich fragwürdige Gestalten aus der rechtsradikalen Szene gewesen, aber vor Gericht hatte es gereicht. Grellmayer war unbescholten davongekommen. Wie immer. Die Kollegin hatte er wegen übler Nachrede angezeigt. Hessmann hatte ihn zur Beförderung vorgeschlagen. Und jetzt war er beim LKA. Staatsschutz.

Ausgerechnet, dachte Schafmann. »Ihr habt doch die Spuren ausgewertet«, sagte er laut, »bei der Brandstiftung in Farchant. Gibt's da was Neues?«

»Nein. Da sind wir noch bei. Ist ja erst eine Woche her.«

»Zwei«, sagte Krengel. Grellmayer reagierte nicht darauf. »Habt ihr euch endlich mal um die Skinheads gekümmert, die immer im Trinkteufel rumhängen? Zwei Mal mussten wir letzten Monat wegen denen dahin.«

Grellmayer zuckte die Achseln. »Kein Thema für uns. Skinheads sind durch, die sind so was von Achtziger. Das sind nur noch Mode-Faschos.«

»Wenn drei Mode-Faschos einen halbwüchsigen Punk beinah totprügeln, dann ist mir egal, ob das Achtziger ist. Das ist kriminell.«

»Eben. Kriminell. Nicht politisch. Loch sie halt ein.«

Aus dem Gegenlicht kam Brandmeister Gollacher in seiner gelben Weste auf sie zu. »Ganz klar Brandbeschleuniger. Die Kollegen haben auch ein paar Glasscherben gefunden. Wir haben sie für euch da liegen gelassen, wo sie waren.«

»Wie schad«, sagte Grellmayer fröhlich. »Dann müssen wir also doch ran.«

»Ja«, sagte Schafmann. »Wie schad.«

Die ehemalige Fabrikhalle lag in einem Industriegebiet, linksrheinisch am Stadtrand Düsseldorfs. Etwa zweihundert Menschen saßen auf dünn gepolsterten Stühlen, die meisten mit einem schweren schwarzen Katalog auf den Knien.

Burgl Schwemmer blätterte in ihrem, leicht nervös. Das nächste Los war eines, auf das sie wartete, das erste.

»… für dreizehntausend an die Nummer zweihunderteinunddreißig, vielen Dank«, sagte der Auktionator. »Wir kommen zu Los vierhundertachtzehn. Hans-Peter Feldmann, aus dem Jahr 2005, ›Ein Pfund Erdbeeren‹.«

Dezentes Gelächter kam auf, als ein paar Dutzend Bilder einzelner Erdbeeren auf die Leinwände neben der Bühne projiziert wurden. »Die Arbeit besteht aus vierunddreißig Fotos, C-Print, je zehn mal zehn Komma drei Zentimeter. Wir beginnen bei dreitausendfünfhundert Euro. Ich habe schriftliche Gebote vorliegen …«, er senkte den Blick auf seine Unterlagen,»… über vier, viereinhalb, fünftausend Euro …« Er lächelte verbindlich und fragend in den Raum.

Burgl tastete nach ihrer Bieterkarte und sah sich um. Ein Anzugträger in der zweiten Reihe hob seine Karte.

»Fünfeinhalb haben wir hier vorn, sechstausend stehen noch bei mir.«

An der linken Seite der Halle saß ein Dutzend Mitarbeiter des Auktionshauses an Telefonen und Bildschirmen. Eine junge Frau, den Hörer am Ohr, hob ihre Karte.

Der Auktionator wies in ihre Richtung.»Sechseinhalbtausend bei Heidi am Telefon, damit bin ich raus …« Der Mann in der zweiten Reihe nickte, und der Auktionator sagte:»Sieben im Saal«, und dann sofort:»Siebeneinhalb bei Heidi, achttausend oben im Saal …«, er wies in die hinteren Reihen, Burgl drehte sich um, konnte aber nicht erkennen, wer geboten hatte. Sie spürte, wie sich die Härchen auf ihren Unterarmen aufrichteten, als sie ihre Karte hob.

Der Auktionator lächelte sie an, als habe er nur auf ihr Gebot gewartet.»Achteinhalb hier in der Mitte.« Es reichte für ein paar Sekunden Hoffnung.

»Neuntausend!« Eine Angestellte vor einem Bildschirm schwenkte hektisch ihre weiße Bieternummer.

»Neuntausend im Internet«, bestätigte der Auktionator.

Burgl biss sich auf die Lippe und hob erneut ihre Karte.

»Neuneinhalb im Saal. Und zehntausend. Zehntausend, wir stehen bei zehntausend, hör ich elf?«

»Verzeihung«, sagte eine leise Stimme neben Burgl.»Ist der Platz dort frei?«

Irritiert sah sie den Mann an.»Jaja«, sagte sie und erhob sich leicht, damit er an ihr vorbeikam.

»Höre ich elf? Elftausend sind gefragt …«

Burgl hob ihre Karte, aber der Auktionator schien sie zu übersehen, vielleicht weil sich der Mann neben ihr noch nicht gesetzt hatte.»Elftausend am Telefon, wir stehen bei elftausend.«

Burgl merkte, dass ihr Atem hektisch ging, wieder hob sie ihre Karte.

»Und zwölftausend hier in der Mitte. Zwölftausend … niemand mehr? Niemand mehr als zwölftausend?« Er ließ eine kleine Pause entstehen. »Gut, zwölftausend zum Ersten, zum Zweiten …«, er hob den kleinen Hammer ohne Stiel, den er in der Hand hielt, »und zum Dritten!« Er klopfte vernehmlich auf das Pult. »Verkauft für zwölftausend an die … darf ich die Nummer noch mal sehen?« Burgl musste ein Zittern unterdrücken, als sie ihre Karte noch einmal hob, um ihre Bieternummer vorzuzeigen.

»… an die Hunderteinundfünfzig, vielen Dank.«

Burgl sackte auf ihrem Stuhl zusammen und pustete durch.

»Herzlichen Glückwunsch«, sagte der Mann neben ihr. »Ist das Ihre erste Auktion?«

Sie stieß ein Lachen aus. »Sieht man mir das an?«

»Nun, man hat den Eindruck.«

»Ja. Meine erste Auktion. Und mein erstes Bild.«

»Ein Feldmann. Immerhin. Nicht schlecht. Düsseldorfer.«

Sie drehte sich zu ihm und sah den Mann zum ersten Mal bewusst an. Ein schlanker Mitt- oder Endvierziger, das dichte, kurz geschnittene Haar dunkel, fast schwarz, nur vorn am Scheitel blitzte eine weiße Strähne. Der tadellos sitzende Anzug sah teuer aus, und sie registrierte einen dezent vornehmen Herrenduft.

Er schien ihren Blick nicht zu bemerken oder ignorierte ihn höflich. Gelassen sah er zum Auktionator, der gerade den nächsten Feldmann, drei großformatige Blumenfotos, für sechstausend Euro an den Mann in der zweiten Reihe verkaufte. Im Profil erinnerte die Nase ihres Nachbarn sie an den mittelalten Paul Newman, und plötzlich war Burgl sich sicher, ihn schon einmal gesehen zu haben. Sie überlegte, ihn anzusprechen, entschied sich aber dagegen. Auch, weil das nächste Los, für das sie bieten wollte, näher kam, aber in erster Linie, weil das elegante Selbstbewusstsein, das der Mann ausstrahlte, sie doch ein wenig verunsicherte.

Es zog sich länger hin, als sie gedacht hatte. Zunächst wurde eine nicht enden wollende Reihe Flugnavigationskarten, vom Künstler ausgeschnitten und auf Karton geklebt, versteigert. Sie hatte überlegt, auf eine zu bieten, aber irgendwie strahlten ihr die

Karten zu viel von »könnte man auch selber machen« aus. Was sie wollte, waren ein paar mittelgroße Namen, vielleicht auch ein ziemlich großer, und ein paar knallige, preiswertere Sachen als Grundausstattung für die Galerie, die sie in der Fürstenstraße aufmachen würde. Einen mittelgroßen hatte sie jetzt, die großen kamen erst übermorgen dran. Also was Knalliges.

Moderne Kunst in Garmisch. Balthasar hatte geschmunzelt, einen Tick zu sehr für ihren Geschmack, als sie ihm von ihrem Plan erzählt hatte. Aber am Ende hatte er großzügig mit der Schulter gezuckt. Immerhin wäre sie so gut wie konkurrenzlos im Ort. Und wenn es nicht liefe: Was soll's? Einen Versuch war es wert. Vielleicht schneite ja mal ein Scheich von der Maximilianshöhe rein oder ein übrig gebliebener Oligarch, dem seine Ferienvilla zu trist geworden war.

Fünf Wandlampen mit grob zusammengenähten Fotoaufdrucken von einem Künstler, der das WM-Quartier der deutschen Fußballnationalmannschaft eingerichtet hatte, ersteigerte sie für zweitausendachthundert und musste sich wieder in Erinnerung rufen, dass da jedes Mal noch fast fünfzig Prozent Aufgeld und Steuern fällig waren.

Sie lächelte. Es war ein schönes Gefühl, einfach mal Geld zu haben. Arm war sie nie gewesen. Ein bisschen knapp während des Studiums, normal, aber es hatte nie ernsthaft an etwas gefehlt. Doch mal eben hunderttausend für Kunst einzuplanen war bisher schlicht undenkbar gewesen.

Es hat sich gelohnt, dachte sie. Und dann, wie jedes Mal: Hat es?

Der Mann neben ihr wandte den Kopf und sah sich mit mäßigem Interesse im Saal um. Ihre Blicke begegneten sich, und auf seiner Stirn erschien eine kleine, nachdenkliche Falte.

»Verzeihung, kennen wir uns?«, fragte Burgl.

Er sah sie ein paar Sekunden mit gehobenen Augenbrauen an, dann legte er den Kopf in den Nacken, um mit geschlossenen Augen nachzudenken. Noch in dieser Haltung sagte er endlich: »Frau Schwemmer, wenn ich nicht irre.«

»Ja … also kennen wir uns tatsächlich!«

Er sah sie mit distanzierter Freundlichkeit an, und sie stellte

fest, dass er wirklich gut aussehend war. »Kennen wäre wohl zu
viel gesagt. Ich kenne Ihren Gatten. Wir haben uns nur einmal ...
sagen wir: gegenseitig beobachtet. In einem Restaurant, einem
ziemlich guten. Wenn ich mich recht erinnere, war das in ...
Oberammergau?«

»Ja!« Plötzlich sah sie die Szene vor sich. Balthasar hatte sie ins
St. Benoît eingeladen, warum, wusste sie nicht mehr, aber irgend-
was hatte er wohl gutzumachen. »Sie waren mit dem Meixner
Lenerl da – der Magdalena Meixner, meine ich natürlich ...«

»So weit hätte mein Bayerisch schon noch gereicht«, sagte er.
»Ich war damals beruflich in Garmisch und habe in Frau Meixners
Hotel gewohnt. Eine sehr patente junge Dame. Und ein sehr
schönes Hotel.«

»Stimmt beides. Immer noch ... Jetzt weiß ich es auch wieder:
Sie sind der Privatdetektiv aus Düsseldorf, nicht wahr? An Ihren
Namen kann ich mich allerdings nicht erinnern.«

»Kant, Jo Kant. Privatdetektiv nenne ich mich aber ungern. Ich
bevorzuge ›Security-Consultant‹.«

»Oh! Und was ist der Unterschied?«, fragte Burgl.

»Ein Security-Consultant ist besser bewaffnet«, antwortete er,
ohne ihr Lächeln zu erwidern. »Verzeihung ...« Er wies nach vorn.

»Wir kommen zu Los fünfhundertvier«, sagte der Auktionator.
»Juan Gopar, ›Ohne Titel‹, aus einer Reihe von Arbeiten aus den
Jahren 1997 bis 2000, Acryl auf Papier, eine große Arbeit, sie
hängt dort drüben.« Der Auktionator wies auf die rechte Wand
der Halle, an der eine Reihe großformatiger, fast quadratischer
Werke hing, die für Burgls Räumlichkeiten in der Fürstenstraße
zu wuchtig waren. »Wir beginnen bei zwölfhundert Euro.«

Kant hob seine Bieterkarte.

»Dreizehnhundert dort ...«

Die Gebote kamen ziemlich schnell, Kant bot bis zweitausend-
fünfhundert mit, dann stieg er aus, ohne eine Regung zu zeigen.

»Wie ich hörte, leitet Ihr Gatte nicht mehr die Kripo in Garmisch«, sagte er.

»Das haben Sie gehört? Hier in Düsseldorf?« Eigentlich hätte
sie gern mit ihm über das Bild gesprochen. Es mutete an wie ein
sehr grober Siebdruck, abstrakt und von einer schönen Farbigkeit.

Der Name des Künstlers war ihr unbekannt. Der Hammer fiel bei dreitausendsiebenhundertfünfzig, und das nächste Los war ein ganz ähnliches Bild desselben Künstlers.

»Viel zu hören ist mein Beruf«, sagte Kant und hob seine Karte. Wieder ging er bis zwei-fünf mit. Verkauft wurde es für zwei-acht, und diesmal zog er ärgerlich die Brauen zusammen.

»Das war knapp«, sagte Burgl.

»So etwas kommt vor«, sagte er nur.

Es folgten noch drei weitere Arbeiten aus der Reihe. Immer bot er bis zwei-fünf und bekam keinen Zuschlag.

»Wie ärgerlich«, sagte sie.

Er machte eine freundlich-wegwerfende Handbewegung. »Es gibt mehr Bilder als Wände ... Ist Ihr Gatte denn noch beim LKA?«

Sie zögerte. »Nein ...«

Während des letzten Jahres hatte sie so vielen Leuten davon erzählen müssen, dass sie die Geschichte gut und glaubhaft rüberbringen konnte. Aber diesem Kant traute sie zu, trotzdem etwas anderes hinter Balthasars neuem Job zu vermuten als nur gute Bezahlung.

»Er ist nicht mehr bei der Polizei«, sagte sie. »Er hat sich selbstständig gemacht. Als Sicherheitsberater, also quasi als Kollege von Ihnen. Allerdings unbewaffnet.«

Kant schien nichts Verdächtiges darin zu sehen. Vielmehr nickte er anerkennend. »Mutig. Wirklich lange hatte er ja nicht mehr bis zur Pension ... wenn ich das bei allem Respekt sagen darf«, schob er mit einem Lächeln hinterher.

Sie lachte. »Nun ja, wenn man einmal über fünfzig ist, geht's fix.«

»Für wen arbeitet er denn?«

»Internationale Firmenkunden. Sie werden verstehen, dass ich mehr dazu nicht sagen darf. Vieles weiß ich auch gar nicht. Das meiste sogar.«

»So sollte es auch sein«, sagte Kant. »Und Sie leben noch in Garmisch?«

»Ja. Nach wie vor.«

Burgl bemerkte, dass der Saal sich mehr und mehr füllte. Der

Lautstärkepegel stieg. Fast alle Stühle waren besetzt, die Nachzügler begannen sich an den Wänden aufzustellen.

»Ach ja, es wird voll. Immendorff ist gleich dran. Den würde ich mir gern schenken.« Kant blickte auf seine Armbanduhr, eine sehr flache, dezent goldene, die ihren Preis allenfalls ahnen ließ. »Das nächste Los, das mich interessiert, ist frühestens in drei Stunden dran. Wie sieht es bei Ihnen aus?«

»Ich hab *schon* überlegt, auf einen der Affen zu bieten.«

Kant wiegte zweifelnd das Haupt. »Die gehen durch die Decke. Und ob die Anzahl der Kopien stimmt, die im Katalog steht ... Ich rate ab.«

»Bei Immendorff?«, fragte sie spöttisch. »Und das als Düsseldorfer?«

»Genau.«

»Tja ... vielleicht haben Sie recht.« Sie schlug ihren Katalog beim nächsten eingeklebten Post-it auf. »Ich schätze, zwei Stunden hab ich Zeit.«

»Darf ich Sie dann vielleicht zu einem kleinen Lunch einladen?«

»Aber gern«, sagte sie und bemerkte erstaunt ein kleines Kribbeln in der Magengrube.

Schafmann schloss die Dielentür hinter sich und hängte seine Kappe an den Haken. Bärbel hantierte in der Küche, er hörte es durch die offene Tür.

»Servus«, sagte er und zog den Mantel aus.

»Hallo«, antwortete sie. »So früh?«

»Hab ja auch früh angefangen.« Um drei, um genau zu sein. Vor zwölf Stunden. Er war todmüde.

Er ging in die Küche, küsste sie auf die Wange und setzte sich an den kleinen Tisch.

»Magst erzählen?«, fragte sie, ohne den Blick von dem Kohlkopf zu wenden, den sie in Stücke schnitt.

»Ach ... nein.«

Er sah sie an, ein wenig traurig über die schmalen, harten Falten, die sie um den Mund bekommen hatte in den letzten Jahren.

Sie musste seinen Blick bemerken, aber sie arbeitete konzentriert weiter. Als sie mit dem Kohl fertig war, drehte sie Schafmann den Rücken zu und beschäftigte sich mit etwas, das er nicht erkennen konnte.

»Bei dir alles okay?«, fragte er.

Sie zuckte die Achseln. »Bei mir schon.«

»Und bei wem nicht?«

Wieder zuckte sie die Achseln. Sie sagte nichts. Er starrte ihren Rücken an und rieb sich den Nacken. Als er dabei den Kopf verdrehte, konnte er seine Muskeln knirschen hören. »Bärbel, bitte, was ist los?«

Sie ließ die Schultern hängen. Er hörte, wie sie die Nase hochzog. »*War* das eine Brandstiftung?«, fragte sie.

»Ja. Wieso?«

Endlich drehte sie sich um. Sie lehnte an der Arbeitsplatte, die Arme verschränkt, mit feuchten Augen.

»Was ist los?«

»Komm mal mit«, sagte sie und ging aus der Tür. Schafmann erhob sich mit einem kleinen Ächzen und folgte ihr aus der Diele ins Treppenhaus, hinunter in den Keller, zur Waschküche. Ein Korb mit Schmutzwäsche stand auf dem Trockner. Sie nahm eine Hose und ein Sweatshirt heraus und hielt es ihm hin. »Riech mal«, sagte sie.

Er brauchte nicht nah ran mit der Nase, um festzustellen, dass die Sachen nach Benzin rochen. Sie warf sie wieder in den Korb.

»Hast du ihn danach gefragt?«

Sie schüttelte den Kopf. »Mit mir redet er doch sowieso nicht.«

»Ist er da?«

»Nein.«

Er brauchte nicht zu fragen, wo ihr Ältester war, der hätte es seiner Mutter sowieso nicht gesagt. Und wenn doch, hätte er wahrscheinlich gelogen. Schweigend standen sie sich gegenüber.

»Vielleicht haben sie an einem Mofa rumgeschraubt«, sagte sie endlich.

»Vielleicht«, sagte er.

»Der eine, der Lars, der hat doch so einen Roller«, sagte sie.

»Ja«, sagte er nur. Sie gingen wieder hinauf in die Wohnung.

»Magst du ein Helles?«, fragte sie, als sie wieder in der Küche waren.

»Nein.« Er nahm ein Glas aus dem Schrank und füllte es mit Leitungswasser, dann setzte er sich wieder an den Tisch.

»Wir verlieren ihn«, sagte er leise.

»Kannst du denn wirklich gar nichts machen?«, fragte sie. »Als Polizei, meine ich. Das geht doch nicht, dass die die Buben so verführen.«

»Nichts, was die tun, ist strafbar. Nichts, was man beweisen könnte. Und wenn ich beweisen könnte, dass Fabian an einer Brandstiftung beteiligt war, was sollte ich dann deiner Meinung nach tun, als Polizei?« Wieder rieb er sich die knirschenden Nackenmuskeln. »Ich versuch, mit ihm zu reden. Ich frag ihn. Wenn er lügt, merk ich das.«

»Und dann?«

»Tja«, sagte er. »Und dann.«

Schwemmer fuhr den Jeep in die Einfahrt und stieg gemächlich aus. Bis zum Morgen hatte es eklig genieselt, seitdem aber herrschte ein herrliches Weiß-Blau, und Schwemmer hoffte, dass es eine Weile halten würde. Er spürte seine Beine ein bisschen, nach den achtzehn Löchern. Prüfend blickte er zum Himmel. Vielleicht würde er morgen nur neun Löcher spielen. Vielleicht auch nicht. Vorsichtshalber ließ er die Schläger auf dem Rücksitz. Man konnte nie wissen. Frau Schmitt von gegenüber winkte aus ihrem Küchenfenster, er winkte zurück und öffnete Kuno die Heckklappe. Der Hund sprang heraus und lief quer durch den Vorgarten zur Haustür.

Während Schwemmer aufschloss, pfiff er eine Melodie vor sich hin, und als ihm klar wurde, dass der Text dazu »How lucky can one guy be?« lautete, grinste er. Er füllte Wasser in Kunos Napf und sah zur Küchenuhr; sie zeigte Viertel nach vier, und nach kurzem und eher formellem Abwägen holte er sich eine Maisacher Perle aus dem Kühlschrank. Mit dem Glas in der Hand schlenderte er ins Wohnzimmer, griff nach seinem Tablet und setzte sich damit auf die Terrasse. »*Ain't that a kick in the head* ...«, brummte er leise vor sich hin. Er checkte den Maileingang, loggte sich dann in sein Depot ein und stellte fest, dass die Aktien des Start-ups mit dem Online-Zahlungssystem, die er gestern gekauft hatte, um vierundzwanzig Prozent auf vierundachtzig-fünfundsiebzig gestiegen waren. Noch während er zusah, stiegen sie auf fünfundachtzig. Er klickte auf »Verkaufen«, prüfte den neuen Kontostand und griff mit vergnügt-ungläubigem Kopf-schütteln nach seinem Hellen.

Es stimmt, dachte er: Die erste Million war die schwerste.

Das Tablet signalisierte eine Nachricht. Von Burgl. Als er sie las, legte sich ein kleiner Schatten auf seine Laune. Sie hatte in Düsseldorf diesen Privatschnüffler getroffen, der vor Jahren bei dem Schedlbauer-Fall mitgemischt hatte. Und war mit ihm essen gewesen. Und würde mit ihm wieder auf die Auktion gehen.

Jo Kant. Wie hatte der Kerl noch mit vollem Namen geheißen? Irgendwie adlig. Er googelte nach »Kant Düsseldorf« und stieß auf die Website der Kant Security-Consulting, CEO Tiberius Josephus Kant von Eschenbach.

Genau, dachte Schwemmer, ein Fünf-Wörter-Name, das passt zu diesem arroganten Sack. Streng genommen waren sie ja jetzt Kollegen. Oder Konkurrenten. Schließlich stand auf dem Schild an Schwemmers Haustür »Sicherheits-Beratung«. Der Unterschied war, dass dieser Kant tatsächlich arbeitete.

Und genau dieser Unterschied beunruhigte Schwemmer ein wenig.

Es war sechs oder sieben Jahre her, dass Kant und er sich hier in Garmisch in die Quere gekommen waren – Schwemmer erinnerte sich ungern. Der Fall Schedlbauer. Den Mann, nach dem Kant damals suchte, hatte Schwemmer zuvor mit zerschossenem Ge-sicht aus der Partnachklamm fischen lassen. Die Zusammenarbeit mit dem adligen Rheinländer war zwar letztlich erfolgreich, aber nicht wirklich angenehm gewesen. Dass dieser Kant sich für was Besseres hielt, hatte er Schwemmer nicht verheimlichen können. Falls er das überhaupt vorgehabt hatte, was Schwemmer bezwei-felte. Schwemmer erinnerte sich, dass der Mann einen richtigen Waffenschein besaß und seine Halbautomatik sogar im Sterne-

Restaurant nicht ablegte. Bei dem Franzosen in Oberammergau war das gewesen, und Schwemmer war sich plötzlich ziemlich sicher, dass Burgl und Kant sich nur dort über den Weg gelaufen waren.

Und jetzt hatten die beiden sich getroffen. Zufällig. Schwemmer kratzte sich am Kinn. Dass sie auf einer Kunstauktion in Düsseldorf einen wohlhabenden Düsseldorfer traf, war per se nicht wirklich verdächtig, aber seiner Einschätzung nach überließ dieser Kant sehr wenig dem Zufall. Und wieso hatten die beiden sich wiedererkannt, nachdem sie sich ein einziges Mal gesehen hatten, flüchtig und vor Jahren? Er nahm einen Schluck Bier, aber es schmeckte ihm nicht. Mit einer ärgerlichen Bewegung leerte er das Glas in Burgls Kräuterbeet, was ihm im wahren Leben einen kräftigen Anschiss beschert hätte.

Aber Burgl war ja nicht da.

»Das ist wirklich ein schönes Restaurant. Der Lachs war toll, super gewürzt, und den Sancerre, den haben Sie gut ausgesucht.«

»Danke sehr.«

»Wie heißt dieser Stadtteil? Sieht nobel aus.«

»Oberkassel. Ich wohne hier, ein paar Straßen weiter.« Kant sah auf seine Armbanduhr. »Wir sollten ein Taxi rufen, Sie kommen sonst noch zu spät.«

»Es wäre kein Drama, wenn wir zu spät kommen. Denn wie sagte vor Kurzem jemand? Es gibt mehr Bilder als Wände.«

Er lachte leise. »Wenn Sie das mit Ihrer Galerie ernst meinen, sollten Sie schon am Ball bleiben.« Er machte der Kellnerin ein Zeichen, sie nickte und ging zum Telefon. Die Rechnung hatte Kant bereits beglichen, gegen Burgls höflichen Protest.

»Ich such mir auf der Auktion die Grundausstattung zusammen. Damit ich immer alle Wände bestücken kann. So riesig sind die Räumlichkeiten auch nicht. Wichtig wird sein, ein paar gute, originelle Künstler aufzutun und die zu vertreten.«

»Sehr richtig. Haben Sie denn schon Kontakte?«

»Ich hab mich in München umgesehen, aber noch nichts Passendes gefunden. Das ist alles sehr spannend für mich.«
»Wie lange werden Sie in der Stadt sein?«
»Bis übermorgen auf jeden Fall. Warum fragen Sie?«
»Ich kenne einige Leute hier in der Düsseldorfer Szene. Wenn Sie mögen, kann ich Sie dem ein oder anderen vorstellen.«
»Das wäre natürlich toll ...«
Durchs Fenster sahen sie draußen das Taxi vorfahren und erhoben sich. Kant half ihr in den Mantel und hielt ihr die Tür auf. Er nannte dem Fahrer die Adresse, Burgl machte es sich neben ihm auf der Rückbank bequem. Sie spürte die beiden kleinen Gläser Weißwein hinter den Augen.
»Spielen Sie Golf?«, fragte sie.
»Nein. Sie?«
»Ja, ziemlich regelmäßig. Mein Mann und ich haben damit angefangen, nachdem er sich selbstständig gemacht hatte. Nach der Auktion werd ich mir mal den Platz in Hubbelrath anschauen ...«
»Da gibt es mehrere Plätze.«
»Den mit dem japanischen Namen ... Komisch, eigentlich sind Sie absolut der Typ für Golf.«
»Ich habe es eine Weile lang versucht, aber mir fehlt generell jegliches Gefühl für Bälle. Nicht nur beim Golf. Ich kann auch kein Billard. Nicht mal kickern.«
Sie lachte. »Kickern kann doch jeder.«
»Nun, ich kann mich natürlich an so einen Tisch stellen, aber es sieht lächerlich aus, wenn ich da herumfuhrwerke.«
»Welches Talent haben Sie denn, aus dem man ein Hobby machen könnte?«
»Ich bin ein wenig musikalisch.«
»Spielen Sie ein Instrument?«
»Ja.«
»Herrschaftszeiten, jetzt lassen Sie sich doch nicht jeden Wurm einzeln aus der Nase ziehen. Welches?«
»Ich spiele Harfe.«
Sie lachte ungläubig. »Wie bitte?«
»Ich weiß, das ist nichts für Männer. Das höre ich immer wieder. Deswegen erzähle ich es auch nur ungern.«

»Na, ich weiß nicht. Hat Kaiser Nero nicht auch Harfe gespielt?«
Kant lachte auf. »Wenn Sie Nero in Gestalt von Peter Ustinov meinen, müsste ich das als Beleidigung auffassen. Der einzige halbwegs prominente Mann, der Harfe gespielt hat, war Lee Van Cleef. Aber wer weiß das schon.«

»Dieser Westernschauspieler? Der mit dem fiesen Blick?«

»*Old Angel Eyes*, genau. Aber er ist nun auch schon eine Weile tot, und seitdem scheine ich der Einzige zu sein. Abgesehen von ein paar gälischen Volkshelden, aber die spielen in der Regel keine Doppelpedalharfe.«

»Doppelpedalharfe ... noch nie gehört.«

»Das sind die, die Sie in großen Orchestern sehen. Siebenundvierzig Saiten, sechs Pedale, meist goldfarben.«

»Treten Sie damit auf?«

»Gelegentlich. Im kleinen Kreis.«

Fast hätte sie gefragt, ob sie mal dabei sein dürfe, aber dann kam ihr ihre Fragerei zu aufdringlich vor. Sie beschloss, den Rest der Fahrt nur noch nach Aufforderung zu reden, aber die kam ziemlich bald.

»Warum ist Ihr Gatte eigentlich damals zum LKA gegangen? Er wirkte auf mich ganz zufrieden in seinem Job.«

»Man hat ihm einen Polizeidirektor vor die Nase gesetzt. Es war seitdem nicht mehr das Gleiche. Aber beim LKA war er auch nicht lange.« Den letzten Satz hättest du dir auch sparen können, dachte sie, genau wie das zweite Glas Wein.

»Das kann ich mir vorstellen«, sagte Kant.

»So?« Sie sah ihn von der Seite an. »Warum?«

»Nun, man hört und liest ja so einiges über die in München. Und so, wie ich Ihren Mann kennengelernt habe, passte er da vielleicht nicht hin.«

Ihr Blick wurde misstrauisch. »Wieso nicht?«

»Er scheint mir zu integer«, sagte Kant.

Es ging auf elf zu. Schafmann war vor dem Fernseher eingedöst und schreckte hoch, als er die Haustür zuschlagen hörte. Er schaltete das Gerät aus, stand vom Sofa auf und ging in die Diele. Fabian hängte gerade seine Windjacke an die Garderobe. Er sah seinen Vater nur stumm von der Seite an.

»Komm mal in die Stube«, sagte Schafmann.

»Keine Lust.«

Schafmann machte stumm eine energisch dirigierende Armbewegung. Fabian verzog den Mund, gehorchte aber. Schafmann ließ ihn vorangehen und schloss die Tür hinter sich. »Setz dich.« Fabian ließ sich widerwillig auf der Sofalehne nieder, Schafmann blieb stehen.

»Was ist jetzt wieder?«, fragte sein Sohn.

Schafmann sah ihn an. Fabian war bleich, wirkte ungesund, was durch die raspelkurz geschnittenen Haare noch verstärkt wurde. Früher war er ein Energiebündel gewesen, hatte Eishockey gespielt, eine Weile auch Basketball. Jetzt hing er nur noch rum, mit jungen Männern, die meisten älter als er, und hatte von denen Meinungen übernommen, die, gelinde gesagt, vom Grundgesetz nicht gedeckt wurden.

»Habt ihr den Roller wieder in Gang bekommen?«, fragte Schafmann.

»Hä? Welchen Roller?«

»Ich dachte, ihr habt an dem Roller von deinem Lars geschraubt. Der heißt doch Lars, oder?«

»Ja, der Lars hat 'nen Roller. Und?«

»Ich freu mich, dass du dich für Motoren interessierst.«

»Motoren gehn mir am Arsch vorbei.«

»So? Wie kommt denn dann das Benzin auf deine Klamotten?«

Fabian starrte ihn an. An seinem Hals erschienen rote Flecken.

»Keine Ahnung, was du meinst.«

»Ich meine, dass du ein Sweatshirt und eine Hose in die Wäsche getan hast, die voller Benzin waren.«

»Und? Ist das verboten?«

»Kurz nachdem ein Haus mit einem Molotowcocktail angezündet wurde, kann das sogar sehr verboten sein.«

Fabians Blick wurde unstet. Er sah zur Tür, als wolle er abhauen.

»Hast du etwas zu tun mit dem Feuer?«

»Welches Feuer? Ich weiß nicht, wovon du redest.«

»Erklär mir das mit dem Benzin.«

Fabian starrte trotzig schweigend den Boden an.

»Du solltest wenigstens eine Ausrede parat haben, wenn du das stinkende Zeug schon deiner Mutter zum Waschen gibst. Aber du hast gar nicht drüber nachgedacht, oder?«

Fabian stand auf. »Ich geh jetzt.«

»Du bleibst hier.« Schafmann packte ihn mit Kraft am Oberarm und drückte ihn zurück auf die Sofalehne. Fabian stieß einen widerstrebenden Laut aus, gab aber nach.

»Ich werde deine Freunde bald mal besuchen. Dienstlich. Schon Brandstiftung ist nämlich alles andere als eine Kleinigkeit. Da kann man zehn Jahre für kriegen. Aber *das* da war versuchter Mord.«

»Ihr kriegt uns eh nicht«, sagte Fabian leise, den Boden anstarrend. »Uns könnt ihr nichts.«

»Wie kommst du *da*rauf? Wie kannst du da sicher sein?«

Fabian schwieg.

»Na schön. Wir werden ja sehen. Eine Frage hab ich noch: Wenn ich da bin, bei deinen Freunden – möchtest du, dass die erfahren, wie ich auf sie gekommen bin? Dass du so dämlich warst? Soll ich denen das sagen?«

»Nein«, nuschelte Fabian, ohne ihn anzusehen.

»Dacht ich mir fast. Wenn du vor mir schon keine Angst hast, dann vielleicht vor denen. Ich geb dir jetzt mal einen Rat: Bleib die nächsten Tage schön zu Hause. Und wenn du unbedingt vor die Tür musst, halt dich von denen fern. Und ich versprech dir, wenn du dich nicht dran hältst, dann krieg ich das mit. Du stehst unter Beobachtung. Wenn du irgendwie aus der Nummer wieder rauskommen willst, hörst du besser auf mich.«

Fabian nickte.

»Und jetzt geh ins Bett.«

Ohne seinen Vater anzusehen, stand Fabian auf und verließ die Stube. Schafmann sah ihm nach. Seine Schultern sanken nach unten, als sein Sohn aus der Tür war.

»Herrschaftszeiten«, murmelte er. »Wie soll das enden?«

Robertson gegen O'Sullivan ging in den neunzehnten, den Entscheidungsframe. Robertson hatte angestoßen, und O'Sullivan hatte danach mal wieder einen Einsteiger gefunden, von dem nicht mal Kommentator Rolf Kalb vermutet hatte, dass es überhaupt einer werden konnte, und den Spielball hinterher auch noch sauber auf die Schwarze platziert.

Mit der vierten Schwarzen gelang ihm noch ein ziemlich guter Split, aber nicht gut genug, nach zweiunddreißig Punkten war das Break zu Ende, und wie so oft stieg er mit einer Safety aus, die sich gewaschen hatte. Der Spielball lag derart dicht hinter der Gelben, dass Robertson auf alle elf Roten gesnookert war. Der blonde Australier überlegte lange und setzte gerade zu einem offensiven Stoß an, der über zwei Banden führen musste und ein erhebliches Risiko barg, als Schwemmers Handy klingelte.

Mit einem unwilligen Brummen wuchtete er sich aus seinem Sessel und ging zum Schreibtisch, wo er das Gerät vermutete. Leider steckte es in der Innentasche seiner Sportjacke, die über dem Stuhl hing, und es verging einige Zeit, bis er es daraus hervorgefummelt hatte. Das Publikum stöhnte auf, und er drehte sich um. Rolf Kalb konstatierte einen spektakulären Fehlstoß, der Robertson am Ende den Turniersieg kosten konnte, und Schwemmer hatte es nicht gesehen. Dass es Burgl war, die anrief, zwang ihn allerdings zu einer gemäßigten Reaktion.

»Hallo, mein Engel«, sagte er und sah zu, wie O'Sullivan sich vom Schiedsrichter das ganz lange Besteck reichen ließ.

»Hallo, Hausl, Liebling ...«

Schwemmer lächelte. Die Stimme seiner Gattin klang, als hätte sie einen fröhlichen Abend gehabt. Er drehte den Stuhl zum Fernseher und setzte sich. »Wo steckst du?«, fragte er.

»Oh, ich bin schon im Hotel.«

»Schon? Ist bald zwölfe. Geht die Auktion nicht morgen früh weiter? Ich dachte, du bist zum Arbeiten da ...« Wieder stöhnte das Publikum, als O'Sullivans Rote zwischen den Wangen der Mitteltasche hin und her tanzte, um dann Millimeter vor der Kante liegen zu bleiben. Robertson war wieder im Rennen, und Schwemmer nickte zufrieden. Dass das Match in den neunzehnten Frame gegangen war, hatte ihm um die hundert Euro gebracht, die er auf eine Entscheidung im siebzehnten gesetzt hatte. Wenn Robertson gewann, bekäme er immerhin hundertzweiundsechzig für hundert, was den Schaden etwas in Grenzen halten würde.

»Arbeit soll ja auch Spaß machen«, sagte Burgl.

»Wenn sie schon sein muss … Hast gekriegt, was du wolltest?«

»Nicht alles, aber schon einiges und auch ein paar Sachen, die ich gar nicht auf der Liste hatte. Da sind echte Schätzchen bei. Du, Hausl …?«

»Hmm?« Robertson lochte die Rote locker. An die Schwarze war allerdings kein Herankommen, und es ging mit Blau weiter.

»Hausl, meinst, ich könnt meinen Etat ein bisschen erhöhen?«

»Oha. Was heißt, ein bisschen?« Die Blaue fiel, und wenn Robertson sich nicht völlig blöd anstellte, sollte er mit diesem Break in Führung gehen.

Burgls Antwort kam zögernd. »Na ja, vielleicht noch mal so hunderttausend …«

»Puuh«, sagte Schwemmer, meinte aber eigentlich die verschossene leichte Rote von Robertson.

»Ich weiß ja«, sagte Burgl. »Aber da kommen morgen noch ein paar Bilder dran und eine Skulptur, da würd ich schon gern …«

»Engel, es ist doch auch *dein* Geld. Warum fragst du mich überhaupt?«

»Weil ich ein schlechtes Gewissen habe.«

Er lachte. »Toller Trick. Und wenn du das Zeug dann später nicht loswirst, bin *ich* schuld.« O'Sullivan kam wieder an den Tisch, und schon sein erster Stoß machte klar, dass Schwemmer seine hundertzweiundsechzig für hundert vergessen konnte. »Hast du eigentlich deinen Affen gekriegt?«

»Nein. Man hat mir abgeraten.«

»Man?«

»Dieser Herr Kant.«

»Ach, hat der Tiberius Josephus auch noch Ahnung von Kunst?«, fragte Schwemmer, während O'Sullivan entschlossen das nächste Break in Angriff nahm.

»Wer?«

»Das ist sein voller Name. Tiberius Josephus Kant von irgendwas. Hab ich extra noch mal gegoogelt.«

»Gegoogelt? Warum?«

»Weil meine Erinnerungen an den Herrn nicht so richtig angenehm sind. Das ist genau so einer, wie man sich einen Saupreiß vorstellt.« Rolf Kalb merkte an, dass noch eine Rote und eine Farbe fehlte, und Robertson würde Snooker brauchen.

»Das ist ein sehr kultivierter Mann«, sagte Burgl, »mit exzellenten Umgangsformen.« Es klang leicht pikiert.

»Sag ich doch. Ein Saupreiß. Muss ich eifersüchtig sein?«

»Er hat mich gut unterhalten heute.«

»Und wie hat er das angestellt?«

»Wir waren mittags essen und abends nach der Auktion auf einer Vernissage in der Altstadt. Er hat mich jeder Menge Künstlern und Galeristen vorgestellt. Das war richtig klasse für mich. Es hilft mir, solche Leute zu kennen. Außerdem spielt er Harfe.«

»Harfe? Das ist nicht dein Ernst!«

»Aber hallo.«

Der Frameball fiel. Robertson saß auf seinem Stuhl mit einer Miene, als hätte er in eine Zitrone gebissen. Schwemmer dachte an die hundertzweiundsechzig für hundert und schaute ähnlich drein.

»Ich glaub, morgen frag ich ihn mal nach seinem Schneider«, sagte Burgl, »und dann schick ich dich da auch hin.«

»Was? Jetzt schlägt's aber dreizehn!« O'Sullivan versemmelte eine kurze Rote so unglaublich, dass Schwemmer sich an die Stirn fasste. Genie und Wahnsinn, dachte er, mal wieder.

»Du solltest wirklich mal über einen Maßanzug nachdenken.«

»Ich komm mit Größe 54 wunderbar hin. Außerdem hast du damit meine Frage beantwortet: Ich *muss* eifersüchtig sein.«

Robertson würde zwei Fouls brauchen, aber der Snooker, mit dem er startete, würde O'Sullivan kaum vor Probleme stellen.

»Hausl, ich bitte dich. Der ist doch zehn Jahre jünger als ich …«

»Und *das* soll mich beruhigen?« Schwemmer stand auf und ging hinüber zum Beistelltisch, auf dem sein Bierkrug stand.

»Der interessiert sich doch nicht für ein oberbayerisches Landei wie mich.«

»Red nicht so über meine Frau!«

O'Sullivan konterte Robertsons schwache Attacke mit einem

hinterhältigen Snooker hinter Grün, und Schwemmer nahm einen Schluck von seiner Perle.

»Ich hab da auf der Vernissage einen Düsseldorfer Künstler kennengelernt, einen Russen, van-Wygan-Schüler.« Schwemmer brummte skeptisch in sein Seidel.

»Der hat mich für morgen in sein Atelier eingeladen. *Da* kannst du dir Sorgen machen.«

»Dann trink nicht zu viel Wodka, wenn du dahin gehst.«

»Der machte mir allerdings den Eindruck, als könnte genau das schwierig werden.«

Robertson entschied sich für einen Kurvenball, der die anvisierte Rote tatsächlich hauchzart streifte und dann unglaublicherweise in eine Position rollte, aus der heraus O'Sullivan keine Rote lochen konnte. Applaus brandete auf, Schwemmer nickte anerkennend.

»Wann hast du eigentlich vor, heimzukommen?«

»In drei, vier Tagen, denk ich. Morgen und übermorgen läuft die Auktion ja noch. Und diesen Golfplatz wollt ich mir angucken.«

Der Spielball lag eingeklemmt zwischen Schwarz und Bande. O'Sullivan stand grübelnd neben dem Tisch und kniff mit den Fingern seine Unterlippe zusammen, Schwemmer bemerkte irritiert, dass er dabei war, das nachzumachen.

»Sag mal … Spaß beiseite … stellt dieser Kant Fragen?«

»Nach was?«

»Nach mir zum Beispiel.«

Die Antwort ließ ein paar Sekunden auf sich warten. »Er hat sich nach dir erkundigt, ja. Er wusste, dass du nicht mehr die Inspektion leitest. Und fürs Bayerische LKA fand er dich zu integer.«

»Wie bitte?«

»Zu integer. Das hat er gesagt.«

Schwemmer rieb sich die Augen und verpasste so, wie er danach feststellte, ein Vier-Punkte-Foul von O'Sullivan. Robertson brauchte nur noch eins. »Ich weiß nicht«, sagte er. »Mir gefällt das nicht. Verplapper dich bitte nicht.«

»Ich werd aufpassen. Versprochen.«

»Sei vorsichtig, der Kerl ist ein eiskalter Profi. Und bewaffnet.«

»Ich weiß«, sagte sie. »Das hat er mir erzählt.«

Er schickte ihr einen Kuss durchs Telefon, und sie beendeten das Gespräch.

Dieser Kant beunruhigte ihn mehr, als es ihm recht war. Wenn der ihr schon erzählte, dass er bewaffnet war, musste er sich vielleicht wirklich Sorgen machen.

Balthasar Schwemmer, dachte er, du bist ein eifersüchtiger Trottel.

Er nahm einen ausgiebigen Schluck Bier, und als er wieder zum Fernseher sah, war das Match aus − O'Sullivan hatte gewonnen, der zweite Hunderter war auch weg, und er beschloss, ins Bett zu gehen.

ZWEI

»Nix drauf? Und wieso?«

»Der Chef von der Security-Firma hat auch keine Ahnung. Die Kameras sind wohl in Ordnung, aber irgendwie hat der Rekorder nicht aufgezeichnet. Da war wohl 'ne Sicherung raus.«

»Rausgeflogen oder rausgedreht?«, fragte Schafmann.

Oberinspektor Krengel hob in einer hilflosen Geste die Arme.

»Der Schichtleiter der Sicherheitsleute ist hier, wenn Sie mit dem sprechen wollen.«

»Da können Sie sich aber drauf verlassen, dass ich das will. Wer befragt die Bewohner?«

»Kommissar Eckler, mit drei Leuten.«

»Eckler ...« Schafmann stöhnte müde. Eckler hatte die Sensibilität eines kaputten Kühlschranks. Wenn so einer eine Gruppe verschüchterter Kriegsflüchtlinge befragte, kam am Ende wahrscheinlich raus, dass sie selbst das Haus angezündet hatten. Aber Polizeidirektor Hessmann hielt große Stücke auf ihn. Weil Eckler gern mal richtig durchgriff – so hatte er sich Schafmann gegenüber ausgedrückt, als er sicher war, dass sonst niemand zuhörte. Aber Hessmann war auch mit Grellmayer sehr zufrieden gewesen, als der noch in Garmisch war. Grellmayer und Eckler waren dicke Kumpels gewesen, damals. Vielleicht waren sie es heute noch.

»Wo steckt dieser Schichtleiter?«

»Der wartet nebenan.«

Schafmann ging hinaus, Krengel folgte.

»Lowonow heißt der Mann«, sagte Krengel. »Kommt wohl aus der Ukraine.«

Schafmann antwortete mit einem Brummen. Wie ein verdammter Dackel rennt der hinter mir her, dachte er, als er die Tür des Besprechungsraums öffnete.

»Grüß Gott, Herr Lowonow. Ich bin Erster Kriminalhauptkommissar Schafmann. Ich leite die Ermittlungen.«

Lowonow blieb auf seinem Stuhl sitzen, deutete nur ein stummes Nicken an.

»Wie viele Ihrer Leute waren denn gestern da, in der Unterkunft?«, fragte Schafmann.

»Ich allein«, sagte Lowonow mit hartem osteuropäischen Akzent.

»Nur Sie? Ist das normal, dass da nur einer sitzt?«

»Nein. Kollege krank.«

»Und der wird dann nicht ersetzt?«

»Nicht genug Leute. Chef entscheidet.«

»Schön. Darüber wird zu reden sein. Und Ihnen ist nichts aufgefallen gestern?«

»Glas klirrt, Leute schreien. Ich rufe Feuerwehr.«

»Gab es vielleicht Drohungen vorher?«

»Jeden Tag.«

Schafmann zog die Brauen hoch. »Da wissen wir gar nichts von.«

»Und wenn Sie wissen, was Sie machen?«

»Was waren das für Drohungen?«

»Schmiererei, Brief, manchmal sie kommen und schimpfen auf Bewohner vor Haus, wenn rauchen, Handy.«

»Und was sind das für Leute?«

Wieder ein Zucken der mächtigen Schultern. »Männer, Frauen, keine Ahnung.« Der massige Mann schien von unerschütterlicher Ruhe. Gleichzeitig strahlte er eine latente Gewaltbereitschaft aus, die Schafmann durchaus beeindruckte. Diesem Lowonow würde man nicht gern im Dunkeln begegnen.

»Von Ihrer Loge hat man einen guten Blick über den Vorgarten, von wo der Brandsatz geworfen wurde.«

Achselzucken. »Guck nicht immer raus. Drinnen auch zu tun.«

Schafmann unterdrückte ein Seufzen. Krengel saß auf dem Stuhl neben der Tür und sah aus, als ginge ihn das alles nichts an.

»Herr Krengel, wären Sie so nett, mir einen Kaffee zu besorgen?«

»Selbstverständlich, Herr EKHK.« Er stand beflissen auf, froh über eine Aufgabe, die ihn voraussichtlich nicht überfordern würde.

»Auch einen?«, fragte Schafmann. Lowonow schüttelte nur den Kopf. Krengel verschwand durch die Tür. »Nur Milch!«, rief

Schafmann ihm hinterher. »Kommt das öfter vor, dass die Aufzeichnung nicht funktioniert?«

»Weiß nicht«, antwortete Lowonow. »Nie gebraucht.«

»Passiert so wenig?«

»Passiert immer was. Aber Kamera nie gebraucht.«

»Wie lange zurück speichert das System?«

»Weiß nicht. Nicht mein Job.«

»Wer ist denn für die Technik verantwortlich? Lassen Sie mich raten ... Ihr Chef.«

»Chef«, bestätigte Lowonow. »Verantwortlich für alles. Kann ich gehen?«

»Ja.« Schafmann sah ihm nach, als er grußlos aus der Tür ging. Sein Handy klingelte. Es war Dräger vom Erkennungsdienst.

»Wir haben zwei verwertbare Fingerabdrücke von den Scherben. Schick ich gleich durchs AFIS.«

»Mehr als nix.«

»Wir hatten schon weniger.« Dräger legte auf.

Schafmann zögerte, dann wählte er widerwillig Kommissar Eckler an. »Wie schaut's aus?«, fragte er.

»Wie schon?«, maulte Eckler in die Leitung. »Die könn ja alle kein Deutsch. Ich hab nur zwei Übersetzer, und denen trau ich so weit, wie ich sie werfen kann. Bis jetzt erzählen die uns nur Quatsch.«

»Quatsch bedeutet was?«, fragte Schafmann.

»Ein Auto soll da gestanden haben, mit einem Halbwüchsigen drin. Und der Wachmann hätte Frauenbesuch gehabt. Von einer Hure.«

»Ich kann den Quatschfaktor nicht so richtig erkennen«, sagte Schafmann.

»Du musst dir das ja auch nicht anhören. Das kannst du denen ansehen, dass die sich das aus den Fingern saugen.«

»Verstehe. Wie lange braucht ihr da noch?«

»Bis Mittag auf jeden Fall. Dann fahren wir nach Murnau, wo sie den Rest untergebracht haben.«

Schafmann verabschiedete sich und beendete das Gespräch. Die Wanduhr des Besprechungsraums zeigte Viertel vor zehn. Schafmann nickte entschlossen.

Krengel kam mit dem Kaffee herein.

»Haben Sie die Adresse von dem Behelfswohnheim in Murnau?«

»Nein ...«

»Finden Sie sie heraus, und zwar pronto. Wir werden dem Herrn Eckler mal ein bisschen unter die Arme greifen.«

Jo Kant erschien in der Hotelhalle und kam auf Burgl zu, sobald er sie entdeckt hatte, im Gesicht das typische kühle Lächeln, von dem sie nicht sagen konnte, ob sie es rätselhaft oder doch nur arrogant finden sollte. Sie ging ihm entgegen.

»Pünktlich wie die Maurer«, sagte sie. »Guten Morgen.«

»Ich hatte gelegentlich Kontakt zu Maurern«, sagte er. »Als besonders pünktlich sind sie mir gar nicht aufgefallen. Aber auch Ihnen natürlich einen guten Morgen. Ich hoffe, Sie hatten eine angenehme Nacht.«

»Die Nacht war gut, aber beim Frühstück hatte ich den Eindruck, den letzten Sekt gestern hätte ich weglassen sollen. Vielen Dank, dass Sie mich abholen.«

»Keine Ursache. Das Hotel liegt auf meinem Weg.« Er hielt ihr die Tür auf, und sie traten auf den Vorplatz. Direkt vor dem Ausgang stand mit geöffnetem Verdeck ein Sportcabrio von beachtlichen Dimensionen.

»Mein lieber Herr Gesangsverein ... *Das* ist Ihrer?«

»Ich hoffe, er gefällt Ihnen.«

»Ich bin zumindest beeindruckt. Was ist das für einer?«

»Aston Martin DBS. Falls es Ihnen zu frisch ist, schließe ich gern das Verdeck.«

»Kommt nicht in Frage, wennschon, dennschon. Eigentlich müssten Sie mich damit über die Kö kutschieren, gell?«

»*Das* wäre leider ein erheblicher Umweg.« Er öffnete ihr die Beifahrertür. »Aber wenn Sie darauf bestehen ...«

»Ein andermal.« Sie nahm auf dem elegant gesteppten Leder des Beifahrersitzes Platz. Schon das satte, sanfte Klacken, das entstand, als Kant ihre Tür schloss, klang teuer – das verhalten aggressive

Gollern des Motors erst recht. Kant ließ den Wagen langsam auf die Straße rollen. Nach wenigen Metern blieben sie an einer roten Ampel stehen.

»Der *ganz* optimale Wagen für die Innenstadt scheint es mir nicht zu sein«, sagte Burgl. »Aber fassen Sie das bitte nicht als Kritik auf.«

»Ich bewege mich selten mit dem eigenen Auto durch die Stadt, aber da ich nachher von der Auktion aus direkt weiterfahre, ist es ausnahmsweise sinnvoll – wenn man den Begriff im Zusammenhang mit diesem Wagen überhaupt benutzen möchte. Ich gebe zu, es ist ein übertriebenes Spielzeug. Aber die meisten meiner Kunden wären irritiert, wenn ich in einem, sagen wir, Lexus bei ihnen vorführe.«

»Zu poplig?«

»Sie sagen es.«

»Dann sind Sie wohl sehr teuer.«

»Ja. Aber preiswert.«

Burgl verzog den Mund. An Selbstbewusstsein mangelte es dem Mann keinesfalls. Die Ampel wurde endlich grün. Kant versuchte nicht, sie mit einem Kavaliersstart zu beeindrucken. Es hätte auch nicht zu ihm gepasst. Obwohl der Wagen nur langsam beschleunigte, meinte sie auch vom Beifahrersitz aus seine Kraft zu spüren.

»Was für einen Wagen fahren Sie?«, fragte Kant in höflichem Plauderton.

»Ich habe seit Jahren einen 1er BMW. Der reicht mir. Mein Mann fährt neuerdings einen Jeep, den brauchen wir, weil wir eine Hütte in den Bergen gepachtet haben.«

»Muss Ihr Mann seine Kunden denn *nicht* beeindrucken? So ganz billig wird er doch auch nicht sein.«

Sie versuchte, das aufflammende Misstrauen aus ihrer Stimme zu halten. »Wie kommen Sie darauf?«

»Immerhin tauscht er seine Pension gegen einen Job in der freien Wirtschaft. Das wird er sich durchgerechnet haben, so wie ich ihn einschätze.«

»Das hat er.«

»Wenn man neu anfängt in dem Job, kann man den mittel- oder

gar langfristigen Ertrag in der Regel ja nur schlecht absehen. Hat er feste Kunden?«

»Ich würde lieber über etwas anderes reden«, sagte Burgl. Sie sah geradeaus auf die Straße und bemerkte, dass er ihr den Kopf zuwandte. Aber er fragte nicht weiter. Sie erreichten eine Schnellstraße, Kant fuhr nicht schneller als siebzig.

»Mit Rücksicht auf Ihre Frisur halte ich mich mit dem Tempo etwas zurück«, sagte er mit seinem kühlen Lächeln.

»Sehr aufmerksam, danke … Was ist denn mit *Ihrer* Frisur?«

»Ich hätte eine Kappe im Handschuhfach.«

»Verstehe. Wo geht es denn hin für Sie, nach der Auktion?«

»Nach Nürnberg. Geschäftlich.«

»Da werden Sie die Kappe brauchen, auf der Autobahn …«, sagte sie.

»Auf der Autobahn offen zu fahren erscheint mir immer ein wenig … adoleszent.«

Sie lachte höflich und begann, auf ihrer Unterlippe zu kauen.

Nürnberg.

Wieder ein Zufall.

Der Blick der jungen Frau war vorsichtig, aber nicht ängstlich. Sie war die Einzige aus der Gruppe, die wenigstens ansatzweise Englisch sprach. Krengel versuchte seit einer Stunde, einen Arabisch-Dolmetscher zu besorgen; Schafmann hatte wenig Hoffnung, dass ihm das gelänge, war aber froh, ihn aus den Füßen zu haben.

Die Frau hatte sich ihm als Aleyna Marzouki vorgestellt. Schafmann hatte das Verwaltungsbüro des Wohnheims in Beschlag genommen und versuchte dort, mit Frau Marzoukis Unterstützung an brauchbare Zeugenaussagen zu kommen. Wie bei jeder anderen Befragung hatten die meisten nichts bemerkt, das irgendwie relevant schien, aber zwei Jungen, beide etwa zehn Jahre alt, berichteten von einem jungen Mann mit kurzen Haaren in einem Auto, das nicht lange vor dem Brand vielleicht fünfzig Meter vom Haus entfernt geparkt hatte. Sie wussten sogar, dass es ein Toyota Land Cruiser war. Das Modell war auch in ihrer Heimat verbreitet. Und einen großen Mann mit schwarzen Haaren hatten sie gesehen, einen Erwachsenen, wie die Jungs sagten. Der hatte den Wachmann besucht, zusammen mit einer Frau, die Hosen und einen dünnen schwarzen Mantel trug und lange schwarze Haare hatte.

»Wie alt war der junge Mann in dem Auto?«, fragte Schafmann. Marzouki übersetzte, und einer der Jungen antwortete.

»Maybe sixteen, but they are not sure«, sagte sie.

»Fehlanzeige«, sagte Dräger am Telefon. »Keine Übereinstimmungen gefunden. AFIS kennt die Abdrücke nicht.«

»Wäre ja auch zu einfach gewesen«, sagte Schafmann.

»Du sagst es.« Dräger legte auf.

Schafmann lehnte sich in seinem Bürostuhl zurück und kratzte sich am Kinn, dann griff er wieder zum Hörer. Er rief unten in der Wache an und fragte nach Kommissar Auerer. Er hatte Glück, Auerer war im Haus.

»Hast einen Moment Zeit für mich, Alois?«, fragte er.

Zwei Minuten später saß Auerer ihm gegenüber: ein gemütlicher Oberbayer mit einem Körper von einigem Umfang, der die Uniform an manchen Stellen ein wenig spannte. Der umgängliche Eindruck war allerdings trügerisch, wie sich mittlerweile bei den Kleinkriminellen im Dienstbereich herumgesprochen hatte. Auerer war entschieden schneller, als er aussah, und im Zweifelsfall auch härter. Er sah Schafmann forschend an.

»Probleme?«, fragte er.

Schafmann wunderte sich nicht über die Frage. Sie kannten sich lange genug, und Schafmann hatte auch nicht versucht, gute Laune vorzutäuschen.

»Du kennst meinen Ältesten?«, fragte er.

»Den Fabian? Ja klar.«

»Ich mach mir Sorgen wegen seinem Umgang.«

»Tät ich auch, an deiner Stelle.«

»Er redt nicht mit mir.«

»Verstehe … Fünfzehn?«

»Sechzehn. In letzter Zeit hängt er mit ein paar unschönen Gestalten rum.«

»Ich weiß. Ich seh die manchmal, hier und da, oft an der Unterführung hinterm Bahnhof. Wenn er mich entdeckt, haut er ab.«

»Weißt du was über die?«

»Nicht wirklich. Das sind Rechte ... Hooligans ... Nazis, wie auch immer. Etwa ein halbes Dutzend. Nicht immer dieselben.«

»Kennst du Namen?«

»Nicht alle. Bisher haben sie noch keinen echten Ärger gemacht. Allerdings gibt es da eine Moldawierin, die haben wir mal festgenommen wegen Verdachts auf Beischlafdiebstahl. Wurde aber nichts draus, warum auch immer. Ich weiß gar nicht, warum man sie nicht ausgewiesen hat, damals. Jedenfalls haben die immer weniger Respekt vor uns.«

»Sind die organisiert?«

»Glaub ich nicht. Das ist ein Haufen junger Buschen, denen ist langweilig. Aber ein Typ ist mir aufgefallen, der taucht immer mal wieder da auf. Älter als die. Der fährt vor, redet mit ihnen, haut wieder ab. Manchmal steckt er ihnen was zu.«

»Geld? Oder Drogen?«

»Für Drogen macht er es zu offensichtlich. Geld, denke ich.«

»Weißt du, wer das ist?«

»Ja. Ich hab die Autonummer überprüft. Kuczinsky heißt der Mann. Hat eine Art Kleidungsgeschäft in Farchant. Wohnt in Oberau, wenn ich mich nicht irre. Kann ich aber noch mal nachgucken.«

»Das wär nett ... Und die anderen Namen, die du kennst.«

»Kein Problem, kannst du haben. Glaubst du, die haben was mit dem Feuer zu tun?«

Schafmann sah ihn schweigend an.

»Verstehe ...«, sagte Auerer. »Falsche Frage ...« Mit einem kleinen Ächzen erhob er sich aus dem Besucherstuhl. »Was willst du unternehmen?«

»Vielleicht werde ich dem Herrn Kuczinsky mal einen Besuch abstatten.«

»Offiziell?«

»Eher nicht.«

Auerer sah ihn skeptisch an. »So was kann nach hinten losgehen.«

»Warten wir's ab.«

Auerer drückte ihm seine Pranke auf die Schulter. »Sei vorsichtig«, sagte er, bevor er hinausging.

Schafmann rief die Fallakte am Computer auf. Im Ordner des Erkennungsdienstes öffnete er die Datei mit den Fingerabdrücken und sah zu, wie die Abbildungen sich langsam aufbauten. Dann klickte er auf »Drucken«.

»Irgendwie ärgere ich mich doch ein bisschen, dass ich mir keinen Immendorff-Affen gekauft habe«, sagte Burgl und schickte ein entschuldigendes Lachen hinterher.

Kant schlug seinen Katalog auf. »Das waren insgesamt ...«, er blätterte über mehrere Seiten, »... sechzig Stück. Und alles keine Unikate. Hier, schauen Sie: eines von sechs Exemplaren, von zwölf, hier sogar von zwanzig. Und das müssen Sie der Gießerei auch noch glauben. Die kleinen haben teilweise acht-, die großen fast fünfzigtausend gebracht – Zuschlag, also plus neunundvierzig Prozent.«

»Ich hätte einfach Spaß daran, so einen im Garten stehen zu haben.«

»Ich dachte, Sie kaufen für Ihre Galerie ein?«

»Na, ein *bisserl* Kunstinteresse habe ich persönlich schon auch. Sonst wär ich wohl kaum auf die Idee gekommen, eine Galerie aufzumachen.«

»Was würde denn Ihr Gatte zu einem mannshohen Affen im Garten sagen?«

»Wie ich ihn kenne, würde er es mit Humor nehmen.«

»Nun, trösten Sie sich. Meiner Meinung nach werden Sie die bald erheblich günstiger kriegen. Ah ja ...« Kant deutete nach vorn auf den Auktionator.

»Imi Knoebel, Sandelholz, eine dreiteilige Arbeit ...«

Auf den Leinwänden waren zwei Rechtecke zu sehen, eines weiß, mit zwei schwarzen, ebenfalls rechteckigen Einsprengseln, und eine andere, gleich große rot strukturierte Fläche, dazu ein sehr viel kleineres schwarzes Quadrat.

»Das ist eine raumgreifende Arbeit, einen Meter siebenundneunzig mal vier Meter zweiundvierzig, zwölf Zentimeter tief, Acryl, Aluminium, Pappe, signiert verso auf dem mittleren Teil, wir beginnen bei sechsunddreißigtausend Euro ...«

Die Gebote kamen im Sekundentakt, und schon bald übertrafen sie weit die im Katalog geschätzten vierzig- bis sechzigtausend.

»Achtzigtausend dort bei Hella am Telefon ...«

Eine Pause entstand, Kant wiegte den Kopf, dann hob er seine Karte.

»Fünfundachtzigtausend im Saal ... es geht weiter mit neunzig. Haben wir neunzig? ... Jawohl, neunzigtausend bei Hella.«

Wieder hob Kant seine Karte.

»Fünfundneunzigtausend dort im Saal, höre ich mehr? Hella?«

Erwartungsvoll blickte er zu der jungen Frau am Telefon, Hella lauschte in den Hörer, dann schüttelte sie bedauernd den Kopf.

»Wir stehen bei fünfundneunzigtausend ... fünfundneunzigtausend zum Ersten, Zweiten und ... Dritten! Verkauft an die Nummer zweihundertzweiunddreißig.«

Burgl sah Kant von der Seite an, er zeigte keinerlei Reaktion.

»Ich will ja nicht das Gscheidhaferl geben, aber das schien *mir* jetzt ein bisschen viel«, sagte sie.

»Ich denke, für einen Knoebel ist das vertretbar. Ist auch nicht für mich.«

»Ach was, Sie haben das im Auftrag gekauft?«

»Ja.« Kant wirkte plötzlich ärgerlich. »Und eigentlich hätte ich Ihnen das gar nicht sagen dürfen.« Er lächelte kurz und verkniffen.

»Ich sag's nicht weiter.«

»Vielen Dank, das hoffe ich.« Er sah auf seine Armbanduhr. »Ich muss mich leider verabschieden.«

»Wie schade.«

»Es war mir ein wirkliches Vergnügen, Sie kennenzulernen, Frau Schwemmer.«

»Das Vergnügen war ganz auf meiner Seite. Noch mal herzlichen Dank, dass Sie mich gestern Abend den Herrschaften vorgestellt haben.«

»Keine Ursache. Wenn Sie Oleg heute Abend tatsächlich in seinem Atelier aufsuchen sollten, rufen Sie ihn vorher an, ob er da ist.«

»Wir sind fest verabredet ...«

Kant lachte ein wenig. »Hören Sie auf meinen Rat: Rufen Sie vorher an. Und *wenn* er da ist: Essen Sie vorher etwas Fettes.«

»Oh ...«

Kant sah wieder auf die Uhr. »Ich bin untröstlich ...«

»Schon klar, bis Nürnberg ist es ja ein Stück.«

»Leider. Und die A 3 ist nicht meine Lieblingsautobahn.«

»Kennen Sie sich aus in Nürnberg?«

»Ein wenig.«

»Wo übernachtet man denn da am besten? Wir wollten uns die Stadt immer schon mal näher anschauen.«

»In der Regel bin ich im Méridien. Die haben schöne Suiten.«

Er griff nach ihrer Rechten und deutete einen Handkuss an.

»Suiten ... nicht ganz billig, nehm ich mal an.«

»Das stimmt. Genau wie ich. Und Ihr Gatte. Meine Empfehlung an ihn.« Weg war er.

Burgl kaute auf der Unterlippe, während sie ihm hinterhersah.

Schafmann überlegte, wann sie das letzte Mal zu fünft am Abendbrottisch gesessen hatten. Fabian löffelte düster schweigend seine Cornflakes und ignorierte die Versuche seiner kleinen Geschwister, ihn aufzuheitern, bis Cora mit ihrem Löffel in seine Schüssel patschte und Milch auf seinen schwarzen Thor-Steinar-Hoodie spritzte.

»Scheiße!«

Für eine Sekunde fürchtete Schafmann, Fabian würde die Kleine schlagen, er ließ sein Messer fallen, um einzugreifen, aber als ihre Blicke sich trafen, riss Fabian sich sichtlich zusammen und versuchte, mit seiner Papierserviette die Milch vom Shirt zu wischen. Cora lachte verlegen.

»Das kriegst mit Wasser leicht raus«, sagte Bärbel.

Fabian nickte stumm. Er stand auf und ging ins Bad.

»Der Fabi ist doof heute«, sagte Felix leise, ohne jemanden anzusehen.

»Gestern auch schon«, sagte Cora mit einem nutellaverschmierten Grinsen.

»Komm mal her, Zwergerl«, sagte Schafmann und wischte ihr die Mundwinkel sauber.

»Warum redet der Fabi nicht mehr mit uns?«, fragte Felix.

Schafmann sah seine Frau an. Sie strich dem Kleinen übers Haar, aber offensichtlich wusste sie auch nicht, was sie sagen sollte.

»Der Fabi ist grad nicht gut drauf«, sagte Schafmann, was Besseres wollte ihm nicht einfallen. »Aber wenn wir alle ganz lieb zu ihm sind, ändert sich das vielleicht wieder.«

»Ich bin immer lieb zum Fabi«, sagte Cora. Es klang beleidigt.

Sie hörten, wie die Badezimmertür geöffnet und geschlossen wurde, dann die Dielentür, Schritte auf der Stiege.

Wenigstens geht er auf sein Zimmer und nicht raus, dachte Schafmann und konnte Bärbel ansehen, dass sie das Gleiche dachte.

Als die Kleinen endlich satt waren, erlaubte sie ihnen noch eine Viertelstunde Playstation, und die beiden verschwanden unter einigem Getöse in Felix' Zimmer. Bärbel begann, den Tisch abzuräumen. Schafmann ging ihr zur Hand. Unauffällig griff er Fabians Esslöffel mit spitzen Fingern an den Seiten und schob ihn unter eine Serviette. Als Bärbel das erste Tablett in die Küche trug, wickelte er ihn in die Serviette und steckte ihn in die Tasche seiner Freizeitjacke.

Gemeinsam räumten sie das Geschirr in die Spülmaschine.

»Ich geh noch was in die Werkstatt«, sagte Schafmann, als sie fertig waren.

»Was hast vor?«, fragte Bärbel desinteressiert.

»Mein Stuhl am Esstisch wird wackelig«, sagte er. »Den sollt ich mal leimen.«

»Dann mach das«, sagte Bärbel und hantierte weiter, ohne von der Spüle aufzusehen.

Er holte den Stuhl aus der Stube und trug ihn hinunter zu der kleinen Werkstatt, die er im Keller eingerichtet hatte für die allfälligen Reparaturen in einem Einfamilienhaus mit Ferienwohnung. Den Stuhl ließ er vor der Tür stehen. Drinnen schaltete er das

Licht an und legte den eingewickelten Löffel auf die Werkbank. Aus der Innentasche nahm er den Ausdruck mit den beiden Fingerabdrücken, faltete ihn auseinander und strich ihn sorgfältig glatt. Dann öffnete er das Zahlenschloss am Werkzeugschrank und holte den alten Spurensicherungskoffer heraus.

Schwemmer lag auf dem Sofa und kraulte Kuno, der neben ihm auf dem Boden lag, hinter den Ohren. Im Pay-TV lief ein Spiel der NHL, aber er konnte sich nicht recht darauf konzentrieren. Das fiel ihm in letzter Zeit oft etwas schwer, wenn nicht gerade der SC Riessersee spielte, aber er gestand sich ein, dass es heute auch an einem gewissen Missmut lag, ausgelöst durch das unerwartete Auftauchen dieses Düsseldorfer Schnösels.

Er dachte daran, Burgl anzurufen, beschloss aber, auf ihren Anruf zu warten – auch wenn das dauern mochte angesichts der Tatsache, dass sie sich den Abend mit einem russischen Künstler zu vertreiben gedachte. Der war Schwemmer zwar lieber als ein adliger Privatdetektiv, allerdings nicht viel.

Er wuchtete sich von der Couch hoch und ging in die Küche. Der Hund folgte ihm. Zusammen sahen sie einige Zeit in den Kühlschrank, ohne dass Schwemmer sich durchringen konnte, etwas zuzubereiten, was auch daran lag, dass er nicht daran gedacht hatte, Brot einzukaufen. Er sah zum Fenster. Der Himmel über Garmisch zeigte sich ungnädig. Regen prasselte scheinbar waagerecht gegen die Scheibe, wie schon seit dem frühen Nachmittag, und wenn der Wetterbericht recht behielt, konnte er das Golfen morgen genauso abhaken wie heute.

Schließlich fütterte er erst den Hund. Dann öffnete er den Gefrierschrank und nahm eine Bolognese heraus, selbst zubereitet anlässlich eines Herrenabends zu einem Bayernspiel in der Champions League. Sie war gut angekommen, dies war der kümmerliche Rest. Er setzte Nudelwasser auf, befreite unter dem Wasserhahn den Soßenblock aus der Plastikdose und warf ihn in die Edelstahlkasserolle.

Allein kochen macht noch weniger Spaß als allein essen, dachte er. Er hätte gern frischen Rosmarin an die Soße getan, aber er verspürte nicht die geringste Lust, bei dem Wetter im Dunkeln um Burgls Kräuterbeet umeinandzustolpern. Er begnügte sich damit, Rosenpaprika und einen Schuss Madeira dazuzugeben.

Die Zeit verging zäh, bis das Nudelwasser kochte, und er beschloss, den netten Cru Bourgeois aus dem Listrac-Médoc, den der Krois Ferdl ihm vorgestern verkauft hatte, aus dem Keller zu holen. Allein trinken, konstatierte er, als er später vor seinen Nudeln saß, macht auch nicht richtig Spaß, aber letztlich doch mehr als allein nicht trinken. Er sah auf die Uhr. Es ging auf zehn zu. Sein Teller war leer, er räumte das Zeug in die Spülmaschine und trug Glas und Flasche zu seinem Schreibtisch. Dort schaltete er das Tablet an und suchte noch einmal nach der Detektei von diesem Kant. Diesmal studierte er die Seite genauer. Sie war sehr edel designt, aber erstaunlich nichtssagend. Mehr, als dass es sich um Security-Consulting handelte, stand eigentlich nicht drin. Nicht einmal Arbeitsschwerpunkte wurden genannt, Tarife schon gar nicht. Ein Kontaktformular gab es immerhin, aber keine Telefonnummer, auch nicht im Impressum, nur eine Postanschrift.

Schwemmer nahm einen Schluck Wein und schaltete das Tablet aus. Wenn du bei dem nach dem Preis fragen musst, kannst du ihn dir nicht leisten, dachte Schwemmer. So jemand wird beauftragt, wenn es richtig um was geht. Zum Beispiel um siebeneinhalb Millionen Dollar.

Schafmann klopfte leise an Fabians Zimmertür. Als er keine Antwort erhielt, drückte er auf die Klinke, die Tür war verschlossen. »Fabian«, zischte er gegen die Tür, »mach auf.«

Es dauerte einige Sekunden, bis von drinnen ein »Nein« kam. »Ich werde das nicht diskutieren«, sagte er sotto voce. »Ich würde gern Lärm vermeiden, aber wenn du nicht sofort aufmachst, tret ich die Tür ein.«

Er hörte Bettfedern knarzen, Schritte, der Schlüssel wurde gedreht. Sofort stieß er die Tür auf, trat ein und schloss sie hinter sich wieder ab. Fabian trug Unterhose und ein T-Shirt mit einem

Schriftzug in einer unleserlich verzerrten Frakturschrift. Er sah seinen Vater mit großen Augen an.

»Was ist, hast du Angst?«

»Angst? Pah!«

»Solltest du aber. Da hast du nämlich allen Grund zu. Setz dich dahin.« Schafmann deutete auf den Schreibtischstuhl, und Fabian gehorchte.

»Wir haben Scherben von dem Brandsatz gefunden. Deine Fingerabdrücke sind drauf.«

Fabian schluckte und senkte den Kopf.

»Hast du ihn geworfen?«

Fabian schlang beide Arme um seinen Oberkörper und beugte sich nach vorn. Er zitterte.

»Von wegen, wir können euch nichts. Wer hat dir diesen Quatsch eigentlich eingeredet? Der Kuczinsky?«

Fabian sah erschrocken auf, als sein Vater den Namen aussprach.

»Aha. Und wie kommt der darauf?«

»Der ...« Fabians Stimme krächzte, er räusperte sich heftig, bevor er so leise weitersprach, dass Schafmann seine Worte kaum verstehen konnte. »Der hat gesagt, er hätte Verbindungen. Und dass das alles gedeckt sei.«

»Da lag er allerdings schwer daneben. Und jetzt steckst *du* in der Scheiße. Du. Nicht der. Du. Und ich.«

Fabian begann zu schluchzen. »Wieso du?«

»Kruzifix, was denkst du denn, was ich jetzt tu? Meinen Sohn wegen versuchten Mordes einsperren lassen? Das ist das, was ich tun *müsste*! Ist dir das eigentlich klar? Ist dir klar, was du mir angetan hast? Mir antust?« Schafmann fühlte, dass ihn die eigene Fassungslosigkeit zu übermannen drohte. Sein Atem ging zitternd. Langsam ließ er sich auf Fabians Bett sinken. Sie schwiegen lange.

»Was genau ist passiert?«, fragte Schafmann endlich. »Erzähl es mir und wage nicht, mich anzulügen. Wenn ich merke, dass du mich anlügst, kann ich dir nicht garantieren, was passiert. Rede.«

Fabian rieb sich mit beiden Händen durchs Gesicht, dann über den gebeugten Nacken. Er sprach, ohne den Kopf zu heben.

»Der Edi, der Kuczinsky Edi, hat gesagt, dass wir das machen sollen ...«

»Und wenn der Edi das sagt, dann machst du das.«

»Wir wollen halt keine Asylschwindler. In Garmisch nicht und in ganz Bayern nicht. Will doch keiner, außer Zecken und Gutmensch-Spinnern.«

Schafmann schüttelte schweigend den Kopf. Sein Sohn sah das nicht, er starrte weiter den Teppichboden an. »Wir haben beim Edi den Molli fertig gemacht. Ich hab die Flasche gehalten, und dabei hat der Edi Benzin verschüttet, alles über mich. Und dann hat er uns zu dem Haus gefahren …«

»Uns?«

»Die Mara und mich.«

»Wer ist Mara?«

»Mara halt. Die ist manchmal dabei, wenn wir uns treffen. Die is a Schnepfen, die is fies, ich mag die nicht. Aber die andern finden's cool, dass ein Mädchen dabei ist.«

»Nachname?«

»Keine Ahnung. Die kommt aus Moldawien, hat sie gesagt. Kann aber Deutsch.«

»Weiter.«

»Der Edi hat gesagt, ich soll im Auto bleiben, und er ist mit der Mara rein. Durch die Glastür hab ich gesehen, dass sie in die Loge von dem Wachmann rein sind. Dann kam der Edi wieder raus, und der Wachmann hat die Jalousien runtergelassen und die Tür zugemacht. Da waren ein paar Buben, die haben mich gesehen, aber der Edi hatte vorher schon gesagt, dass wir uns keinen Kopf machen brauchen deswegen. Der Edi und ich haben im Auto gewartet, bis die Mara wieder rausgekommen ist.«

»Die Mara war also allein bei dem Wachmann?«

Fabian nickte.

»Wie lange?«

»Weiß nicht, kam mir ewig vor.«

»Weiter.«

»Die Mara ist eingestiegen, und wir haben gewartet, bis der Wachmann auch rauskam. Der hat sich eine Zigarette angesteckt und uns zugenickt und ist dann ums Eck gegangen, hinters Haus. Da bin ich ausgestiegen, und der Edi hat den Molli angesteckt. Dann bin ich zum Haus gerannt und hab ihn durchs Fenster geworfen.«

»Euch war klar, dass da Menschen in dem Haus waren«, stellte Schafmann fest.

»Die haben wir ja gesehen.«

»Und dass die womöglich zu Schaden kommen bei dem Feuer.«

Fabian zuckte die Achseln, immer noch starrte er zu Boden.

»War ja schließlich Sinn der Sache.« Schafmann stützte die Ellbogen auf die Knie und verbarg sein Gesicht in den Händen. Er wusste nicht, was er sagen sollte.

»Der Edi hat noch gesagt, dass er lieber das Dach angezündet hätte, weil bei so 'nem Molli müssen die doch nur das Zimmer neu streichen, hat der Edi gesagt. Wenn das Dach richtig brennt, ist das ganze Haus hin. Am liebsten hätte er das Benzin im Treppenhaus ausgeschüttet, aber das hätten die natürlich gemerkt.«

»Und was habt ihr dann gemacht?«

»Wir sind schnell da weg, und der Edi hat uns auf eine Halbe eingeladen, im Höllentaler. Und als wir die Feuerwehr gehört haben, gab's noch einen Enzian.«

»Den dürfen die dir noch gar nicht verkaufen«, sagte Schafmann reflexhaft und schalt sich einen Deppen dafür. »Was sind denn das für Verbindungen, die der Kuczinsky hat? Hat er das erzählt?«

»Nicht genau. Nur, dass er die richtigen Leute kennt, hat er gesagt. Keine Ahnung, wen er meint … Aber manchmal, wenn er uns einen ausgegeben hat, dann hat er gesagt: ›Zahlt alles Vater Staat.‹«

Schafmann rieb sich die Augen. »Du bleibst bis auf Weiteres daheim, verstanden?«, sagte er.

Fabian nickte stumm.

»Und du wirst tun, was ich dir sage. Sonst wird die Geschichte zur Katastrophe. Für uns alle. Für dich, für mich, deine Mutter und deine Geschwister. Unsere Familie kann zerstört werden, ist dir das klar?«

Wieder nur ein stummes Nicken, aber dieses Mal hob Fabian den Kopf und sah ihn an. Der Blick seines Sohnes zerriss Schafmann das Herz, aber er hielt ihm stand.

»Versuch jetzt zu schlafen«, sagte er und ging hinaus. Er schloss die Tür hinter sich. Davor blieb er stehen und lauschte. Unten lief der Fernseher, Bärbel schien nichts mitbekommen zu haben, aus den Zimmern der Kleinen drang kein Laut. Schafmann schloss die Augen und massierte seinen Nacken.

Pest oder Cholera, dachte er. Das ist, was mir bleibt.

Vor dem alten Industriegebäude stieg Burgl aus dem Taxi und blickte sich skeptisch um. Das Kopfsteinpflaster glänzte feucht im gelben Licht der hohen Straßenlampen. Als das Taxi davonfuhr, schien sie der einzige Mensch weit und breit zu sein. Ein paar Sattelschlepper standen mit zugehängten Windschutzscheiben am Straßenrand. Die gegenüberliegende Straßenseite wurde begrenzt durch einen steilen, vielleicht fünfzehn Meter hohen Bahndamm, auf dem quietschend ein Güterzug rangierte. Die Tordurchfahrt, vor der sie stand, war finster und wenig vertrauenerweckend, aber dahinter waren einige beleuchtete Fenster zu sehen. Sie zog ihr Handy aus der Tasche und schaltete die Lampe darin an, bevor sie den Durchgang betrat. Irgendwo spielte jemand Schlagzeug. Hinter der Durchfahrt trat sie auf einen weiten Hof, gegenüber führte eine Metallstiege zu einer offen stehenden Tür. Sie stieg die Treppe hinauf und betrat das Gebäude.

Die gekälkten Wände waren übersät mit Graffiti und Plakaten, die Konzerte und Vernissagen ankündigten. Zu sehen war niemand, aber über den Türen, die vom Gang abgingen, waren Glasscheiben, und hinter etlichen brannte Licht. Sie stieg hoch in den zweiten Stock und klopfte an die zweite Tür, wie Oleg es ihr gesagt hatte. Eine amerikanisch klingende Männerstimme rief: »Ist offen!«

Burgl drückte die schwere, widerspenstige Tür auf und betrat ein Atelier voller riesiger, finstergrauer Bilder. Der Mann, der darin stand, war keinesfalls Oleg: ein nicht mehr junger Schwarzer mit Rastalocken in einem farbverschmierten grünen Kittel und mit einem sehr entspannten Gesichtsausdruck.

»Willkommen!«, rief er und breitete die Arme aus. »Ich bin Geoffrey! Wie schön, dass du da bist.«

»Ich suche eigentlich Oleg …«

»Meinen Freund Oleg! Der hat das Atelier nebenan. Aber du kannst gern hierbleiben!«

Burgl hob entschuldigend die Hände. »Ich bin verabredet.«
»Wie schade. *Live long and prosper.*«
Burgl warf beim Hinausgehen einige schnelle Blicke auf die
Bilder, die an der Wand lehnten. Der Mann hatte zweifellos ein
einnehmendes Wesen, aber seine Bilder standen in totalem Gegensatz dazu. Dunkle Schemen auf schmutzigen Grauflächen, die ihr
arg unverkäuflich vorkamen. Sie schloss die Tür hinter sich, was
der Mann mit einem fröhlichen »War mir eine Freude!« quittierte.
Sie klopfte an die nächste Tür, was keinerlei Folgen zeitigte.
Drinnen schien Musik zu laufen, sie klopfte erneut. Als wiederum
nichts passierte, klopfte sie mit dem Ehering gegen den Metallbeschlag der Tür, schließlich drückte sie die Klinke und trat ein.

Der Raum war hell erleuchtet, Oleg war allerdings nicht zu
sehen, sie sah den Hinterkopf einer langhaarigen blonden Person,
die auf einem Sofa saß und einen gewaltigen Kopfhörer auf den
Ohren trug, aus dem grell Musik zischte. Ob Mann oder Frau,
war nicht erkennbar. An den Wänden, teilweise sogar an den Fenstern lehnten Bilder, meist mehrere Leinwände aufeinander, deren
Formate nicht hinter denen des Rasta-Malers zurückstanden, aber
eine ganz andere, geradezu explosive Farbigkeit hatten.

Burgl war fasziniert. Die Bilder waren abstrakt, aber nicht gegenstandslos, man ahnte Landschaften, Tiere, Menschen, aber alles
schien sich zu verflüssigen und zu verdampfen in leuchtendem
Gold, Blau, Orange. Sie trat näher heran. Trotz der fast überwältigenden Ausstrahlung war der Farbauftrag von absoluter Akkuratesse. Noch die kleinsten Fasern der ausufernden Farbexplosionen
waren bei näherer Betrachtung exakt und kontrolliert ausgeführt.

Ein Lächeln stahl sich in ihr Gesicht. Sie hatte ihren Künstler
gefunden.

Zwischen den Bilderstapeln an der linken Wand entdeckte
Burgl eine Tür. Sie blickte sich nach der langhaarigen Person mit
dem Kopfhörer um, die sie immer noch nicht bemerkt zu haben
schien. Zögernd öffnete sie die Tür ein wenig und sah durch
den Spalt. Hier war das eigentliche Atelier. Oleg stand, ihr den
Rücken zukehrend, vor der Staffelei und bewegte einen feinen
Pinsel in einer schier irrwitzigen Geschwindigkeit über die Leinwand. Er trug eine grobe, dreiviertellange Leinenhose, schwere

Arbeitsschuhe und sonst nichts. Sein muskulöser Rücken glänzte vor Schweiß, Strähnen seiner zu einem langen Pferdeschwanz gebundenen Haare klebten daran fest. Noch war für einen Betrachter nicht zu erkennen, was aus diesem Bild werden sollte, es hätte eine grüne Wasserfläche vor einer untergehenden Sonne oder vor einer Feuersbrunst sein können.

Oleg bewegte sich vor und zurück wie ein Boxer, die heftigen Bewegungen standen in krassem Gegensatz zu dem kleinen Pinsel, der in seiner kräftigen Hand geradezu zerbrechlich wirkte. Jede Bewegung begleitete er mit einem stöhnenden Knurren. Auf einem Tisch, in Reichweite neben ihm, zwischen Pinseln und Farbtuben, entdeckte Burgl zwei Flaschen Wodka, von denen eine halb leer war. Plötzlich hielt Oleg inne. Die Anspannung fiel von ihm ab, als erwache er aus einem Traum. Stumm starrte er das Bild an. Dann begann er auf Russisch zu murmeln, es klang sehr unzufrieden und wurde lauter. Schließlich warf er den Pinsel auf den Tisch und griff nach der Wodkaflasche. Er nahm einen kräftigen Schluck, einen zweiten. Dann packte er einen anderen, groben Pinsel, tauchte ihn in das Schwarz auf seiner Palette und strich damit das Gemalte kreuzweise durch.

»Mist«, sagte er auf Deutsch.

Burgl räusperte sich, und er fuhr herum. Er sah sie fassungslos an, als könne er sich ihr Hiersein absolut nicht erklären.

»Was zum Teufel machen Sie hier?«, brüllte er.

»Wir sind verabredet«, antwortete Burgl und bemühte sich um ein möglichst charmantes Lächeln.

»Hä? Von mir aus, kann sein. Scheiße! Wer erlaubt Ihnen, hier reinzukommen?« Er sah über die Schulter zu dem Bild, dann wieder zu Burgl. »Das da geht Sie überhaupt nichts an, das geht keinen was an.« Er fuhr herum und riss die große Leinwand ohne Rücksicht auf Verluste von der Staffelei. Sie fiel quer in den Raum, die feuchte Farbe nach unten, riss im Fallen ein schmales Regal mit, Glas klirrte, Flüssigkeiten tropften, der scharfe Geruch von Verdünner breitete sich aus.

»Wenn Besuch Sie *so* stört, sollten Sie vielleicht abschließen«, sagte Burgl.

Er nahm noch einen Zug aus der Flasche und sah sie schwer

atmend an. Langsam schien er sich wieder unter Kontrolle zu bekommen.

»Wir hatten telefoniert«, sagte Burgl. »Heute Nachmittag.«

»Ja, schon klar, schon klar.« Die Wodkaflasche in der Hand stampfte er an Burgl vorbei zur Tür und riss sie auf. »Wieso lässt du die einfach hier rein?«, brüllte er in den Nachbarraum und dann »Hey Scheiße!«, als er keine Reaktion bekam. »Wieder den beschissenen Kopfhörer auf und kriegt nix mit.«

Er murmelte noch etwas, das sich nach einem russischen Fluch anhörte, dann drehte er den Kopf zu Burgl und kommandierte sie mit einer Bewegung hinter sich her. Er griff sich ein Handtuch, das auf dem Sofa lag. Die Bewegung ließ die Person erschrocken herumfahren, jetzt erkannte Burgl, dass es eine Frau von Ende vierzig war, vielleicht älter, deutlich älter zumindest als Oleg. Die blond gefärbten Haare hingen vorn in einem geraden Pony bis über die Augenbrauen, was nicht wirklich zu ihrem Alter passte, zumindest nach Burgls Empfinden. Oleg trocknete sich den Schweiß vom Oberkörper.

»Das ist Lenora. Wir haben Besuch. Eine Freundin von diesem Jo Kant.«

Lenora wirkte beeindruckt. »Sie kennen Jo? Jo ist ein alter Freund von mir.«

»Alter Freund am Arsch«, sagte Oleg, während er sich eine Zigarette anzündete. »Du würdst nur seit Jahren auch gern mit *ihm* ficken, das ist alles … Auch eine?« Er hielt Burgl die Zigaretten hin.

Burgl machte eine abwehrende Geste.

»Und?«, fragte Lenora. »Was ist so schlimm daran, ihn ficken zu wollen?«

»Nichts«, sagte Oleg, »außer dass er dich nicht ranlässt. Frag *sie* mal, wie's geht.«

Mit einem hasserfüllten Blick auf Oleg setzte Lenora den Kopfhörer wieder auf. Sie schloss die Augen und belegte demonstrativ das Sofa.

Burgl suchte nach Worten. »Sie reden ziemlich unverschämt daher, Oleg«, sagte sie schließlich.

»Verzeihung. Vergessen Sie es.« Oleg zog sich ein Hemd über

und deutete auf den Tisch an dem großen Metallfenster. Er stellte den Wodka darauf ab und griff zwei Wassergläser von der Fensterbank. Er verteilte den Rest aus der Flasche darin und stellte Burgl eines hin. Sie verdrängte die Frage, wann oder ob das Glas gespült worden war. »Zum Wohl«, sagte sie und führte das Glas tapfer zum Mund. Oleg grinste. »*Sa wasche sdorowje*«, sagte er. »Lassen Sie uns übers Geschäft reden.«

Der Türsteher des »Hexenhaus« musterte Kant von unten nach oben und war offenbar zufrieden mit dem, was er sah. Mit zuvorkommender Geste öffnete er die schwere Holztür. Kant trat ein und sah sich in Ruhe um. Der Nachtclub war mittelgroß, er inspizierte flüchtig die plüschigen Nischen mit den rot gepolsterten Bänken. Überschlägig zählte er siebzig Sitzplätze. Nur wenige waren besetzt, was an der noch frühen Uhrzeit liegen mochte. Das »Hexenhaus« war eher alt als retro, das schummrig rote Licht weckte Assoziationen an die Zeit vor dem Mauerfall. Die Damen immerhin waren entschieden jünger. Kant ignorierte die auffordernden Blicke und Gesten, die ihm die zahlreichen unbeschäftigten Ladys zuwarfen.

Der Mann, den er suchte, saß an einem Tisch in der hintersten Nische, von wo aus er den Laden weitgehend überblicken konnte. Die Lampe über dem Tisch war ein wenig heller als über den anderen. Der Mann hatte Papiere vor sich liegen, auf denen er Dinge mit einem billigen Kugelschreiber abhakte und notierte. Als Kant an den Tisch trat, nahm er die Lesebrille ab und sah auf. Die Augen in dem zerknautschten Gesicht blickten hell und vorsichtig.

»Hardy Lepper?«

»Das kommt drauf an, wer fragt.«

»Kant ist mein Name. Jo Kant.« Kant legte eine Visitenkarte auf den Tisch. Lepper setzte die Lesebrille wieder auf und studierte sie. Eine Reaktion ließ er nicht erkennen.

»Eigentlich brauchen wir keine Beratung zu unserer Sicherheit«, sagte er.

Bitte senden Sie mir das aktuelle Verlagsprogramm zu

Ich möchte den Newsletter von emons: per E-Mail erhalten

Ich habe Interesse an Krimis aus folgender Region:

f Besuchen Sie uns auch auf **www.facebook.com/EmonsVerlag**

Name

Straße

PLZ/Ort

E-Mail

emons: verlag
Cäcilienstraße 48

50667 Köln

ISBN 978-3-95451-941-5 · ca. 19,95 € (D) · ET 08/2016

ISARNON

HELMUT VORNDRAN

ISARNON

STADT ÜBER DEM FLUSS

HELMUT VORNDRAN

EIN KELTEN ROMAN

emons

ÐER Kelten-Roman

MYSTERIÖSE RITUALE, MITREISSENDE
SCHLACHTSZENEN UND PHANTASTISCHE
ZEITSPRÜNGE: DIESER ROMAN IST EIN
MUSS FÜR ALLE KELTEN-FANS.

EINE SPEKTAKULÄRE LITERARISCHE
ZEITREISE ZU UNSEREN VORFAHREN.

www.emons-verlag.de

»Das hatte ich auch keinesfalls erwartet.«

Lepper war Ende fünfzig, ein bulliger Mann, trotz seines Alters von eindrucksvoller Statur und, vor allem, Ausstrahlung. Sein Gesicht ließ erahnen, dass er eine Menge Dinge mehr gesehen hatte, als ein einzelner Mann sollte. Kant wusste, dass er Ende der Achtziger in Südafrika gekämpft hatte, auf der falschen Seite – nämlich der, die am Ende verloren hatte. Seine Nase war öfter als einmal gebrochen worden und erinnerte Kant an die von Lino Ventura. Seit bald fünfundzwanzig Jahren war Lepper die Nummer zwei in den nur selten legalen Geschäften der Familie Unterwexler.

»Ich belästige Sie ungern«, sagte Kant, »aber ich hätte ein paar Fragen an Sie – nach einem gemeinsamen Bekannten. Gern auch an Ihren Chef, wenn das möglich wäre.«

Lepper sah ihn über den Rand der Lesebrille an. »Um wen geht es?«

»Um Marshall Stevens.«

Auf Leppers Stirn erschien eine steile Falte. Er warf seine Brille auf den Tisch und lehnte sich zurück. Eine Antwort gab er nicht.

»Falls Sie sich fragen, wie ich auf Sie komme …«

»Das tue ich allerdings.«

»Ihr Name stand in einem seiner Adressbücher.«

»War ich der Einzige, der da drinstand?«

»Nein … Darf ich mich vielleicht setzen?«

Lepper wies mit einer widerwillig einladenden Geste auf die Bank. Seiner Miene nach hätte er lieber »Nein« gesagt.

Kant nahm Platz. »Darf ich fragen, wie es Herrn Unterwexler geht?«

»Nein«, antwortete Lepper.

Kant hob entschuldigend die Hände. »Herr Unterwexler scheint sich ja weitgehend zurückgezogen zu haben. Ich hoffe, er ist wohlauf.«

»Es geht ihm gut. Was wollen Sie eigentlich?«

»Haben Sie Kontakt zu Marshall Stevens?«

»Seit Jahren nicht mehr. Ich hab gehört, er ist verschwunden.«

»In der Tat. Spurlos.«

»Und Sie sollen ihn suchen.«

»Das ist richtig.«

»Wer bezahlt Sie?«

»Darüber kann ich nicht reden. Das werden Sie verstehen.«

Lepper stieß spöttisch ein einzelnes raues Lachen hervor. »Aber wundern darf man sich schon.«

»Worüber?«

»Wieso beauftragt jemand einen Pflastertreter aus ...«, er warf einen Blick auf Kants Visitenkarte, »... Düsseldorf damit, jemanden wie Marshall Stevens zu suchen?«

»Bei allem Respekt, Herr Lepper, gegen den Begriff Pflastertreter möchte ich mich verwahren.«

»Von mir aus.«

»Was spräche Ihrer Meinung nach denn dagegen, mich zu engagieren?«

»Marshall hat so was Ähnliches wie Sie auf der Visitenkarte stehen: Sicherheitsberater. Aber ein ganz anderes Kaliber, nehme ich mal an.«

»Ist das so?«

»Ja. Seine Firma hat allein im Irak mehr als zwölfhundert Mann unter Waffen, das Gleiche noch mal in West- und Zentralafrika. Und die haben in Frankfurt fünfzig Leute sitzen, die mindestens so gut sind wie Sie.«

»War von denen schon einer bei Ihnen?«

»Nein.«

Kant hob die Hände in einer auffordernden Geste.

Lepper nickte. »Verstehe ... Die vermissen ihn gar nicht.«

»Scheint so.«

Lepper grinste amüsiert. »Klar, wenn man mal drüber nachdenkt: Stevens hat mit seinen Connections die Firma aufgebaut. Weil er Kapital brauchte, hat er Partner mit reingenommen. Jetzt läuft der Laden auch ohne ihn. Und plötzlich ist da einer weniger, mit dem die Partner den Gewinn teilen müssen.«

Kant nickte.

»Und jetzt muss ich raten, wer Sie bezahlt?«

»Wenn Sie mögen.«

»Entweder eine Frau oder jemand, dem er Geld schuldet, nehm ich an. Was glauben Sie denn, was ich Ihnen erzählen könnte, das Ihnen weiterhilft?«

»Das letzte Mal gesehen wurde Stevens in Innsbruck«, antwortete Kant leise. »Seine Privatmaschine hat ihn da abgesetzt, aus Zürich kommend. Er hat sich bei seinen Piloten nach Adressen in der Stadt erkundigt, wo er ein wenig entspannen könnte, und die haben ihm ein paar genannt. Eine der Damen konnte sich an ihn erinnern und auch daran, dass er am Telefon einen Termin festgemacht hat. Etwa eine Stunde vor diesem Termin hat er sich dann von ihr verabschiedet. Wir haben also einen Zeitradius von einer Stunde Fahrzeit um Innsbruck. In diesem Radius liegt unter anderem Garmisch-Partenkirchen, wo Sie und Carlo Unterwexler sich damals aufhielten.«

»Woher wollen Sie das denn wissen?«

Kant zog eine Klarsichthülle aus der Innentasche seines Mantels und reichte sie ihm über den Tisch. Sie enthielt den Ausdruck eines Online-Artikels des Garmisch-Partenkirchner Tagblattes. »Streit auf Party eskaliert: 1 Toter, 2 Schwerverletzte«, lautete die Überschrift. Lepper warf nur einen kurzen Blick darauf.

»Das war in Ihrem Haus, am Tag, bevor Stevens verschwand«, sagte Kant. »Unterwexlers Ältester wurde erschossen, mehrere seiner Leute verletzt. Sein jüngerer Sohn ist seitdem genauso verschwunden wie Stevens. Sie werden verstehen, dass ich da eine Verbindung vermute.«

»Vermuten können Sie, was Sie wollen. Aber, wie Sie schon sagten, das war *vor* Stevens' Verschwinden.« Lepper sah plötzlich auf, in den Raum hinein und schüttelte leicht den Kopf. Kant folgte seinem Blick und sah eine junge Frau auf sie zukommen, die Kleidung und Auftreten nach nicht zum Personal gehörte. Sie ignorierte Leppers Kopfschütteln und kam an ihren Tisch.

»Darf ich vorstellen: Frau Unterwexler«, sagte Lepper, als sie den Tisch erreichte. »Herr Kant, Privatschnüffler aus Düsseldorf. Er sucht Marshall Stevens.«

Kant erhob sich halb von der Bank und deutete eine Verbeugung an. Den Versuch, ihr die Hand zu reichen, schenkte er sich. Während Leppers Vorstellung war ihr Blick in Minustemperaturen gerutscht.

»Wer war das noch mal, dieser Stevens?«, fragte sie leichthin. »Muss ich den kennen?«

»Nein«, sagte Lepper. »Aus Frankfurt. Macht in Waffen und Söldnern. Carlo hat mal Geschäfte mit ihm gemacht. Ist aber Jahre her.«

»Was wollen Sie dann ausgerechnet hier, wenn Sie nach diesem Herrn Stevens suchen?«, fragte sie.

Sie war achtundzwanzig, wie Kant wusste. Cordula, genannt Ula. Eine hübsche, fast schön zu nennende Frau mit dunklen, kaum zu bändigenden Locken.

»Er meint, Stevens hätte uns in Garmisch besucht, bevor er verschwunden ist«, sagte Lepper.

»Und? Hat er?«

»Nicht dass ich wüsste«, sagte Lepper.

Ula war die Chefin vom Dienst bei den Unterwexlers, seit ihr Vater sich aus dem operativen Geschäft zurückgezogen hatte. Allerdings war der Wirkungsbereich der Familie seitdem stark geschrumpft, was Ula aber nicht anzulasten war. Das Drogengeschäft in Nürnberg und Umgebung hatten sie an eine georgische Gruppe verloren, und ihre Monopolstellung in der Prostitution war schon lange Geschichte. Da der Markt der illegalen Sportwetten in den Zeiten des Internets kaum noch etwas abwarf, verdienten die Unterwexlers das meiste Geld wahrscheinlich mit ihrer Spedition. Nach allem, was Kants Quellen hergaben, war Ula trotz allem eine würdige Nachfolgerin ihres Vaters.

»Hat Hardy Ihnen nichts zu trinken angeboten?«, fragte sie mit kühler Höflichkeit.

»Vielen Dank«, sagte Kant. »Das ist sehr liebenswürdig, aber ich bin ohnehin im Aufbruch begriffen.« Er stand auf. »Ach, eines noch«, sagte er. »Stevens hatte Geld dabei. Viel Geld. Das ist mit ihm verschwunden.«

Er verabschiedete sich mit einem höflichen Nicken und ging hinaus. Im Spiegel über der Bar sah er die beiden an ihrem Tisch miteinander reden, dann zog Lepper sein Handy und wählte eine Nummer. Kant ging hinaus, ohne sich noch einmal umzudrehen.

DREI

Grau und tief hing der Himmel über dem Loisachtal, der Scheibenwischer lief, und wenn ein Lkw entgegenkam, musste Schafmann ihn auf die zweite Stufe schalten. »Wegen so einem Wetter sind schon Erschießungen verschoben worden«, sagte er laut. Er erreichte Oberau. Am Bahnhof bog er links ab und steuerte den Audi durch den Ort. Sein Handy klingelte, es war die Wache. Er schaltete die Freisprecheinrichtung ein. Oberinspektor Krengel gab die Nachricht durch, dass der Schaden an dem Flüchtlingswohnheim nicht so groß sei wie befürchtet und der erste Stock heute schon wieder bezogen werden könne, das Erdgeschoss in wenigen Tagen. Schafmann nahm das zur Kenntnis. Krengel fragte, wann Schafmann wieder in die Inspektion komme. Es klang, als fürchte er sich allein. Schafmann sagte, er habe keine Ahnung, und beendete das Gespräch.

Der Gießenbach war mächtig angeschwollen, wie er bemerkte, als er die Brücke überquerte. Als er die Adresse erreichte, schaltete er den Motor aus und fuhr die Seitenscheibe ein Stück hinunter. Regen wehte herein. Das Einfamilienhaus benötigte dringend einen Anstrich, die Dachziegel hatten schon vor einiger Zeit begonnen, Moos anzusetzen, und das Grundstück war unaufgeräumt. Die Plane über dem Holzstapel war verrutscht, ein verbeulter gelber Kotflügel lehnte daran und rostete vor sich hin. Schafmann ließ die Scheibe hochfahren und startete den Motor wieder. Er fuhr ein paar Häuser weiter, wendete in einer Einfahrt und hielt fünfzig Meter vor dem Haus. Die Uhr im Radiodisplay zeigte Viertel nach neun. Kuczinsky würde bald rauskommen, wenn er seinen Laden in Farchant pünktlich aufmachen wollte. Tatsächlich dauerte es kaum zehn Minuten, bis ein stiernackiger Mann die Tür aufmachte und unter das Vordach trat. Nicht mehr ganz jung, schwarze Haare, unauffällig kurz geschnitten, die schwarze Jacke vielleicht aus Leder. Missmutig begutachtete er das Wetter, dann zog er eine schwarze Basecap über und ging zur Garage. Schafmann stellte den Mantelkragen hoch und stieg aus. Der

Mann hatte gerade das Tor aufgeschlossen, als Schafmann ihn erreichte. »Herr Kuczinsky?«

Kuczinsky verharrte in seiner gebückten Stellung, drehte den Kopf und sah Schafmann wortlos und unwillig an.

»Ich muss mit Ihnen sprechen.«

»So? Ich aber nicht mit Ihnen.« Kuczinsky zog das Tor auf und schob es hoch. In der Garage stand ein sandfarbener Toyota Land Cruiser.

»Fabian Schafmann, der Name sagt Ihnen was?«

»Und wenn?« Kuczinsky machte einen Schritt in die Garage hinein. Schafmann folgte ihm schnell und packte ihn entschlossen am Oberarm. Kuczinsky fuhr herum und versuchte, ihn wegzustoßen. Schafmann hielt stand.

»Ganz langsam, Kuczinsky. Legen Sie sich nicht mit dem Falschen an.« Er lüftete mit der Linken das Revers seines Mantels ein wenig, sodass der Mann die Dienstwaffe im Schulterholster erkennen konnte. Das entspannte die Situation ein wenig, wenn auch nicht grundlegend.

»Wer sind Sie? Was wollen Sie?«

»Einigen wir uns zunächst mal auf Folgendes: Ich bin ein besorgter Vater, der möchte, dass Sie seinen Sohn in Ruhe lassen.«

»Aha. Verstehe. Fabians Vater. Der von der Kripo.« Kuczinsky stieß ein kurzes, böses Lachen aus. »Mit der Kripo hab ich nix zu tun.«

»Das liegt ja wohl nicht so ganz in Ihrer Entscheidung, Kuczinsky.«

»In deiner aber auch nicht.«

»Ich denke, wir sollten beim Sie bleiben.«

Kuczinsky zuckte die Achseln. »Was soll das überhaupt heißen, ihn in Ruhe lassen? Der lässt doch mich nicht in Ruh. Passen S' halt auf ihn auf.«

»Das werde ich tun, Herr Kuczinsky. Wir werden beide aufpassen.«

»Was? Ich lass mir doch von euch nicht sagen, was ich zu tun habe!«

»Nicht von *uns*, Kuczinsky. Von *mir*. Von mir ganz persönlich.«

Kuczinsky versuchte, Schafmanns Hand von seinem Arm zu

lösen, aber Schafmann hielt fest. Kuczinsky ballte die Faust und hielt sie vor Schafmanns Wange.

»Ihr könnt mir gar nix«, sagte er.

»Wenn ich rauskriege, dass Fabian sich weiter bei Ihnen rumtreibt, werden Sie feststellen, dass Sie sich da irren.«

»Was glaubst eigentlich? Willst mir dann mit deiner Waffe kommen? Vertu dich mal nicht.« Wieder zerrte er an Schafmanns Arm, der ihn immer noch festhielt.

Jetzt ließ Schafmann ihn los und trat einen Schritt zurück.

»Herr Kuczinsky, ich nehme Sie fest wegen Widerstands gegen die Staatsgewalt.«

»Drehst du jetzt durch oder was?« Kuczinsky öffnete die Tür seines Geländewagens und machte Anstalten, einzusteigen.

Schafmann zog seine Waffe. Das unverkennbare metallische Geräusch des Durchladens ließ Kuczinsky innehalten. Langsam wandte er sich Schafmann zu. »Muss ich jetzt die Hände hochnehmen?«

»Das wäre kein Fehler. Schließen Sie vorher die Wagentür, dann drehen Sie sich um.«

Kuczinsky gehorchte, Schafmann nahm seine Handschellen vom Gürtel.

»Hände auf den Rücken.« Er legte Kuczinsky die Metallfesseln an, dann schubste er ihn aus der Garage und durch den Regen vor sich her zu seinem Dienst-Audi.

»Was meinst, was dabei rumkommt? Das Hornberger Schießen war nix dagegen«, sagte Kuczinsky, als Schafmann ihm beim Einsteigen auf den Rücksitz den Kopf unter den Türrahmen drückte.

»Klar. Sie haben bestimmt 'nen tollen Anwalt.«

»Anwalt?« Kuczinsky stieß das gleiche böse Lachen aus wie zuvor. »Anwalt brauch ich nicht.«

Der Kampmayer Sepp fuhr die zwei Kisten Bodenfliesen und die Toilettenschüssel mit dem Gabelstapler zu Schwemmers Auto und half mit, sie auf der Ladefläche zu verstauen. Die schweren Kisten beeindruckten die Federung des Jeeps kaum.

»Hast ois? Gnug Kleber? Kreuze? Klingen fürn Schneider? Fugenmasse? Dichtungen?«, fragte der Sepp.

»Alles da, denk ich. Dank dir und pfüati.« Schwemmer kommandierte Kuno in den Fußraum hinter den Fahrersitz, stieg ein und ließ den Jeep an. Das mächtige Auto rollte vom Hof auf die Mühlstraße. Schwemmer hatte nie was übriggehabt für Geländewagen, aber seit sie die Hütte oberhalb der Bodenlaine gepachtet hatten, brauchte er so einen tatsächlich. Nach ein paar Tagen Regen war mit einem normalen Pkw da kaum ein Hochkommen mehr. Er sah auf die Uhr am Armaturenbrett und runzelte die Stirn. Es war halb zehn, und Burgl hatte sich noch nicht gemeldet. Normalerweise wäre das für ihn auch kein Grund, sich zu beschweren, es war ungewöhnlich genug, dass er um diese Zeit das Haus schon verlassen hatte, aber sie hatte sich auch gestern Abend nicht gemeldet, sehr gegen ihre Gepflogenheiten.

Die Ampel am Marienplatz stand auf Rot. Während er wartete, wählte er auf dem Display am Armaturenbrett ihre Handynummer. Es klingelte durch, bis die Mailbox ansprang, und er unterbrach die Verbindung. Als er gerade das Heck des Wagens vor den Eingang der Galerie rangierte, zeigte das Display ihren Anruf an.

»Einen guten Morgen wünsche ich«, sagte er und schaltete die Zündung aus.

»Wieso bist du denn schon wach?«, hörte er sie sagen. Es klang jammervoll.

»Ich bin wohl nicht ausgelastet. Um halb acht war ich wach und konnt nicht wieder einschlafen. Komme grad an der Galerie an. War beim Kampmayer, die Fliesen holen. Wie geht es dir?«

»Frag mich nicht«, röchelte seine Frau.

»Ich dachte, von Wodka kriegt man keinen Kater ...«

»Dacht ich auch. Scheint aber nur bis zu einer gewissen Menge zu gelten.«

»Und die hast du überschritten.«

»Sieht wohl so aus.«

»Wie war's denn mit deinem Russen?«

Die Antwort ließ auf sich warten. »Ich weiß nicht genau. Ich muss das erst mal rekonstruieren. Du hast mich geweckt.«

»Musst du nicht auf die Auktion?«

»Wollt ich eigentlich, ist aber nicht mehr so dringend. Ich hab gestern den Russen unter Vertrag genommen ... glaub ich.«

»Komm mal zu dir. Wennst magst, meld dich nach dem Frühstück noch mal.«

»Oh Gott, Frühstück ... Ja, ich meld mich ...«

Dass sie ohne weitere verbale Zärtlichkeiten auflegte, bewies die Ernsthaftigkeit ihres Katers.

Schwemmer lud die Fliesen aus. Er stellte die Kisten unter dem Vordach ab und schloss auf. Die Galerie bestand aus drei Ausstellungsräumen, für die Burgl eine hellgraue, extrem matte Farbe ausgesucht hatte. Schwemmer gefiel sie nicht so richtig, aber laut Burgl war das in Galerien die Farbe der Wahl. Schienen zum Hängen der Bilder waren schon an der Decke befestigt, das LED-Strahlersystem lag allerdings noch originalverpackt auf dem Boden und wartete auf den Elektriker. Außer den Ausstellungsräumen gab es ein Büro, ein kleines Lager, eine Teeküche und eine Toilette.

Schwemmer fuhr die Rollläden hoch. Die Lage hätte für seinen Geschmack besser sein können, der Verkehr war dicht, was besonders Kuno störte, Fußgänger eher rar, aber Burgl hatte sich in die Räume verguckt. Immerhin gab es drei Parkplätze vor dem Haus. Die Räume waren ganz schön, abgesehen vom Boden in Küche und Toilette. Technisch gesehen war auch der völlig in Ordnung – blaue Fliesen, sauber verlegt, leider versehen mit einem verstörend hässlichen weiß-gelben Blumenornament. Burgl sagte, es beeinträchtige ihre Verdauung. Sie hatte beim Kampmayer Sepp neue ausgesucht, und Schwemmer hatte ein paar mehr bestellt, die er in der Toilette der Hütte verlegen wollte, wo bisher nur ein Dielenboden war.

Eigentlich hatte er für die Galerie einen Fliesenleger kommen lassen wollen, aber dann beschlossen, dass ein bisschen praktische Betätigung ihm nicht schaden würde, zumal Fliesenleger Termine in Entfernungen anboten, wie er es bis dahin nur von Rheumatologen kannte.

Er setzte einen Kaffee auf, holte seinen Werkzeugkoffer und begann mit der Demontage der alten Kloschüssel.

Burgl warf das Handy neben sich und wälzte sich stöhnend auf dem Hotelbett. Balthasars Anruf hatte sie aus etwas gerissen, das sich mehr nach Bewusstlosigkeit als nach Schlaf angefühlt hatte. Sie hatte auf Kants Rat gehört und bei einem Griechen das fettigste Gyros ihres Lebens gegessen, bevor sie zu Oleg gefahren war, aber das hatte nicht gereicht. Sie erinnerte sich an drei leere Wodkaflaschen, war aber durchaus nicht sicher, dass es dabei geblieben war. Ihr fiel wieder ein, dass Oleg diese Lenora mitten in der Nacht noch mal zur Tanke, wie er das nannte, geschickt hatte, um Nachschub zu besorgen.

Innerlich verabschiedete sie sich von der Idee, heute noch zur Auktion zu gehen, auch wenn sie das wunderschöne Tatjana-Valsang-Gemälde gern für ihr Schlafzimmer gehabt hätte. Gepasst hätte es jedenfalls.

Sie stieß ein jammerndes Geräusch aus, als ihr Handy schon wieder zu läuten begann, und wühlte zwischen Kissen und Plumeau danach.

Verblüfft las sie Kants Namen auf dem Display.

»Guten Morgen, Frau Schwemmer«, hörte sie ihn sagen, als sie das Gespräch annahm. »Ich hoffe, es geht Ihnen gut ...«

»Festgenommen wegen Widerstands«, sagte Schafmann und übergab Kuczinsky dem Kollegen am Empfang. »Personalien, Fingerabdrücke, einsperren.«

»Jawohl, Herr EKHK«, hörte er den Oberwachtmeister murmeln, während er schon in Richtung Treppenhaus unterwegs war. Er fühlte einen dumpfen Druck in der Magengegend und konzentrierte sich darauf, höflich auf die Grüße zu antworten, die die ihm entgegenkommenden Kollegen entboten. Er war froh, als er seine Bürotür hinter sich geschlossen hatte, aber die Ruhe währte nicht lange. Oberinspektor Krengel stand nach kurzem Klopfen im Raum, ohne ein »Herein« abgewartet zu haben. Schafmann verkniff sich einen Anschiss.

»Der Chef ... der Herr Hessmann hat nach Ihnen gefragt«, sagte Krengel.

»So? Was will er denn?«

»Hat er nicht gesagt. Sie möchten sich bei ihm melden, wenn Sie wieder im Haus sind. Persönlich … also nicht am Telefon, soll das wohl heißen.«

»Jaja.«

Krengel starrte ihn sekundenlang irritiert an, bevor er begriff, dass er hier überflüssig war, und schloss die Tür hinter sich.

Als er weg war, rieb Schafmann sich die Augen und den Nacken. Aber schon Sekunden später klopfte es, und Auerer kam herein.

»Alles klar?«, fragte er und musterte Schafmann skeptisch.

Schafmann brummte nur müde.

Auerer warf ihm einen Aktendeckel lässig auf den Schreibtisch.

»Nur zur Kenntnis. Das ist die Akte von der Moldawierin, die wir wieder haben laufen lassen. Die hängt regelmäßig mit den Jungs am Bahnhof rum.«

Schafmann schlug die Akte auf. »Mara Stetenco«, las er. Das Foto zeigte ein Gesicht mit feinen Zügen und müden Augen unter stark geschminkten Lidern. Das Haar war glatt und schwarz. Sie sah aus wie neunzehn, aber der Akte nach war sie letzten Monat erst sechzehn geworden.

»Wirklich alles klar bei dir?«, fragte Auerer.

Schafmann klappte die Akte zu. »Ich hab den Kuczinsky festgenommen.«

Auerer zog die Nase kraus. »Dann viel Glück«, sagte er und ging hinaus.

Das Telefon auf Schafmanns Schreibtisch begann zu läuten, das Display zeigte Hessmanns Nummer. Schafmann seufzte ausgiebig, bevor er abnahm.

»Hat der Herr Krengel Ihnen ausgerichtet, dass ich Sie sprechen muss?«, fragte der Polizeidirektor mit kühler Stimme.

»Grad eben, bin auf dem Weg.« Er warf den Hörer auf die Gabel und stand auf.

Frau Fuchs in Hessmanns Vorzimmer schenkte ihm ein warmes Lächeln, das für seine Begriffe eine Spur zu viel Mitleid enthielt, und winkte ihn durch. Hessmann saß aufrecht hinter seinem neuen, größeren Schreibtisch und schrieb etwas mit der Hand in eine Akte. Er sah Schafmann erst an, nachdem er die Kappe auf den Füller gesteckt und diesen in die bronzene Stiftschale gelegt hatte.

»Nehmen Sie Platz, Herr Schafmann … Es geht um das Feuer in der Flüchtlingsunterkunft.«

»Die Brandstiftung, ja …«

»Steht das denn schon fest?«, fragte Hessmann. Er wirkte irritiert. »Das LKA scheint da gar nicht so sicher.«

»KOK Dräger geht von einem Brandsatz aus, der durchs Fenster geschleudert wurde. Er hat keine Zweifel erkennen lassen.«

»Soso … wie dem auch sei, der Kollege Grellmayer hat mich gebeten, dem LKA ein wenig Zeit zu lassen, um die dortigen Quellen angemessen auswerten zu können.«

»Ein wenig Zeit? Wie viel ist das?«

»Er sprach von acht bis zehn Tagen.«

»Arbeitstage?«

»Davon gehe ich aus.«

»Also sollen wir ganze zwei Wochen die Füße stillhalten.«

»Sehen Sie es bitte als Entlastung, Herr EKHK Schafmann.«

»Wie Sie meinen, allerdings habe ich grad einen Zeugen wegen Widerstands festgenommen. Ich wollt eben das Fax an die Staatsanwaltschaft fertig machen.«

»Warum hat der Mann Widerstand geleistet?«

»Er wollte nicht aussagen. Der Widerstand macht ihn meines Erachtens zudem zum Verdächtigen.«

»Um wen handelt es sich?«

»Eduard Kuczinsky heißt der Mann, aus Oberau.«

Hessmann spitzte die Lippen, griff wieder nach seinem Füller und entfernte die Kappe. »Mit cz?« Sorgfältig notierte er den Namen auf einem quadratischen weißen Zettel. »Warten Sie noch mit dem Fax«, sagte er dann. »Ich werde mich bei Ihnen melden.«

Er entließ Schafmann mit einem gnädigen Nicken. Schafmann stand auf und ging hinaus. Er spürte Gänsehaut auf den Unterarmen. Wie es aussah, hatte Kuczinsky mit seinen Verbindungen nicht nur angegeben.

Burgl Schwemmer starrte das Handy in ihrer Hand an, ungläubig den Kopf schüttelnd.

»Was war das?«, sagte sie leise und sah zum Wecker auf dem Nachttisch. Die rot leuchtenden Zahlen im Display zeigten zehn Uhr sechsundzwanzig, ihr Telefonat mit Herrn Kant hatte fast eine Dreiviertelstunde gedauert. So recht konnte sie sich nicht erklären, wo die Zeit geblieben war. Er hatte freundlich amüsiert reagiert auf ihre Rekonstruktionsbemühungen hinsichtlich des Abends bei Oleg. Sie hatten über die Versteigerung in Düsseldorf und sein Hotel in Nürnberg geredet, über dies und das, über Autos und Harfen, er hatte sogar bereitwillig von den Nachstellungen dieser Lenora berichtet, und bis zum Schluss hatte er keinen Grund erkennen lassen, warum er Burgl eigentlich angerufen hatte. Und sie hatte nicht danach gefragt.

Sie fühlte sich seltsam, unsicher. Es war nicht zu leugnen, dass dieser Mann sie anzog. Und er gab ihr das Gefühl, ebenfalls Gefallen an ihrer Gegenwart oder wenigstens ihrer Stimme zu finden, obwohl sie fast zehn Jahre älter war als er, und es war ihr keinesfalls klar, was sie von dem Gefühl halten sollte.

Sie überlegte, was sie Balthasar davon erzählen sollte, und beschloss, das Gespräch nicht zu erwähnen.

Plötzlich fror sie. Ihre Hand tastete nach dem Federbett neben sich, um es über sich zu ziehen, doch dann sagte sie laut: »Nein. Kommt nicht in Frage.«

Entschlossen stand sie auf und ging ins Bad, um sich frisch zu machen. Eine halbe Stunde später stieg sie vor dem Hotel in ein Taxi und nannte dem Fahrer die Adresse von Olegs Atelier.

Es war ein energisches Klopfen, auf das Schafmann mit »Herein« antwortete. Eine Sekunde später stand Grellmayer in seinem Büro. Zwei Sekunden später fläzte er sich auf den Besucherstuhl und grinste Schafmann feist an.

»Mit dem Kuczinsky hast du leider den Falschen erwischt«, sagte er.

»Das bezweifle ich stark.«

»Das kann ja sein, aber du wirst ihn laufen lassen müssen.«

»Also gehört der zu dir.«

»Das werd ich nicht kommentieren. Und du solltest das so nicht behaupten, schon gar nicht anderen gegenüber.«

»Bist du jetzt V-Mann-Führer?«

Grellmayer schüttelte mit gequälter Miene den Kopf. »Was soll ich auf die Frage antworten? Selbst wenn's stimmt, du weißt doch, dass ich das nicht zugeben darf.«

»Dann leiste ich mir wohl einfach mal eine Meinung.«

»Von mir aus. Hauptsache, du redst nicht drüber.«

»Schön. Und mit welcher Begründung lass ich ihn laufen?«

»Er sagt, du hättest dich nicht als Polizist vorgestellt und ihn mit der Waffe bedroht.«

»So, sagt er das? Und das glaubst du ihm?«

»Freilich.«

»Ha! Wenn andere den Leuten geglaubt hätten, die gegen dich ausgesagt haben, dann säßest du heut nicht da.«

Grellmayers Miene wurde eisig. »Jetzt halt mal schön den Ball flach, Kollege. Sonst hast du ratzfatz ein Diszi am Bein. Und da hat der Kuczinsky weiter noch gar nichts gesagt. Der könnt nämlich wissen, *wer* den Molli durch das Fenster geworfen hat.«

Schafmann versuchte, seine Reaktionen unter Kontrolle zu halten, aber er hatte das Gefühl, rote Flecken auf den Wangen zu bekommen. »So?«, fragte er lahm.

Das feiste Grinsen war schon wieder auf Grellmayers Gesicht zurückgekehrt. »Dein Filius war das. Der Fabi … Den kenn ich noch, da war er so …« Grellmayer streckte die Hand aus, in Höhe der Schreibtischplatte. »Hat der nicht bei den Tölzern gesungen?«

»Das war sein Bruder«, murmelte Schafmann.

»Dann war er das, der Hockei gespielt hat. Ja mei. Und jetzt zündet er Häuser an. Mit Menschen drin. Versuchter Mord, oder?«

Schafmann vermied es, Grellmayer anzusehen.

»Noch hat er nicht ausgesagt, der Kuczinsky. Könnt er aber machen.«

Schafmann schwieg.

»Da sagt er nix, der Herr EKHK. Das interpretier ich mal so, dass wir uns einig sind. Schön. Dann sag ich mal Servus.«

Grellmayer stand auf und ging hinaus, ohne auf eine Antwort zu warten.

Schafmann ballte die Fäuste, bis sie dunkel anliefen. Dann wählte er die Nummer der Wache.

»Den Kuczinsky«, sagte er, »bringt mir den mal in mein Büro.«

Richtig wach wirkte Oleg zwar nicht und auch nicht so richtig erfreut über ihren Besuch, aber für einen Kater des Kalibers, den Burgl mit sich herumschleppte, gab es bei ihm keine Anzeichen. Auf der Fensterbank standen zwei schmuddelig wirkende Kaffeebecher. Oleg schüttete kochendes Wasser aus einem mit Kalkspuren überzogenen Kocher hinein. Lenora war nicht in Sicht, was Burgl keinesfalls bedauerte. Das Resultat von Olegs Bemühungen war Instantkaffee, der nur unter Zugabe von reichlich Zucker irgendwie konsumierbar wurde. Oleg machte sich nicht die Mühe, Höflichkeit vorzutäuschen. Er griff nach der Wodkaflasche auf dem Tisch und füllte daraus seinen halb vollen Kaffeebecher bis fast zum Rand auf. Dann hielt er ihn Burgl hin, aber die winkte ab. Offenbar mit einer Grimasse, die Oleg höhnisch grinsen ließ.

»Was gibt es noch?«, fragte er.

»Hören Sie, Oleg, wir müssen noch mal nüchtern über das Geschäft reden.«

»Warum? Wir haben Vertrag.«

»Vertrag? Ich hab keinen Vertrag ...«

»Kann ich nix für.« Er wies quer durch den Raum auf ein Metallregal. »Liegt da drüben. Unterschrieben.«

»Und was genau steht da drin?«

»Schauen Sie nach ...« Er machte keine Anstalten, aufzustehen.

Burgl sah ihn verschnupft an, aber sie stand auf und ging zu dem Regal. Es war voller Papiere aller Art, Notizen, amtlicher Schreiben, Skizzen. »Wo soll der denn sein?«

»Musst du schauen ...« Er nahm einen großen Schluck aus seinem Becher.

Burgl wühlte in den Papieren herum und stieß endlich auf ein halbiertes DIN-A4-Blatt mit einer schwer entzifferbaren Handschrift darauf. Am unteren Rand entdeckte sie etwas, das tatsächlich ihre Unterschrift sein mochte.

»*Das* hab ich unterschrieben?«

»Ja«, sagte Oleg mit einem Grinsen. »Lenora ist Zeuge.«

»Ich kann das nicht lesen. Was steht da?«

»Übernahme von mindestens zehn Bildern, dreiunddreißig Prozent Rabatt, Vorschuss fünfundzwanzigtausend, fällig sofort.«

Burgl fasste sich an die Stirn und schüttelte ungläubig den Kopf.

»Das ist nicht Ihr Ernst.« Die Zahlen Zehn, Dreiunddreißig und Fünfundzwanzigtausend entdeckte sie tatsächlich auf dem Papier.

»Aber exklusiv, oder?«

»Nix exklusiv. Steht da nicht. Exklusiv kann ich gar nicht, ich bin schon bei Galerien. In Köln. Und in München.«

»In München? Das ist nicht Ihr Ernst … Da hab ich die Konkurrenz ja vor der Haustür!«

»Ich hab Vertrag«, sagte Oleg und trank seinen Becher leer.

»Noch Kaffee? Oder lieber Wodka? Wir müssen noch Bilder auswählen. Machen wir am besten gleich jetzt.«

In Burgl stieg kalte Wut hoch. So wollte sie ihre Galeristinnen-Laufbahn nicht beginnen. Sie hasste das Gefühl, über den Tisch gezogen worden zu sein. Auch wenn sie, wie sie sich eingestehen musste, eher unter den Tisch getrunken worden war. Fünfundzwanzig Kilo Vorschuss bei nur dreiunddreißig Prozent Provision. Sie musste also Bilder für fünfundsiebzigtausend Euro verkaufen, nur um auf null zu kommen. Wenn sie fünfzehntausend pro Bild kriegen würde, was durchaus nicht sicher war, waren das fünf Stück. Und von der Galerie in München, da war sie – Wodka hin oder her – ganz sicher, war nie die Rede gewesen. Ein Vorschuss war außerdem etwas völlig Unübliches, dafür müsste mindestens die Exklusivvertretung garantiert sein, allermindestens europaweit.

»Ja«, sagte Burgl. »Geben Sie mir einen Wodka.«

Oleg nickte zufrieden. Er stand auf und holte von der Fensterbank zwei Wassergläser, die er im Gehen aus der Flasche füllte.

»*Sa wasche sdorowje*«, sagte er.

»Zum Wohl«, antwortete Burgl.

Sie trank das Glas auf Ex und warf es hinter sich, wo es an der Wand oder sonstwo zerschellte. Oleg sah sie eher amüsiert als beeindruckt an. Als er sein Glas zum Mund führte, faltete sie den Vertrag zweimal zusammen, zerriss ihn und ließ die kleinen Fetzen zu Boden segeln.

»Da hast du *sdorowje*, Saupreiß, russischer«, sagte sie und marschierte zur Tür.

»Hey!«, krächzte Oleg hinter ihr, offenbar kämpfte er mit Wodka in der Luftröhre. »Du Bayernschlampe! Das lass ich dir nicht durchgehen! Bleib stehen.«

Aber Burgl warf ihm die schwere Ateliertür vor der Nase zu. Er stieß sie krachend wieder auf, folgte ihr auf den Flur hinaus, weiter brüllend. Dass die Tür des nächsten Ateliers geöffnet wurde, beachtete Burgl nicht. Sie stürmte weiter den Gang entlang, aber dann hörte sie hinter sich eine sonore Stimme mit amerikanischem Akzent.

»Hey, Oleg. Du fasst die Lady nicht an, klar.«

Sie machte noch ein paar Schritte, dann hielt sie doch an und drehte sich um. Der Mann mit den Rastalocken stand auf dem Gang, die Hände leicht erhoben, es mochte als Beschwichtigung gemeint sein, aber er überragte Oleg um anderthalb Kopf, und so wirkte die Geste bedrohlich genug, um den Russen zum Halten zu bringen.

»Das geht dich einen Scheiß an, Geoffrey«, sagte Oleg. »Hier geht's ums Geschäft.«

»Das kann ja sein«, antwortete Geoffrey. »Aber es gibt überhaupt keinen Grund, den ich mir vorstellen kann, auf eine Frau loszugehen, wenn ich in der Nähe bin. Schon gar keinen geschäftlichen. Und das hab ich dir schon mal erklärt.«

»Wie kommst du darauf, dass ich auf sie loswill?« Oleg versuchte, an Geoffrey vorbeizukommen, aber der packte ihn mit seiner riesigen Linken am Oberarm und hielt ihn fest, ohne sich dabei irgendeine Anstrengung anmerken zu lassen.

»Oleg, ich kenn dich. Ich kann in deinen Augen sehen, was du vorhast. Und ich lasse das nicht zu. Geh in dein Atelier zurück und schließ die Tür hinter dir.«

Oleg stieß einen russischen Fluch aus. Sein Zeigefinger schoss nach vorn und deutete auf Burgl. »Du hörst von meinem Anwalt!« Geoffrey ließ ihn los, die Hände immer noch erhoben. »Und wir sind noch nicht fertig miteinander, Nigger«, zischte Oleg noch, bevor er in seinem Atelier verschwand.

Geoffrey drehte sich zu Burgl um. »Wie geht es Ihnen?«, fragte er sanft. »Alles in Ordnung?«

Burgl nickte zur Antwort, obwohl ein »Ja« nicht der Wahrheit entsprach. Adrenalin pumpte durch ihren Körper, und sie spürte ihre Halsschlagader pochen.

»Kommen Sie rein«, sagte Geoffrey und deutete auf seine Tür. »Ich hab gerade Tee aufgesetzt.«

»Was zu trinken?«, fragte Schafmann. Er stellte Kuczinsky ein Glas hin und füllte es mit Mineralwasser.

»Habts kein Helles?« Kuczinsky grinste höhnisch. »Na ja, passt scho.« Er griff nach dem Glas und trank es aus. »Ich hab ja gesagt, ich brauch keinen Anwalt.«

»Was haben Sie dem Herrn Grellmayer denn so erzählt?«, fragte Schafmann.

»Das geht euch nix an. Ich red nur mit dem LKA.«

»Wir sind aber auch die Polizei.«

»Mag ja sein. Aber ihr zahlt mir nix.«

»Was müssten wir Ihnen denn zahlen, damit Sie uns was erzählen?«

Kuczinsky lachte. »Naa, ich mach das exklusiv für den Grelli. Da legt der großen Wert drauf. Und außerdem, Stichwort Brandanschlag: *Sie* müssten mir eher was bezahlen, damit ich *nix* sag, nicht wahr – wir verstehen uns. Würd nicht schaden, sag ich mal. Danke für das Wasser. Und jetzt geh ich mir ein Helles trinken. Im Höllentaler.«

Kuczinsky stand auf und verließ ohne ein weiteres Wort das Büro.

Als er draußen war, öffnete Schafmann seine Schreibtischschublade und nahm einen Klarsichtbeutel heraus, den er über das Wasserglas stülpte. Er verschloss den Beutel, klappte seine Aktentasche auf und steckte das Glas hinein.

»Wo kommen Sie her?«, fragte Burgl. Geoffrey nahm eine Tasse aus einem Hängeschrank und sah sie prüfend an, bevor er Tee einschenkte.

»Spielt das eine Rolle?«, fragte er und reichte ihr die Tasse.

»Grüner Tee, ich hoffe, das ist okay.«

»Ja, passt wunderbar.«

Er raffte einige Skizzen vom einzigen Tisch im Raum und bot ihr mit einer Geste einen Stuhl an.

»Ich finde die Herkunft des Künstlers schon von Belang«, sagte sie. »Der Ansatz, das Werk komplett für sich stehen zu lassen, behagt mir nicht. Ich habe als Betrachter gern eine Chance, Spuren zu finden.«

»Sie suchen nach Spuren, die Sie vermuten. Wäre es nicht schöner, Dinge zu finden, die sie nicht vermuten?«

»Darüber können wir natürlich stundenlang reden ...«

Geoffrey lachte und hob die Hände zu einer einladenden Geste.

»Ich hab Zeit.«

Burgl lächelte und nippte an ihrem Tee, der im Vergleich zu Olegs Brühkaffee geradezu als Offenbarung daherkam. »Sie wollen mir also nicht sagen, wo Sie herkommen? Woher kommt Ihr Akzent?«

»Na, wenn Ihnen so viel dran liegt. Geboren wurde ich in Ramstein. Mein Vater war GI bei der Airforce. Meine Mutter war auch Amerikanerin, aber sie haben sich scheiden lassen, und sie ist hiergeblieben, als er in die Staaten zurückging. Aufgewachsen bin ich in Bamberg. Sehr schön da. Aber eng. Mit siebzehn bin ich losgezogen, Südamerika, Japan, Afrika, hab angefangen zu malen und bin in New Orleans gelandet. Da hab ich gelebt und geheiratet. Dann kam Katrina. Bis dahin hatte ich wenig, danach nichts mehr. Meine Frau ist ertrunken, mein Haus weg, alle meine Bilder.«

»Das tut mir leid ...«

»Ich bin einfach wieder losgezogen, wieder um die Welt, und irgendwann wieder in Deutschland gelandet, hier in *Dazzledorf*.«

»*Dazzledorf*. Gibt es nicht ein Buch, das so heißt? Einen Fotoband?«

»Ja, von Charles Wilp. Ich hatte nie von ihm gehört, aber hier ist er Legende. War leider schon tot, als ich herkam.«

Burgl sah zur Wand, an der vier der großen, düsteren Ölgemälde lehnten, die sie gestern schon gesehen hatte. »Sind die von Ihrer Geschichte beeinflusst?«

Geoffrey folgte ihrem Blick. »Finden Sie?«, fragte er.

»Nun, sie wirken nicht sehr … hoffnungsvoll.«

»Also finden Sie Spuren darin. Spuren meines Lebens.«

»Ja. Sie sind schon sehr eindrucksvoll. Aber ich muss sagen, dass ich sie nicht um mich haben möchte, wenn Sie verstehen. Das scheint eher was für Museen.«

»Ja. Die dunkle Seite. Man kann Angst davor bekommen. Die dunkle Seite des schwarzen Mannes.«

»So würd ich es nicht ausdrücken.« Sie lächelte verlegen. »Ich kann mir nur nicht vorstellen, dass die Bilder gut verkäuflich sind.«

»Das hört man nicht gern. Aber es ist auch nicht das erste Mal.«

»Tut mir leid …«

Geoffrey stand auf. »Kommen Sie mal mit«, sagte er und ging auf eine Spalte zwischen den großen Bildern zu, hinter der Burgl erst jetzt eine Tür entdeckte. Sie folgte ihm. Hinter der Tür lag ein kleines, fast winziges Atelier, in dem eine geradezu penible Ordnung herrschte. Ein Regal mit sorgsam gestapelten Blättern dicken Künstlerpapiers, Behälter mit Pinseln, eine große Zahl Farbtuben und -dosen. Unter einer Tageslichtlampe stand eine Staffelei, darauf ein sanft farbiges Gemälde, klein, es füllte ein DIN-A4-Blatt kaum zur Hälfte aus.

Burgl beugte sich hinunter. Eine Pflanze, in unfassbarer Genauigkeit gemalt, die kleinsten Details und Verästelungen waren erkennbar, allerdings war es kein real existierendes Gewächs, sondern zusammengesetzt aus phantastischen Kleinigkeiten wie winzigen Drachenköpfen und profansten Dingen wie Staubsaugern und Suppenkellen – all das aber nur aus nächster Nähe erkennbar. Es war noch nicht fertig, etliche Zweige und Blätter fehlten noch. Burgl drehte den Kopf und sah Geoffrey fragend an.

»Finden Sie die Spuren?« Sein Mund zog sich breit auseinander, offenbar war er bester Laune.

»Was ist das?« Burgl richtete sich auf.

»Das ist die Kunst eines Mannes, der alles verloren hat.« Burgl sah irritiert zur Tür. »Aber da draußen ...«

»Ich bin hier Untermieter. Da draußen, das ist die Kunst einer jungen Frau, deren Vater Chefarzt ist und die noch nie in ihrem Leben irgendetwas von Belang verloren hat. Ihr größtes Problem ist, dass man unten im Hof ihr Cabrio zerkratzt hat, als sie da im Parkverbot stand. Zurzeit ist sie in Kuala Lumpur. Auf der Kunstmesse. Wahrscheinlich findet sie da irgendeinen Chinesen, der ihr das Zeug abkauft.«

Burgl sah wieder zu dem winzigen Bild. »Haben Sie noch mehr davon?«

»Dutzende«, sagte Geoffrey. »Aber ich verkaufe sie nicht.«

Hardy Lepper sah Aleko Parashvili schon vom Steg über die Pegnitz aus. Er saß auf einer Bank an der Hallerwiese. Die Hände auf den Knauf seines schwarzen Spazierstocks gestützt, sah er regungslos auf den Fluss hinaus, aber Hardy kannte den alten Fuchs zu lange, um zu hoffen, ihn überraschen zu können. Aleko würde ihn längst bemerkt haben. Gemächlich überquerte er den Großweidenmühlsteg, bog in den Weg hinunter zu der Bank und setzte sich neben den Alten. Aleko wandte ihm den Kopf zu, und seine Mundwinkel hoben sich ein wenig. Seine Augen aber behielten den Blick eines Raubvogels.

»Lange nicht gesehen«, sagte er.

Hardy nickte nur und sah aufs Wasser hinunter.

»Wie geht es Carlo? Besser?«, fragte Aleko.

»Besser, ja. Aber nicht gut.«

»Ich hörte davon.« Aleko seufzte, ein wenig theatralisch. »Es geht einem nicht gut, wenn man nicht mehr die Rolle spielen darf, die einem immer gehört hat. Ich weiß, wovon ich rede.«

»Immerhin führt dein Sohn euren Laden weiter«, sagte Hardy.
»Carlos Tochter schlägt sich doch auch wacker, nach allem, was ich höre.«

»Ja. Aber er hat zwei Söhne verloren. Und was von seinem Laden übrig geblieben ist ... ist nicht sehr viel, wie du wohl weißt. Das meiste davon gehört dir und deinem Sohn.«

»Vergangenes sollten wir vergangen sein lassen.«

»Das ist eine Menge«, sagte Hardy. »Warum wolltest du mich sprechen?«

»Bei uns war ein Mann aus Düsseldorf, der sich nach unserm alten Freund Marshall Stevens erkundigt hat.«

»Der war auch bei uns. Marshall ist dein Freund? Meiner nicht.«

»Nun, ein Geschäftsfreund war er schon.«

»War?«

»Ja, als ich noch Geschäfte gemacht habe.«

»Ich kenne ihn kaum.«

»Was ist passiert, damals in eurem Haus in Garmisch?«

»Das weißt du doch. Reagan und Gunther haben ihren Streit offen ausgetragen. Reagans Leute haben Gunther erschossen. Reagan ist nie wieder aufgetaucht.«

»Und was war mit Carlo? Wo war er danach?«

»Als ihr sein Geschäft übernommen habt, meinst du?«

»Wir hätten das nicht getan, wenn er hier gewesen wäre, in Nürnberg. Aber er war verschwunden. Monatelang. Niemand hat uns etwas gesagt. Du nicht, seine Tochter nicht.«

»Was hättest du getan? Stell dir vor, Levan wird erschossen, von einem Familienmitglied.«

»Ich hätte nicht alles aufgegeben. Nicht ohne Grund.« Er wandte den Kopf und sah Hardy in die Augen. »Und Carlo auch nicht. Sag mir, was passiert ist.«

Hardy starrte auf das Wasser und schwieg.

»In jener Nacht hat jemand auch Boris, den Russen, erschossen, in seinem eigenen Haus. Weißt du das?«, fragte Aleko.

»Ich hörte davon.«

»War das Reagan?«

Hardy atmete tief durch. »Ja«, sagte er dann.

Aleko nickte verstehend.

»Reagan hat euch damit einen Dienst erwiesen, das ist dir klar«, sagte Hardy.

»Es hat uns nicht geschadet.«

»Boris war drauf und dran, hier in Nürnberg einzumarschieren«, sagte Hardy. »Dann hättet ihr jetzt auch nicht mehr als wir.«

»Da hast du wohl recht. Aber du erwartest hoffentlich keinen Dank von mir.«

Hardy zuckte die Achseln. »Denn eigentlich war es ja Reagan, der bei mir einmarschieren wollte. Sag mir, wo er steckt.«

»Spielt keine Rolle.«

»Lebt er noch?«

Hardy zögerte lange mit der Antwort. »Nein«, sagte er endlich.

»Mein Beileid«, sagte Aleko. »Vor allem an Carlo und Ula natürlich. Bitte richte ihnen das aus.« Für eine lange Minute saßen die beiden Männer schweigend nebeneinander. »Hat Reagan auch auf Carlo geschossen?«, fragte Aleko schließlich.

»Wieso glaubst du, auf Carlo wäre geschossen worden?«

»Alter Freund«, sagte Aleko, »was habe ich getan, dass du mich für so dumm hältst? Boris wird erschossen, Marshall Stevens verschwindet spurlos, Reagan auch, Carlos eigene Leute haben angeblich keine Ahnung, wo er ist. Glaubst du, ich hab da gesessen und die Hände in den Schoß gelegt? Es war nicht so schwer, den Arzt in Garmisch zu finden, der ihm die Kugel aus der Brust geholt hat. Und es war erst recht nicht schwer, ihn zum Reden zu bringen. Da reichten ein paar Hunderter. Und jetzt erzähl mir, was passiert ist.«

Hardy presste die Lippen zusammen und schnaufte. »Irgendjemand hat Reagan eingeredet, dass Gunther sein Labor überfallen und ihn ausgeraubt hätte. Daraufhin hat einer von Reagans Leuten Gunther erschossen.«

»Und? *Hat* Gunther das getan?«

»Seine Leute schwören Stein und Bein, dass es nicht so war. Aber was nutzt das noch? Ohne Gunther konnten wir damals den Laden nicht am Laufen halten. Stevens wusste das. Er kam zu uns nach Garmisch und hat ein Übernahmeangebot gemacht. Dann ist Reagan aufgetaucht, das war nicht geplant. Es gab Streit, eine

Schießerei. Reagan und Marshall haben es nicht überlebt. Carlo nur knapp.«

Aleko schwieg. Sein Gesicht war unbewegt, aber seine Hände kneteten den Knauf seines Stockes.

»Für euch ist es doch optimal gelaufen«, sagte Hardy. »Erst räumt Reagan Gunther, Boris und Stevens aus dem Weg. Und dann fallen die Unterwexlers komplett aus. Freie Bahn für Levan und dich.«

»Willst du mir das vorwerfen? Bin ich für Reagans Tod verantwortlich?«

»Nein … Nein. Bist du nicht. Carlo wird herausfinden, wer für all das verantwortlich ist. Derjenige, der Reagan eingeredet hat, sein Bruder kämpfe gegen ihn. Den Mann will er noch kriegen, bevor es vorbei ist. Und dann gnade ihm wer auch immer.«

»Die Rache eines alten Mannes …«, sagte Aleko. »So nutzlos wie fürchterlich.«

»Kennst du dich da aus?«

Aleko ignorierte die Frage. »Was hat Stevens euch geboten, für die Übernahme?«

»Siebeneinhalb Millionen Dollar. Für alles. Ein Witz.«

»Eine Woche vorher wäre es ein Witz gewesen. Zu dem Zeitpunkt hätte ich dir das nicht mehr geboten. Ihr wart erledigt.«

»Wir hätten auch akzeptiert, aber dann platzte Reagan herein, und der Dreck flog uns um die Ohren.«

»Wie wollte Stevens bezahlen?«

Hardy sah zur Seite. »Darüber hatten wir noch nicht gesprochen. So weit waren wir noch nicht.«

Aleko wandte den Kopf und sah ihn forschend an. »Ich frage mich, wer den Düsseldorfer beauftragt hat.«

»Eine Frau. Oder jemand, dem Stevens Geld schuldet«, antwortete Hardy mit einem Achselzucken.

»Warum erst jetzt?«

»Was weiß ich. Ist auch egal. Er wird ihn nicht finden. Was kümmert dich das eigentlich?«

Wieder dauerte es eine Weile, bis Aleko antwortete. »Es gibt Gerüchte … Stevens soll das Geld dabeigehabt haben.«

»Davon weiß ich nichts.«

»Nun, das musst du ja wohl sagen.«

»Warum fragst du dann? Wer erzählt das überhaupt?«
Aleko hob die Schultern. »Jemand. Gerüchte halt.«

»Eben«, sagte Hardy.

»Hast du denn eine Ahnung, wer es haben könnte?«
»Nein«, sagte Hardy. »Nicht die geringste.«

Geoffrey verabschiedete sie mit einem freundlichen Händedruck.
Burgl war mehr als ein bisschen enttäuscht über den Mangel an
Überschwang, schließlich hätte er gerade eine Galeristin bekommen können. Aber er hatte sich strikt geweigert, ihr auch nur noch
eines seiner fertigen Bilder zu zeigen. Er war nicht zufrieden mit
ihnen, sie waren nicht gut, wie er ihr erklärte, und Geld locke
ihn nicht, da ihm an nichts mangele, weil er als Hausmeister in
dem Gebäude arbeite. Was er sich hatte abbetteln lassen, war die
Zusage, ihr das Bild auf der Staffelei zu überlassen, wenn es denn
fertig würde.

Sie war sicher, für seine Bilder Käufer an der Zahl zu finden,
gerade auch in Garmisch. Modern, technisch hochklassig, ästhetisch ansprechend, originell, aber nicht zu ausgefallen, dazu als
Mann ein echter Typ, den man vorzeigen konnte. Es musste mit
dem Teufel zugehen, wenn sie da keinen Erfolg draus machen
konnte, dachte sie, während sie die Treppen des alten Fabrikgebäudes hinunterstieg.

Als sie im Erdgeschoss das Stiegenhaus verließ, stand Oleg vor
ihr. Er lehnte rauchend in der offenen Eingangstür und schien sie
nicht zu beachten. Sie zögerte nur kurz, dann gab sie sich einen
Ruck und marschierte los. Aber bevor sie ihn passieren konnte,
hob er ein Bein und stemmte es in den Türrahmen. Immer noch
sah er sie nicht an, er musterte nur beiläufig den qualmenden
Stummel in seiner Rechten.

Burgl wartete, aber er gab den Weg nicht frei.

»Was soll das?«, fragte sie.

»Ich habe Vertrag.«

Er sah sie mit schräg gelegtem Kopf an, schief von unten her.

Offenbar war er mittlerweile stark alkoholisiert. Erst jetzt entdeckte sie die Wodkaflasche auf dem Boden neben dem Türrahmen.

»Oleg, *Sie* wollen *mir* was verkaufen. Glauben Sie tatsächlich, auf diese Art kämen wir noch ins Geschäft?«

Völlig unvermittelt begann er zu brüllen. »Ich *hab* schon verkauft! Ich hab Vertrag! Fünfundzwanzigtausend!« Er nahm den Fuß herunter und baute sich vor ihr im Türrahmen auf. »Und nix Anwalt! Vertrag mit mir ist Vertrag mit mir. Hältst du ein! Oder wirst du sehen.«

Er machte einen Schritt auf sie zu, und Burgl wich zurück. Sein Gesichtsausdruck schien ihr einigermaßen beunruhigend. Als er weiter auf sie zukam, drehte sie sich um und machte ein paar schnelle Schritte zurück ins Haus. Ein paar Türen weiter sah sie ein WC-Schild. Entschlossen ging sie darauf zu.

»Was hast du vor? Verstecken auf dem Klo?«

Oleg lachte höhnisch, aber es war ihr egal. Sie betrat die Damentoilette und schloss sich in einer der beiden Kabinen ein. Der Raum entsprach allen Erwartungen an eine Künstlerinnentoilette. Immerhin gab es einen Klodeckel. Sie klappte ihn runter und setzte sich drauf. Oleg öffnete tatsächlich die Tür zum Vorraum und brüllte irgendwas auf Russisch herein.

Burgl schüttelte fassungslos den Kopf. Sie dachte daran, die Polizei anzurufen, verwarf den Gedanken aber gleich wieder. Wahrscheinlich dauerte es in einer Stadt dieser Größe eine halbe Stunde, bis so eine Petitesse bedient werden würde. Oleg hatte die Tür wieder geschlossen und zeterte nun draußen auf dem Flur herum. Einige andere Stimmen kamen hinzu, es wurde durcheinandergeredet, offenbar versuchten andere Künstler, ihn zur Räson zu bringen. Irgendwer öffnete die Tür.

»Hier drin alles okay?«, fragte eine Frauenstimme.

Burgl öffnete die Kabinentür. Eine nicht mehr ganz junge Frau in sehr bunter Kleidung stand davor.

»Ist der Russe mal wieder ausgetickt.« Es war eher eine Feststellung als eine Frage. »Die Jungs haben ihn nach oben gebracht, du kannst jetzt raus.«

»Danke …«

»Keine Ursache. Wir müssen langsam mal sehen, dass wir den loswerden. Ist nicht so einfach.«

Sie hielt Burgl die Tür auf. Auf dem Gang stand noch eine andere Frau, die ihr mitleidig zunickte. Burgl beeilte sich hinaus. Mittlerweile war es dunkel. Ein leichter Nieselregen nässte das Kopfsteinpflaster des Innenhofes, und ihr wurde klar, dass sie sich noch kein Taxi bestellt hatte. Die Dame in der Zentrale versprach ihr einen Wagen in zehn Minuten.

Die Wartezeit in der dunklen Toreinfahrt wurde ihr durchaus unbehaglich. Sie überlegte, Balthasar anzurufen, entschied sich aber dagegen. Sie wollte ihn nicht unnötig beunruhigen. Einer plötzlichen Eingebung folgend rief sie Jo Kant an. Er meldete sich sofort und schien tatsächlich erfreut zu sein über ihren Anruf. Sie versuchte, nicht zu dramatisch zu wirken, und schilderte zunächst ihre Entdeckung Geoffrey, von dem Kant noch nichts gehört hatte. Erst als er sich nach Oleg erkundigte, erzählte sie, wo sie war und was vorgefallen war. Kant wurde sehr ernst.

»Gehen Sie wieder rein«, sagte er. »Ich will mit Oleg reden.«

»Aber mein Taxi kommt gleich!«

»Das wird warten. Es dauert nicht lange. Tun Sie, was ich Ihnen sage.«

»Lust hab ich da nicht zu«, sagte sie, aber sie setzte sich in Bewegung. Kant am anderen Ende der Leitung schwieg, während sie die Treppen wieder hinaufstieg.

»Ich steh vor seinem Atelier«, sagte sie, als sie im zweiten Stock angekommen war.

»Schalten Sie mich auf Lautsprecher und gehen Sie rein«, sagte Kant. »Klopfen Sie nicht an.«

Burgl öffnete die Tür. Oleg lag auf dem Sofa und schnarchte so laut, dass auch Kant es hören konnte.

»Wecken Sie ihn. Heftig«, sagte er.

»Wie meinen Sie das? Mit Wasser?«

»Das klingt gut.«

Burgl füllte ein Glas am Wasserhahn, zögerte nur kurz und kippte dem Mann den Inhalt ins Gesicht. Mit einem wütenden Schrei fuhr er hoch und brauchte ein paar Sekunden, um zu verstehen, was los war.

»Scheiße!«, schrie er dann und versuchte aufzustehen, was ihm mangels Koordination nicht leichtfiel.

Kants Stimme im Lautsprecher sagte etwas Entschiedenes, zu Burgls Verblüffung auf Russisch. Oleg hielt inne, halb verrenkt hing er auf dem Sofa und starrte verwundert das Handy in Burgls Hand an. Er stellte eine Frage, ebenfalls auf Russisch. Kant antwortete ausführlich, und Oleg sank auf seinem Sofa zusammen. »Da«, antwortete er nur. Das wiederholte er noch einige Male, jedes Mal leiser als zuvor. Schließlich schloss er die Augen und massierte seine Nasenwurzel.

»Wir können gehen«, sagte Kant.

Burgl eilte aus dem Atelier und schaltete unterwegs den Lautsprecher wieder ab. Von der Tür aus sah sich noch einmal um, Oleg hatte immer noch die Augen geschlossen.

»Was haben Sie ihm gesagt?«, fragte sie, als sie draußen war.

»Wenn mir daran gelegen hätte, dass Sie es verstehen, hätte ich es auf Deutsch gesagt.«

»Aha. Ich vermute aber, dass es sich auf Russisch erheblich eindrucksvoller anhört.«

»Da könnten Sie recht haben.«

»Wieso können Sie Russisch?«

»Nun, man lernt. In meiner Branche und in diesen Zeiten ist Russisch außerordentlich hilfreich. Es geht kaum noch ohne. Allerdings fürchte ich, dass das Gleiche bald für Mandarin und die ein oder andere weitere Sprache gelten wird. Und mein Mandarin hält mit meinem Russisch bei Weitem noch nicht mit. Kurz zusammengefasst habe ich Oleg gesagt, dass auf einen groben Klotz ein grober Keil gehört.«

»Sie scheinen ihm tatsächlich Angst gemacht zu haben.«

»Ich habe ihm ein paar meiner Referenzen genannt.«

»Und das hat gereicht?«

»Immerhin war ich es, der seinen Kunstprofessor hinter Gitter gebracht hat. Lothar van Wygan.«

»Das waren Sie?« Die kriminellen Schiebereien des Großkünstlers hatten vor einigen Jahren bundesweit Schlagzeilen gemacht.

»Ja, ein interessanter Fall war das.«

»Sie klingen sehr zufrieden, Herr Kant«, sagte Burgl.

»Verzeihung, ich wollte nicht überheblich wirken.«

»Nun, das passiert Ihnen hin und wieder.«

»Ich werde versuchen, es zu vermeiden, Ihnen gegenüber.«

»Nur mir?«

»Ja. Ansonsten gehört es zum Beruf.«

»Verstehe.« Sie erreichte den Ausgang zum Hof. Vor der Tordurchfahrt sah sie ein gelbes Taxischild leuchten.

»Sind Sie noch in Nürnberg?«, fragte sie.

»Nein«, antwortete Kant. »Ich bin in Garmisch-Partenkirchen.«

Schafmann betrat Fabians Zimmer, ohne anzuklopfen. Sein Sohn saß an seinem Schreibtisch und klappte hastig seinen Laptop zu. Schafmann ignorierte es.

»Dein Freund Kuczinsky«, sagte er, »der arbeitet fürs LKA. Der ist ein Spitzel.«

Fabian sah ihn nicht an. Er saß an seinem Schreibtisch und starrte aus dem Fenster. »Das weiß ich«, sagte er.

»Das weißt du? Woher?«

»Er hat es uns gesagt.«

Schafmann traute seinen Ohren nicht. »Was soll das denn heißen? Du weißt, dass der ein Spitzel ist, und machst trotzdem mit ihm zusammen so einen Scheiß?«

»Der sagt denen nichts. Nicht die Wahrheit. Der erzählt denen nur Quatsch und kriegt auch noch Geld dafür.«

»So. Dann ist das also Quatsch, dass er denen erzählt hat, dass du den Molli geworfen hast.«

»Was?« Fabian sah ihn an, in seinem Gesicht arbeitete es.

»Sein V-Mann-Führer weiß, dass du das warst. Er hat es mir gesagt. Noch hat er nichts unternommen, aber er hat dich in der Hand. Und mich auch.«

Fabian schien fassungslos. »Der Edi hat uns geschworen, das würd er nie tun!«

»Geschworen! Ich weiß nicht, was mich mehr fertigmacht: Dass du Wohnhäuser ansteckst oder dass du so deppert bist.«

»Was machen wir denn jetzt?«

»Wir. Auf einmal wir.« Schafmann hieb wütend die Faust gegen den Türrahmen. Fabian schwieg.

»Ich werd schaun, was geht«, sagte Schafmann leise. »Und du kannst meinetwegen wieder zu dem Pack gehen. Aber du erzählst mir, was die anstellen. Vor allem der Kuczinsky. Wenn der was Illegales macht, will ich das wissen. Und wenn dem nur der Parkschein abgelaufen ist. Alles. Und *du* machst keinen Scheiß mehr.«

»Wenn ich bei denen bin, dann *muss* ich doch Scheiß machen«, sagte Fabian.

Schafmann seufzte. »Pass halt auf. Tu das Richtige. Verletz keine Menschen. Niemanden. Verstanden?«

Fabian nickte nur.

»Gut, ich verlass mich auf dich. Enttäusch mich nicht.«

Sein Sohn sah ihn nicht an.

Schwemmer seufzte, als das Telefon zu klingeln begann. Das dürfte ein Anruf von Burgl sein, der war ohnehin für ihre Verhältnisse überfällig. Und typischerweise kam er gerade, als die Bayern einen Freistoß zugesprochen bekamen, keine zwei Meter vom Strafraumeck entfernt. Er stellte den Ton ab und meldete sich.

Ihre Stimme zu hören entschädigte für vieles, zumal Robben den Freistoß in den Himmel über Mailand schickte.

»Ich vermiss dich«, sagte er.

»Ja ... ich dich auch. Hausl, ich muss dir was sagen. Der Kant, der ist in Garmisch.«

»Überrascht mich nicht wirklich. Woher weißt du das denn?«

Erstaunt nahm er ein Zögern zur Kenntnis, bevor sie antwortete. »Er hat es mir erzählt«, sagte sie seltsam kleinlaut.

»Ihr telefoniert?«, fragte er verblüfft.

»Wegen dem Russen. Der hat Ärger gemacht, und –«

»Was für einen Ärger? Und wieso rufst du dann *den* an?«

»Dieser Oleg hat versucht, mich reinzulegen. Der hatte auf einmal einen Vertrag mit mir, von dem ich nix wusste.«

»Nichts oder nichts mehr?«, fragte Schwemmer nach einem spöttischen Auflachen.

»Beides wahrscheinlich.« Sie klang ärgerlich. »Jedenfalls der Kant, der hat mir den Russen ja vorgestellt. Und da wollt ich wissen, was er dazu sagt.«

»Und?«

»Er hat mit dem Mann gesprochen, und jetzt is a Ruh.«

»Was hat er dem denn gesagt?«

»Weiß ich nicht. Das war Russisch.«

»Der kann Russisch?«

»Der Russe hat es jedenfalls verstanden. Und er wirkte beeindruckt.«

Schwemmer sah schweigend zu, wie Lewandowski freundlich begleitet von einem halben Dutzend Mailänder Abwehrspielern eine Ecke von Ribéry zum 1:0 einnickte, und griff nach seiner Maisacher Perle.

»Ich find das nicht gut, dass du mit dem telefonierst«, brummte er. »Der benutzt dich. Ich weiß nicht, woher er wusste, dass du in Düsseldorf bist, aber er ist dir mit Sicherheit nicht zufällig über den Weg gelaufen. Der könnte sehr lästig werden.«

Ein Schweigen entstand, wie es selten zwischen ihnen vorkam.

»Hast du die Fliesen verlegt?«, fragte sie schließlich.

»Ja. Die liegen. Hast du schön ausgesucht, sehen sehr gut aus. Morgen verfugen, das neue Klo montieren, Tür kürzen und so weiter.« Wieder entstand eine Pause. »Wird sehr schön, die Galerie«, fuhr er fort. »Ich bin gespannt auf die Bilder, die du mitbringst.«

»Hausl ...«

»Ja?«

»Wird das gut gehen?«

»Schaun mer mal«, sagte er und nahm einen Schluck Bier.

Schafmann betrat die Inspektion durch die Seitentür. Er grüßte flüchtig in Richtung der Überwachungskamera, dann lief er die Treppe hinauf zu seinem Büro. Üblich war es nicht, dass er hier um diese Uhrzeit ohne erkennbaren Anlass auftauchte, andererseits würde man dem Chef der Kripo kaum vorhalten können, dass er arbeitete, wenn es ihm passte.

Er hängte seinen Mantel an der Garderobe auf und setzte sich an seinen Schreibtisch. Eine Weile starrte er den anthrazitfarbenen Telefonapparat darauf an, bevor er den Hörer abnahm und die interne Nummer des K3 wählte. Wie er gehofft hatte, nahm niemand ab. Auch dort wurde um diese Zeit nur aus besonderem Grund gearbeitet. Er stand auf. Aus den Taschen seines Mantels nahm er seinen Generalschlüssel und einen braunen Umschlag. Dann verließ er sein Büro und schloss hinter sich ab. Zwei Kollegen von den Uniformierten kamen den Gang entlang. Sie grüßten ihn höflich und schienen keinesfalls verwundert, ihn spätabends vor seinem Büro zu treffen. Er ging langsam Richtung Labor, wartete, bis die Kollegen auf der Treppe verschwunden waren, und schloss auf. Eilig drückte er die Tür hinter sich wieder zu, bevor er das Licht anschaltete. Er setzte sich an einen der PCs, loggte sich ein und erstellte eine neue Ermittlungsakte. Dann startete er das Scannerprogramm. Aus dem braunen Umschlag zog er die Folien mit Kuczinskys Abdrücken, die er zu Hause von dem Wasserglas abgenommen hatte, legte sie auf die Glasfläche und startete den Scanner. Als das Gerät seine Arbeit beendet hatte, fügte er den Scan in die neue Akte ein. Dann rief er die Ermittlungsakte zu dem Brandanschlag auf und kopierte Datei für Datei in die neue Akte. Aus der Fingerabdruckdatei kopierte er nur Drägers Anmerkungen und setzte sie unter Kuczinskys Abdrücke. Als er fertig war, schloss er die Dateien der alten Akte und klickte auf»Akte löschen«. Seine Hand zitterte ein wenig, als er, wie gefordert, sein Kennwort eingab und auf»Löschen bestätigen« klickte. Die neu angelegte Akte speicherte er unter dem Namen der alten ab und loggte sich dann aus.

Er schloss die Augen, sein Atem ging schwer. Es war kaum zu hoffen, dass jemandem wie Dräger das neue Speicherdatum nicht auffiel, aber immerhin war in der neuen Akte nicht zu erkennen, was genau geändert worden war. Schafmann erhob sich ächzend und ging zu der Doppelreihe stählerner Aktenschränke, die den Laborbereich gegen die Schreibtische abgrenzte. Er zog die Mappe zu dem Brandanschlag aus der Hängeregistratur, nahm die Plastikhülle mit den Fingerabdruckfolien heraus und tauschte sie gegen die von Kuczinsky aus.

Als er den Schrank wieder verschlossen hatte, blieb er davor stehen und schloss erneut die Augen.

Es war nicht richtig.

Es war Pest statt Cholera.

Schafmann gab sich einen Ruck. Grübeln hatte keinen Zweck, jetzt nicht mehr. Er verließ das Labor und schloss hinter sich ab.

VIER

Kant parkte den Aston Martin gegenüber der Einfahrt des Hauses in der Klarweinstraße. Es war nicht unbedingt eine Villa, aber für ein Einfamilienhaus recht stattlich, erst recht für ein Ferienhaus. Als solches hatte Carlo Unterwexler es damals erstanden, und der neue Besitzer nutzte es genauso. Kant sah sich um. Auf dem Asphalt entdeckte er einige verblasste Spraymarkierungen. Dort musste Gunther Unterwexlers Wagen zum Stehen gekommen sein, nachdem auf ihn geschossen worden war. Das waren die einzigen erhaltenen Spuren der spektakulären Ereignisse jener Nacht. Kant ging die Einfahrt hoch und zur Tür. Drinnen lief ein Staubsauger, dessen Geräusch erstarb, nachdem er geklingelt hatte. Eine kräftige Frau mittleren Alters öffnete die Tür. Sie trug einen blauen Kittel und musterte ihn mit einer Mischung aus Trübsinn und Misstrauen.

»Frau Dukovič? Mein Name ist Kant, Jo Kant, Pazifik-Film-Produktion, ich hoffe, Herr Breuer hat Ihnen meinen Besuch angekündigt.«

Sie nickte und machte ihm Platz. Er folgte ihr hinein. »Sie wollen drehen Film hier?«, fragte sie mit hartem slawischen Akzent.

»Wann?«

»Oh, gemach. Wir müssen uns das Haus erst einmal anschauen. Deswegen bin ich ja hier.«

»Weil geht nicht im Winter. Im Winter immer Breuer hier. Skifahren.«

»Wie gesagt, es ist noch gar nichts entschieden. Ich darf mich mal umschauen?«

»Bieete, bieete …«, sagte sie mit großzügiger Geste. »In Sommer geht auch nicht gut. Frau Breuer oft hier. Am besten Herbst.«

Kant sah sich in der Halle um. »Wissen Sie, wann hier das letzte Mal renoviert wurde?«

»Hat renoviert Besitzer davor.«

»Haben Sie für den auch gearbeitet?«

»Ja. Komische Leute.« Sie griff in ihre Kitteltasche, hielt dann aber inne. »Stört, wenn ich rauche?«

»Aber nein ...«

»Aber nix sagen Chef. Bitte.«

»Selbstverständlich nicht.« Kant zog lächelnd sein Dunhill-Feuerzeug aus der Jacketttasche und bot ihr Feuer an. Geschmeichelt hob sie die Augenbrauen, während sie ihre Zigarette in die Flamme hielt.

»Was war denn so komisch an den Leuten?«, fragte Kant.

»Weiß nicht ... Tochter nett, meistens. Aber Vater immer schlechte Laune, immer. Durfte nicht in Zimmer, wenn er drin. Und Sohn war ganz schlecht. Böser Mensch, böse. Kenn ich böse Menschen, wenn ich seh sie. Und dann hier erschießt einer den anderen. Und das bei Party. Komisch, oder?«

»Ja, so könnte man es nennen.«

»Und danach ich durfte nicht mehr kommen. Haben noch Geld gegeben, aber durfte nicht mehr in Haus.«

»Das klingt nun in der Tat komisch.«

Sie sah sich verschwörerisch um, dann winkte sie ihn hinter sich her, aus der Halle in ein geräumiges Kaminzimmer.

Kant sah sich um. Die Einrichtung wurde dominiert von modernen, klaren Linien, die in gutem Maße mit der regional angehauchten Bausubstanz kontrastierten. Hier hatte jemand Geschmack bewiesen, wenn man von einem quadratischen Teppich absah, der im Vergleich mit der Lederpolstergarnitur, vor der er lag, und dem Rest der Möblierung auffällig abfiel.

»Stammt die Einrichtung auch von den Vorbesitzern?«

»Hat Tochter gemacht. Und kaum fertig: weg.« Sie deutete auf den Teppich. »Der neu, vorher kein Teppich«, sagte sie. »Und jetzt passen auf.« Sie hob den Couchtisch von dem Teppich und zog diesen dann beiseite. Dann deutete sie auf zwei tiefe Risse, eingegraben in die Bodenfliesen wie von einem schweren Meißel.

»Ich aus Bosnien«, sagte Frau Dukoviç. »Ich so was gesehen. Pistole macht so was. Und da ...« Sie wies auf die Wand neben dem Kamin. »War da nicht vorher.«

Kant trat heran. Der Verputz der Wand war an zwei Stellen sorgfältig ausgebessert worden. Wenn man nicht danach suchte, fielen die Stellen nicht auf, aber wenn man sie erst einmal entdeckt hatte, waren sie unübersehbar.

»Sie meinen, hier ist geschossen worden?«

Sie deutete von den Katschen im Boden zur Wand. *»Rikošet«*, sagte sie. »Weiß nicht auf Deutsch.«

Kant nickte zustimmend. »Querschläger, meinen Sie wohl.« Sie ging zum Tisch vor dem Kamin, auf dem ein gut gefüllter Aschenbecher stand, und streifte ihre Zigarette ab, dann trat sie mit wieder verschwörerischer Miene zu Kant.

»Aber Polizei nicht hier drin. Draußen, ja. Mann schießt auf Auto, viel Polizei. Aber hier drin nicht gewesen.«

»Sie meinen, dass hier geschossen wurde, hat die Polizei gar nicht mitbekommen?«

»Nein. Keiner mitbekommen.« Sie trat nah an ihn heran. »Aber ich«, flüsterte sie.

»Das klingt ja spannend. Erzählen Sie.«

Sie sah sich um, als ob sie jemanden hinter sich vermutete. »Weiß nicht. Besser nicht.«

»Warum nicht?« Er hob die Hand zu einer sachte aufmunternden Geste.

»Ich aus Bosnien. Mann mit Pistole besser nicht weiß, was du weißt.«

»Das klingt in der Tat vernünftig. Aber der Mann mit der Pistole ist doch schon eine ganze Weile fort. Vielleicht könnten wir das sogar verwenden.«

»Kommt in Film?«

»Denkbar ist das …«

Sie sah zur Seite und schüttelte den Kopf. Kant zog seine Brieftasche und nahm zwei Fünfzig-Euro-Scheine heraus, die er beiläufig auf den Couchtisch legte.

Frau Duković nahm einen tiefen Zug aus der Zigarette und blies den Rauch in den Raum.

»Aber nix sagen Chef«, sagte sie dann.

Fabian trabte am Parkplatz entlang Richtung Bahnhofsunterführung, in der Hand ein Sixpack Dosenbier vom Lidl. Anders als sonst hatte er darauf verzichtet, eine siebte Dose in der Bauchtasche seines Hoodies mitgehen zu lassen. Der Vortrag seines Vaters gestern Abend hatte ihn mehr verunsichert, als er sich eingestehen wollte. Der Edi hatte ihn verpfiffen. Gegen alles, was er ihnen geschworen hatte. Sie hatten seine Fingerabdrücke, und sie hatten Edis Aussage. Er hustete. Die würden ihn einsperren, für Jahre, auch wenn er noch nicht volljährig war. Das hatte er gegoogelt.

Scheiße, dachte er, ich hab Angst.

Die anderen standen am Eingang der Unterführung. Dort war meist ihr Treffpunkt, wenn es regnete. Der Regen hatte zwar aufgehört, aber der ganze Ort war noch feucht. Er riss die Dosen aus den Plastikringen und verteilte sie.

»Hast gelesen, heut im Tagblatt? Keine Ahnung haben die, wer das war«, sagte Kalli. »Wir ja auch nicht, Gott sei Dank.«

Alle lachten, nur Mara nicht. Sie lehnte mit ihrem ewig gleichen müde-arroganten Gesichtsausdruck an der Wand und tat, als gehöre sie nicht dazu oder sei was Besseres. Aber ein Bier hatte sie genommen.

»Überwachungskameras kaputt, hehe«, sagte Lars. »Wie habt ihr das hingekriegt?«

»Frag den Edi«, sagte Fabian. »Oder sie.« Er deutete auf Mara.

»Ach, warst auch dabei?«, fragte Kalli.

Mara tat, als sei er gar nicht da.

Eine Gruppe Touristen mit Teleskopwanderstöcken und Rucksäcken kam vom Bahnhof her durch die Unterführung.

»Wir sollten besser nicht drüber reden«, sagte Fabian. »Schon gar nicht in der Öffentlichkeit.«

Grotti schüttelte den Kopf. »Ned drüber redn? Do is moi wos, wo ma stoiz drauf sei ko, und i derf ned drüber redn?«

»Ein Schwachkopf bist du«, sagte Fabian, »sonst nix. Wieso bist du stolz darauf? Auf was denn? *Du* warst doch gar nicht dabei!«

»Jetzt spui ma ned den Heldn«, sagte Grotti. »I werd a scho no drokimma. Werst scho sehn.«

»Von mir aus. Aber bis dahin hältst die Goschn.« Fabian nahm einen Schluck von dem warmen Bier aus seiner Dose. Die Touristen gingen an ihnen vorbei. Sie unterhielten sich, es waren Amerikaner, die meisten ignorierten sie, nur ein Schwarzer musterte sie misstrauisch.

»Buh!«, machte Lars und grinste.

Der Schwarze hielt sofort an. Er war an die eins neunzig groß und wog mindestens hundert Kilo, er sah aus wie ein Ex-Marine. Er machte einen Schritt auf Lars zu, der hastig zurückwich, aber schon nach zwei Schritten mit dem Rücken an der Wand der Unterführung stand. Der Rest der Gruppe hielt an und wandte sich ihnen zu. Eine junge Frau mit asiatischen Gesichtszügen griff den Schwarzen am Arm und hielt ihn fest. Sie sagte leise etwas zu ihm, das Fabian nicht verstehen konnte. Der Mann nickte und wandte sich zum Gehen. Sein Blick streifte Fabian, und die Verachtung darin ließ ihn frösteln.

»Sag mal, hast du sie noch alle?«, fragte er, als die Gruppe weg war.

»Was denn?«, antwortete Lars. »Neger ist Neger.«

»Wuist di mit am GI anlegn?«, fragte Grotti. »Der macht di fertig, so schnell konnst gar ned schaugn. I hätt dir ned gholfen bei dem do.«

»Neger ist Neger«, wiederholte Lars und trank aus seiner Dose. »Bei wem *hättst* mir denn geholfen? Höchstens bei Mädchen. Frag mal Mara, vielleicht darfst du mir bei der helfen.«

»Ihr seid doch alle bescheuert«, murmelte Mara.

»Wann kommt der Edi?«, fragte Max, der bisher noch gar nichts gesagt hatte.

»Keine Ahnung. Hast es eilig?«, antwortete Kalli.

»Nein, aber mein Bier ist bald alle.«

»Meins auch«, sagte Mara.

»Ich hol noch welches«, sagte Fabian.

»Du bist doch gar ned dro«, sagte Grotti.

»Seit wann stört dich denn so was?«

Fabian sammelte die Dosen ein und ging in Richtung Supermarkt. Er war natürlich wirklich nicht dran, aber er wollte weg von der Gruppe, das war ihm das Geld für ein Sixpack wert. Als er den Parkplatz fast erreicht hatte, kamen ihm drei Jugendliche entgegen. Zwei trugen Strickmützen und Vollbärte, einer hatte Rastalocken und einen Gitarrenrucksack. Der dritte war ein schmaler Junge in einer blauen Windjacke, er sah aus wie ein Eritreer. Die drei versuchten, Fabian zu ignorieren, so wie er auch sie demonstrativ nicht beachtete, aber als sie vorbei waren, zögerte er und drehte sich um.

»He!«, rief er ihnen nach.

Sie hielten an, misstrauische Blicke trafen ihn, und der mit der Gitarre nahm sie halb vom Rücken, als ob er einen Angriff erwartete.

»Wollts ihr durch die Unterführung?«, fragte Fabian.

»Was geht 'n dich das an?«, fragte einer zurück.

»Ich mein nur«, sagte Fabian. »Ich würd anderswo langgehen, an eurer Stelle. Heut jedenfalls.« Dann drehte er sich um und lief den Rest des Weges zum Pfandautomaten, ohne anzuhalten.

Schafmann legte die Manschette des Blutdruckmessgerätes um sein Handgelenk und sah missmutig auf das blinkende Display, während die Manschette sich brummend aufblies.

Hundertsechzig zu hundertfünfundzwanzig. Schöne Scheiße, dachte er. Aber auch kein Wunder. Er drehte seinen Schreibtischstuhl und sah zum Fenster hinaus auf die Flanke des Wank. Immerhin hatte der Regen aufgehört, aber es war für die Jahreszeit entschieden zu kalt, und die Sonne ließ sich immer nur für Minuten sehen. Er zuckte zusammen, als das Telefon auf dem Schreibtisch klingelte. Aber es war nicht Dräger, wie er befürchtet hatte, nur eine Kollegin aus der Wache im Erdgeschoss.

»Grüß Gott, Herr EKHK, hier ist ein Herr, der Sie gern sprechen würd. Ein Herr Kant, ›Security-Consultant‹, steht auf der Karte.«

»Kant, Moment mal ... kenn ich den?«

»Er sagt, den Herrn Schwemmer hätte er gekannt.«

»Oh Gott, ist das der Kerl aus Düsseldorf?«

»Ja, er ist aus Düsseldorf.«

»Herrje. Was will *der* denn?«

»Er hat Fragen zu einem alten Fall.«

Schafmann seufzte. »Soll er halt raufkommen«, sagte er.

Er hatte den Blutdruckmesser gerade im Schreibtisch verstaut, als es auch schon klopfte und der Privatdetektiv eintrat. Schafmann erhob sich leicht, als Kant ihm die Hand über den Schreibtisch reichte, und schüttelte sie.

»Wenn ich mich recht erinnere, hatten wir nur sehr kurz das Vergnügen«, sagte Kant. »Ich hatte damals mehr mit Ihrem Herrn Schwemmer zu tun.« Schafmann deutete auf den Stuhl vor dem Schreibtisch, und Kant nahm Platz.

»Im ›Lenas‹ sind wir uns kurz über den Weg gelaufen«, sagte Schafmann. »Wohnen Sie da wieder?«

»In der Tat«, sagte Kant. »Ein außergewöhnlich angenehmes Hotel.«

»Ja, das hört man immer wieder.« Schafmann überlegte, wie der Mann mit vollem Namen hieß. Irgendwie von und zu. Er war schlank, hochgewachsen und wirkte durchtrainiert, ohne übertrieben muskulös zu sein. Eine weiße Strähne zierte seinen Scheitelansatz, die damals dort nicht gewesen war. Schafmann meinte sich zu erinnern, dass er damals einen ziemlich affigen Gehrock getragen hatte, heute war es ein normaler Anzug, der aber etwas zu gut saß, um von der Stange zu sein.

»Herr EKHK Schwemmer hat Sie verlassen, wie ich hörte«, sagte Kant.

»Ja. So ist es.«

»Und Sie sind sein Nachfolger?«

»Nicht ganz, Herr Schwemmer war Leiter der Kriminalpolizei und der Inspektion. Ich bin nur Leiter der Kripo. Die Inspektion leitet Polizeidirektor Hessmann.«

»Spielte das eine Rolle bei Herrn Schwemmers Abschied?«

»Das müssen Sie ihn schon selber fragen«, blaffte Schafmann und ärgerte sich sofort über die Schärfe in seinem Ton.

»Pardon, ich wollte Ihnen nicht zu nahe treten«, sagte Kant mit einem Lächeln, das beim besten Willen nicht einzuschätzen war.

»Quatsch, zu nahe treten«, sagte Schafmann betont ruhig. »Was wollen Sie denn eigentlich?«

Kant zog eine Klarsichthülle aus der Tasche und schob sie Schafmann zu. Der warf einen kurzen Blick darauf. Es war der Ausdruck eines Online-Artikels über die Schießerei in der Klarweinstraße.

»Schöne Scheiße war das«, sagte er. »Zwei Tote.«

»Da steht nur was von einem«, sagte Kant.

»Der Täter ist am nächsten Tag seinen Verletzungen erlegen.«

»Was genau ist da vorgefallen?«

»Warum interessieren Sie sich dafür?«

»Das berührt einen Auftrag.«

»Über den Sie nicht reden wollen.«

Kant hob entschuldigend die Hände. »Diskretion ist nun mal Teil meiner Arbeit. Ich hoffe, ich frage Sie nicht nach Geheimnissen.«

»Wenn Sie wollen, lass ich Ihnen unsere Presseerklärung von damals raussuchen«, sagte Schafmann.

»Vielen Dank, aber die habe ich bereits. Carlo Unterwexler gab eine Party, seine Söhne Gunther und Reagan und deren Leute gerieten in Streit, vor Zeugen. Als Gunther wegfahren wollte, wurde er erschossen. Der Schütze hieß David Krüger und gehörte wahrscheinlich zu Reagan Unterwexler, der seitdem verschwunden ist. Das ist, was ich weiß. Ein bisschen Hintergrundinformation fehlt mir. Über diesen Krüger haben Sie nichts herausgefunden?«

»Nicht viel. Der hatte ein paar kleinere Vorstrafen. Dass er für Reagan Unterwexler arbeitete, halte ich für sicher. Befragen konnten wir ihn nicht, er ist nicht mehr aufgewacht ...« Schafmann tippte sich an die Stirn. »So blöd muss man auch erst mal sein: stellt sich mitten auf die Straße und schießt auf ein Auto, das auf ihn zufährt. Fast fünfzehn Meter ist der durch die Gegend geflogen. Aber er stand auch bis zu den Augenbrauen unter Methamphetamin.«

»Wurde etwas zu den Hintergründen ermittelt?«

Schafmann winkte ab. »Der Täter stand fest und war tot. Für Ermittlungen, die über die unmittelbaren Tatumstände hinausgingen, gab es keinen Grund ... Hat man mir gesagt.«

»Wer sagt denn so was, wenn ich das fragen darf?«

»Dürfen Sie nicht.« Schafmann lehnte sich in seinem Stuhl zurück und verschränkte die Hände hinter dem Kopf. »Ich weiß so gut wie nichts über Sie. Security-Consultant? Nannte man das nicht mal Privatdetektiv?«

»Nicht wirklich. Andererseits ist nicht zu leugnen, dass es gelegentlich zu gewissen Überschneidungen bei den Tätigkeitsfeldern kommt.«

Schafmann lachte auf. »So viel heiße Luft für ein Ja.« Sein Telefon läutete. Schafmann nahm die Arme wieder runter. Diesmal war es Dräger. Schafmann sah zu Kant und zögerte, bevor er abhob und sich meldete.

»Werner, habt ihr diesem Kuczinsky gestern Abdrücke abgenommen?«, fragte Dräger.

»Das denk ich doch. Hatte ich zumindest angeordnet.«

»Die waren bei dem Abgleich noch nicht im AFIS. Soll ich die nicht mal vergleichen mit denen auf der Scherbe von dem Brandsatz?«

Schafmann brauchte einen Moment, um sich klar zu werden, was das bedeuten würde. »Äh … ja, natürlich«, sagte er endlich. »Halt mich auf dem Laufenden, bitte.« Er legte auf. Am liebsten hätte er diesen Kant rausgeworfen, aber der rechte Dreh dafür wollte ihm nicht einfallen. »Wo waren wir?«, fragte er stattdessen.

»Ich hatte Ihnen heiße Luft für ein Ja angeboten, das hatten Sie bemängelt …«

Schafmann konnte in dem kühlen Blick des Mannes erkennen, dass ihm seine Irritation durch das Telefonat nicht entgangen war.

»Und es stimmt natürlich«, fuhr Kant fort. »Sie haben einen Anspruch darauf, zu wissen, um was es geht. Soweit es mir möglich ist, möchte ich Ihnen auch gern entgegenkommen. Ich suche nach einem Mann namens Marshall Stevens. Er nennt sich Sicherheitsberater, genau wie ich – andere nennen ihn allerdings einen Waffenschieber, was von mir noch niemand behauptet hat. Seine Firma sitzt in Frankfurt. Es gab keine Vermisstenanzeige, aber unter den Insidern der Branche ist es kein Geheimnis, dass er verschwunden ist.« Kant tippte auf den Artikel in der Klarsichthülle, mit dem Ringfinger, was Schafmann ziemlich affektiert fand. »Stevens verschwand einen Tag nach diesem Zwischenfall.«

Schafmann beugte sich vor. »Marshall Stevens?« Er zog seinen Block heran und notierte den Namen. »Amerikaner?«

»Amerikaner mit deutschem Pass. Und noch ein paar anderen.«

»Und der hatte mit den Unterwexlers zu tun?«

»Es gibt oder besser gab Verbindungen. Mir fiel vor allem die zeitliche und räumliche Koinzidenz auf.«

»Koinzidenz … aha.« Schafmann verzog den Mund. »Und wieso räumlich?«

»Er war in Innsbruck, am Tag danach.«

»Danach? Wo ist da die … *Koinzidenz*?«

»Was wissen Sie über Carlo Unterwexler?«

»Er kontrolliert den Drogenmarkt in Nürnberg.«

»Kontrollierte. Das Geschäft hat man ihm abgenommen.«

»Schaun Sie, da wissen Sie mehr als ich. Und wer hat es jetzt?«, fragte Schafmann, dem einigermaßen egal war, wer gerade in der Nürnberger Halbwelt das Sagen hatte.

»Die Parashvilis, eine Gruppe aus Georgien. Der Markt stand damals unter Druck von außen. Vor diesem Hintergrund scheint es mir denkbar, dass es unter den Brüdern genau deswegen Streit gab. Und dann war der ältere tot, der jüngere verschwunden, und Carlo Unterwexler stand allein da. Er brauchte also dringend Verbündete.«

»Und das sollte dieser Stevens sein?«

»Wäre denkbar.«

»Was, glauben Sie, ist dann passiert?«

Kant sah zur Decke, als ringe er um die Entscheidung, was er Schafmann erzählen sollte. »Ich denke, Stevens war am Vormittag *nach* besagten Vorfällen zu Verhandlungen hier bei Unterwexler. Es gab Streit, Schüsse fielen. Ich vermute, Stevens wurde erschossen.«

Schafmann traute seinen Ohren nicht. »Wie zum Teufel kommen Sie denn *da*rauf?«

»Es gab einen Zeugen, vor dem Haus. Ein Auto, wie Stevens eines fuhr, stand in der Einfahrt, und es waren sieben oder acht Schüsse aus dem Haus zu hören. Sie brauchen nicht zu fragen, Namen kann ich Ihnen nicht nennen. Ich musste der Quelle absolute Anonymität zusichern.«

Schafmann starrte den Mann an. »Was wollen Sie? Warum erzählen Sie mir das, wenn Sie nicht bereit sind, Beweise zu liefern?«

»Sie haben mich gefragt, was ich glaube, das passiert sei. Das war die Antwort.«

Schafmann sackte in seinen Stuhl und schüttelte den Kopf.
»Stank von Anfang an zum Himmel, die ganze Sache«, sagte er,
eher zu sich als zu seinem Besucher.

»Ich würde gern meine Frage von vorhin wiederholen«, sagte
Kant. »Wer hatte Interesse daran, die Ermittlungen einzustellen?«
Schafmann hätte die gleiche Antwort wie zuvor geben müssen,
das war ihm klar, aber diesmal zuckte er nur mit den Schultern.
»Mein Chef«, sagte er. »Die Staatsanwaltschaft. Das LKA. Irgendwie waren alle darauf bedacht, nicht zu viel Arbeit damit zu haben.«

»Wer im LKA hat Ihnen das gesagt?«

»Das müssen Sie auch noch wissen?«, fragte Schafmann unfreundlich. »Langsam ist mal gut.«

Kant hob beschwichtigend die Hände. »Nach meinen Informationen war Herr Schwemmer beim LKA mit dem Fall befasst.«

»Und woher haben Sie das wieder? Schon gut, da krieg ich ja
eh keine Antwort drauf!« Schafmann schlug mit der flachen Hand
auf den Tisch. »Sie haben also jemanden in München, der sich
beim LKA auskennt. Aber nicht besonders gut. Es stimmt nämlich
nicht.«

Kant zog überrascht die Brauen hoch.

»EKHK Schwemmer war mit einem anderen Fall hier in Garmisch befasst. Einem Toten in einem Drogenlabor. Er zog da
allerdings eine Verbindung zur Familie Unterwexler. Andere
waren anderer Ansicht. Und am Ende hat man ihn von dem Fall
abgezogen.«

»Vor oder nach der Schießerei?«

»Davor.«

»Hat Schwemmer den anderen Fall denn klären können?«

»Nein, hat er nicht.«

Es war der erste ungeklärte Mord in Garmisch-Partenkirchen
gewesen, seit Schafmann bei der Polizei war. Aber das musste man
diesem Schnösel ja nicht auch noch auf die Nase binden.

»Meiner Erinnerung nach«, sagte Kant mit seinem fragwürdi-
gen Lächeln, »hatte Ihre Inspektion früher eine Aufklärungsquote
von hundert Prozent bei Kapitalverbrechen.«

Schafmann bemühte sich um einen unbewegten Gesichtsausdruck. »Ja. Aber so etwas lässt sich natürlich nicht ewig durchhalten.«

»Hatte Herr Schwemmer denn einen konkreten Verdacht?«

»Das sind schon wieder Interna«, antwortete Schafmann. Natürlich hatte Schwemmer einen Verdacht gehabt. Er, Schafmann, auch. Der Mann, der die Leiche entdeckt hatte, zufällig, in einem Stadel im Wald auf vierzehnhundert Metern Höhe, hieß Grellmayer. Die Drogen hatte man nie gefunden. Und was bewies das? Genau: nichts. Oder dass man Grellmayer in einem Auto gesehen hatte, das der Familie Unterwexler gehörte? Das Gleiche. Aber all das würde er dieser adligen Nervensäge nicht erzählen. Selbst wenn er gewollt hätte, hätte er nicht gedurft. Interna.

»Welche Verbindungen zu den Unterwexlers sah Herr Schwemmer denn?«

»Über unbewiesene Verdächtigungen von Dritten gegen Vierte werde ich nicht reden.«

»Verzeihung«, sagte Kant. »Aber haben Sie das nicht schon getan?«

»Wieso legen Sie eigentlich so großen Wert auf Herrn Schwemmers Meinung zu diesem Fall? Was hat das denn mit Ihrem erschossenen Herrn …«, Schafmann sah auf seinen Notizblock, »… Stevens zu tun?«

»Ich versuche, Zufälle auszuschließen. Da arbeite ich nach ganz ähnlichen Prinzipien wie Sie.«

»Aha«, sagte Schafmann. »Wenn's denn der Wahrheitsfindung dient: Schwemmer hat gekündigt. Die Münchner haben ihn von dem Fall abgezogen, da hat er ihnen die Brocken vor die Füße geworfen und sich selbstständig gemacht. Ein Hund is er ja scho – war er immer. Und so wie es aussieht, war das auch die richtige Entscheidung. Für ihn.«

»Für Sie nicht?«

»Was hat das denn mit mir zu tun?«

»Es klang so …« Kants Lächeln erschien ihm ziemlich maliziös hinter seiner Unverbindlichkeit. »Es kommt mir recht ungewöhnlich vor, dass ein doch recht ranghoher Beamter wie Herr Schwemmer so relativ kurz vor der Pensionierung noch den Dienst quittiert.«

»Das können Sie laut sagen. Aber er scheint es sich leisten zu können. Golf spielt er mittlerweile.«

»Kein Sport für Polizisten eigentlich«, sagte Kant leichthin.

Schafmann stieß ein ärgerliches Räuspern aus. Sein Telefon klingelte. Es war wieder Dräger.

»Werner, ich muss mit dir reden«, sagte er. »Dringend.«

»In drei Minuten«, antwortete Schafmann. »Bei mir.« Er legte auf und erhob sich. »Herr Kant, es tut mir leid, die Pflicht ruft.«

Kant stand artig auf und reichte ihm die Rechte. »Ich bedanke mich herzlich«, sagte er. »Sie haben mir sehr geholfen.«

»Hab ich das?« Schafmann schüttelte ihm widerwillig die Hand und geleitete ihn zur Tür. Die Klinke schon in der Hand, drehte Kant sich noch einmal um.

»Ach, eine Sache noch, die Sie vielleicht interessiert: Gemeinsam mit Marshall Stevens sind auch einige Millionen Dollar verschwunden.«

Zum zweiten Mal an diesem Morgen traute Schafmann seinen Ohren nicht. »*Einige* Millionen? Was heißt das?«

»Genauer weiß ich es nicht. Mehr als zwei, weniger als zehn. Stevens hatte sie bei sich, und sie sind weg.«

»Dann suchen Sie also in Wahrheit nach dem Geld?«

»Nein, das nicht. Aber ich würde mich natürlich nicht ärgern, es zu finden. Es ist schon eine interessante Frage, wo es abgeblieben ist ... Aber Sie haben zu tun. Pfüat Eahna, so sagt man doch bei Ihnen.«

»Ja«, sagte Schafmann. »So sagt man.«

Schwemmer parkte den Wagen vor der Galerie und stellte erfreut fest, dass tatsächlich die Elektriker da waren. Ein dunkelhäutiger junger Mann in blauer Arbeitsmontur stand auf einer Aluminiumleiter und bohrte Löcher in die Decke. Er sah zweifelnd zu Kuno hinunter, der erfreut auf ihn zusprang und bellend und schwanzwedelnd am Fuß der Leiter stehen blieb.

Der Klinkhammer Achim arbeitete hinten in der Küche am Sicherungskasten.

»Hast einen neuen Lehrling?«, fragte Schwemmer nach der Begrüßung.

Achim nickte. »Kann a bisserl Deitsch, aba mit dem Boarischen duad a sich scho no schwar. Passt scho. Kriagst eh koan andern.«

Schwemmer hatte vorgehabt, die Fliesen zu verfugen, aber er beschloss, die beiden nicht zu stören, immerhin waren sie mit achttägiger Verspätung endlich erschienen, und Handwerker, das hatten er und Burgl lernen müssen, waren ein scheues Wild. Schwemmer packte Fliesenkleber, -schneider und so weiter in den Laderaum des Jeeps und verabschiedete sich wieder. Kuno kommandierte er vor den Rücksitz. Er warf noch einen skeptischen Blick in den mitunter aufreißenden Himmel, beschloss aber, dass das Wetter für eine Neun-Loch-Runde zu instabil war, und fuhr los in Richtung Partenkirchen. Auf der Von-Brug-Straße wählte er an der Freisprecheinrichtung Burgls Nummer. Sie meldete sich sofort.

»Servus, mein Engel«, sagte er. »Wie schaut's aus bei dir?«

»Ich hab mir überlegt, dass ich heut schon zurückfahr«, sagte sie. »Ich lass das mit dem Golf.«

»Warum?«

»Ich hab ein schlechtes Gefühl, wegen dem Kant. Ich sollte in Garmisch sein.«

»Um ihm zu zeigen, dass du ein schlechtes Gefühl hast? Du hast ihm doch bestimmt erzählt, dass du Golf spielen willst.«

»Ja, schon …«

»Da schau. Dann *mach* das auch. Der Platz ist bestimmt toll. Und wenn mich das Internet nicht anlügt, ist das Wetter bei euch da oben doch super.«

»Das stimmt schon … Aber ich hab keine rechte Lust.«

»Ach was, die kommt beim Spielen.«

»Na schön, wahrscheinlich hast du recht. Fährst du zur Galerie?«

»Da komm ich grad her. Ich bin auf dem Weg zur Hütte.«

»Ich dachte, du wolltest in der Galerie arbeiten.«

»Ja, aber die Elektriker sind da, und die wollt ich nicht stören. Da oben ist ja auch genug zu tun«, sagte er, während er die Gleise am Bahnhof unterquerte. »Und Kuno freut sich auch immer, wenn wir da oben sind.«

»Achte drauf, dass er nicht wildert.«

»Jetzt hör aber auf! Ich pass ja wohl immer auf …«

Es entspann sich eine HundebesitzerInnendiskussion, die erst endete, als er fast am Olympiastadion war.

»Also gut, dann bleib ich noch«, sagte Burgl. »Was soll ich eigentlich sagen, falls der Kant mich anruft?«

»Warum sollte er das tun?«, fragte Schwemmer und wunderte sich über die zögerliche Antwort.

»Hat er schon mal getan.«

»Moment, *er* ruft *dich* an? Ich dachte, *du* hättest wegen dem Russen mit ihm gesprochen?«

»Ja«, antwortete sie pikiert. »Das ist natürlich *total* verwunderlich, dass sich jemand für Frau Schwemmer interessiert.«

»Äh … hallo? Ich meinte nur …« Er steuerte den Wagen auf den Parkstreifen am Stadion und hielt an. »Was hab ich denn jetzt Falsches gesagt?«

»Ist doch wahr. Wieso darf mich nicht mal jemand anrufen?«

»Burgl … bitte, ich hab mich nur gewundert, weil du mir nichts davon erzählt hattest. Andererseits …«

»Was?«

»Ich meine, wir wissen nicht, was der will. Und wenn er dich anruft … keine Ahnung, vielleicht will er dich nur, ich weiß nicht, beobachten …«

»Vielleicht interessiert er sich ja wirklich für mich.«

»Wenn der sich wirklich für dich interessiert, tät's mir erst recht nicht passen.«

»Oho! Bist du etwa eifersüchtig?«

»Ja.«

Sie schwieg eine Weile. »Das ist schön«, sagte sie endlich.

Er lachte ein wenig und merkte erst dann, dass sie aufgelegt hatte.

Gegen seine Gewohnheit fläzte Dräger sich nicht auf den Besucherstuhl, sondern nahm ziemlich förmlich darauf Platz, nachdem er sorgfältig die Tür hinter sich geschlossen hatte. Er kratzte sich am linken Ohrläppchen, bevor er anfing.

»Zwei Sachen«, sagte er. »Es gibt Übereinstimmungen zwischen den Abdrücken auf der Scherbe und denen von Kuczinsky. Ich hab jetzt oberflächlich gesucht und acht übereinstimmende Minuzien gefunden. Wenn ich richtig nachguck, find ich auch noch die restlichen vier, die wir vor Gericht brauchen.«

Schafmann nickte stumm. Dräger sah ihn verkniffen an.

»Der Kuczinsky, das ist Grellmayers Mann, richtig?«

Schafmann räusperte sich. »Wie kommst da drauf?«

»Werner, hör auf. Du nimmst den Mann hopp, zwei Stunden später ist der Grellmayer beim Chef, und wir lassen den Kerl ohne Weiteres wieder laufen, einfach so? Dass die beiden nicht im selben Auto weggefahren sind, ist doch alles.«

Schafmann seufzte. »Schön. Und?«

»Wenn ich jetzt nachweise, dass der Kuczinsky den Molli in der Hand hatte, was passiert dann?«

»Das weißt du so gut wie ich. Das LKA meldet sich bei der Staatsanwaltschaft. Die werden uns dann sagen, der Abdruck beweist nur, dass Kuczinsky die Flasche in der Hand hatte, vielleicht bevor sie zum Brandsatz wurde, das reicht nicht, das Verfahren wird nicht eröffnet, Ende der Geschichte. Details kannst du bei deiner Vicky erfragen.«

»Frau Staatsanwältin Isenwald ist nicht mehr meine Vicky«, sagte Dräger kühl. »Ich bin vor zwei Monaten bei ihr ausgezogen.«

»Oh …« Schafmann versuchte, nicht zu erfreut zu wirken. Dräger hatte über Jahre mit der Münchner Staatsanwältin zusammengelebt, was dienstlich nicht immer einfach gewesen war. Dass sie nun getrennt waren, würde das Internhalten von Interna zumindest erleichtern. »Ihr wart so ein schönes Paar«, sagte Schafmann mit einem schiefen Grinsen.

»Geschenkt«, murmelte Dräger. »Der Kuczinsky wird also laufen gelassen, nach einem Mordversuch.«

»Was soll ich denn sagen? Glaubst du, mir passt das? Wir behalten den Mann im Auge. Vielleicht erwischen wir ihn und können ihm etwas so wasserdicht nachweisen, dass die nichts dagegen machen können. Aber für die Brandstiftung seh ich schwarz.«

Dräger nickte verdrossen. »Ach, pfeif drauf …«, sagte er. »Aber ich hab noch eine andere Sache. Irgendwer hat an der Ermittlungsdatei herumgefummelt.«

»Heißt was?«, fragte Schafmann, desinteressiert.

»Weiß ich nicht. Die Datei habe ich angelegt vorgestern Morgen. In der Akte steht das Datum auch noch drin. Aber laut System stammt sie von gestern Nacht.«

»Wie kann das kommen?«

»Ich kann mir das nur so erklären, dass jemand die Akte noch mal als neu abgespeichert hat. Aber dann muss er die alte gelöscht haben.«

»Warum?«

»Keine Ahnung …«

»Welche Auswirkungen hat das?«

»Erst mal keine. Aber wundern tut mich das schon.«

»Ach … IT halt. Wenn wir da jedem seltsamen Phänomen nachgehen …«

»Ich weiß nicht«, sagte Dräger. »So was hatte ich noch nicht. Vielleicht frag ich mal in der Nachtschicht von gestern rum, wer das war.«

»Wenn es keine Auswirkungen hat, kannst du dir das auch sparen«, sagte Schafmann leichthin.

»Ich schau mal.« Drägers Ausdruck war ein überaus unzufriedener. Ärgerlich schüttelte er den Kopf. »Manchmal denk ich, der Schwemmer hat's richtig gemacht«, murmelte er, gerade so laut, dass Schafmann es verstehen konnte.

Schafmann zuckte mit den Schultern. »Muss man sich auch leisten können.«

»Was?«, fragte Dräger. »Prinzipien?«

»Ja«, antwortete Schafmann. »Genau.«

»War das eigentlich immer so?«

»Ich denke, ja«, sagte Schafmann. »Nur der Preis variiert. Grad sind sie teuer.«

Carlo Unterwexler stand am Fenster seines Büros und schaute über den Garten. Er drehte sich nicht um, als Hardy den Raum betrat.

»War ein schöner Sommer«, sagte er in Richtung Fensterscheibe. »Nicht zu heiß, nicht zu trocken. Der Garten sieht wunderbar aus.« Hardy antwortete nicht. Er hatte absolut keine Meinung zum Zustand des Gartens. Er hätte auch keine gehabt, wenn es sein eigener gewesen wäre. Wahrscheinlich hätte er nicht mal bemerkt, wenn jemand den Rasen durch grünen Asphalt ersetzt hätte.

Carlo griff nach seinem Stock, der zwischen den Rippen des Heizkörpers unter dem Fensterbrett lehnte, und drehte sich um. Humpelnd ging er zum Stuhl hinter seinem Schreibtisch. Aufs Sofa setzte er sich nicht mehr oft, weil er seit seiner Verletzung nicht mehr ohne Weiteres davon hochkam.

Es klopfte kurz, die Tür wurde sofort geöffnet. Carlo verzog leicht den Mund, aber Hardy wusste, dass er es längst aufgegeben hatte, seine Tochter noch erziehen zu wollen. Ula kam ohne Gruß herein und ließ sich aufs Sofa fallen.

»Gibt es was Neues?«, fragte sie.

»Dieser Kant hat einen guten Ruf«, sagte Hardy. »Ich hab mich umgehört. Sandor Orlowsky in Frankfurt kennt ihn. Hoshigaki in Düsseldorf hat ihn sogar schon beschäftigt. Er sagt, der Mann sei extrem teuer, aber auch extrem zuverlässig. Außerdem härter, als er aussieht. Gilt als unbestechlich, wenn er einmal einen Job angenommen hat.«

»Aber wer ihn beauftragt hat, wissen wir nicht«, stellte Ula fest.

»Nein. Marshall Stevens hat nach allem, was ich rausfinden konnte, keine Erben hinterlassen. Von einer Witwe oder auch nur Freundin weiß niemand was.«

»Wen hast du gefragt?«, fragte Carlo. »Seine Partner sollten nicht erfahren, dass nach ihm gesucht wird.«

»Schon klar«, antwortete Hardy geduldig. »Ich hab mit ein paar alten Kameraden telefoniert. Zuverlässige Jungs, die Marshall auch kannten. Keiner weiß irgendwas.«

»Ich würde doch mal annehmen«, sagte Ula nachdenklich, »dass das nicht *sein* Geld war, das er dabeihatte. Das hat ihm doch ein Kunde gegeben.«

»Das würde bedeuten, dass das Geld entweder dem Kunden fehlt, der keine Ware dafür gekriegt hat, oder seinen Partnern, die geliefert haben, aber das Geld nicht gekriegt haben«, sagte Hardy.

»Ja. Aber wenn wir davon ausgehen, dass seine Partner zum Ausgleich Marshalls Anteile übernommen haben, können sie die siebeneinhalb Millionen vielleicht verschmerzen«, sagte Ula.

»Worüber reden wir eigentlich?«, fragte Carlo. »Was interessiert uns das? Wir haben das Geld nicht. Marshall ist tot, und das war mehr oder weniger ein Unfall …« Er hustete trocken. »Wo Marshall steckt, weiß nur einer von uns, und den werden wir nicht danach fragen.«

Hardy verzog den Mund. »Danke«, sagte er.

»Aber vielleicht müssen wir das doch tun«, sagte Ula.

»Wieso?«

»Aleko weiß von dem Geld. Das heißt, alle wissen es. Vielleicht ist es sinnvoll, dass die Leiche gefunden wird.«

»Schwierig«, sagte Hardy mit einem Seufzer.

»Schwierig oder unmöglich?«, fragte Carlo.

»Nur schwierig. Aber ist es wirklich sinnvoll?«

»Noch nicht. Könnte es aber werden.«

»Warum erzählen wir diesem Kant nicht einfach, wer das Geld hat?«, fragte Ula. »Oder gleich allen. Wir streuen es als Gerücht. Oder ich sage es Aleko.«

»Nein«, sagte Carlo sofort. »Wir schulden den Leuten was.«

»Was denn?«, fragte Ula.

»Ula, bitte«, sagte Hardy leise. »Ohne die Schwemmers und diese Frau Zettel säß wahrscheinlich keiner von uns hier.«

»Ich finde das ziemlich hypothetisch«, sagte Ula. »Die kamen rein, als alles vorbei war, und haben das Geld mitgenommen, das wir verdammt gut hätten gebrauchen können.«

»Bestenfalls säßen wir im Knast, alle drei, du auch«, sagte Carlo. »Ich will nichts mehr davon hören.«

Ula lachte auf. »Ihr alten Männer seid doch bloß in Frau Schwemmer verknallt. Alle beide!«

Hardy und Carlo tauschten einen Blick.

»Und wenn«, sagte Carlo. »Es gibt unangemessenere Gründe für ein anständiges Benehmen.«

Kant betrat das Wirtshaus in der Ludwigstraße. Noch war wenig Betrieb. Ein kleiner älterer Mann hockte mit grimmiger Miene allein an einem Tisch am Fenster, vor sich eine Halbe und ein Stamperl mit einer klaren Flüssigkeit darin. Ein sich anschweigendes Ehepaar mit brandneuen Wanderschuhen saß an einem kleinen Tisch mitten im Raum. Auf der anderen Seite des großen Schankraums hatten ein paar ostasiatische Touristinnen dagegen hörbar Spaß an ihrem Aufenthalt. Der Mann, mit dem Kant verabredet war, war kaum zu verfehlen. Er saß mit dem Rücken zur Wand an einem Tisch neben der kleinen Bühne, auf der abends wohl ein Zitherspieler sitzen würde. An einem Haken über seinem Platz hing ein Hut mit einem Gamsbart. Hager und ziemlich lang, wie er war, wirkte bis auf den Hut wenig an ihm bayerisch. Er entdeckte Kant und winkte mit einer zusammengefalteten Zeitung.

Kant war er auf Anhieb unsympathisch. »Herr Högewald, nehme ich an. Jo Kant. Wir sind verabredet.«

Der Mann nickte und deutete auf den Stuhl. »Wie hieß Ihre Firma noch gleich?«

»FAQ-Rechercheservice«, antwortete Kant.

Eine blonde Kellnerin, die ihr Dirndl mit einer überaus ansehnlichen Oberweite schmückte, trat an den Tisch. Sie servierte Högewald ein Weißbier und eine Leberknödelsuppe und fragte Kant in akzentfreiem Bayerisch nach seinen Wünschen. Er bestellte ein Mineralwasser ohne Eis und Zitrone.

»Sorry, aber ich muss was essen«, sagte Högewald. Sein Tonfall klang eher hessisch als bayerisch. Er begann schlabbernd, seine Suppe zu löffeln.

»Kein Problem«, sagte Kant. »Schön, dass Sie Zeit für mich haben.«

»Aber nicht allzu lang«, sagte Högewald mit halb vollem Mund. Kant schätzte ihn auf Anfang fünfzig, sein Gesichtsausdruck hatte etwas chronisch Joviales. Generell pflegte er die Beziehungen zu Journalisten, oft genug profitierte man voneinander. Aber dieser Högewald stieß ihn ab.

»Rechercheservice, sagten Sie?«, fragte Högewald. »Wer braucht so was?«

»Filmproduktionen zum Beispiel. Drehbuchentwickler.«

»Aha.« Högewald trank von seinem Weißbier. »Dann will da jemand einen Film drehen, über die Sache in der Klarweinstraße?«

»Es gibt Überlegungen in die Richtung. Die Firma möchte Fakten und Rechtslage kennen, bevor man ernsthaft anfängt.«

»Und dafür brauchen Sie die Fotos?«

»Ja, die wären hilfreich. Wer hat die Bilder gemacht, damals?«, fragte Kant. Die Kellnerin brachte das Wasser, er nippte daran. »Ein freier Fotograf, hier aus dem Ort. Die Dame Unterwexler hatte den engagiert. Wollte halt Fotos von der Party. Aber hinterher, nach der Schießerei, war da wohl keine Rede mehr von. Da hab ich sie dem Mann abgekauft.«

»Und was haben Sie damit gemacht?«

»Weiterverkauft, was denn sonst? Über die Schießerei hab ich vier große Artikel untergebracht. Dreimal Boulevard, einmal seriös. Da konnte ich die Bilder gut brauchen.«

»Wie viele sind das insgesamt?«

»An die dreihundert.«

Högewald schob sich ein Stück Leberknödel in den Mund und legte den Löffel dann beiseite. Kauend zog er einen Laptop aus der Aktentasche, die neben ihm auf dem Boden stand. Er klappte ihn auf und ließ ihn hochfahren, während er seine Suppentasse leerte. Nach einem weiteren Schluck Weißbier öffnete er mit ein paar Klicks einen Ordner. »Was wollen Sie wissen?«

»Wer drauf ist.«

»Bei allen dreihundert? Da hab ich keine Zeit zu.«

»Nur bei den interessanten.«

Högewalds Blick wurde lauernd. »Und warum?«

Kant zog seine Brieftasche, nahm einen Hundert-Euro-Schein heraus. Er faltete ihn zusammen und schob ihn unter einem Bierfilz Högewald zu. »Darum«, sagte er.

Högewald wiegte den Kopf. »Kein sehr starkes Argument«, sagte er.

»Das Gleiche noch mal, wenn Sie mir die Bilder auf einen Stick ziehen. Und Ihre Suppe übernehm ich auch noch.«

»Brauchen Sie eine Rechnung?«

»Nicht unbedingt.«

»Na schön.« Högewald warf einen Blick auf die Uhr hinter der Theke. »Eine halbe Stunde.« Er öffnete das erste Foto. Kant rutschte neben ihn, um sehen zu können. Das undezente Rasierwasser des Mannes machte ihn auch nicht sympathischer. Högewald begann, die Namen und Titel der abgebildeten Partygäste runterzuleiern, darunter etliche lokale oder regionale Quasi-Promis, aber auch ein Erstliga-Basketballspieler, ein alpiner Skirennläufer und ein international bekannter Herzchirurg.

»Die hier«, sagte Högewald und deutete auf eine dunkel gelockte Frau von Mitte dreißig. »Keine Ahnung, was die da gemacht hat. Karin Zettel. Ex-Polizistin. Die ist eigentlich hinterher erst berühmt geworden.«

»Wodurch?«

»Die hat ihren Verlobten mit Waffengewalt aus der Psychiatrie in Taufkirchen befreit.«

»Ja«, sagte Kant. »Davon hab ich gelesen.«

»Das war auch so ein Skandal, der keiner war …«

»Haben Sie es ein bisschen genauer für mich?«

»Ach, die war mit 'nem Farbigen liiert. Einem Franzosen. Und den haben sie zusammengeschlagen.«

»Sie?«

Högewald zuckte die Achseln. »Irgendwer halt, nachts vor der Disco. Kommt ja vor, so was. Grad auch bei den dunkleren Typen, heutzutags. Aber die Zettel hat behauptet, das wär ein Kollege von ihr gewesen, ein Polizist. Der hatte aber ein wasserdichtes Alibi. Die hat damals die ganze Presse hier wild gemacht. Also, sie hat es probiert. Hat sich aber keiner drauf eingelassen, ich auch nicht. Am End ist der Schwarze mit dem Messer auf diesen Polizisten los, am helllichten Tag, mitten im Ort, muss man sich mal vorstellen. Da haben sie ihn eingesperrt, in Taufkirchen, in der Psychiatrie. Und sie …«, er wies auf den Monitor, »… hat ihn da rausgeholt. Mit Waffen, Geiselnahme, richtig großes Kino. Seitdem ist sie verschwunden. Aber das war, wie gesagt, *nach* diesen Aufnahmen.«

»Aber Ex-Polizistin war sie da schon?«

»Ja …« Er klickte durch die nächsten Fotos. Einige Damen darauf sahen aus wie professionelle Prostituierte, Högewald bestritt, sie zu kennen. Kant entdeckte Hardy Lepper und Ula Unterwexler. Einige muskulöse Herren in schwarzen Anzügen standen im Hintergrund herum. Ein deutscher Meister im Mittelgewicht tauchte auf, gleich zwei Dschungelcamp-Teilnehmerinnen, ein Regionalliga-Fußballtrainer, dann ein auch Kant vertrautes Gesicht.

»Noch ein Ex-Polizist«, sagte Högewald. »EKHK Schwemmer. Könnte man sich auch fragen, was der da wollte, auf der Party.«

»Was wissen Sie über den?«

»Früherer Leiter der hiesigen Polizei. Dann LKA, jetzt irgendwie freischaffend, ich glaub, der hat geerbt. Galt als extrem fähig. Hat sich aber wohl mit den falschen Leuten angelegt.«

»Mit welchen im Speziellen?«

»Unter anderem mit mir.« Högewald lachte meckernd. Kant bemerkte einen sehr unangenehmen Mundgeruch, der nicht von der Suppe kam. »Aber vor allem mit seinen Chefs. Die waren froh, als sie den los waren. Das hat mir damals der Grellmayer erzählt, als der hier noch Pressesprecher bei der Kripo war ... im Vertrauen natürlich.«

Kant nickte verstehend.

Högewald klickte weiter.

Auf einem Bild saßen Schwemmer und Zettel nebeneinander an einem Biertisch, er einen Masskrug vor sich, sie einen vollen Teller, miteinander redend.

»Die kennen sich natürlich«, sagte Högewald.

Die Gesichter auf den Bildern begannen, sich zu wiederholen, plötzlich war Schluss.

»An der Stelle ging es dann wohl los mit der Schießerei draußen. Der Fotograf war aber immerhin so helle, den Chip zu wechseln. Den anderen hat die Security ihm auch prompt abgenommen. Also keine Bilder von dem Chaos vor dem Haus, aber die hier kann ich Ihnen anbieten. Als Einziger. Haben Sie einen Stick?«

Kant reichte ihm den von seinem Schlüsselbund, und Högewald steckte ihn in den Laptop. Kant rutschte von der Bank zurück auf seinen Stuhl, hinaus aus dem Dunstkreis von Högewalds Rasierwasser. Er winkte der Kellnerin und rieb Daumen und Zeigefinger zusammen.

»Nicht zur Veröffentlichung«, sagte Högewald, als er ihm den Stick zurückreichte. »Die Wasserzeichen bleiben drin.«

»Kein Problem«, sagte Kant. »Die werden nur intern verwendet.«

Högewald lehnte sich auf seiner Bank zurück und drückte die Daumen hinter sein Revers. »Rechercheservice ... irgendwie passt das nicht zu Ihnen.«

»So?«

»Ich dachte, da käm irgendein Praktikant. Stattdessen kommt ein Herr im Maßanzug und lockeren Hundertern in der Tasche.«

Die Kellnerin kam mit dem Kassenbeleg. Kant reichte ihr einen Zwanziger und hob abwehrend die Hand, als sie nach Wechselgeld kramte. Sie bedankte sich mit einem Lächeln, bevor sie verschwand.

»Wäre Ihnen ein Praktikant lieber gewesen?«, fragte Kant.

Högewald kniff die Augen zusammen, was ihn noch unsympathischer machte. »Eher nicht. Aber das mit der Filmproduktion, das kauf ich Ihnen nicht ab.«

»Ich schlage vor, Sie konzentrieren sich auf die Freude an den Hundertern«, sagte Kant. Er verabschiedete sich mit einem Nicken.

»Wir werden sehen«, sagte Högewald in seinem Rücken, als er hinausging.

Das Handy in Grottis Camouflage-Hose begann, den »Döner-Killer«-Song zu spielen. Er nahm die Bierdose vom Mund und fischte es mit der Linken aus der Seitentasche.

»Der Edi«, sagte er nach einem Blick auf das Display und hielt es sich ans Ohr. »Ja, dir a a herzlichs achtnachtzig, liaba Edi ...« Er lachte prustend und lauschte dann. »Ois klar, pfüati«, sagte er und steckte das Gerät wieder ein. »Der Edi kimmt erst in zwoa Stund«, sagte er. »Zum Bahnhof. Aber er sogd, wenn eaner an Tragerl vorstreckt, dann zahlt er eahm des.«

»Das hat er schon mal gesagt«, maulte Lars. »Auf das Geld wart ich heut noch.«

Fabian nippte an seiner Halbliterdose, das Bier war schal und lauwarm. Unten am Weg tauchte ein halbwüchsiger Bursche auf einem BMX-Rad auf, die Strickmütze weit in die Augen gezogen. Felix, sein kleiner Bruder. Er kam auf sie zugeradelt, als sei es das Selbstverständlichste auf der Welt, und hielt tatsächlich direkt vor Fabian an.

»Hier bist du«, sagte er.

»Wer 's 'n das?«, fragte Kalli.

»Mein Bruder«, sagte Fabian unwillig. »Schwirr ab.«

»Kommst du zum Abendbrot?«, fragte der Kleine.

Fabian verschränkte die Arme. »Nein.«

»Ich find's schön, wenn du beim Abendbrot bist«, sagte Felix.

Kalli brach in raues Gelächter aus. »Er find's schön! Dann aber ab nach Haus mit dem Fabi.«

Auch die andern begannen zu lachen. Felix blickte von einem zum andern und zog die Nase hoch. Dann sah er seinen Bruder an.

»Und du bist wirklich lieber hier?«, fragte er.

»Was kümmert *dich* das?«, fuhr Fabian ihn an. »Geh heim.«

»Mach dich vom Acker, oder ich tret dir das Rad krumm«, blökte Lars.

»Lass den Kleinen«, zischte Mara ihn an.

»Oho, hört euch Mutter Teresa an!« Grotti, Karli und sogar Max lachten böse.

Trotzig hob Felix das Vorderrad an und wendete. Ohne Blick zurück rollte er los.

»He, wart noch!«, rief Fabian ihm hinterher. Felix hielt an, und er trabte die zwanzig Meter zu ihm den Weg hinunter. Er beugte sich hinab zu seinem kleinen Bruder und flüsterte: »Sag dem Papa, ich tu das Richtige.«

Felix sah ihn verständnislos an.

»Hast verstanden, was ich gesagt hab?«

»Ja.«

»Dann hau ab«, sagte Fabian und ging zurück, ohne sich noch einmal nach ihm umzusehen.

»Und? Hat den die Mama geschickt?«, fragte Lars.

»Nun halt schon die Goschn«, sagte Fabian. Er trank aus seiner

Dose, nur um weiter nichts sagen zu müssen. Es schmeckte ekelhaft. »Wer hat denn Diridari für Edis Tragerl?«, fragte er. »Ich bin blank.«

Wie sich herausstellte, hatte Mara immerhin neun Euro, Grotti hatte noch drei und Kalli sieben. Mara weigerte sich, mitzugehen. Fabian hatte schon zwei Runden geholt. Lars war dran, und als er es endlich einsah, wollte Max auf einmal mit, Grotti brauchte Tabak, und Kalli musste kacken, sodass Fabian und Mara zu zweit zurückblieben.

»Süß, dein kleiner Bruder«, sagte Mara, als die anderen weg waren.

»Kann sagenhaft nerven«, sagte Fabian, ohne sie anzusehen.

»Ich hatte auch einen kleinen Bruder«, sagte sie.

Fabian kippte den Rest aus seiner Dose in die Büsche. Mara sprach nicht weiter. »Du hattest?«, fragte er.

»Ich weiß nicht, wo er ist. Mama ist mit ihm weg.« Sie sah irgendwohin. »Ich mochte ihn.«

Fabian zog sein Handy aus der Tasche. Ihr den Rücken zukehrend checkte er seine Nachrichten. Es waren wie immer weniger, als man hoffte. Der übliche Quatsch aus den Facebook- und WhatsApp-Gruppen.

»Magst du deinen Bruder?«, fragte Mara.

»Hä?« Er drehte sich zu ihr um. »Was ist denn das für 'ne Frage?«

»Magst du ihn?«

»Den kleinen Scheißer? … Natürlich mag ich ihn. Er ist mein Bruder. Den muss ich doch mögen, oder?«

»Weiß nicht, ob man das muss. Glaub ich eigentlich nicht. Hast du noch mehr Geschwister?«

»'ne kleine Schwester. Noch kleiner. *Die* mag ich. Geht einem aber auch auf den Sack, manchmal.«

Mara sagte nichts mehr. Als er sie ansah, drehte sie sich weg. Fabian war sich nicht sicher, aber er glaubte, Tränen in ihren Augen gesehen zu haben. Er sah den Weg hinunter und hoffte, dass die Jungs mit dem Tragerl auftauchten, aber es kam überhaupt niemand.

Mara hinter ihm sagte etwas, das er nicht verstehen konnte. Er drehte sich um.

»Was?«, fragte er.

Sie wandte ihm immer noch den Rücken zu. »Fahr nicht mit, heute Abend«, sagte sie.

Schwemmer verteilte den Kleber gleichmäßig mit dem Zahnspachtel und griff nach der nächsten Fliese. Das Handy auf der Fensterbank begann zu läuten, aber er legte die Fliese in aller Ruhe und präzise zwischen die Kunststoffkreuze, bevor er mit einem leisen Ächzen von den Knien aufstand. Das Display zeigte eine unterdrückte Rufnummer. Er meldete sich mit »Hallo«, was er bei unterdrückten Nummern immer tat. Das Netz war wackelig. Eine Männerstimme sagte etwas, aber er konnte es nicht verstehen.

»Moment, ich geh vor die Tür«, sagte Schwemmer. Er trat hinaus. Kuno räkelte sich draußen auf der Wiese und sah ihn desinteressiert an. »Jetzt besser?«

»Ja«, sagte die Stimme. »Lepper hier. Herr Schwemmer?«

»Ja …« Schwemmer verzog das Gesicht. Eine gute Nachricht würde das kaum sein.

»Man sucht nach Marshall Stevens.«

»Ich hatte etwas in der Art befürchtet.«

»Ach ja?«

»Dieser Kant, nehme ich an.«

»Ja. Sie kennen den?«

»Hatte beruflich mal mit ihm zu tun. War der bei Ihnen?«

»Gestern Abend. Er weiß, dass Stevens in Garmisch war.«

»Ja. Wie ich hörte, ist er bereits hier.«

»Carlo meinte, Sie sollten das wissen.«

»Danke.«

»Keine Ursache.«

»Weiß unsere gemeinsame Freundin auch Bescheid?«

»Wir haben keinen Kontakt.«

»Verstehe. Wie wahrscheinlich ist es denn, dass man Stevens findet?«

»Falsche Frage«, sagte Lepper und unterbrach die Verbindung.

Schwemmer ging hinein und legte das Handy zurück auf die Fensterbank. Er sah es eine Weile nachdenklich an, dann ging er wieder an die Arbeit. Zügig legte er Platte an Platte, aber es fiel ihm nicht leicht, sich zu konzentrieren.

Hardy Lepper nach Stevens zu fragen war natürlich überflüssig gewesen. Die Frage würde er nicht beantworten, schon gar nicht am Telefon. Eigentlich hatte Schwemmer früher damit gerechnet, dass jemand nach Stevens fragte. Aber es war so lange nicht passiert, dass er fast gehofft hatte, der Mann würde gar nicht vermisst. Vielleicht vermisste den Mann auch tatsächlich niemand. Aber das Geld, das Stevens bei sich hatte, als er erschossen wurde, wurde bestimmt vermisst.

Schwemmer stand wieder vom Boden auf und ging hinüber zur Fensterbank.

Der Weg, auf dem das Navi sie von Hubbelrath nach Flingern lotste, kam Burgl irgendwie umständlich vor, aber sie beschloss, nicht darüber nachzudenken. Irgendwann erreichte sie auch so das Ateliergebäude. Sie steuerte den BMW in die Hofeinfahrt, parkte an der Rampe und lief den mittlerweile fast vertrauten Weg hoch in den zweiten Stock.

Geoffreys Ateliertür war offen. Er stand auf einer hohen Treppenleiter zwischen den düsteren Großformaten seiner Vermieterin und schraubte an einer der Deckenlampen herum. Mit einem amüsierten Lächeln schaute er zu Burgl herab.

»Nein heißt eigentlich nein«, sagte er freundlich und kletterte von der Leiter.

»Ich wollte nicht heimfahren, ohne es wenigstens noch einmal versucht zu haben«, sagte sie. »Wollen Sie mir Ihre Bilder nicht doch einmal zeigen? Nur, damit ich weiß, was ich verpasse.«

Mit resigniertem Lachen schüttelte er den Kopf. »Na, was soll's«, sagte er dann. »Sie geben ja doch keine Ruhe. Machen Sie mir bitte die Tür auf?«

Er klappte die Leiter zusammen und trug sie in sein kleines Atelier, wo er sie wieder aufstellte, um an ein Wandregal hoch über der Tür zu gelangen. Von dort reichte er ihr einen Stapel Mappen und einige in Polsterfolie eingeschlagene Leinwände herunter. Sie schlug die erste Mappe auf, bevor er noch von die Leiter herab war. Fast verschlug es ihr den Atem. Das Aquarell war von der gleichen zarten Schönheit wie das Bild auf der Staffelei, es zeigte ein Tier, eine Art Echse, genauso phantastisch wie die Pflanze auf dem anderen Bild, ganz ähnlich und doch ganz anders. »Es ist nicht so, wie ich es mir vorgestellt habe«, sagte Geoffrey. Er nahm ihr die Mappe aus der Hand, und sie griff nach der nächsten. Hier war es eine Kohlezeichnung eines Dampfschiffes, wie man meinen sollte, etwas völlig anderes, aber auch dieses Bild ließ die stilistische Verwandtschaft erkennen. Geoffrey erlaubte ihr immer nur für ein paar Sekunden, die Bilder anzusehen, dann nahm er ihr die Mappen aus der Hand.

Es waren drei Ölbilder und sieben Mappen, und nach der letzten ließ sie die Schultern sinken. »Geoffrey«, sagte sie, »das können Sie nicht machen. Das dürfen Sie den Menschen nicht vorenthalten.«

»Es sind meine«, sagte er. »Und ich bin nicht zufrieden mit ihnen.«

»Aber das Bild, an dem Sie malen. Sie haben es mir versprochen. Gilt das noch?«

Seiner Miene war zu entnehmen, dass er nicht wirklich glücklich war damit, aber er sagte: »Ja heißt ja.«

»Wann werden Sie damit fertig sein?«

Er drehte sich zur Staffelei um und reichte ihr das Blatt.

»Ich habe die ganze Nacht dran gearbeitet. Besser wird es nicht …«

Stolz trug sie die Mappe mit ihrer Beute die Treppen hinunter. Geoffrey verabschiedete sie mit Wangenküssen, und auf die Frage, bei welchem Preis er weich werden würde, antwortete er lachend mit »Hunderttausend! Aber wer soll das zahlen?«. Er hatte ihr auch noch erlaubt, mit dem Smartphone ein Foto von ihm zu machen, ihre Visitenkarte huldvoll entgegengenommen und, vor allem, sich das Versprechen abnötigen lassen, zuerst zu ihr zu kommen, wenn er es sich anders überlegen würde. Im Rückspiegel sah sie, dass er ihr nachwinkte, bis sie auf die Straße abbog.

Sie folgte den Anweisungen des Navis zum Hotel. Ihr Handy begann zu läuten, das Display am Armaturenbrett zeigte Balthasars Nummer.

»Hallo, Schatz«, meldete sie sich. »Ich sitz im Auto.«

»Warst du golfen?«, fragte er.

»Ja. Ich hab neun Löcher gespielt, mit einer ganz entzückenden Dame aus Singapur. War nett. Hab aber verloren.«

»Hoch?«

»Frag mich nicht nach Sonnenschein. Dafür hab ich gerade noch ein großartiges Bild bekommen. Morgen nach dem Frühstück fahr ich heim.«

»Schön. Sag, kannst du mir die Handynummer von dem Herrn Kant geben?«

Ihre Augenbrauen hoben sich. »Was willst denn *da*mit?«

»Ich will ihn anrufen.«

»Warum? Weil er deine Ehefrau belästigt?«

Er lachte. »Nein. Oder nur sehr teilweise. Hardy Lepper hat angerufen. Kant war bei ihnen. Er sucht nach Marshall Stevens.«

»Oh …«

»Genau: Oh. Und weil der Kant sowieso über kurz oder lang bei mir auftaucht und ich es hasse, in der Defensive zu sein, werde ich *ihn* anrufen und einladen. Vielleicht kann man ja zusammen Golf spielen.«

»Er spielt kein Golf. Für Bälle hat er kein Talent.«

»Umso besser«, sagte Schwemmer.

»Der Fabi kommt heut nicht zum Abendbrot«, sagte Felix, während er hinter seiner Schwester vorbei auf die Bank kletterte.

»Woher weißt du das denn?«, fragte Cora.

»Ich hab ihn gesehen. Mit seinen Freunden.«

Schafmann sah von seiner Zeitung auf. »Mit wem?«, fragte er.

»Da waren vier Buben und ein Mädchen. Ich kannt nur den Lars. Die hingen an der Unterführung rum.«

»Und was haben die da gemacht?« Bärbel verteilte Becher, Brettchen und Besteck auf dem Tisch.

»Bier getrunken«, antwortete Felix. Er schien unentschieden, ob er das toll oder verwerflich finden sollte.

Bärbel sagte nichts, sie presste nur die Lippen aufeinander und ging in die Küche, um Brot und Tee zu holen.

»Ich soll dir was ausrichten«, sagte Felix verschwörerisch, nachdem seine Mutter die Stube verlassen hatte. Schafmann sah ihn fragend an.

»Ich soll dir sagen, der Fabi tät das Richtige. Obwohl er heut nicht kommt.«

»Verstehe«, sagte Schafmann. Er blickte wieder in die Zeitung und gestand sich ein, dass er zwar las, aber nichts in sich aufnahm von dem, was da stand. Müde rieb er sich die Augen. Cora und Felix begannen einen Streit um das Nutella-Glas. Er ließ sie gewähren, erst Bärbel machte dem Gezeter ein Ende, als sie mit Teekanne und Brotkorb wieder hereinkam. Schafmann schmierte sich lustlos ein Schinkenbrot. Als er an dem Hagebuttentee nippte, verspürte er Lust auf ein Helles, aber er riss sich zusammen. Stattdessen kippte er mehr Zucker hinein. Bärbel aß schweigend. Eine seltsame Stimmung herrschte am Tisch, sogar die Kleine verzichtete auf den üblichen Unfug.

»Ich find die doof, die Freunde vom Fabi«, sagte Felix.

»Doof?«, fragte Schafmann.

»Die lachen über mich. Ich mag die nicht.«

»Was hast du überhaupt bei denen zu suchen?«, fragte Bärbel.

»Na, was schon?« Felix sah sie beleidigt an. »Den Fabi hab ich gesucht.«

»Is scho recht«, sagte Schafmann begütigend. »Schad, dass er nicht da ist.«

In der Diele begann sein Handy zu läuten. Mit einem Seufzen stand er auf. Er ging hinaus und zog das Gerät aus der Innentasche seines Mantels.

Es war Dräger. »Wir müssen reden«, sagte er und klang dabei sehr entschieden.

»Wart einen Moment«, sagte Schafmann und ging ins Treppenhaus. Er schloss die Tür hinter sich und stieg in den ersten Stock hinauf. Erst als er auch die Schlafzimmertür hinter sich geschlossen hatte, meldete er sich wieder.

»Was gibt's?«, fragte er, und er hatte wenig Hoffnung, dass es etwas anderes war, als er befürchtete.

»Du warst gestern Abend in der Inspektion. Spät. Das hat mir die Waigel von der Nachtschicht erzählt.«

»Ja«, sagte Schafmann ergeben.

»Genau zu der Zeit, als die Datei neu abgespeichert wurde.« Dräger wartete wohl auf eine Antwort, aber Schafmann schwieg. Er setzte sich auf den Rand des Ehebettes und rieb sich die Stirn.

»Die Folie mit den Fingerabdrücken in der Beweismappe«, fuhr Dräger fort, »die stammt nicht aus meinem Koffer. Die Marke benutzen wir seit Jahren nicht mehr.«

Schafmann schwieg weiter.

»Warum?«, fragte Dräger. »Sag mir, warum. Nenn mir einen guten Grund. Du hast mir heut Mittag selber gesagt, dass der Grellmayer den Kuczinsky sowieso schützt. Das nutzt doch überhaupt nichts!«

Schafmann räusperte sich. »Ich will den Kuczinsky diskreditieren. Ich will, dass man ihm nichts mehr glaubt. Auch wenn das für 'ne Anklage vielleicht nicht reicht. Aber wenn er den Brandsatz in der Hand gehabt hat —«

Dräger fiel ihm ins Wort. »Und dafür schützt du den Täter? *Das* lohnt sich? Sorry, aber das ist *kein* guter Grund. Und ich sag dir was: Ich glaube *nicht*, dass *du* so was *ohne* guten Grund machst.«

Schafmann stützte die Stirn in die Handfläche. »Grellmayer versucht, mich zu erpressen«, sagte er.

»Womit? Wessen Abdrücke waren das?«

Schafmann schloss die Augen. Egal, was er jetzt antwortete, seine Zukunft lag in den Händen von Dräger. Wenn Dräger das offenlegte, war seine Zeit als Polizist vorbei. Wenn er ihn nun anlog und Dräger das merkte, wäre es gewiss so weit. Und er hatte nicht einmal eine brauchbare Lüge, die er ihm anbieten konnte.

»Es waren die Abdrücke von meinem Sohn. Fabian.«

Nun war es Dräger, der schwieg.

»Ja, Fabian hat den Brandsatz geworfen. Aber Kuczinsky hat ihn dazu gebracht. Ich habe jeden Einfluss auf ihn verloren, er tut das, was Kuczinsky ihm sagt. Er hat ihn zum Tatort gefahren. Er hat die Flasche sogar angezündet … Und ich muss ihn laufen lassen.«

»Und Grellmayer weiß das?«

»Ja. Er weiß das alles ganz genau. Und er hat mir offen gedroht. Wenn ich ihm in die Quere komme, packt Kuczinsky aus. Und wenn dann noch seine Fingerabdrücke … Verdammt, ich kann doch nicht meinen eigenen Sohn verhaften!«

Schafmann rieb sich den Nacken, er schwitzte, aber er fror.

»Verstehe«, sagte Dräger nach einer Weile. »Da muss ich drüber schlafen.«

»Du musst tun, was du für richtig hältst«, sagte Schafmann. »Ich werd es akzeptieren.«

Dräger lachte müde. »Was anderes bleibt dir auch nicht übrig.«

»Nein«, sagte Schafmann. »Tut es nicht.«

Dräger legte auf, und Schafmann ließ sich rücklings aufs Bett fallen. Mit ausgebreiteten Armen lag er da, lange starrte er die Decke an. Endlich nahm er das Handy und suchte im Namensverzeichnis nach einer Nummer.

»Hallo, Balthasar«, sagte er, als sein Gegenüber sich meldete. »Hier ist Werner. Werner Schafmann.«

Vom Wohnzimmerfenster aus sah Schwemmer Schafmanns Familientransporter vor dem Haus einparken. Er ging zur Haustür und öffnete. Schafmann kam auf ihn zu. Seiner Miene nach zu urteilen war ihm nicht uneingeschränkt wohl in seiner Haut. Ein bisschen zögerlich streckte er Schwemmer die Hand hin. Schwemmer ergriff sie mit einem Lächeln. Schafmann grinste schief zurück, es wirkte erleichtert.

»Komm rein.« Schwemmer ging voran in die Küche. Wenn es etwas zu bereden gab, war ein Esstisch alleweil ein besserer Ort als eine Polstergarnitur.

Schafmann warf einen Blick durch die offene Wohnzimmertür. »Jessas«, entfuhr es ihm, als er die schwarz-bunte und mehr als vier Meter breite Collage entdeckte, die Burgl hinter dem Sofa aufgehängt hatte.

»Burgl macht in Kunst, neuerdings«, sagte Schwemmer. »Übernächste Woche ist Galerieeröffnung.«

»Ich hörte davon«, murmelte Schafmann. Während er seinen Mantel an die Garderobe hängte, sah er sich um und musterte die anderen, in Sichtweite hängenden Kunstwerke. Nach Schwemmers Eindruck verstörten sie ihn eher, als dass sie ihn beeindruckten.

»Du trinkst was Alkoholfreies, nehme ich an.« Schwemmer zählte auf, was er an Softdrinks im Haus hatte. Schafmann hörte sich die kurze Liste an und wählte Mineralwasser. Schwemmer stellte Gläser und Wasserflasche auf den Tisch und nahm sich selbst ein Unertl aus dem Kühlschrank. Sie nahmen Platz. Schafmann schenkte Wasser ein und trank ausgiebiger als nötig. Offensichtlich wusste er nicht, wie er anfangen sollte.

»Hast ein neues Auto?«, fragte Schwemmer, um das Schweigen zu beenden.

»Ja. War fällig. Du hast jetzt 'nen Jeep?«

Es entspann sich ein lätschertes Gespräch über die Vor- und Nachteile verschiedener Automarken und -typen. Schwemmer wartete geduldig, dass Schafmann auf den Punkt kam, der ihn hergebracht hatte.

»Das Haus hat sich wirklich verändert, seit ich das letzte Mal hier war.« Schafmann deutete auf den Dubuffet neben der Küchentür. »Ist das alles echt?«

»Das da nicht, das ist ein Druck. Aber das meiste sind Originale und Lithografien.«

Schafmann räusperte sich. »Sieht ganz schön teuer aus«, sagte er und räusperte sich wieder.

»Ein bisserl, aber ganz so wild ist es auch nicht.« Schwemmer ließ ihn nicht aus den Augen. »Burgl hat ein Händchen dafür.«

»Als Psychologin arbeitet sie gar nicht mehr, oder?«

»Nein.«

»Dann scheinst du ja ganz gut klarzukommen, in deinem neuen Job.«

Jetzt geht's los, dachte Schwemmer. »Passt scho«, sagte er.

»Heut Nachmittag hatte ich Besuch«, sagte Schafmann. »Aus Düsseldorf.«

»Der Herr Kant war bei dir?«

»Das scheint dich nicht zu überraschen.«

»Ich bin morgen mit ihm verabredet. Zum Golfen. Was wollte er denn?«

»Er hat nach dir gefragt. Im Zusammenhang mit der Unterwexler-Sache. Ob du beim LKA mit dem Fall zu tun hattest. Ich hab gesagt, dass sie dich von dem Fall abgezogen haben und du dann hingeschmissen hast.«

»Das ist die Wahrheit.« Schwemmer ließ das Unertl aufploppen und schenkte sich ein.

Schafmann kratzte sich am Kinn. »Er hat dann ein bisschen insistiert ... er scheint sich über eure finanzielle Situation zu wundern.«

»Ausgerechnet der? Der ist doch in derselben Branche, und ganz offensichtlich stinkt der vor Geld. Hat der gesagt, *warum* ihn das interessiert?«

»Er sucht nach einem verschwundenen Waffenhändler namens Marshall Stevens.«

»Nie gehört. Was soll ich mit dem zu tun haben?«

»Er sucht auch nach ein paar Millionen Dollar.«

Der Schaum in Schwemmers Weißbierglas hatte sich gesenkt. Er nahm einen ersten Schluck und wischte sich genießerisch den Schaum von der Oberlippe.

»Was hast du auf dem Herzen, Werner?«, fragte er.

»Der Mann ist weder der Erste noch der Einzige, der sich wundert«, sagte Schafmann.

»Nur weiter«, sagte Schwemmer und nahm noch einen Schluck.

»Wir haben uns doch alle gefragt, ob du noch ganz richtig im Oberstüberl bist: in den Sack hauen, keine zehn Jahre vor der Pension.«

Wieder wischte Schwemmer den Schaum von der Oberlippe.

»Das Angebot war derart gut, dass ich bescheuert gewesen wäre, es nicht anzunehmen«, sagte er. »Die Firma sitzt auf den Cayman-Inseln, ein Trust aus mehreren Dutzend Firmen, und denen gehen sechsstellige Beträge offenbar am Arsch vorbei. Ich hab einen Vertrag mit ziemlich langer Laufzeit, und wenn ich mich nicht völlig bescheuert anstelle, gleicht das meine Pension locker aus.«

»Für Sicherheitsberatung?«

»Ja, so nennt man das.«

»Was genau machst du denn für die?«

»*Das* … darf ich dir nicht sagen. Das darf ich nicht mal Burgl sagen, du brauchst sie also nicht fragen.«

»Und wie bist du da rangekommen?«

»Glück. Wie ein Sechser im Lotto. Die brauchten jemanden, und ein alter Bekannter hat mich empfohlen.«

»Kenn ich den?«

»Nein. Den kenn ich noch aus Ingolstadt. Ich hab mich bei denen vorgestellt, die mochten mich, ich konnte sie ertragen, das LKA konnt ich nicht ertragen, da hab ich unterschrieben. Dazu kam, dass Burgls Tante Kati gestorben ist und ihr in Murnau ein Mietshaus hinterlassen hat. Wir kommen klar.«

»Das seh ich«, sagte Schafmann mit einem kleinen Lachen. »*Some guys have all the luck* …«, sang er leise.

Auch Schwemmer lachte. »Ich werde nicht verlangen, dass du nicht neidisch bist.«

»Danke …« Schafmann nippte an seinem Wasser und sah zu Boden. Der kleine Anflug guter Laune schien ihn schon wieder verlassen zu haben. »Ich frag mich nur, welche Verbindung dieser Kant vermutet, zwischen diesem Stevens und dir.«

»Das soll er mich halt direkt fragen. Kann er morgen machen, von mir aus … Wie steht es bei euch? Alles klar zu Haus?«

Schafmanns Miene verdüsterte sich weiter. »Nein … nein, bei uns ist im Moment gar nichts klar.« Er sah ihm in die Augen, und Schwemmer glaubte ihm jedes Wort. Er kannte seinen alten Partner gut genug, um zu sehen, dass die Fragen des Düsseldorfers nur ein Vorwand für seinen Besuch waren. Schafmann schien unter seinem Blick zu förmlich zu zerbröseln.

»Wir haben Probleme mit Fabian. Riesenprobleme.«

»Fabian ist der Große? Der in Tölz Hockei spielt?«

»Tut er nicht mehr. Ist ihm zu anstrengend.«

»Oha. Kein gutes Zeichen, in dem Alter.«

»Kannst du wohl sagen.« Schafmann schüttelte den Kopf, ohne den Fußboden aus den Augen zu lassen.

»Sechzehn?«

»Ja … sag mal … hast du vielleicht doch ein Bier für mich?«

»Klar.« Schwemmer stand auf und ging zum Kühlschrank.
»Ich lass den Wagen stehn ...«
»Schon klar. Weißbier oder ein Helles?«
»Lieber ein Helles, wenn du hast.«
Schwemmer öffnete eine Perle und stellte sie auf den Tisch.
»Glas?«
»Flasche passt.«
»Wohlsein.« Schwemmer stieß sein Weißbierglas gegen die Flasche.

Schafmanns Hand zitterte ein wenig, als er nach der Flasche griff. Er nahm einen kleinen Schluck. »Mein Gott, du musst ja glauben, ich wär Alkoholiker.«
»Und? Bist du?«
»Ach was. Das ist das erste Bier seit Tagen. Aber ich bin nervlich echt runter. Herrschaftszeiten ...«
»Nun erzähl schon. Ich bin kein Polizist mehr. Ich muss keinen verpfeifen.«
»Deswegen bin ich hier«, sagte Schafmann, ohne sein Lächeln zu erwidern. »Ich hab Scheiße gebaut.«

Auf Schwemmers Stirn erschien eine steile Falte und blieb dort während Schafmanns Beichte. Er erzählte alles, von Fabians Brandstiftung, von Kuczinsky, natürlich von Grellmayer und von dem gescheiterten Versuch, die Fingerabdrücke in der Akte zu manipulieren.

»Den Dräger kannst du nicht reinlegen«, sagte Schwemmer, als Schafmann geendet hatte.

»Ja. War eigentlich klar. Was, denkst du, wird er tun?« Schafmann klang ziemlich hoffnungslos.

»Auch wenn sich das vielleicht albern anhört: Dass er nicht mehr mit der Isenwald zusammen ist, könnte dir den Arsch retten. *Der* hätte er es garantiert erzählt, und auf deren Wohlwollen würd ich nicht setzen. Aber ihm würd ich zutrauen, dass er die Schnauze hält. Hat er schon mal gemacht.«

»So? Wann denn?«

»Bei der Sache mit der Seherin. Hat außer mir keiner mitgekriegt. Wie gesagt, möglich ist es. Aber sicher kannst du natürlich nicht sein.«

»Und wenn er nichts sagt, dann hat er mich für immer am Kanthaken«, sagte Schafmann.

»Schon. Aber allemal besser als der Grellmayer.«

»Alles ist besser als der Grellmayer. Kruzifix …« Schafmann sah erstaunt die leere Bierflasche in seiner Hand an. Schwemmer ging zum Kühlschrank und holte noch eine Perle und ein Weißbier.

»Jetzt muss ich den Wagen aber wirklich stehn lassen«, sagte Schafmann, als Schwemmer ihm die geöffnete Flasche reichte.

»Wenn du dem Kuczinsky irgendwie am Zeug flicken kannst, würde der Grellmayer schlicht abstreiten, von irgendwas gewusst zu haben«, sagte Schwemmer.

»Genau. Und an die Akten lässt das LKA keinen ran. Falls es überhaupt welche gibt.«

»Und sie nicht gefälscht sind. So was ist schon vorgekommen in München«, sagte Schwemmer. »Hessmann ist wahrscheinlich immer noch ein Fan von ihm, oder?«

»Klar. Toller Mann, der Grellmayer. Von der alten Schule …«

»Der Typ ist die Pest«, sagte Schwemmer. »Leute wie der bringen euch alle in Verruf. Die ganze Polizei. Schlimmer noch: Bayern, Deutschland, den Rechtsstaat. Sie zerstören das Land.«

Schafmann schüttelte hoffnungslos den Kopf und sah blicklos auf den Dubuffet-Druck neben der Tür.

»Ich habe keine Lust mehr«, sagte er leise. »Ja, ich beneide dich. Nicht um eure komischen Bilder, gewiss nicht. Aber dass du einfach mit dem Scheiß aufhören konntest, dass du dir das leisten kannst. Darum beneide ich dich. Ich kann das nicht. Ich hab eine Familie zu versorgen. Drei Kinder, Hypothek.« Er sah Schwemmer an. »Oder kannst du noch einen unterbringen bei deiner Firma?«

»Das glaub ich kaum. Aber wenn, dann denk ich an dich.«

»Jetzt zählt ohnehin nur die Sache mit Fabian. Vielleicht findet er ja was raus.«

»Rausfinden? Fabian?«

»Ich hab ihm gesagt, dass ich alles über den Kuczinsky wissen will.«

»Bist du zu retten?« Schwemmer setzte sich auf. »Du schickst ihn wieder dahin?«

Schafmann zuckte die Achseln. »Was heißt, schicken? Der geht ja eh wieder zu denen. Und irgendwas muss ich doch unternehmen. Die haben uns in der Hand. Wenn der Grellmayer will, ist Fabian erledigt.«

Der Edi hatte sie in seinem Land Cruiser mitgenommen, alle sechs. Mara saß vorn neben Kuczinsky, drei der Jungs auf der Rückbank, Fabian und Lars hockten auf den Klappsitzen im Laderaum. Der Wagen rumpelte über die Gießenbachbrücke und hielt dann in Kuczinskys Einfahrt. Sie sprangen aus dem Toyota und beeilten sich, aus dem Regen zu kommen.

»Ich hätt schon ein paar lustige Ideen«, sagte Lars. »Die aus den Loisachauen gehn immer beim Penny einkaufen. Da kommen immer so zwei, drei Leutchen die Straße lang. Oft auch nur einer oder eine. Denen könnt man leicht mal zeigen, dass sie besser drinnen bleiben.«

»Klingt gut«, sagte Kuczinsky. Er schob ein Tragerl Augustiner mit dem Fuß aus der Küche in ihre Richtung. Lars nahm eine Flasche nach der anderen heraus, öffnete sie mit dem Feuerzeug und reichte sie weiter.

»Wie lang hat der Laden auf?«, fragte Kuczinsky.

»Bis acht«, sagte Lars.

Kuczinsky schüttelte den Kopf. »Zu früh«, sagte er, »da ist es noch hell. Können wir uns für den Winter vormerken.«

»Meinst du, die sind im Winter noch da?«, fragte Ferdi.

»Wenn denen die Bude nicht komplett abgefackelt wird, kannst du davon ausgehen.«

Enttäuschtes Gemaule war zu hören.

»Was denkt ihr euch denn?«, blaffte Kuczinsky. »Dass ihr mal einen Molli werft und die ziehen sofort alle den Schwanz ein? Schön wär's! Das wird ein langer Kampf! Für uns und fürs ganze Volk!« Er winkte Fabian zu sich und deutete auf die Dielentür. Fabian stand gehorsam auf und folgte ihm. Kuczinsky schloss die Tür hinter ihnen. »Da will dich jemand sprechen«, sagte er.

Er öffnete die Tür zu dem schäbigen Raum, den er sein Büro

nannte, und drängte Fabian hinein. In dem Raum stand ein fetter blonder Mann, den Fabian noch nie gesehen hatte. Er trug einen hellen Mantel über einem braunen Anzug. Fabian schätzte ihn um einiges jünger als seinen Vater, vielleicht so Ende dreißig. In seinem teigigen Gesicht lagen ein paar helle, kalte Augen, deren Blick ihn einschüchterte.

Kuczinsky schloss die Tür hinter ihnen, und Fabian bekam einen trockenen Hals, als er auch noch den Schlüssel im Schloss drehte.

»Was hat dein Oida denn gesagt zu der Sache?«, fragte der Mann, ohne sich vorzustellen.

Fabian zuckte die Schultern. »Wer sind Sie denn eigentlich?«

»Das braucht dich nicht interessieren«, sagte der Mann und hockte sich auf die Schreibtischkante.

»Das ist der Mann, der dir sagt, wo's langgeht«, sagte Kuczinsky.

Der Mann quittierte die Bemerkung mit einem ärgerlichen Blick. »Dein Vater muss doch was gesagt haben«, sagte er zu Fabian.

»Er fand's scheiße. Ich soll mich nicht mehr mit den Jungs treffen.«

»Aber hier bist du trotzdem.«

»Von dem lass ich mir schon lang nichts mehr sagen.«

»Und weiter? Weiter hat er nix gesagt?«

»Naa.«

Der Mann zog Zigaretten und Feuerzeug aus der Manteltasche und zündete sich eine John Player an, ohne Kuczinsky oder Fabian eine anzubieten. Er sah Kuczinsky an und deutete mit einer Kopfbewegung auf Fabian.

Kuczinsky trat an ihn heran. Fabian wäre gern zurückgewichen, aber er stand schon mit dem Rücken an der Wand des kleinen, vollgemüllten Raums. Kuczinsky roch nach Schweiß und hatte eine eklige Fahne. Er packte Fabian an der Schulter.

»Hör mal, Kleiner«, sagte er gefährlich leise. »Das ist überhaupt kein schönes Gefühl für uns, dass wir einen Spitzel hier haben, verstehst du?«

»Ich bin kein Spitzel.« Fabian versuchte, Kuczinskys Atem auszuweichen. Es gelang ihm nicht recht. Mit einer schnellen

Bewegung packte Kuczinsky ihn am Arm, drehte ihn ihm auf den Rücken und schob ihn auf den Mann zu.

»Ich glaub dir nicht«, sagte der. Im Gegensatz zu Kuczinsky roch er nach Rasierwasser. »Dein Vater weiß, dass du das warst, mit dem Molli. Und er hat was dazu gesagt, das weiß ich.«

Fabian spürte, dass er zu zittern begann. Er hatte keine Ahnung, was jetzt das Richtige wäre. Vielmehr hatte er das sichere Gefühl, nur das Falsche sagen zu können.

»Er hat gesagt, der Edi wär ein Spitzel«, stieß er hervor. »Fürs LKA.«

Der Mann entblößte eine Reihe großer, gelblicher Zähne zu einem Raubtiergrinsen. »Aber das wusstest du doch schon, gell?«

»Ja. Aber das hat er gesagt.«

»Sonst nix?«, fragte Kuczinsky.

»Naa.«

»Dass der Edi dich verpfiffen hat, das hat er nicht gesagt?«

»Hat er das denn?«, fragte Fabian und hatte das Gefühl, einen Punkt zu machen.

»Das war nicht nötig«, sagte der Mann. »Das wussten die schon.«

»Woher?«

»Das geht dich nichts an.« Der Mann tippte Asche von seiner Zigarette auf den braunen Teppichboden. »Bist du denn weiter dabei?«, fragte er, ohne Fabian anzusehen.

Fabian schluckte und wand sich in Kuczinskys Griff. »Ich weiß nicht ...«

»Was soll das denn heißen?«, bellte Kuczinsky ihm ins Ohr. »Entweder du bist dabei oder nicht!«

»Ah geh«, sagte der Mann, plötzlich sanft. »Der Fabian wird uns schon zeigen, was wir von ihm zu halten haben.«

Kuczinsky ließ ihn los. »Genau. Heut kannst du mal zeigen, was du draufhast.«

»Das hab ich doch wohl schon getan, oder? *Ich* hab das Ding doch da reingeworfen, oder?«

Der Blonde schüttelte bedauernd den Kopf. »Für Leute mit einem Vater bei der Kripo sind die Regeln ein bisserl verschärft worden, das verstehst doch, oder?«

Fabian nahm seinen Mut zusammen. »Nein, das versteh ich

nicht«, sagte er. »Ich hab einen Vater bei der Kripo, und ich hab's trotzdem gemacht. Was wollt ihr denn noch? Ich find das scheiße.«

»Ja, da schau her!« Der Mann stieß ein hässliches kleines Lachen aus. Nach einem letzten Zug ließ er die Zigarette fallen und trat sie auf dem Teppichboden aus. »Wird halb so wild heut«, sagte er. »Nur eine kleine Sachbeschädigung.«

Schafmann schreckte aus einem flachen Schlaf hoch und fragte sich, was ihn geweckt hatte. Die Leuchtziffern seines Weckers zeigten zwei Uhr zehn.

»Hat es geläutet?«, fragte Bärbel verschlafen.

»Keine Ahnung.« Schafmann war klirrend wach, er spürte seinen Herzschlag im Hals. Irgendwas musste er geträumt haben, aber er erinnerte sich nicht. Dann schallte das Dingdong der Türklingel durchs Haus.

»Wer kann denn das sein?«, fragte Bärbel.

»Ich geh schauen.« Schafmann zog sich seinen Morgenmantel über, der neben der Schlafzimmertür hing, und ging die Stiege hinunter. Hinter ihm hörte er eine Tür sich öffnen.

»Wer ist das?«, fragte Felix.

»Weiß ich nicht.« Schafmann schloss die Haustür auf und öffnete.

Es war Dräger.

»Ich muss mit dir reden«, sagte er.

Schafmann sah ihn verkniffen an. »Wäre morgen nicht früh genug gewesen?«

»Nein«, sagte Dräger. »Es geht um was anderes.«

»Warum rufst du nicht an?«, fragte Schafmann.

Dräger antwortete nicht darauf. Schafmann bat ihn mit einer Geste herein. Oben erschien Bärbel im Bademantel am Treppenabsatz.

»Ist dienstlich«, sagte Schafmann, aber Dräger hielt inne und sah zu ihr hoch.

»Es wäre gut, wenn Sie dabei wären, Frau Schafmann.«

Schafmann fühlte, wie sich die Haare in seinem Nacken aufstellten. »Was ist los?«

»Vielleicht können wir uns irgendwo hinsetzen«, sagte Dräger. Bärbel kam die Treppe herunter. »Was ist mit Fabian?«, fragte sie. »Es geht doch um Fabian, nicht wahr?«

»Ja.« Dräger wusste nicht, wo er hinschauen sollte. Schafmann ging voran in die Stube und bot Platz am Esstisch an. Dräger ließ sich auf einen Stuhl sinken und kaute auf der Unterlippe.

»Verdammt, nun red schon«, sagte Schafmann.

»Es hat einen Unfall gegeben. Auf der Bundesstraße bei Kaltenbrunn.« Dräger holte tief Luft. »Fabian, euer Sohn, er ist ... er ist von einem Lkw erfasst worden ...«

»Nein!«, rief Bärbel.

»Weiter«, sagte Schafmann.

»Er war sofort tot.«

Bärbel presste beide Fäuste vor den offenen Mund, sie war kreidebleich. Sie wankte, und Schafmann griff nach ihrem Arm, um sie zu stützen – oder sich, er wusste es nicht.

Dräger sah schweigend zu Boden, während sie hilflos um Fassung rangen. Die Tür öffnete sich, und die beiden Kleinen standen darin.

»Bitte ... bitte geht auf eure Zimmer«, stieß Schafmann hervor. Zu seiner Erleichterung gehorchten sie widerspruchslos. Er räusperte sich heftig, im Versuch, die Kontrolle über seine Stimme zurückzugewinnen.

»Was?«, fragte er dann atemlos. »Was ist passiert?«

Bärbel begann zu weinen, heillos und jammernd. Er fasste sie an der Schulter und schüttelte sie, aber er wusste gar nicht, warum.

Dräger wagte nicht, jemanden anschauen. »Es ist nicht ganz klar, was genau vorgefallen ist. Wie es ausschaut, hat es wohl eine Verfolgungsjagd gegeben. Dabei muss es passiert sein.«

»Verfolgungsjagd?«, fragte Schafmann verständnislos.

»Ja. Zu Fuß. Man hat ihn wohl gejagt. Ein paar Punks. Aber Genaues kann ich noch nicht sagen. Die Kollegen sind noch vor Ort.«

»Was macht er denn überhaupt in Kaltenbrunn?« Bärbel befreite sich aus Schafmanns Griff. Sie atmete heftig ein und aus, wischte sich die Tränen aus den Augen und ballte die Fäuste auf dem Tisch. Das Weinen war vorbei. Sie schien völlig kontrolliert zu sein. »Du musst dahin«, sagte sie. »Ich will wissen, was vorgefallen ist. Ich kümmer mich um die Kleinen.«

Schafmann nickte. »Du musst mich fahren«, sagte er zu Dräger. »Ich hab meinen Wagen nicht hier. Gib mir zwei Minuten.«

Dräger hatte die Fahrt über kein Wort gesagt. Erst als vor ihnen schon das Flackern der Blaulichter durch die Nacht zuckte, sagte er: »Grellmayer ist auch da.«

»Klar«, sagte Schafmann tonlos.

Ein großer Kombi kam ihnen entgegen. Im Kegel ihrer Scheinwerfer entpuppte er sich als grau-schwarz lackierter Leichenwagen. Schafmann drehte sich auf dem Beifahrersitz um und sah ihm nach, bis die Rücklichter hinter einer Straßenbiegung verschwanden. Drägers Schweigen kam ihm ohrenbetäubend vor. Mit einem Ächzen wandte Schafmann sich wieder nach vorn und zog die Nase hoch.

Dräger ging vom Gas und steuerte den Wagen an den Straßenrand, obwohl es noch hundert Meter waren bis zu dem von Blaulichtern und Scheinwerfern beleuchteten Sattelschlepper, dessen Zugmaschine halb die gegenüberliegende Böschung hinaufgefahren war. Der Auflieger hing schräg über der Fahrbahn, als wolle er im nächsten Moment umstürzen. Schafmann starrte geradeaus.

»Sie bringen ihn nach München. In die Rechtsmedizin«, sagte Dräger.

Schafmann schwieg.

»Glaub mir bitte, es ist besser, wenn du ihn nicht siehst. Noch nicht«, sagte Dräger.

»Hast du ihn gesehen?«

»Ja.«

Nach einer langen Pause fragte Schafmann: »Und?«

Dräger sah ihn von der Seite an. »Was soll das? Was soll ich dir erzählen? Ich versuch, dir zu helfen. Verstehst du das?«

Schafmann nickte.

»Was jetzt auf euch zukommt, die Zeit, meine ich, die wird grausam.«

»Scheiße, ja«, sagte Schafmann.

»Pass auf, ich weiß, dass das für dich lächerlich klingt. Aber alles, was dir bleibt, ist, das Ganze auf eine rationale Ebene zu schieben. Sonst bist du am Arsch.«

Schafmann wandte den Kopf und sah Dräger an. Mühsam ordneten sich die Vorgänge in seinem schockierten Gehirn. Er bemerkte, dass er sich wunderte. Seit fast acht Jahren war Dräger in der Inspektion. Sie hatten nie ein wirklich persönliches Gespräch geführt. Er war an die zehn Jahre jünger als Schafmann, und er war ein verdammtes Genie in seinem Job. Aber nun stellte sich zum ersten Mal die Frage nach Vertrauen, persönlichem Vertrauen.

»Die Sache von gestern Abend, die vergessen wir erst mal«, sagte Dräger. »Jetzt müssen wir erst mal durch diese Scheiße hier.«

»Ja«, sagte Schafmann. »Danke …«

»Passt schon. Aber meinst du, es ist wirklich eine gute Idee, da jetzt hinzugehen?« Dräger deutete auf den Lkw.

»Gute Idee … was ist schon eine gute Idee?«

Schafmann nestelte eine Packung Papiertücher aus der Manteltasche und fummelte umständlich und mit zitternden Fingern daran herum, bis Dräger ihm die Packung aus der Hand nahm und ein Tuch herauszog.

»Ich weiß nicht, was eine gute Idee ist«, sagte Dräger. »Aber dass du da jetzt hingehst, ist, glaub ich, keine.«

»Und was soll ich deiner Meinung nach tun? Zu Hause rumsitzen?«

»Bei deiner Frau zu sein wäre wahrscheinlich hilfreich.«

Schafmann atmete tief und konzentriert ein und aus. Er schloss die Augen und ballte die Fäuste, dass die Nägel schmerzhaft in die Hände schnitten. Zehn schnaufende Atemzüge zählte er ab. Dann ließ er los und öffnete die Augen.

»Du hast gehört, was Bärbel gesagt hat. Ich muss dahin«, sagte er mit fester Stimme. »Ich muss wissen, was passiert ist. Und ich darf Grellmayer nicht einfach das Feld überlassen. Ich muss dahin. Jetzt.«

Wortlos drückte Dräger den Wahlhebel der Automatik nach vorn und fuhr an, um im selben Moment wieder scharf abzubremsen. »Was zum Teufel …?«, sagte er mit Blick in den Außenspiegel. Drei dunkle Limousinen kamen mit Blaulicht, aber ohne Martinshorn an ihnen vorbeigeschossen. »Wozu braucht's denn hier das SEK?« Dräger gab Gas und folgte den Wagen, die hinter dem Lkw von der Bundesstraße abbogen. Schafmann zwang seinen Blick fort von der Zugmaschine, um die herum uniformierte Kollegen mit Maßbändern und Spraydosen hantierten.

Die SEK-Wagen zwängten sich zwischen den überall mit leuchtenden Blaulichtern abgestellten Streifenwagen durch und hielten vor einem Haus, an dessen Front sich ein »REFUGEES WELCOME«-Transparent im Wind wölbte. Im Vorgarten stand ein Fahnenmast, im Licht der Straßenlaterne erkannte Schafmann eine Regenbogenflagge und darunter die weiß-blaue bayerische. In der Einfahrt parkte ein grüner Vierrad-Bulli, dessen Seitenscheibe zersplittert war. Die SEK-Wagen blockierten die Straße. Dräger setzte zügig zurück, bis er nach fünfzig Metern einen Platz für sein Auto fand. Sie stiegen aus. Grellmayer stand vor dem Haus, neben ihm der SEK-Leiter und ein großer, hagerer Mann mit einem Gamsbart am Hut.

»Na toll«, sagte Dräger. »Die Presse ist auch schon da. Wieso weiß eigentlich ausgerechnet der Högewald immer als Erster Bescheid, wenn was los ist?«

»Fragst du mich das ernsthaft?«, entgegnete Schafmann.

Ein paar Meter von der Gruppe entfernt stand ein junger Mann mit sehr kurzen Haaren und Bomberjacke und fotografierte mit einer großen, professionell aussehenden Kamera alles, was ihm vor das Objektiv kam.

Grellmayer gestikulierte mit ausgestrecktem Arm in Richtung des Hauses. Der SEK-Mann nickte verstehend. Seine Männer hatten bereits ihre Helme auf, zwei trugen eine Ramme zur Haustür.

»Was ist los?«, fragte Schafmann, als sie Grellmayer erreichten.

Der Blick aus Grellmayers kleinen, kalten Augen ließ ihn frösteln. »Da drin sitzen die Mörder deines Sohnes«, sagte er, und für Schafmann sahen die fleischigen Lippen aus, als unterdrückten sie mühsam ein Grinsen. »Und freiwillig kommen sie nicht raus.«

Högewald stand mit distanziert interessiertem Gesichtsausdruck daneben, als ginge ihn nichts etwas an.

Schafmann deutete auf den Mann in der Bomberjacke. »Und wer ist das?«

»Presse«, antwortete Grellmayer.

»Der gehört zu mir«, sagte Högewald. Es klang sehr gnädig.

»Wer leitet das hier eigentlich?«, fragte Dräger.

»Na, ich«, sagte Grellmayer. »Wer denn sonst?«

»EKHK Schafmann zum Beispiel«, sagte Dräger. »Ist der Ranghöchste hier.«

Grellmayer schüttelte mitleidig den Kopf. »Spielt keine Rolle. Besondere Situation. Polizeidirektor Hessmann hat mich gebeten, das zu machen. Und ich denk, es wäre schon besser, wenn du den Herrn EKHK Schafmann wieder heimbringst. Ist doch klar, dass ihn das hier arg aufwühlt.«

»Was genau ist denn überhaupt vorgefallen hier?«, fragte Dräger.

»Ja«, sagte Schafmann. »Kann ich das bitte mal erfahren?«

»Kriegst morgen einen Bericht. Und jetzt lass uns hier in Ruhe arbeiten.«

Bevor Schafmann etwas entgegnen konnte, zog Dräger ihn am Arm weg. Er versuchte, sich zur Wehr zu setzen, aber Dräger schubste ihn vor sich her. Schafmann sah Grellmayers Gesicht, der ihnen hinterherschaute, und hätte am liebsten eine Faust in diese zufriedene Fresse gerammt.

»Jetzt bleib verdammt noch mal am Boden«, zischte Dräger, als er ihn halbwegs aus Grellmayers Hörweite bugsiert hatte. »Lass ihn da seinen Rambo-Quatsch abziehen. Hier sind genug Leute, die man fragen kann.«

»Schon gut«, sagte Schafmann, »schon gut«, mit einer beruhigenden Geste, die mehr ihm selbst als Dräger galt. Sie sahen sich um. Tatsächlich standen mehr als ein Dutzend Leute am Straßenrand und in den Einfahrten der Nachbarhäuser, die ganze Nachbarschaft war auf der Straße.

In der Hauseinfahrt gegenüber, neben einem Schild »Ferienwohnung belegt«, entdeckten sie Kommissar Auerer, der gerade ein älteres Paar befragte.

»›Euch Nazis schlagen wir tot‹, haben die gerufen«, hörten sie die Frau sagen, als sie näher kamen.

»Nein, das stimmt nicht«, widersprach der Mann. »›Fickt euch und sterbt, ihr verdammten Nazis.‹ *Das* haben sie gerufen.«

»Das ist doch wohl das Gleiche«, sagte die Frau.

»Das finde ich nicht«, sagte der Mann.

»Hallo, Alois«, sagte Dräger. »Kannst du uns mal eben auf den letzten Stand bringen?«

Auerer entschuldigte sich bei dem Paar, und sie gingen ein paar Schritte die Einfahrt runter. Auerer legte eine Hand auf Schafmanns Schulter. »Werner, es tut mir so furchtbar leid …«

»Danke, reden wir ein andermal darüber«, sagte Schafmann bemüht ruhig. »Was genau ist passiert?«

»Ganz klar bin ich mir noch nicht«, sagte Auerer und blätterte in seinem Notizblock zurück. »Sicher ist, dass der Bulli drüben in der Einfahrt beschädigt wurde. Wir haben einen Fäustel und einen Zimmermannshammer auf der Straße gefunden. Ich denk, damit ham s' bei dem Wagen die Seitenscheiben eingeschlagen. Der hat eine Alarmanlage, die ging los. Darauf kamen mindestens zwei Verfolger aus dem Haus, die Zeugen sagen, das waren Punker. Also szenetypisch gekleidet, sag ich mal, und die haben die wahrscheinlich zwei jungen Männer zur Straße hinaufgejagt. Es gab wohl auch ein kurzes Handgemenge.«

»Zwei?«, fragte Schafmann.

»Ja, drei Zeugen haben zwei Personen weglaufen sehen. Beschreibungen haben wir bisher nicht. Da rechne ich auch nicht mehr mit. Das Ganze ging wahnsinnig schnell, und dunkel ist es dazu. Und oben an der Straße dann … na ja …« Auerer brach den Satz ab.

»Was sagt der Lkw-Fahrer?«, fragte Dräger.

»Nix. Das ist ein Türke. Also ein richtiger, mein ich, der kommt mit seinem Sattelschlepper grad aus Ankara. Spricht kein Wort Deutsch, steht unter Schock und hat 'ne leichte Fahne. Wir haben ihn erst mal ins Krankenhaus gebracht.«

»Wenn er betrunken ist, hat er Mitschuld«, sagte Dräger. »Mindestens.«

»Ja …« Schafmann ballte die Fäuste in den Manteltaschen und

blickte zur Bundesstraße hinauf. »Was ist mit den anderen? Dem zweiten Jungen und den Verfolgern?«

»Einen der Verfolger haben wir aufgegriffen, an der Unfallstelle. Steht auch unter Schock.« Auerer blätterte in seinem Block hin und her. »Sebastian Ketterer, Jahrgang achtundneunzig, mehrfach auffällig geworden bei Antifa-Ausschreitungen, bisher aber keine Verurteilungen. Liegt ebenfalls im Krankenhaus. Noch nicht vernehmungsfähig. Von den beiden anderen haben wir keine Spur.«

»Frag die Leute mal, ob jemandem ein Auto aufgefallen ist, das hier nicht hingehört, vielleicht ein Land Cruiser«, sagte Schafmann.

»Warum?«

»Fabian ist nicht zu Fuß hier gewesen. Jemand hat ihn hergebracht und wollte ihn hinterher wieder mitnehmen.«

Auerer tauschte einen Blick mit Dräger. »Du meinst den Kuczinsky.«

»Logisch«, antwortete Schafmann.

Auerer nickte und kritzelte etwas in seinen Block.

Plötzlich kam von gegenüber ein Kommandoruf, gefolgt von heftigen dumpfen Schlägen und einem hässlichen Splittern. Die beiden Alten oben in der Einfahrt reckten die Köpfe, und auch Schafmann und Dräger drehten sich um. Das SEK hatte die Haustür eingeschlagen. Sechs Männer standen mit gehobenen Waffen in Deckung neben der Tür.

»Sag mal, hat der sie noch alle?«, sagte Auerer. »Wenn die hier mit Waffen hantieren, muss der doch vorher das Gelände räumen.«

Der Mann mit der Bomberjacke stand vor dem Haus und schoss Foto um Foto.

»Theater für den Högewald«, sagte Dräger. »Wenn die da drin Schusswaffen hätten, ständ der Grellmayer gewiss nicht ohne Deckung vor dem Haus.«

Ein SEK-Mann warf etwas in die offene Tür, nach ein paar Sekunden gab es einen dumpfen Knall und einen blendenden Blitz, der die Umstehenden unwillkürlich abwehrend eine Hand vors Gesicht heben ließ. Die Männer stürmten ins Haus. Außer Gepolter war nichts zu hören. Nach einer halben Minute kam der erste wieder heraus. Er hob den rechten Daumen in Richtung seines Kommandanten, kurz darauf brachten zwei weitere Beamte eine magere Gestalt im Unterhemd aus der Tür, die Hände auf den Rücken gefesselt; es folgten noch einmal zwei Beamte, die eine sich heftig wehrende Frau in einem langen Kleid zu bändigen versuchten. Die beiden wurden zu einem der Transporter gebracht. »Mein Gott«, sagte die Frau oben in der Einfahrt. »Die alten Leute. Tut das denn not?«

Tatsächlich wirkte der Abgeführte, als sei er in seinen Siebzigern. Er wog hochgeschätzt fünfzig Kilo, verteilt auf vielleicht einen Meter sechzig. Die Frau war kräftiger und auch etwas jünger, aber nicht viel. Die SEK-Leute verfrachteten sie ohne jede Rücksicht in den Transporter, was der Mann stoisch schweigend, die Frau mit erheblicher Gegenwehr quittierte. Drei SEK-Beamte stiegen in den Wagen hinterher. Sobald die Tür geschlossen war, setzte der Transporter sich in Bewegung.

»Muss man die denn so behandeln?« Die Frau sah erkennbar erschüttert dem Transporter hinterher.

»Die waren's jedenfalls *nicht*«, sagte ihr Mann entschieden. »Und ich glaube, dass man das bei uns in Hildesheim anders gelöst hätte.«

»Da würd ich mich nicht drauf verlassen«, murmelte Dräger.

Ein schwarzer Audi A6 kam von der Bundesstraße her auf sie zu.

»Scheiße«, sagte Auerer leise. »Hessmann ist da.«

Dräger griff in seine Jackentasche und hielt Schafmann den Autoschlüssel hin. »Sieh zu, dass du aus seiner Reichweite kommst. Sobald der dich erwischt, schickt er dich in Zwangsurlaub.«

Schafmann nahm den Schlüssel. »Danke«, sagte er und machte sich auf die Suche nach einem Weg zum Auto, auf dem er Hessmann nicht über den Weg laufen würde.

Schafmann öffnete so leise wie möglich die Schlafzimmertür. Bärbel lag im Bett, zwischen den beiden Kleinen. Alle drei schliefen fest. Lange stand er in der Tür und sah seiner Familie beim Schlafen zu. Er konnte sich nicht erinnern, das so schon einmal getan zu haben. Schließlich schloss er die Tür leise und ging hinüber zu Fabians Zimmer. Auch dort verharrte er. Er brachte es nicht fertig, einfach so hineinzugehen in die Überbleibsel dieses kurzen Lebens, das er gezeugt hatte. Die Hand auf der Türklinke stand er einfach da und hatte keine Ahnung, wo er Hoffnung herbekommen sollte.

»Gegrüßet seist du, Maria«, murmelte er, »voll der Gnade, der Herr ist mit dir …« Er war seit Jahren nicht mehr in der Kirche gewesen. Dass er gebetet hatte, daran konnte er sich nicht erinnern, nicht seit seiner Kindheit. »Du bist gebenedeit unter den Frauen …« Gebenedeit, dachte er, was für ein bescheuertes Wort. »Bitte für uns Sünder«, sagte er, lauter nun, »jetzt und in der Stunde unseres Todes. Amen.«

Er drückte die Klinke und betrat das Zimmer. Er sah sich um. Die hässlichen Bandplakate an der Wand, die er immer ignoriert hatte, sprangen ihn jetzt geradezu an in dem trüb gelben Licht, das die schwache Birne in der Deckenlampe verbreitete. Der Hass, den die groben Frakturlettern ausstrahlten, wurde mit einem Mal zu einem körperlichen Gefühl. Mit wütendem Knurren riss er eines nach dem anderen herunter, zerknüllte das Papier, ließ die Fetzen hängen, schleuderte die Reste in eine Ecke. Dann sank er auf den wackligen Stuhl an Fabians Schreibtisch. Er klappte den Laptop auf und schaltete ihn an, aber er war natürlich mit einem Passwort gesichert.

Müde zog er eine der Schubladen auf und hob heraus, was darinlag. Etliche gebrannte CDs in Papierhüllen, ein halbes Dutzend zerfledderte Landser-Heftchen, ein uraltes Pornomagazin. Als er es in die Hand nahm, wurde ihm klar, dass es ihm gehörte. Abgrundtiefe Beschämung überfiel ihn. Er hatte keine Ahnung, wie Fabian da rangekommen war. Vielleicht hatte er doch mal vergessen, den Schrank im Keller abzuschließen. Das Heft hatte er nicht einmal vermisst, so alt war es. Fabian war noch gar nicht geboren, als er es gekauft hatte, auf Fortbildung vielleicht, irgendwo. Suchend sah er sich nach einem Platz um, wo es Bärbel nicht in die Hand fallen würde. Schließlich stopfte er es tief in den überquellenden Papierkorb unter dem Schreibtisch.

In der zweiten Schublade lagen drei abgebrochene Mercedes-Sterne, ein großes Messer in einer Metallscheide und eine Kladde.

Sie war voller Kugelschreiberzeichnungen. In kindlicher, krakeliger Kunstlosigkeit waren überwiegend Panzer und Waffen dargestellt. Die technikverliebten Bilder eines kleinen Jungen. Weiter hinten auf einmal der unbeholfene Versuch einer Aktzeichnung, mehrfach durchgestrichen, dann die Reste einiger herausgerissener Blätter. Die Tür öffnete sich. Bärbel sah ihn mit versteinerter Trauer an. Sie schloss die Tür hinter sich, blass und wankend stand sie da, und Schafmann fürchtete, sie würde kollabieren. Eilig stand er auf und trat zu ihr. Seine Frau fiel ihm um den Hals und klammerte sich an ihm fest. Eine gefühlte Ewigkeit standen sie so da im Zimmer ihres Sohnes, schweigend aneinandergepresst. Schafmann bemerkte, dass sie in ihrem dünnen Morgenmantel fröstelte, aber sie machte keine Anstalten, ihn loszulassen.

»Hast du ihn gesehen?«, fragte sie irgendwann flüsternd.

»Nein.«

»Darf *ich* ihn sehen?«

»Ich weiß nicht, ob das gut wäre. Lass uns abwarten, was sie uns sagen.«

»Was ist passiert? Wer ist schuld daran?«

»Ich«, wäre die Antwort gewesen, aber Schafmann konnte es nicht aussprechen. Es würde, so sagte er sich, seine Frau noch weiter belasten, würde sie alleinlassen, ihren Schmerz vergrößern, und zugleich war ihm klar, dass er sich selbst belog. Er hatte den Jungen dorthin geschickt, absichts- und planvoll. Er war schuld, aber durfte es nicht zugeben.

»Wir wissen es noch nicht«, sagte er. »Fabian und ein anderer haben die Scheiben bei einem Auto eingeschlagen. Sie sind fortgerannt, zwei andere haben sie verfolgt, Fabian ist auf die Bundesstraße gelaufen. Und dort ist er unter den Lkw geraten. Der Fahrer war möglicherweise angetrunken. Wir müssen abwarten.«

»Warum hat er das getan? Die Scheiben eingeschlagen?«

»Der Wagen gehörte einer linken Gruppe. Das war wohl ein Angriff.«

»Also hat *er* angefangen?« Bärbel ließ ihn los und trat einen Schritt zurück. »Willst du sagen, er ist selber schuld?«

»Nein …«

»Aber du sagst, es war ein Angriff! Soll das heißen, die haben sich nur verteidigt, als sie ihn umgebracht haben?«

Schafmann senkte schweigend den Kopf. Er wusste nicht mehr, was er sagen sollte. Sein Geist war leer und seine Seele auch. Fast dankbar hörte er die Türglocke.

»Das wird Dräger sein«, sagte er. »Ich hatte mir seinen Wagen geliehen.«

Er ging hinunter zur Haustür. Es war tatsächlich Dräger. Er hielt Schafmann sein Smartphone hin.

»Högewalds Artikel«, sagte er. »Online. Die Printausgabe ist noch nicht raus.«

»Linke Chaoten jagen Polizistensohn unter Lkw: Tot!«, lautete die Schlagzeile. Schafmann überflog den Text: »Flucht vor Angreifern … brutal zusammengeschlagen … grauenhafter Zusammenprall … massiver Widerstand gegen die Polizei … Schusswaffeneinsatz … Drahtzieher … einschlägig vorbestraft … Nachbarschaft eingeschüchtert …«

»Polizistensohn«, sagte Dräger. »Damit bist du raus.«

Schafmann zuckte die Achseln. »War ja eh klar.« Er starrte zu Boden. »Da werden die beiden Alten eingelocht, weil man ihnen den Wagen zerschlagen hat. Und der Kuczinsky macht weiter, was er will. Mit Grellmayers Segen.«

»Fang dich erst mal«, sagte Dräger. »Versuch zu schlafen.«

»Ich krieg den dran. Und wenn es das Letzte ist, was ich tue.« Schafmann zog Drägers Autoschlüssel aus der Hosentasche.

Dräger nahm ihn. »Verheb dich nicht«, sagte er. »Das geht schneller, als du glaubst.«

»Ich pass schon auf«, sagte Schafmann. »Würdest du mich noch zu meinem Wagen bringen?«

Dräger hob noch einmal die Hand zum Abschied und fuhr davon. Schwemmers Haus war dunkel, nicht mal der Hund hatte ihn bemerkt. Schafmann stieg in seinen Wagen und fuhr in Richtung Klinikum. Die Straßen waren leer und still. Am Empfang zeigte er seinen Dienstausweis, und man wies ihm den Weg zu der Station im zweiten Stock, auf der der Lkw-Fahrer und der Punk lagen. Er nahm die Treppe. Im Gang vor den Zimmern saß ein uniformierter Kollege schnarchend auf einem Stuhl an der Wand. Schafmann ließ ihn schlafen. Das Schwesternzimmer war leer. Schafmann öffnete das Zimmer, neben dessen Tür der Polizist schlief, und schaltete das Licht an. Ein schmaler grauhaariger Mann und ein junger Bursche mit rot gefärbtem Haarschopf erwachten widerstrebend in ihren Betten. Nach und nach wurde ihnen klar, wo sie waren und warum. Beide sahen ihn unsicher an. Schafmann ignorierte den Grauhaarigen und stellte sich neben das Bett des Jungen.

»Bist du wach, Sebastian?«, fragte er.

Der Junge krächzte hilflos und versuchte, sich aufzurichten. Sein linkes Handgelenk war ans Bett gekettet. Auf dem Beistellschrank standen zwei Mineralwasserflaschen. Schafmann schraubte eine auf und gab sie dem Jungen. Er trank gierig.

»Bist du wach, Sebastian?«, wiederholte Schafmann.

»Ja … ja, i denk scho.«

»Hast du schon mit jemandem gesprochen?«

»Gesprochen?« Sebastian rieb sich heftig mit der flachen Hand über Stirn und Augen. »San Sie a Bulle?«

»Ich bin der Vater von dem toten Jungen.«

»Was?« Sebastian wurde schlagartig wach. »Hörn S', i hob nix zum tun damit!« Er versuchte erst gar nicht, Schafmanns Blick standzuhalten. »Heiligs Ehrnwort, Mann! I war hinter dem andern her! Koa Scheiß, Oida!«

»Erzähl es mir. Von vorn.«

Sebastian blickte zu dem Notrufknopf, der an seinem Kabel von dem Gestell über dem Bett baumelte.

»Vergiss es besser«, sagte Schafmann. »Was ist passiert?«

Der grauhaarige Mann im anderen Bett verfolgte mit aufgerissenen Augen ihr Gespräch. Offensichtlich verstand er nichts davon, aber es reichte, ihm Angst zu machen.

»De Alarmanlag is oganga. Der Berni hat rumplärrt, und mia san raus.«

»Wer ist ›wir‹? Wer war der andere?«

Sebastian schob das Kinn vor und sah Schafmann direkt in die

Augen. »Des sog i ned. Des könnts vergessen. *No way.* Von mia erfahrt ihr des ned.«

Er hielt Schafmanns Blick stand, nicht nur trotzig – unnachgiebig. Schafmann war der Erste, der blinzelte, er schob es auf seine Müdigkeit.

»Du musst keinen verpfeifen. Du musst mir nur sagen, was passiert ist.«

Sebastian schloss die Augen wieder. »Mann, woaßt, wia müd i bin? De ham mia a Spritzn gebn.«

Schafmann wartete schweigend.

»De Alarmanlag, der oide Bernie schreit, dass wer sein Bulli himacht; mia san raus, da laufn zwoa Kerle weg, mia hinterher, rauf zur Straßn. Der oane rennt rechts rum, dem bin i hinterher. I kriag eam ned. Weg isser auf oamoi. Dann, hinter mir, a Riesenlärm, Fanfarn, Bremsn. A Mordskrach, wias den Laster in de Böschung haut … Liaba Gott, wos denkst, wos i da mach? Hi bin i halt, schaugn, wos los is. Und do …« Er verstummte und sah zur Seite, suchte den Blick des grauhaarigen Truckers, aber der sah weg. »Des war dei Sohn?«, fragte er, ohne Schafmann noch mal anzusehen.

»Der andere, der mit dir aus dem Haus kam. Was hat der gemacht?«

»I woaß ned. Gschlagn hat er sich mit dem … mit deim Buam halt. I bin weitergrennt, dem andern no. I woaß nix weida.«

Die Zimmertür hinter Schafmann öffnete sich.

»Was, bitte, machen Sie denn da?«, fragte eine scharfe Frauenstimme.

Schafmann wandte sich um. Er zog dabei seinen Dienstausweis aus der Innentasche seines Mantels und hielt ihn der Krankenschwester entgegen. »Kripo Garmisch. Ich habe ein paar Fragen an den Herrn Ketterer.«

Eine schwarzhaarige und sehr energische Krankenschwester von Anfang dreißig stand ihm gegenüber. »Özdemir«, stand auf dem Namensschild an ihrer Bluse. »Das geht überhaupt nicht. Das hat Frau Dr. Mahama ausdrücklich untersagt. Bitte verlassen Sie sofort das Zimmer, oder ich muss Maßnahmen ergreifen.«

Schafmann hob beschwichtigend die Hand und war schon im

Begriff, das Zimmer zu verlassen, als der grauhaarige Trucker etwas sagte. Schafmann verstand es nicht, aber die Schwester hörte aufmerksam zu.

»Moment.«

Mit einer Geste bedeutete sie Schafmann, zu bleiben. Sie wechselte etliche Sätze auf Türkisch mit dem Mann, dann wandte sie sich wieder an Schafmann.

»Er sagt, da sei ein Mann gewesen.« Sie wandte sich um und stellte eine Frage, der Grauhaarige antwortete. »Ein großer, dicker, blonder Mann. Der war da, als der Unfall passierte. Der war schon da, bevor er aus seinem Lkw steigen konnte.«

»*Polis*«, sagte der Grauhaarige.

»Ein Polizist«, sagte die Krankenschwester.

Schafmann rieb sich den Nacken. Tausend Fragen waren offen, aber es wollte ihm keine mehr einfallen. Ohne ein weiteres Wort ging er aus dem Zimmer. Der Kollege draußen auf seinem Stuhl wachte auf, als er an ihm vorbeiging.

»Öha, der Herr EKHK, grüß Gott«, hörte er ihn noch sagen, bevor die Stationstür hinter ihm zufiel.

Schafmann zog die Tür zum Treppenhaus auf, ließ sie aber wieder los und trottete zum Aufzug.

Er war müde.

So müde wie noch nie in seinem Leben.

FÜNF

Grellmayers Büro lag am Ende des Ganges. Hessmann hatte dafür eine von Drägers Kommissarinnen ins Labor umquartieren lassen. Ohne anzuklopfen öffnete Schafmann die Tür. Grellmayer sah von einer Akte auf, die vor ihm auf dem Schreibtisch lag. Als er Schafmann erkannte, verzog sich sein Mund zu etwas, aus dem man Mitleid, Spott oder Verachtung lesen konnte. Schafmann hatte keine Zweifel, was es zu bedeuten hatte.

»Du warst gestern da, als es passiert ist«, sagte Schafmann.

»Was?«, fragte Grellmayer nur. Das, was man für Mitleid hätte halten können, verschwand aus seiner Miene.

»Du warst da, als mein Sohn überfahren wurde. Was hast du da gemacht?«

»Ich hab keine Ahnung, von was du redest. Wie kommst überhaupt da drauf?«

»Der Fahrer hat dich gesehen. Noch bevor er aussteigen konnte.«

»Ah … jetzt versteh ich. Du warst im Krankenhaus, letzte Nacht, gell? Dabei bist du gar nicht beteiligt an den Ermittlungen. Und die beiden waren gar nicht vernehmungsfähig. Was, glaubst, hab ich mir von der Ärztin anhörn müssen, der afrikanischen?«

»Er hat dich gesehen«, wiederholte Schafmann.

»Da hat der Herr Kümmel dir ein Märchen erzählt, aus Tausendundeiner Nacht wahrscheinlich. Was soll ich denn da gemacht haben?«

»Warum sollte der sich ausgerechnet so was ausdenken?«

»Wie redst eigentlich daher? Der Mann hat besoffen deinen Sohn totgefahren. Warum willst dem ein Wort glauben? Ich bin kurz nach den Streifenwagen da angekommen.«

»Und was ist mit Kuczinsky? Die Sache hat *der* doch zu verantworten.«

Grellmayer klappte demonstrativ langsam seinen Aktendeckel zu. »So, Werner, jetzt mal a bisserl stad. Wer hier was zu verantworten hat, das finden wir schon noch raus. Und du bist beurlaubt, vom Herrn Polizeidirektor. Also gehst heim, gell? Und da bleibst dann erst amoi. Pfüati.«

Schafmann starrte ihn schweigend an. Dann drehte er sich um und verließ den Raum. Er schaffte es, die Tür nicht zuzuschlagen, auch die zu seinem Büro schloss er langsam und beherrscht hinter sich. Mit konzentrierten Schritten ging er um seinen Schreibtisch herum, setzte sich auf den Drehstuhl und legte beide Hände auf die Tischplatte. Er verharrte in dieser Haltung, bis er das Gefühl hatte, sich unter Kontrolle zu haben.

Er war sich keinesfalls sicher, dass es die richtige oder auch nur eine gute Entscheidung gewesen war, an diesem Morgen ins Büro zu gehen und Bärbel zu Hause allein mit den Kleinen zu lassen, aber er musste Grellmayer zur Rede stellen, auch wenn er gewusst hatte, dass nichts dabei rauskommen würde.

Und überhaupt hatte er das Gefühl der Untätigkeit nicht ertragen. Und er hatte auch Bärbel nicht ertragen, die in ihrer stillen Wut die beiden Kinder ganz und gar vereinnahmte und ihn gar nicht wahrzunehmen schien, ignorierte, gerade so, als fühle sie seine Verantwortung für den Tod ihres Sohnes.

Er würde nach München müssen, über kurz oder lang, in die Rechtsmedizin, zur Identifizierung, und er fürchtete sich davor. Aber bis dahin würde er arbeiten. Hessmann würde ihn persönlich aus dem Büro jagen müssen, und Schafmann bezweifelte, dass ihm das gelingen würde.

Er zog die Tastatur heran, meldete sich im System an und rief Grellmayers Bericht über die Vorkommnisse der Nacht auf. Er war markiert als »in Bearbeitung«, sparte aber nicht mit abschließenden Beurteilungen. »Ein bis zwei Jugendliche« hatten an dem VW-Bus »die Alarmanlage ausgelöst«. »Mindestens zwei männliche Personen« waren daraufhin aus dem Haus gestürmt und hatten den oder die Jugendlichen »attackiert und nicht unerheblich verletzt«. Die anschließende Verfolgung endete auf der B 2, wo ein Jugendlicher, identifiziert als Schafmann, Fabian, geboren am 21.12.1999 in Garmisch-Partenkirchen, wohnhaft ebendort, von den Verfolgern unter einen Sattelzug gestoßen wurde, der aus östlicher Richtung kommend mit überhöhter Geschwindigkeit unterwegs war und nicht ausweichen konnte. Der Notarzt konnte nur noch den Tod des Fabian Schafmann feststellen. Am Tatort festgenommen wurden der Fahrer Korkmaz, Erdal, geboren am 5.8.1958 in Tokat, Türkei, und Ketterer, Sebastian, geboren am 17.11.1998 in Mittenwald. Beide Personen standen unter Schock und wurden auf Anweisung des Notarztes zur Behandlung ins Klinikum Garmisch-Partenkirchen eingeliefert. Beiden wurden Blutproben entnommen. Beide wurden als zunächst nicht vernehmungsfähig eingestuft, Vernehmungen »vorauss. am Folgetag nach Verlegung in JVA«. Gegen beide wurde Haftbefehl beantragt wegen Beteiligung an einem Tötungsdelikt, dem entsprochen wurde »wg. dringender Flucht- und Verdunkelungsgefahr«. Eine weitere Person, nach Zeugenaussagen ein »junger Mann in szenetypischer Kleidung«, ist flüchtig. Maßnahmen zur Ermittlung der Identität laufen auf LKA-Ebene.

Der Eigentümer des VW-Busses verweigerte den untersuchenden Polizeibeamten den Zutritt zum Haus, woraufhin die Einsatzleitung eine SEK-Einheit anforderte. Bei der Erstürmung des Gebäudes wurden zwei Personen festgenommen: Schloderer, Bernhard, geboren am 2.2.1946 in Garmisch-Partenkirchen, sowie Erkenschmitt, Irmtraut, geboren am 6.4.1952 in Erlangen. Bei der anschließenden Durchsuchung des Gebäudes wurden mehrere Hieb- und Stichwaffen, Materialien zur Herstellung von Sprengstoff und Brandsätzen sowie eine nicht unerhebliche Menge Marihuana sichergestellt. Beide wurden dem Haftrichter vorgeführt wegen Unterstützung und/oder Bildung einer terroristischen Vereinigung, Drogenbesitzes, Drogenhandels, Widerstandes gegen Ermittlungsbeamte. Untersuchungshaft wurde angeordnet.

Schafmann hätte gern die Liste der Waffen und Materialien gelesen. Sie war nicht aufgeführt, für U-Haft hatte es aber gereicht.

Jemand klopfte zaghaft an Schafmanns Bürotür. Auf sein »Ja bitte« streckte Frau Fuchs den Kopf herein.

»Sie sind im Büro?«, fragte sie.

»Wie Sie sehen.«

Sie drückte die Tür auf und balancierte ein Tablett mit Kaffeekanne, Tassen und einem Teller Kekse herein, das sie auf seinem Schreibtisch abstellte. Sie sah ihn lange und stumm an, und wie Schafmann befürchtet hatte, konnte sie die Tränen nicht zurückhalten. Er starrte auf die Tischplatte und zog die Nase hoch. Plötzlich kam Bewegung in Frau Fuchs, entschlossen kam sie um den Tisch herum, beugte sich zu ihm herab und umarmte ihn. Hilflos hing er auf seinem Stuhl, ihr Schluchzen im Ohr und ihre Tränen auf seiner Wange, und wusste nicht, wohin mit seinen Händen.

»Es tut mir so leid«, flüsterte sie ein ums andere Mal.

»Bitte ... bitte, Füchschen«, sagte er und löste ihre Umarmung mit sanfter Gewalt. Füchschen hatte er sie seit Jahren nicht mehr genannt. Sie strich ihm noch einmal mit dem Handrücken über die Wange, dann trat sie wieder vor den Schreibtisch und schenkte Kaffee ein.

»Solltest du wirklich hier sein?«, fragte sie.

So waren sie wieder beim Du gelandet. Es war ihm sehr recht. Sie gab Milch in die Tasse und schob sie ihm über den Tisch zu.

»Ich weiß nicht, wo ich sein sollte.« Ich sollte mich in Luft auflösen, dachte er.

»Kann man euch irgendwie helfen? Irgendwas tun?«

»Ich weiß nicht, momentan gibt es nicht viel«, sagte er zögernd. »Ist Hessmann im Haus?«

»Der hat sich für den Nachmittag angekündigt, war heut Nacht ja im Einsatz, der Arme. Aber der Grellmayer hat verlangt, dass ich ihm steck, wenn du kommst. Aber da kann er lange warten. Der hat mir doch gar nix zu sagen hier.«

»Er weiß schon, dass ich da bin.« Mit einem dankbaren Lächeln nippte er an seinem Kaffee. Füchschen schob ihm den Teller mit den Keksen zu. »Iss. Was Süßes hilft. Wenigstens ein bisschen.«

Es klopfte kurz, die Tür ging auf, ohne dass auf eine Antwort gewartet worden wäre, und Kommissar Eckler stand im Raum.

»Servus«, sagte er. »Ich wusste nicht, dass du da bist.«

»Und was wollen Sie dann hier drin?«, fragte Frau Fuchs.

»Ich wollt halt schaun, ob er doch da ist.«

»Was gibt es denn?«, fragte Schafmann.

Eckler schien von der Frage überrascht. »Ich wollte ... mein Beileid aussprechen«, sagte er endlich. »Ein furchtbarer Schlag. Wir sind alle sehr betroffen.«

»Danke«, sagte Schafmann.

»Laut Herrn Grellmayer hat Polizeidirektor Hessmann dich beurlaubt«, sagte Eckler.

»Und?«

»Du bist nicht mehr beteiligt an den Ermittlungen. Herr Grellmayer wird nicht erfreut sein, wenn ich ihm erzähle, dass du noch hier bist.«

»Herr Kommissar Eckler«, sagte Schafmann. »Ich möchte Sie bitten, mein Büro jetzt zu verlassen. Und schließen Sie die Tür bitte leise.«

Eckler starrte ihn an, als traue er seinen Ohren nicht. Aber er verschwand aus der Tür. Schafmann griff nach einem Keks und nagte ein wenig daran.

»Was hast du vor?«, fragte Füchschen.

»Wenn ich das wüsste«, antwortete Schafmann.

Schwemmer kraulte Kuno hinter den Ohren, aber der Hund blieb sichtlich unglücklich. Er wusste, dass er die nächsten Stunden allein auf der Ladefläche des Jeeps verbringen würde. Schwemmer schob ihm noch ein Leckerli ins Maul, dann warf er die Heckklappe zu und schnallte die Golftasche auf den Trolley. Er war pünktlich, aber da ein Düsseldorfer Aston Martin auf dem Parkplatz nicht zu sehen war, machte er sich auf zur Driving Range. Ein ganzer Schwarm Buchfinken lärmte in der Hecke neben dem Weg. Die Sonne hatte es endlich geschafft, die Temperatur auf eine angemessene Höhe zu drücken. Ein perfekter Tag, Schwemmer bedauerte fast, mit Kant verabredet zu sein. Der hatte sich strikt geweigert, mit auf eine Runde zu gehen, Schwemmer hatte ihn immerhin zu einem Treffen auf der Driving Range nötigen können. Er holte sich einen Korb Bälle und flirtete wie immer ein bisschen mit Hanne, einer nicht mehr ganz jungen, dafür umso entzückenderen dänischen Proette, die beim Aufenthaltsraum der Pros auf ihre Trainingsgruppe wartete.

Mit einem Eisen machte er ein bisschen Gymnastik und Dehnübungen für den Rücken, nach ein paar Dutzend Trockenschwüngen legte er den ersten Ball aufs Tee und schlug ihn mit dem sechser

Eisen auf entspannte hundertzwanzig Meter. Er konnte seine Fähigkeiten auf dem Platz mittlerweile ganz gut einschätzen. Beim Putten und Chippen würde er nie zu den Großen gehören, aber seinen Abschlag hatte Burgl mal als »gorillamäßig« bezeichnet, was er als Kompliment gewertet hatte. Denn seine Drives waren nicht nur lang, sondern auch präzise. Nach einem halben Dutzend Bällen, er war bei hundertsiebzig Metern angekommen, erschien Kant an der Driving Range. Schwemmer bemerkte ihn aus den Augenwinkeln, schlug aber weiter seine Bälle, bis Kant herankam und ihn ansprach.

»Ich bitte um Verzeihung«, sagte er, »aber es gab einen Stau im Tunnel.«

»Soll vorkommen.« Schwemmer reichte ihm die Hand. »Ein paar Jahre her«, sagte er. »Und doch wiedererkannt.«

»Ein gutes Gedächtnis hilft bei unserem Beruf enorm«, antwortete Kant.

Sein Händedruck war kräftig und angenehm. Sein Haar war noch so dicht und dunkel, wie Schwemmer es in Erinnerung hatte, nur vorn im Scheitel hatte sich eine Strähne weiß gefärbt. Für Schwemmer sah das irgendwie affig aus.

Außer ihnen waren nur zwei rüstige Damen auf der Driving Range, die jedoch mehr mit Konversation als mit Training beschäftigt waren. Kant sah sich um. »Man kann es nicht leugnen«, sagte er, »ein Land von beeindruckender Schönheit.«

»Wenn die Sonne scheint, auf jeden Fall.«

»Allerdings muss ich sagen, dass die steilen Wände um einen herum schon ein gewisses Gefühl der Beklemmung vermitteln.«

»Wenn Sie mehr Aussicht brauchen, müssen Sie die Wände halt raufklettern«, sagte Schwemmer.

»Spielen Sie immer hier?«

»Hier sind wir Mitglied. Aber es gibt den ›Münchner Kreis‹. Da kann man auf zwei Dutzend Plätzen in der weiteren Umgebung spielen. Das dauert, bis das langweilig wird. Und dann macht man ja auch mal Urlaub und spielt ganz woanders. Portugal, Schottland. Auch sehr schön, teilweise sogar traumhaft.« Schwemmer trat wieder an den Abschlag und semmelte den Ball auf hundertfünfundachtzig Meter. Er nickte zufrieden.

»Für mich sah das gut aus«, sagte Kant höflich.

»Holen Sie sich bei der Dame da drüben ein Eisen und machen Sie mit.«

»Wäre es unhöflich, wenn ich nein sage?«

»Auf jeden Fall. Ich spendier Ihnen die Bälle.«

Kant ging zur Ausgabe und ließ sich von Hanne ein Eisen geben. Zurück am Abschlag machte er ein paar kleine, unbeholfene Schwungbewegungen.

»Hat Ihre Gattin Ihnen erzählt, dass ich kein besonderes Talent für Kugeln und Bälle habe?«, fragte Kant.

Er schlug mit mäßiger Kraft und erwischte den Ball nur mit der äußersten Kante des Schlägerkopfes, sodass er scharf nach rechts flog, die beiden Damen aber immerhin deutlich verfehlte. Allerdings hinterließ er ein mächtiges Loch im Rasen.

»Aber nein«, sagte Schwemmer. »Sie erwähnte nur, dass Sie Harfe spielen.«

»Ich mache Ihnen ein Angebot«, sagte Kant. »Sie machen keine anzüglichen Bemerkungen über harfespielende Männer und ich keine über ältere Herren auf Golfplätzen.«

Schwemmer lachte und schlug seinen Ball auf hundertfünfzig Meter. »Das klingt nach einem Angebot, das ich nicht ausschlagen sollte. Haben Sie das Thema mit meiner Frau besprochen?«

»Oh, Ihre Gattin und ich haben über eine ganze Reihe Themen gesprochen. Harfe kam vor, golfspielende Männer eher nicht.«

»Hmm … das sollte mir zu denken geben, oder?«

»Nicht unbedingt. Ihre Gattin hat durchaus von Ihnen gesprochen. Nur nicht über Sie als Golfspieler.« Diesmal erwischte er den Ball fast mit dem Schaft. Der Ball flog in einem Neunzig-Grad-Winkel nach rechts in Richtung des Übungsbunkers.

»Ich würde Sie wirklich gern mit auf eine Runde nehmen«, sagte Schwemmer.

»Herr Schwemmer, ich bitte Sie. Mein Handicap liegt bei einundfünfzig, wenn ich mich recht erinnere.«

»Immerhin. Dann haben Sie also Platzreife.«

»Ja. Aber es ist lange her, dass ich die erlangt habe.« Kant legte sich einen Ball hin und stellte sich in Position.

»Die Beine ein bisschen mehr zusammen«, sagte Schwemmer.

Kant gehorchte, schwang sehr eckig durch und schlug hoch

über den Ball. Ungerührt streckte er sich ein wenig und stellte sich wieder hin.

»Wirklich lange her«, sagte er. »Darf ich noch mal?«

»Natürlich ...«

Dieses Mal erwischte er ihn besser. Er schaffte den halben Weg zur Hundert-Meter-Marke. Schwemmer legte sich auch einen Ball hin und schlug ihn auf einhundertachtzig Meter.

»Es war ja ein netter Zufall, dass Sie und Burgl sich da über den Weg gelaufen sind, bei der Auktion«, sagte er.

»Nett war es in der Tat«, sagte Kant. Diesmal erwischte Schwemmer den Ball nicht richtig, er landete deutlich vor dem Hundert-Meter-Schild.

»Ich würde ja gern sagen, so etwas kann vorkommen«, sagte Kant, »aber ich denke, es klänge ein bisschen vermessen.«

»Sie haben soeben angedeutet, dass Sie meine Frau nicht zufällig in Düsseldorf getroffen haben.«

»Das haben Sie doch hoffentlich nicht geglaubt?«

»Für eine kurze Zeit hatte ich es für denkbar gehalten«, sagte Schwemmer. »Nie für wahrscheinlich.«

Kant stellte sich in Abschlagposition, holte weit aus, schwang ziemlich sauber durch und erwischte den Ball voll. Er flog auf hundertvierzig Meter.

»Na servus«, brummte Schwemmer. »Glückwunsch.«

»Golf scheint sehr viel mit dem wahren Leben zu tun zu haben«, sagte Kant. »Selten, aber ab und zu eben doch, hat man einfach mal Glück.«

»Weise gesprochen. Aber je mehr man übt, desto mehr Glück hat man.«

»Nun, das ist im Leben ja nicht anders.« Kant stützte sich auf seinen Schläger. »Ich wäre Ihnen dankbar, wenn Sie sich mit den mir bisher zugemuteten Demütigungen zufriedengäben.«

»Nix da«, sagte Schwemmer und steckte das Eisen in die Tasche. »Jetzt wird geputtet.«

Kant ging mit beherrschter Miene neben ihm her zum Übungsgreen.

»Wie haben Sie meine Frau gefunden? Woher wussten Sie, dass sie in Düsseldorf war?«

»Haben Sie schon mal gehört, dass man bei jeder digitalen Transaktion Spuren hinterlässt? Beim Zahlen mit Kreditkarten zum Beispiel.«

»Ja«, sagte Schwemmer. »Das liest man ja häufig.«

»Nun«, sagte Kant, »es stimmt.«

Schwemmer blieb stehen. »Sie haben Zugang zu den Kreditkartendaten meiner Frau?«

»Sie nicht?« Kant ging weiter zwischen den Büschen her zum Green. »Ich dachte, Sie sind Sicherheitsberater.«

Schwemmer folgte ihm, ärgerlich den Kopf schüttelnd. »Und ich dachte, Sie arbeiten legal«, sagte er.

Sie erreichten das Übungsgreen, das allerdings bereits von zwei älteren Herren und einer jungen Frau bespielt wurde.

»Ich arbeite gern legal«, sagte Kant. »Aber Legalität ist immer auch eine Frage des Standorts. Das meine ich rein geografisch. Ich arbeite mit Dienstleistern in Macao, Hongkong und den USA zusammen – unter anderem. Die arbeiten komplett legal, nach dortigem Recht.«

»Und die haben Ihnen mitgeteilt, in welchem Hotel Frau Notburga Schwemmer gerade wohnt«, sagte Schwemmer.

»So ist es. Und dass sie einen bestimmten Auktionskatalog gekauft hat. Dass sie eine Galerie eröffnet, war nun gar kein Geheimnis. Und so ...«

»Und so haben Sie zwei und zwei zusammengezählt. Wollen Sie mir nicht langsam mal sagen, was Sie von mir wollen?«

Kant betastete die Köpfe der Schläger, die aus Schwemmers Tasche ragten.

»Was ist das für ein Putter?«, fragte er.

»Jetzt lenken Sie nicht ab.«

»*Sie* wollten Golf spielen«, sagte Kant und zog den Putter aus der Tasche.

»Der ist von Wilson.«

»Irgendwo im Keller muss ich noch einen Satz stehen haben, von TaylorMade, wenn ich mich recht erinnere.« Kant besah sich den Putter interessiert von oben bis unten. »Ich habe damals gedacht, das meiner Kundschaft zu schulden. Besonders den Japanern, von denen es ja eine Reihe gibt in Düsseldorf.« Er fuhr mit den Fingerspitzen über die gerade, glatte Schlagfläche. »Aber spätestens beim Putten hätte ich wohl mein Gesicht verloren.« Mit einem Lachen steckte er den Schläger wieder in die Tasche. »Hat Herr Schafmann Ihnen nicht erzählt, warum ich hier bin? Oder Herr Lepper?«

»Wie kommen Sie auf Lepper?«

»Hat er Sie nicht angerufen, nachdem ich bei ihm war?«

»Ach, und das haben Sie auch legal rausgefunden?«

»Nein, legal ginge das nicht. Aber Sie haben es mir ja gerade erzählt.«

Schwemmer knurrte unwillig. Die drei Gestalten auf dem Green machten keine Anstalten, es zu räumen.

»Kommen Sie«, sagte Schwemmer. »Gehen wir einen Kaffee trinken.« Ohne eine Antwort abzuwarten, marschierte er los.

»Wenn Lepper Sie angerufen hat, dann wissen Sie doch, was ich will«, sagte Kant.

Sie gingen den Weg unter den Bäumen entlang in Richtung Clubhaus. »Sie haben Lepper und Schafmann etwas von einem Herrn Stevens erzählt, den Sie suchen. Mich würde interessieren, welche Rolle meiner Frau bei dem Ganzen zugedacht ist.« In den Ästen über ihnen gab es einen Einschlag, und ein Golfball torkelte zwischen den Zweigen herab vor ihre Füße. »Loch neun«, sagte Schwemmer. »Der war aber *viel* zu lang.«

»Aha«, antwortete Kant.

Blödmann, dachte Schwemmer und war sich nicht ganz sicher, ob er wirklich nur Kant damit meinte.

»Wenn ich offen sprechen darf ...«, sagte Kant.

»Ich bitte darum.«

»Herr Stevens ist nicht das Hauptziel meiner Suche.«

»Schauen Sie, das dachte ich mir.«

Ein nicht ganz schlanker Mann kam vom Fairway heran auf der Suche nach seinem Ball.

»Ach, der Dr. Vrede mal wieder«, sagte Schwemmer und zeigte für ihn auf die Stelle, wo der Ball gelandet war. »Der lernt's nicht mehr.« Dass er vor zwei Wochen hier zweimal vom einen Bunker in den anderen gespielt hatte, erwähnte er nicht. Kant wäre es sowieso egal, dachte er, ärgerte sich aber trotzdem.

»Sie fragten mich eben nach der ›Rolle Ihrer Frau‹«, sagte Kant. »Nun, es wäre ein handwerklicher Fehler von mir gewesen, die Möglichkeiten dieses Kontaktes nicht zu nutzen. Und – ich sage das mit jedem erdenklichen Respekt – der Kontakt war ohne Frage ein ungetrübtes Vergnügen. Ich muss sagen, dass Ihre Gattin eine überaus beeindruckende Dame ist.«

Schwemmer sah ihn von der Seite an und fand nicht den geringsten Hauch von Anmaßung oder Ironie in Kants Ausdruck, was seiner Erinnerung nach das allererste Mal war.

»Es gab schon Gründe, sie zu heiraten«, sagte er.

»Ohne Zweifel«, war die Antwort.

Sie erreichten das Clubhaus.

»Lassen Sie uns nach oben gehen«, sagte Schwemmer, »da sind wir unter uns.« Er stieg die Treppe hinauf zum Clubbereich der Bar, wo man auf einem Balkon in Ledersesseln über den anderen Besuchern thronen konnte.

Kant betrachtete die Aussicht auf das Loisachtal. »Wirklich«, sagte er, »ein gesegnetes Land. Allerdings voller Bayern.«

Schwemmers Schultern sackten herab. »Hat man Sie eigentlich schon mal so richtig verprügelt?«, fragte er mit einem Kopfschütteln.

»Oh, öfter, als mir lieb sein könnte. Aber ein Bayer hat es bisher noch nicht geschafft. Ich erinnere mich an einen Versuch bei meinem letzten Aufenthalt hier, der aber ein Versuch blieb.«

»Dann machen Sie so weiter, irgendwann wird's schon hinhauen …« Schwemmer ließ genervt die Hand auf den Tisch fallen. »Herrschaftszeiten, warum tun Sie das? Wieso haben Sie das nötig? Können Sie sich so einen Spruch nicht einfach mal verkneifen? Saupreiß.«

Kant sah ihn ernst an. »Nach meiner Erfahrung ist es zielführend, wenn man im Gespräch ein bisschen die Spannung aufrechterhält. Wir sind doch beide nicht zum Vergnügen hier, nicht wahr, Herr Schwemmer?«

Das können Sie haben, hätte Schwemmer gern gesagt, aber es war natürlich klar, dass Kant genau das von ihm hören wollte. »Ich nehm einen doppelten Espresso«, sagte er also stattdessen zu der Bedienung, die an ihren Tisch gekommen war.

Kant bestellte ein Mineralwasser ohne Eis und Zitrone und wandte den Blick wieder den sonnenbeschienenen Bergen vor dem Fenster zu.

»Wann ist die Galerieeröffnung?«, fragte er.

»Freitag nächster Woche. Falls ich nicht vorher den Elektriker oder den Klempner erschlage.«

»Handwerker ... ein weites Feld.«

»Ein *zu* weites, mitunter.«

Zu Schwemmers Verwunderung erschien so etwas wie ein Grinsen auf Kants Gesicht. »Ich nehme an, mit Handwerkergeschichten könnten wir die Zeit bis Sonnenuntergang hier verbringen«, sagte er.

Schwemmer blieb auf DEFCON-Modus, auch wenn Kant die Taktik zu ändern schien. Er wollte die Good Cop/Bad Cop-Masche offenbar in einer Person durchziehen. Dass ein Schnösel wie der was von Handwerkern wusste, war unwahrscheinlich. Kant würde jemanden dafür bezahlen, sich mit Handwerkern rumzuärgern. Schwemmer hatte sehr kürzlich erst beschlossen, das in Zukunft auch zu tun.

»Freitag nächster Woche ... Vielleicht werde ich da noch hier sein«, sagte Kant. »Ihre Gattin hat da ein paar interessante Sachen eingekauft.«

»Was war mit diesem Russen?«, fragte Schwemmer. »Den haben Sie ihr doch empfohlen, oder?«

»Gemach ...« Kant hob begütigend die Rechte. »Ich habe die beiden einander vorgestellt, weiter nichts. Und, mit Verlaub, einiges an Schadensbegrenzung betrieben.«

»Ich hörte davon.« Schwemmer nippte an seinem *doppio*, den der Kellner gerade serviert hatte.

Kant ließ sein Wasser unberührt. »Wollte sie nicht heute wieder nach Hause fahren?«, fragte er.

»Ja. Ich nehme an, sie ist unterwegs. Aber wir sprachen über die Rolle meiner Frau bei Ihrem Vorhaben, das ich immer noch nicht kenne.«

»Oh, ja, natürlich. Ich wollte einfach so viel wie möglich über Sie herausfinden, bevor ich mich auf den Weg nach Garmisch machte.«

»Über mich?«

»Ja.« Kant versicherte sich beiläufig, dass die Nachbartische nicht besetzt waren, bevor er weitersprach. »Sie wissen, worüber wir reden.« Er stützte die Ellbogen auf die Lehnen seines Ledersessels und legte die Fingerspitzen gegeneinander. »Marshall Stevens verschwindet. Einige Millionen Dollar verschwinden. Sehr zeitnah quittiert ein Polizeibeamter den Dienst und ist auf einmal wohlhabend. Folge: Menschen wundern sich.«

»Wieso denken Kreti und Pleti auf einmal, der Schwemmer hätte ein paar Millionen geklaut?«

»Nun, es scheint ein Gerücht unterwegs zu sein über diese Millionen«, sagte Kant. Immer noch rührte er sein Mineralwasser nicht an.

»Na toll. Und wo kommt das auf einmal her, das Gerücht?«

Jetzt griff Kant nach dem Wasserglas, nahm vorsichtig einen winzigen Schluck und stellte es wieder ab.

»Ich habe es gestreut«, sagte er.

Schwemmer griff nach seiner Tasse und kippte den Rest des Inhalts hinunter. Dafür war der Espresso eigentlich noch zu heiß, aber er schaffte es, nicht zu husten.

»Wieso machen Sie das?«, fragte er. »Damit andere Marshall Stevens für Sie suchen?«

»Sie denken in die richtige Richtung. Ich habe einen Stein ins Wasser geworfen. Um die Hechte aufzuwecken.«

»Und Sie hoffen, dass die Ihnen den Barsch zutreiben? Klingt arg hypothetisch für mich. Und werden *Sie* nicht bezahlt dafür, den Mann zu finden?«

»Nun, es gäbe eine Erklärung für das.« Kant nippte wieder an seinem Glas und stellte es umständlich sorgfältig mittig wieder auf dem Bierfilz ab. »Herr Schwemmer, es ist mir klar, dass das, was ich jetzt sagen werde, Ihnen in Teilen als Zumutung erscheinen muss, aber ich möchte Sie bitten, mir zuzuhören … und mich ausreden zu lassen.«

»Sie ausreden zu lassen ist immer schon eine Zumutung gewesen«, sagte Schwemmer. »Aber bitte …«

»Um Ihre Fragen beantworten zu können, benötige ich etwas, das ich nicht einfach so fordern kann.« Kant griff wieder nach dem

Wasserglas, ließ es aber doch stehen. »Ich möchte Ihnen anbieten, was man gemeinhin eine vertrauensvolle Zusammenarbeit nennen würde.«

Schwemmer lachte auf. »Sie haben mich schon beim letzten Mal ständig auflaufen lassen. Wie einen Deppen haben Sie mich behandelt. Und jetzt machen Sie erst meiner Frau schöne Augen, behaupten dann, ich hätte Geld geklaut, und jetzt kommen Sie mir mit *so* was?«

»Wie gesagt, es gäbe eine Erklärung.«

»Ja, dann erklären Sie.«

»Dafür bräuchte es eben die erwähnte Vertrauensebene.«

»Ebene? Vorschuss ist das Wort! So können Sie mir nicht kommen. Wenn Sie Vertrauen brauchen, dann sind *Sie* es, der vorschießen muss. Was könnte ich überhaupt davon haben, Ihnen zu vertrauen? Außer Ärger? Oder jemanden, der an meiner Frau rumbaggert?«

»Bei Eahna ois recht?«, fragte der Kellner, und sie machten synchron heftig abwehrende Handbewegungen, die den jungen Mann zu einem schnellem Rückzug durch die Tür veranlassten.

»Falls ich Ihrer Gattin zu nahe getreten sein sollte, bitte ich noch mal um Verzeihung ...«

»Ach, Faxen! Kommen Sie mal zum Punkt. Sie waren in Nürnberg. Sie haben mit den Unterwexlers geredet. Sie wissen, dass ich mit dem Fall zu tun hatte. Und Sie erzählen rum, ich hätte Millionen gestohlen!«

»Und? Haben Sie?«

»Wenn, was ginge *Sie* das an?«

Kant machte eine beschwichtigende Geste und deutete mit dem Kopf zur Seite, wo am übernächsten Tisch die beiden älteren Damen von der Driving Range Platz genommen hatten.

»Lassen Sie uns noch ein bisschen Putten üben«, sagte er.

Auf der Anrichte lag ein Zettel. »Wir sind einkaufen«. Mehr stand da nicht. Schafmann öffnete den Kühlschrank. Eine Flasche Helles stand in der Tür. Er nahm sie heraus, öffnete sie und trank daraus.

Er hatte keine Ahnung, wie er die Leere füllen sollte, die um ihn herum und die in ihm drin. Gab es eigentlich einen Plural zu Leere? Eigentlich waren es doch zwei Leeren. Er trank aus der Flasche und dachte, dass es darin bald noch eine dritte Leere geben würde. Eine Art Lachen brach aus ihm heraus. Er war fassungslos, dass ihm jetzt und hier ein derartiger Schmarrn durch den Kopf spukte.

Im Wohnzimmer öffnete er die Bar in der Schrankwand. Sie benutzten sie so gut wie nie. Selten, nach schwerem Essen, holte er mal einen Obstler heraus oder einen Kräuterlikör, sonst blieb sie immer geschlossen. Es ging sogar ein Licht an, wenn man die Tür herunterklappte, und an den Wänden waren Spiegelfliesen. In der Obstlerflasche war noch ein Fingerbreit, der Kräuterlikör war noch halb voll, dazu gab es noch eine Flasche Martini, die Bärbel einmal auf dem Gemeindefest bei der Tombola gewonnen hatte, ungeöffnet, genau wie die Flasche Enzian, die er einmal gekauft hatte, als Bärbels Schwester und ihr Mann zu Besuch kamen, der dann aber doch fahren musste.

Er blieb steif vor der geöffneten Klappe stehen. Er trank fast nie, hatte fast nie getrunken, aber seine Nerven zitterten in einer Art, die er noch nie erlebt hatte. Er war sich nicht sicher, wie er überhaupt den Weg von München zurück nach Garmisch hinter sich gebracht hatte. Eigentlich hätte er gar nicht selbst fahren dürfen, das war ihm klar. Es war ihm auch klar gewesen, als er in den Wagen eingestiegen war, aber eben auch egal.

Dass er Professor von Pollscheidt persönlich kannte, hatte nichts besser gemacht. Der Rechtsmediziner hatte ihm kühl sein Beileid ausgesprochen und ihn dann ohne Umstände zu dem Schrank mit den Schubladen geführt, wo er eine herausgezogen hatte. Sie hatten Fabian ein Tuch über den Kopf und die Schultern gelegt. Der rechte Arm lag auf eine ganz und gar unnatürliche Weise neben seinem Körper, aber die Narbe darauf, die er aus dem Spiel gegen Ravensburg mitgebracht hatte, als ihm der andere mit dem Schlittschuh draufgestiegen war, die war da, wo sie seitdem gewesen war.

Schafmann griff nach dem Enzian. Seine Hände waren verschwitzt, was er gar nicht gemerkt hatte, aber der Schraubverschluss rutschte durch seine Handfläche.

Er hatte von Pollscheidt fragen wollen, ob er Fabians Gesicht sehen dürfe, aber der Doktor hatte schon seinen Blick mit einem entschiedenen Kopfschütteln quittiert. Ich hätte es tun sollen. Müssen, dachte Schafmann. Ich bin es ihm schuldig.

Aber als er nach dem Tuch gegriffen hatte, hatte von Pollscheidt sein Handgelenk gefasst, kräftiger, als er es von dem schmalen Mann erwartet hatte, und er hatte Schafmann weggezogen, aus dem Raum hinaus, ihm einen Kaffee angeboten, den er abgelehnt hatte. Der Doktor hatte noch etwas gesagt von Fremdgewebe unter Fabians Fingernägeln, aber das hatte er nur halb wahrgenommen. Irgendwie aber musste er es so hingekriegt haben, wie man es von ihm erwartete. Sie hatten ihn gehen lassen.

Schafmann nestelte sein Hemd aus dem Hosenbund, packte einen Zipfel mit der Rechten und drehte ihn um den Schraubverschluss. Er bewegte sich und knackte, und Schafmann setzte die Flasche an und trank.

Dann setzte er sich aufs Sofa und weinte.

Schwemmer öffnete die Heckklappe. Es fiel ihm auf, dass Kant, als Kuno heraussprang, die Hände in die Taschen steckte.

»Er muss sich kurz die Füße vertreten«, sagte Schwemmer. Er sah sich vorsichtshalber um, als Kuno auf einen der Bäume am Rand des Parkplatzes zugaloppierte, aber der Hund konnte unbeobachtet den Baum wässern, bevor er nach einer Geste Schwemmers gehorsam wieder in den Wagen sprang.

»Bemerkenswert gut erzogen«, sagte Kant. »Das erlebt man oft anders.«

»Eben auch ein Ex-Bulle«, sagte Schwemmer. »Hat mir ein ehemaliger Kollege aus der Hundestaffel anvertraut. Na ja, eigentlich meiner Frau, die hat ihn dann mir anvertraut.« Schwemmer goss Wasser aus dem Vorratskanister in Kunos Blechnapf und warf die Heckklappe wieder zu. »Ein typischer Ex-Bulle. Nicht besonders hübsch, aber sehr zuverlässig.«

»Also, ich finde den Hund ganz ansehnlich«, sagte Kant.

Schwemmer nickte grimmig und ließ für den Hund die Seitenscheibe ein bisschen weiter hinunter.

Sie gingen hinüber zum Übungsgreen, wo die junge Dame gerade die Arbeit an ihrem langen Putt eingestellt hatte und mit ihrer Tasche unterwegs in Richtung Tee 1 war. Schwemmer zog seinen Putter aus der Tasche und warf zwei Bälle aufs Green. Er ging hinter einem Ball in die Knie und peilte über den Putter das Loch an. Kant ging neben ihm in die Hocke. Schwemmer deutete mit der flachen Hand die Wellen in dem scheinbar flachen Grün an.

»Sehen Sie das? Ziemlich onduliert, das Grün. Wenn Sie versuchen, den Ball gerade auf das Loch zu spielen, wird er erst leicht nach links rollen und dann weit rechts vorbeigehen. Probieren Sie es mal.«

»Verstehe.« Kant stand auf. »Also, ich spiel ihn jetzt gerade.«

»Sie versuchen es«, sagte Schwemmer.

»Sehr wohl.« Kants Ball lief tatsächlich zunächst in die beabsichtigte Richtung und folgte dann ziemlich exakt Schwemmers Voraussage.

Schwemmer legte ihm einen weiteren Ball hin. »Wissen Sie eigentlich, welche Hechte Sie da aufgescheucht haben?«

»Nun, genau kann man so etwas nie wissen. Es war ein Versuch.«

Kant spielte den Ball nach links, was zur Folge hatte, dass er noch weiter rechts vorbeiging.

»Ich würde dort die zweite Welle rechts anspielen, aber nicht zu hart.« Schwemmer machte es vor, und der Ball rollte so knapp am Loch vorbei, dass er ärgerlich mit der Zunge schnalzte. »Wo haben Sie das Gerücht denn gestreut? Nur in Nürnberg?«

»Ja. Bei den Unterwexlers und den Parashvilis. Sie wirkten sehr unterschiedlich beeindruckt.« Kant spielte den Ball nun, wie Schwemmer es demonstriert hatte, und tatsächlich streifte er den Rand des Loches so, dass er um neunzig Grad abgelenkt wurde, aber nicht fiel, und Kant wirkte tatsächlich ein bisschen verärgert.

»Die Faszination, die dieser Sport auf viele ausübt, ist gelegentlich durchaus nachvollziehbar«, sagte er.

»Da schau her«, sagte Schwemmer. Dieses Mal erwischte er die Welle exakt, und der Ball traf das Loch voll. »Geht doch.«

Schwemmer steckte seinen Schläger ein. »Gehen wir rüber zum Bunker.«

»Ich mache Ihnen einen Vorschlag«, sagte Kant. »Sie ersparen mir das, und ich lade Sie zum Essen ein. Sie dürfen das Restaurant aussuchen.«

»Klingt nicht schlecht. Ich will zwar heut Abend mit meiner Frau essen gehen, aber eine kleine Zwischenmahlzeit könnt schon noch passen.« Das Handy in seiner Brusttasche vibrierte. Schwemmer sah sich schnell um, aber es war niemand in der Nähe, also nahm er es heraus und schaute aufs Display. »Eigentlich ein No-Go hier, aber ich geh kurz ran. Meine Frau. Ich werde sie von Ihnen grüßen.«

»Ich bitte darum«, sagte Kant unbewegt.

»Hallo, mein Engel«, sagte Schwemmer. »Wo steckst du?«

Zu seiner Überraschung hielt Burgl sich nicht mit Zärtlichkeiten auf. »Grad auf der A 7«, sagte sie. »Hast du heute schon Nachrichten gehört?« Die Freisprecheinrichtung machte ihre Stimme blechern.

»Nein. Noch gar nicht. Ist was?«

»Sie haben gerade im Radio gesagt, der Sohn des Leiters der Kripo Garmisch sei ums Leben gekommen.«

»Moment. *Was?*« Er machte ein paar Schritte von Kant weg.

»Hast du da noch nichts von gehört?«

»Nein, aber ...«

»Es war wohl ein Verkehrsunfall, aber sie haben gesagt, dass die Polizei einen politischen Hintergrund vermutet.«

»Jessas«, sagte Schwemmer. »Um Gottes willen.«

»Ich dachte, das solltest du wissen.«

»Ja ... ja, danke. So ein Scheiß, Schafmann war gestern Abend noch bei mir ...«

»Bei dir? Ihr hattet doch ewig keinen Kontakt mehr!«

»Ja ... er wollte ... hör zu, wir reden darüber, wenn du da bist. Ich bin mit dem Herrn Kant auf dem Golfplatz. Grüßen soll ich. Wann wirst du hier sein?«

»Drei Stunden, schätz ich.«

»Alles klar, fahr vorsichtig.« Er steckte das Handy wieder ein und schüttelte fassungslos den Kopf.

»Probleme?«, fragte Kant.

»Nun ... ja. Der Sohn eines alten Kollegen ... Freundes ... ach, Sie kennen ihn ja, Werner Schafmann. Es heißt, sein Sohn sei ums Leben gekommen.«

»Oh ... wie tragisch. Ich habe Herrn Schafmann gestern noch gesehen. Ein Unfall?«

»Ja ... und nein. Es könnte da eine zweite Ebene geben.«

»Was meinen Sie damit?«

»Bisher gibt's wohl nur Spekulationen.«

Kant hob die Augenbrauen, insistierte aber nicht. »Wie wird Herr Schafmann das aufnehmen? Er machte einen sehr angespannten Eindruck.«

»Ja, angespannt ist er tatsächlich zurzeit.«

»Werden Sie etwas unternehmen?«

»Das weiß ich noch nicht. Aber wenn Sie nichts dagegen haben, sollten wir uns vertagen«, sagte Schwemmer entschieden.

»Ja, natürlich.«

Sie gingen zum Parkplatz und verabschiedeten sich mit einem Handschlag.

»Sie hören von mir«, sagte Schwemmer.

Kant stieg in seinen Aston Martin und ließ ihn mit gollerndem Motor vom Parkplatz rollen. Schwemmer warf die Golftasche auf den Rücksitz, faltete den Trolley zusammen und legte ihn in den Fußraum. Kuno bewegte sich unruhig auf der Ladefläche. Als Schwemmer zögernd den Zündschlüssel ins Schloss steckte, fühlte er seinen Puls in den Schläfen pochen.

Wenn der Grellmayer will, ist Fabian erledigt.

Das waren Schafmanns Worte gewesen, gestern Abend. Wenn er damit recht behalten hatte, was würde er tun?

Ich an seiner Stelle würde in den Krieg ziehen, dachte Schwemmer.

Werden Sie etwas unternehmen?

Gute Frage, Herr Kant. Aber letztlich lohnte es sich kaum, darüber nachzudenken, bevor er wusste, was genau passiert war. Er zog sein Smartphone aus der Tasche und suchte nach Neuigkeiten aus Garmisch-Partenkirchen. Das Erste, was er fand, war Högewalds Artikel. Schon beim Überfliegen des Textes wurde klar, welches Spiel da gespielt werden sollte. Er konnte sich sehr gut vorstellen, um welches Haus in Kaltenbrunn es sich handelte. Der Schloderer Berni mit seiner Hippiekommune ging den Nachbarn da schon seit dem letzten Jahrtausend auf den Senkel. Außer regelmäßiger Ruhestörung war zu Schwemmers Zeiten zwar nichts gewesen, allerdings hatte er auch recht großzügig auf Drogenrazzien dort verzichtet, denn immerhin war der Berni mal mit Schwemmers Cousine Nessi verlobt gewesen, so stellte die Nessi es zumindest dar, und bei Familienfeiern, zumal in deren fortgeschrittenen Stadien, erzählte sie Schwemmer mit ziemlicher Regelmäßigkeit und »absolut unter uns«, dass das die aufregendste und tollste Zeit ihres Lebens gewesen war, und er, der Vetter Hausl, wo er doch die Kripo war, den Berni bitte nicht so hart angehen solle, so ein lieber Kerl und ein bisschen Gras, was ist das schon, hat doch sogar der Clinton. Schwemmer verkniff sich dann immer die Bemerkung, dass das mit der Aufregung kein Wunder war, wenn frau später einen Finanzbeamten im mittleren Dienst heiratete, und dass der Clinton nicht inhaliert hatte, der Depp.

Und jetzt hatte Grellmayer ihn dran, den Berni, nach all den Jahren. Und wie es aussah, würde er echte Probleme bekommen.

Er scrollte weiter und fand einen Facebook-Eintrag: »Linke ermorden AfD-Mitglied.« Ein bisschen weiter unten dann: »Naziattacke erfolgreich abgewehrt. Bullen fallen über VerteidigerInnen her.«

Die seriöseren Seiten enthielten sich weitgehend irgendwelcher Wertungen, aber die Frage nach dem Auslöser des Ganzen wurde nirgendwo vertieft. Dass Linke Rechte unter Lkws jagten, war einleuchtend genug.

Schwemmer steckte das Handy wieder ein und drehte den Zündschlüssel. Er brauchte mehr Informationen, ungefilterte oder zumindest solche, bei denen er den Filter einschätzen konnte. Schafmann direkt anzurufen schien ihm im Moment keine gute Idee. Die Schranke am Bahnübergang in Oberau war unten. Er stellte den Motor ab und wählte am Display eine Nummer, die er noch immer gut auswendig wusste.

»Polizeiinspektion Garmisch-Partenkirchen, Fuchs, grüß Gott«, sagte eine Stimme, deren altbekannter Klang Schwemmer ein kleines Lächeln abnötigte.

»Grüß Gott, Frau Fuchs«, sagte er.

Bevor er nur seinen Namen nennen konnte, fiel sie ihm schon ins Wort. »Herr Schwemmer, wie gut, dass Sie anrufen. Sie haben davon gehört?«

»Ja, aber nur, dass es passiert ist.«

»Eine Sekunde bitte«, sagte sie. Sie legte den Hörer weg, Schritte waren zu hören, dann meldete sie sich wieder. »Ich hab nur schnell die Tür zugemacht«, sagte sie. »Man weiß ja nicht, wer da alles auf dem Gang steht.«

»Wissen Sie, wie es Schafmann geht?«

»Er war hier heute Morgen, aber er ist wieder fort. Die wollen ihn hier nicht dabeihaben.«

»Ja, das ist ja auch verständlich. Und wie war er drauf?«

»Er sah furchtbar aus. Er schien mir zwar einigermaßen gefasst, aber ... ich kann ihm ja auch nur *vor* den Kopf schauen.«

»Ist er zu Hause?«

»Ich fürchte, er ist nach München in die Rechtsmedizin.«

»Auch das noch ... Wer arbeitet denn an dem Fall?«

»Offiziell leitet Polizeidirektor Hessmann persönlich die Ermittlung, aber in Wahrheit macht das der Grellmayer.«

Eigentlich durfte er nicht überrascht sein, trotzdem zerbiss Schwemmer einen Fluch.

»Dann der Kommissar Eckler«, sagte Frau Fuchs, »und natürlich Herr Dräger.«

»Der Dräger ... ist der im Haus?«

»Nein, ich denke, er ist in Kaltenbrunn.«

»Wir müssen uns mal wieder in Ruhe unterhalten«, sagte Schwemmer. »Nicht am Telefon. Vielleicht gehen wir mal zusammen essen.«

»Das würde mich sehr freuen, Herr Schwemmer.«

Der Zug aus Garmisch rollte in den Bahnhof ein, die Schranke öffnete sich.

»Ich melde mich.«

Er beendete das Gespräch und überquerte die Gleise. Im Radio stellte er B5 aktuell ein, aber auch dort erfuhr er nichts Neues.

Beim Drive-in am Ortseingang an der Münchner Straße unterdrückte er den Wunsch nach einem Cheeseburger, und er warf, wie immer noch jedes Mal, wenn er daran vorbeifuhr, einen kontrollierenden Blick auf die Inspektion und deren Parkplatz, auch wenn da kaum noch ein Wagen stand, den er kannte. Er verwarf den Gedanken, Dräger direkt anzurufen. Höchstwahrscheinlich waren Kollegen in der Nähe, und er wollte ihn nicht in eine peinliche Situation bringen.

Eine Viertelstunde später bog er in Kaltenbrunn von der Bundesstraße ab und parkte den Wagen. Er befreite den erfreuten Hund von der Ladefläche und leinte ihn an.

Die eigentliche Unfallstelle auf der Fahrbahn war geräumt. Einige Farbmarkierungen fanden sich auf dem Asphalt und große Flecken weißen Bindepulvers, durchzogen von Reifenspuren des passierenden Verkehrs. An einer Stelle war der Straßenbelag darunter dunkelrot. Kuno stellte neugierig die Ohren auf und zog an der Leine, aber Schwemmer kommandierte ihn weiter.

Dräger entdeckte er knappe hundert Meter weiter den Weg hinunter. Er stand vor dem Haus, rauchend an seinen Wagen gelehnt, einen roten Renault Alpine aus den Achtzigern. Den fuhr er auch im Dienst. »Muss man ausnutzen, wenn er grad mal nicht in der Werkstatt ist«, sagte er immer. Auf dem Rasen vor dem Haus standen ein paar Alukisten, wie das K3 sie benutzte. Die Haustür wurde von aufgespaxten Spanplatten zusammengehalten, zwei Flaggen an einem Mast hingen müde in der schwachen Brise. Als Dräger Schwemmer auf sich zukommen sah, warf er einen bedauernden Blick auf seine Zigarette, ließ sie fallen und trat sie aus.

»Sie hätten ruhig zu Ende rauchen können«, sagte Schwemmer.

»Konditionierter Reflex«, antwortete Dräger. »Macht man so, wenn der Chef einen beim Rauchen erwischt.«

Sie reichten sich die Hand und lachten ein wenig.

»Miese Scheiße, das«, sagte Dräger dann ernst.

»Dürfen Sie mir sagen, was passiert ist?«

»Sie kennen doch die Vorschriften.« Dräger grinste schief. Bevor er weitersprach, sah er sich nach dem Haus um. Niemand war zu sehen. »Schafmann junior und ein anderer, den wir noch nicht

kennen, haben hier bei einem Bulli die Scheiben eingeschlagen. Wahrscheinlich mit zwei Hämmern, die wir gefunden haben.«
»Bei Bernis Wagen?« Schwemmer sah sich um. Der Bulli war nicht in Sicht. »Habt ihr den mitgenommen?«
Der grüne, aufkleberbedeckte Vierrad-Bus vom Schloderer Berni war im Kreis bekannt wie ein bunter Hund. Mit dessen Vorgänger waren der Berni und die Nessi noch gemeinsam nach Marokko gefahren. Schwemmer hatte von seiner Cousine eine Menge Details über jene Tour erfahren, diese aber vorsichtshalber umgehend wieder verdrängt.
»Klar«, sagte Dräger. »Wird alles untersucht. Was die Angreifer nicht wussten: Der Wagen hat eine Alarmanlage. Denkt man ja nicht bei so einer alten Schüssel, aber ich nehme an, der Besitzer wusste, warum. Es waren – laut Grellmayer – mindestens sechs, meiner Meinung nach höchstens vier Personen im Haus. Die beiden älteren Herrschaften, dazu zwei junge Burschen. Es gibt zwar eine Menge Matratzen da drin, und die Nachbarn sagen, dass da immer viel los ist. War wohl auch nicht immer klar, wer da jetzt wohnt und wer nicht. Aber ich hab keinen Hinweis gefunden, dass gestern mehr als die vier da waren. Die beiden Jungs sind raus, als die Alarmanlage losging. Die Zeugen haben zwei Mann wegrennen sehen und zwei hinterher. Da vorn ...«, Dräger wies den Weg hinauf, wo ein Rechteck mit Eisenstangen und Flatterband abgesperrt war, »hat einer einen erwischt, das muss nach Lage der Dinge der kleine Schafmann gewesen sein. Die anderen beiden sind weiter, während Fabian und der Verfolger sich da geprügelt haben, obwohl, viel mehr als eine Rangelei wird das nicht gewesen sein, eine winzige Blutspur hab ich gefunden, kaum ein Tropfen. Fabian hat sich dann befreien können und ist weiter raufgerannt. An der Straße muss das erste Paar nach rechts abgebogen sein, Fabian und der Verfolger nach links. Dort ist es dann passiert. Ende meines Wissens. Jetzt hab ich den Auftrag, hier in Ruhe alles auseinanderzunehmen.«
»Von wem?«
»Grellmayer. Autorisiert von Hessmann.«
»Und?«
Dräger deutete mit dem Kopf in Richtung Haus. »Zwei Mann

hab ich noch drin, wir sind bald durch. Wir haben da drin alles gefunden, was Grellmayers Herz begehrt. Einen vollen Reservekanister, einen Sack Kunstdünger, eine Axt, einen Baseballschläger, Messer. Also Hieb- und Stichwaffen und Materialien zur Herstellung von Sprengkörpern. Dazu linkes Propagandamaterial, PCs, einen professionellen Drucker. Wenn das mal nicht nach Terrorismus riecht. Und dann noch der Jackpot: Satte vierundvierzig Gramm Marihuana. Hurra.«

Schwemmer schüttelte den Kopf. »Der zieht das durch, der Grellmayer, was?«

»Bis ganz nach hinten.« Dräger ging in die Hocke und kraulte Kuno unter der Schnauze, was der Hund mit wohligem Jiepern quittierte. »Diese Althippies fahren ein, so sicher wie das Amen in der Kirche. Ich meine, kann sein, es erwischt da die Richtigen, aber trotzdem ist das scheiße. Die zerschlagen dem Alten das Auto, die wehren sich, und dann …« Er streichelte über Kunos Rücken.

»Was habt ihr noch?«

»Jetzt nehmen wir noch den VW-Bus auseinander. Könnt ja was drin sein, was besorgte Bürger veranlasst hat, gegen diese Drogenhändler vorzugehen. Um die deutsche Jugend zu schützen.« Dräger verzog das Gesicht, aber ein Grinsen wollte ihm nicht gelingen. »In Schafmanns Haut möchte ich nicht stecken … Ich hab keine Ahnung, wie weit das hier gehen wird.«

»Was meinen Sie?«

Dräger richtete sich wieder auf. Er zog ein Smartphone aus der Hosentasche, wischte darauf herum und hielt es Schwemmer hin. »Flashmob!!!!! Keine linke Drogenschieber und Drecks-Zecken in Werdenfelser Land. HEUTE! 18UHR Kaltenbrunn! Alle besorgten Doitschen kommen und bringen Lärm mit!«

»Ach du Scheiße«, murmelte Schwemmer. »Was ist das für eine Seite?«

Dräger zuckte die Achseln. »Eh wurscht. Ist schon viral.« Wieder wischte er und zeigte Schwemmer das Display.

»FASCHOALARM!!! ANTIFA!!! Verhindert die Nazidemo heute 18:00 Kaltenbrunn. Oberbayern stellt sich quer. Jeder wird gebraucht. FREIHEIT FÜR BERNI, IRMI UND BASTI!!!«

»Eijeijei«, sagte Schwemmer. »Haben Sie das dem Hessmann gezeigt?«

»Ist nicht im Dienst.«

»Und Grellmayer?«

Wieder drehte Dräger den Kopf zum Haus, aber immer noch waren sie allein.

»Ich wette, dass der das ganz genau kennt«, sagte er leise. »Würd mich nicht wundern, wenn seine eigenen V-Leute das reingestellt haben. Dem Eckler hab ich's gesagt. Mit der Schulter gezuckt hat er. Wenn's schlecht läuft, prügeln sich hier heut Abend ein paar hundert Leute, und kein einziger Polizist ist in Sicht. Immerhin wird Fabian Schafmann so noch zum Helden.«

Schafmann hörte die Haustür gehen und leise Stimmen, aber er blieb, wo er war. Mit der Enzianflasche hatte er sich in seine Kellerwerkstatt zurückgezogen. Hier saß er auf dem dreibeinigen Holzhocker an den Metallschrank gelehnt und wartete, dass er müde genug wurde vom Alkohol. Die Kellertür oben wurde geöffnet. Schritte kamen die Stiege herab, und Bärbel stand in der Tür. Sie sah ihn stumm an. Er konnte ihren Blick nicht lesen. War Verachtung darin? Trauer, Wut? Erschöpfung? Alles gemeinsam? Er hatte das Gefühl, diese Frau gar nicht zu kennen, die da vor ihm stand.

»Magst was essen?«, fragte sie mit ruhiger Stimme. »Dosensuppe nur, aber immerhin warm.«

Sie machte drei Schritte auf ihn zu und fasste an die Enzianflasche. »Gibst du mir was ab?«, fragte sie.

Er nickte verblüfft und gab ihr die Flasche. Sie nahm einen Schluck, keinen großen, dann griff sie nach dem Verschluss auf der Werkbank. Sie drehte ihn auf die halb leere Flasche, die sie in der Hand behielt.

»Die Kinder brauchen uns«, sagte sie. »Uns beide.«

»Ich hab ihn gesehen«, sagte Schafmann mit krächzender Stimme. »Sie wollten mir sein Gesicht nicht zeigen.« Er hustete.

»Ich war beim Bestatter«, sagte Bärbel. »Die kümmern sich um alles. Um das meiste jedenfalls. Der meint, das könnte dauern, bis sie ihn freigeben, aus der Rechtsmedizin.«

»Ja. So bald wird das nicht sein.«

Sie hörten die Türglocke und rührten sich nicht.

»Jetzt geht es los«, sagte Bärbel. »Jetzt kommen sie mit ihrem Beileid und allem. Wie mir davor graut.«

Sie hörten Coras kleine Schritte zur Tür laufen und eine Männerstimme sie nach ihrem Vater fragen. »Papiii!«, rief sie ins Haus hinein. »Da ist ein Polizist.«

»Werner, ich bin's«, rief der Mann. »Der Alois.«

»Der Auerer? Was will denn der?«, murmelte Schafmann. »Ich komm rauf!«, rief er und erhob sich ein wenig mühsam von seinem Hocker. Bärbel ging vor ihm her die Stiege hinauf.

Auerer trug Uniform. Er reichte Bärbel ernst die Hand und schüttelte sie mit einer stummen Verbeugung. Wenn ihm die Enzianflasche in ihrer Linken aufgefallen war, ließ er es sich nicht anmerken.

»Ich müsst mit dir reden, Werner, aber ...« Er sah bittend zu Bärbel.

»Ich versteh schon«, sagte sie, »wir lassen euch allein.« Sie schob die Kleine vor sich her in die Wohnung und schloss die Dielentür hinter sich.

Auerer zog einen Umschlag aus der Innentasche seiner Uniformjacke und zog das Protokoll einer Geschwindigkeitsmessung heraus. Schafmann nahm es in die Hand und versuchte zu verstehen, was er las.

»Der Radarwagen stand am Ortseingang an der B 2. Schau dir die Uhrzeit an. Das war kurz nach dem Unfall. Und dann schau, wer das ist.«

Schafmann rieb sich die Augen. Auf dem grobkörnigen Foto schienen die Gesichter von Fahrer und Beifahrer nur weiße Flecken, aber als er den Fahrzeugtyp erkannte, wusste er, wen er vor sich hatte. »Kuczinsky«, sagte er.

»Ja«, antwortete Auerer. »Grad mal drei Kilometer weg. Mit fast dreißig zu viel auf dem Tacho.«

Das Gesicht des Mannes auf dem Beifahrersitz war noch nicht unkenntlich gemacht. »Kennst du den andern?«, fragte Schafmann.

»Ich bin nicht sicher, aber ich glaube, den hab ich schon bei der Gruppe am Bahnhof gesehen.«

Schafmann blinzelte, aber das Gesicht des Beifahrers blieb ein verschwommener heller Klecks.

»Felix!«, rief er in Richtung Wohnungstür. »Felix, komm mal eben her.«

Der Kleine kam aus der Wohnung und sah sie fragend an. Schafmann hielt ihm das Papier hin und zeigte auf den Beifahrer.

»Kennst du den?«

Felix besah sich das Bild aufmerksam. »Ich glaub, das ist der Lars«, sagte er. »Der Freund vom Fabi.«

»Wie heißt denn der Lars weiter?«, fragte Auerer.

Felix legte die Stirn in nachdenkliche Falten. »Das weiß ich nicht. Aber vielleicht steht das in Fabis Handy.«

Schafmann sah zu Auerer, aber der schüttelte den Kopf. »Wurde nicht gefunden.«

»Was?« Schafmann sah ihn ungläubig an. »Gar nicht? Auch keine Reste?«

Auerer zuckte die Achseln, aber sein Blick sprach Bände.

»Danke, Felix«, sagte Schafmann und zeigte auf die Wohnungstür, doch Felix reagierte erst, als sein Vater ihn mit sanftem Druck zurück in die Wohnung schob. »Was hast du vor mit den Fotos?«

»Ich geb sie Eckler, der heftet sie ab. Die suchen ja nicht nach einem Jugendlichen, der eine Scheibe eingeschlagen hat. Die suchen nach dem Mörder deines Sohnes.«

Schafmann senkte den Kopf und massierte sich den Nacken. »Ich war gestern Nacht im Krankenhaus. Der Fahrer sagt, dass Grellmayer auch da war. Er hat ihn gesehen. Unmittelbar nach dem Unfall.«

»Wirst du ihn danach fragen?«

Schafmann lachte bitter. »Hab ich schon. Er streitet das schlicht ab.«

Auerer legte Schafmann die Hand auf die Schulter. »Ich schau mal, dass ich diesen Lars finde. Mit dem müssen wir reden. Ich halt dich auf dem Laufenden.«

»Danke«, sagte Schafmann.

»Und das mit dem Enzian solltet ihr nicht übertreiben«, sagte Auerer und schloss die Haustür hinter sich.
»Nein«, sagte Schafmann leise. »Sollten wir nicht.«

Schwemmer stand in der Einfahrt und hatte gerade dem Hund die Heckklappe geöffnet, als das Handy in seiner Brusttasche vibrierte.
»Alles Mist«, sagte Burgl. »Ich bin fast in Füssen, und jetzt geht gar nix mehr. Vorhin kam die Feuerwehr hier durch. Da brennt wohl was. Es wird auf jeden Fall noch dauern.«
Kuno sprang aus dem Wagen und trottete zur Haustür.
»Tja, ich fürchte, da kann ich dir nicht helfen«, sagte Schwemmer.
»Schick mir einen Hubschrauber, der mich hier rausholt. Egal, da muss ich jetzt durch. Hast du zu Schafmanns Jungen was erfahren?«
»Ich fürchte, da spielt der Grellmayer mal wieder eines seiner Spiele. Genaues weiß ich noch nicht.«
»Nicht schon wieder der Grellmayer!«
»Das ist nicht alles. Dein hochwohlgeborener Freund Kant von Eschenbach hat recht großzügig das Gerücht gestreut, gemeinsam mit Marshall Stevens sei eine Menge Geld verschwunden. Ich habe keine Ahnung, wie er darauf kommt.«
Burgls Antwort war ein beredtes Schweigen.
»Ich stell einen Riesling kalt für dich. Wir wär's mit dem Josten und Klein?«, fragte Schwemmer betont gut gelaunt, aber seine Frau ließ sich nicht drauf ein.
»Kriegen wir Probleme?«, fragte sie.
»Wir werden sehen. Wir sollten das später besprechen.«
»Du hast recht. Willst du eigentlich den Werner Schafmann nicht mal anrufen?«
»Ich weiß es nicht … ich bin da echt unsicher. Mit Frau Fuchs hab ich gesprochen, die sagt, er musste nach München, zur Rechtsmedizin. Das wird auch nicht leicht gewesen sein. Will mir gar nicht vorstellen, wie ein Körper aussieht, nach so einem Unfall. Ob der da jetzt ausgerechnet mit mir sprechen will … Ich würde lieber noch einen Tag warten.«

»Was ist mit seiner Frau, der Bärbel?«

»Die kennen wir doch kaum.«

»Ich werd sie morgen mal anrufen.«

»Das klingt für mich nach 'ner guten Idee.«

»Klar. Dann musst du es nicht tun. Welchen Josten und Klein willst du kalt stellen?«

»Den Leutesdorf.«

»Ja, der ist schön. Aber haben wir nicht noch von dem Juchepie im Keller?«, fragte Burgl.

»Eine letzte Flasche.«

»Dann stell sie vorsichtshalber mal dazu.«

»Ich kenn uns doch«, brummte Schwemmer. »Wenn sie kalt ist, trinken wir sie auch. Und das ist wirklich die allerletzte Flasche. Der alte Winzer hat aufgehört, und ich weiß nicht, wie der neue ist.« Auf jeden Fall erheblich teurer, wie ihm der Krois Ferdl unmissverständlich klargemacht hatte.

»Ich sitz jetzt seit acht Stunden im Auto, und ich weiß nicht, wie viele noch dazukommen. Falls ich es jemals nach Garmisch schaffen sollte, hab ich mir den Juchepie verdient.«

Es klang nicht so, als hätte sie vor, das zu diskutieren. Kuno hatte sich auf die Fußmatte vor der Haustür gelegt und sah sein Herrchen vorwurfsvoll an. Schwemmer warf die Heckklappe zu und verriegelte den Wagen.

»Passt schon«, sagte er. »Ich muss den Hund füttern.«

»Wie war eigentlich das Golfen?«, fragte Burgl.

»Ich bin nicht sicher, wer gewonnen hat«, sagte Schwemmer.

Bärbel schöpfte Gulaschsuppe aus dem Topf und verteilte sie auf ihre Suppentassen. Cora schenkte jedem aus der Apfelsaftflasche ein, Felix verteilte Graubrotscheiben. Schafmann saß stumm auf seinem Stuhl und versuchte, Haltung zu zeigen. Sie wünschten sich im Chor gemeinsam einen guten Appetit, wie sie es früher immer getan hatten, dann aßen alle schweigend. Nicht einmal Felix machte eine Bemerkung. Ab und an fing Schafmann einen fragend-klagenden Blick von seiner Tochter auf, aber sie schien gar keine Reaktion zu erwarten. Bärbel aß mit gesenktem Kopf und regungsloser Miene.

»War der Fabi eigentlich in einer Partei?«, fragte Felix ihn plötzlich.

»Nicht dass ich wüsste. Warum fragst du das?«

»Das steht im Netz. Dass er in einer Nazipartei war.«

»Das sag ich euch doch immer, dass ihr da nix glauben dürft.«

»Was ist eine Nazipartei?«, fragte Cora.

»Das verstehst du nicht«, sagte Felix, und Schafmann war erleichtert, dass sie sich damit zufriedengab. »Vielleicht steht ja was im Rechner vom Fabi.«

»Das könnt schon sein«, antwortete Schafmann. »Aber da müssen wir erst mal das Passwort knacken lassen.«

»Das kenn ich«, sagte Felix.

»Ach was? Wieso das denn?«, fragte Bärbel.

»Die gucken da doch immer Pornos«, sagte Cora, ohne von ihrer Suppe aufzusehen.

»Blöde Kuh! Stimmt überhaupt nicht!« Felix lief karmesinrot an. »Die lügt!«

Bärbel schien in Tränen ausbrechen zu wollen.

»Weißt du denn überhaupt, was das ist?«, fragte Schafmann.

Aber Cora antwortete nicht. Schmollend löffelte sie Suppe in sich hinein.

»Was ist das für ein Passwort?«, fragte Schafmann, entschlossen, nicht weiter auf die Sache einzugehen.

Felix warf einen hasserfüllten Blick auf seine Schwester. »Sag ich nicht.«

»Felix, bitte. Nicht jetzt, nicht heute«, sagte Schafmann. »Nicht so.«

Der Ton in seiner Stimme schien den Kleinen tatsächlich zu treffen. »Aber die lügt wirklich«, sagte er leise.

»Schon gut. Darüber reden wir ein andermal. Sag mir bitte das Passwort.«

»Nur wenn die nicht dabei ist.«

»Was soll ich schon machen damit?«, fragte Cora beleidigt.

»Weitererzählen.«

»Wem denn?«

Schafmann klopfte mit den Knöcheln auf die Tischplatte. »Schluss jetzt. Wenn wir aufgegessen haben, gehen wir in Fabis Zimmer, dann sagst du es mir.«

Der Rest des Abendessens verlief in Schweigen. Cora hatte ihren Teller als Erste leer, turnte sofort von der Bank herunter und verschwand stumm aus der Tür. Schafmann wartete geduldig, bis auch Felix fertig war.

»Kommst du mit?«, fragte er Bärbel. Sie schüttelte stumm den Kopf und begann, das Geschirr zusammenzuräumen.

Felix lief vor ihm her die Treppe hinauf und blieb vor Fabians Zimmer stehen. Schafmann hatte die Tür abgeschlossen, weil er verhindern wollte, dass die Kleinen darin herumwühlten. Und auch Bärbel, wie er sich eingestand. Er schloss auf. Felix folgte ihm hinein.

»Wie heißt das Passwort?«

»siegheil88«

Schafmann stöhnte auf.

»Alles klein, ohne Leerzeichen«, setzte Felix hinzu.

»Gut. Schieb ab.«

»Aber ich könnt dir helfen«, sagte Felix. »Ich weiß, wo er seine Sachen abgespeichert hat.«

»Wenn ich eine Frage hab, ruf ich dich.«

Sichtlich unzufrieden verschwand der Kleine aus der Tür. Schafmann setzte sich auf Fabians wackeligen Schreibtischstuhl und fuhr den Rechner hoch. Es war kein gutes Gefühl, das Passwort einzugeben.

Es stimmte tatsächlich.

Kant ließ das Navi aus. Die Wegbeschreibung zu dem Restaurant im Schloss Elmau, die man ihm im Hotel gegeben hatte, schien völlig ausreichend. Er wählte aus den Playlists »A Night in Tunisia« von Art Blakey. Wayne Shorters Sax passte perfekt in die langsam einbrechende Dunkelheit.

Entspannt steuerte er durch den mäßigen Verkehr in Richtung Osten. Am Ortsausgangsschild gab er nur wenig Gas – dies schien eine optimale Strecke für eine Radarfalle, und eilig hatte er es auch nicht.

Allerdings wurde die relaxte Atmosphäre schon nach wenigen hundert Metern gestört durch ein zuckendes Blaulicht im Rückspiegel. Es blinkte hinter der Frontscheibe des Wagens hinter ihm. Er ging vom Gas, und ein schwarzer BMW X6 zog an ihm vorbei. Der Fahrer hielt eine Polizeikelle aus dem Fenster und ließ den Wagen dann ausrollen. In der Einmündung eines Wirtschaftsweges hielt er an, Kant dahinter. Ein fetter Mann kletterte aus dem BMW, was ihm sichtlich nicht ganz leichtfiel. Mäßig interessiert musterte er den Aston Martin und polkte sich mit dem kleinen Finger im Ohr, während er auf Kant zukam. Kant fuhr die Seitenscheibe hinunter.

»Kriminalhauptkommissar Grellmayer, Bayerisches Landeskriminalamt«, sagte der Blonde und steckte die Hände in die Taschen seines hellen Mantels. »Ein schönes Auto haben Sie da.«

»Das würde ich von Ihrem auch gern behaupten können, Herr Hauptkommissar«, sagte Kant, was der Blonde mit einem unwilligen Schnaufen beantwortete.

»Was kann ich für die Polizei tun?«

»Führerschein und Fahrzeugpapiere wärn ein guter Anfang.«

Kant hob mit der Linken das Revers, um in die Innentasche zu greifen.

»Schön stad«, sagte Grellmayer. Er hob die Rechte ein wenig aus der Manteltasche, sodass Kant die Pistole darin sehen konnte.

»Ist das Ihr Ernst?«

»Ich möcht keine Missverständnisse aufkommen lassen.«

Kant zog wie verlangt seine Brieftasche langsam hervor und reichte die Papiere aus dem Auto.

»Kant von Eschenbach«, las Grellmayer vor, »Tiberius Josephus. Da schau her. Da lag ich also richtig, als ich den Wagen gesehen habe.« Er gab die Papiere zurück. »Sie sind der Schnüffler aus Düsseldorf, der nach Marshall Stevens sucht.«

»Angenommen, es wäre so, was dann?«

»Dann sollten Sie wissen, dass wir uns sehr interessieren für das, was Sie so rausfinden.«

»Und ›wir‹ wäre wer?«

Grellmayer sah zur Seite und lachte. »Sagen wir: ich und andere auch.«

»Wie kommen Sie denn darauf, dass ich nach diesem Herrn suche?«

»Das hat mir ein Vögelchen gezwitschert.«

»Interessante Formulierung. Ich fürchte, Sie lesen die falschen Krimis. Was hat Parashvili Ihnen noch erzählt?«

Grellmayer beugte sich zu ihm herunter. »Schau an, a ganz a Schlauer.«

»Das sagt man gemeinhin.«

»An hochnaserter Saupreiß, das sind Sie!«

»Auch das sagt man gemeinhin, allerdings nur hier in der Gegend. Für einen Polizisten scheinen Sie jedenfalls bemerkenswert gute Kontakte zu den Parashvilis zu haben.«

»Da könnten Sie falschliegen.«

»Ja. Aber der Konjunktiv bringt einen nirgendwohin, nicht wahr? Ich könnte nämlich auch recht haben.«

»Zerbrechen Sie sich mal nicht Ihren Schlauschädel.«

»Oh, das tu ich nicht. Mir ist nur nicht recht klar, was Sie von mir wollen.«

»Ich wollte Sie mir nur mal anschauen. Interessiert mich schon, wer da so durchs Revier schnürt.«

»Das ist alles? Dann hoffe ich, ich konnte Sie zufriedenstellen, Herr Hauptkommissar.«

»Wenn Sie was über Marshall Stevens herausfinden, erwarte ich, dass Sie mich auf dem Laufenden halten.«

»Aber nicht ernsthaft, oder?«

Grellmayers Antwort war ein gelangweilter Gesichtsausdruck. Er wandte sich ab in Richtung seines Wagens, drehte sich aber noch einmal um. »Die Straße ist übrigens gesperrt, da vorn. Könnt noch dauern.«

»Also komm ich jetzt nicht nach Schloss Elmau?«

»Ah, der feine Herr wollte wohl edel speisen, was? Nein. Geht grad nicht. Da können Sie sich bei den linken Chaoten da vorn bedanken.«

»Nun, heut ist ja nicht alle Tage«, sagte Kant.

Grellmayer lachte dreckig. »Da sagen Sie was!« Er richtete den

Zeigefinger auf Kant, den Daumen gereckt, als sei es eine Waffe. »Wir sehn uns«, sagte er.

Kant fuhr die Scheibe hoch. »Wie schade«, sagte er.

Schafmann öffnete das Adressverzeichnis im E-Mail-Programm. Er fand nur einen Lars, und der war ohne Nachnamen abgespeichert, aber mit Handynummer und Facebookseite. Er klickte sie an. Das Profilbild zeigte eine Deutschlandkarte von vor dem Krieg und einen Wehrmachtsdolch. Schafmann zog sein Handy aus der Brusttasche, suchte nach Auerers Nummer und wählte ihn an. Die Mailbox meldete sich.

»Alois, der Werner hier«, sagte Schafmann. »Ich hab Daten von dem Lars, leider keinen Nachnamen.« Er diktierte die Nummer und die Mailadresse. »Kannst du das Handy bitte orten? Bitte melde dich. Ich bin morgen wieder im Büro.«

Als er eine gute Stunde später wieder in die Stube kam, saß Bärbel auf ihrem Stuhl am Esstisch, den Kopf in die Hände gestützt, neben ihr lag das Telefon. Er hatte es vier- oder fünfmal klingeln hören, während er oben gesessen hatte.

»Herzliches Beileid«, sagte sie müde. »Von der Aschenbrennerin, den Oswalds, den Pasteurs, Frau Herkenwald und noch jemandem, hab ich schon wieder vergessen.« Sie deutete mit dem Kinn auf das Mobilteil. »Kann man das Ding eigentlich abstellen?«

»Irgendwie bestimmt«, sagte Schafmann. »Aber ich glaub nicht, dass wir das machen sollten.«

»Natürlich nicht«, sagte sie. »Hast du was gefunden, in seinem Computer?«

»Nicht wirklich ...«

»Wie können die denn überhaupt Pornos gucken? Ich dachte, wir haben da eine Jugendsicherung drin?«

»Ach Bärbel, du glaubst doch nicht ernsthaft, unsereiner könnte einen Sechzehnjährigen davon abhalten, sich im Internet rumzutreiben, wo er will. Was wissen wir denn schon?«

»War's schlimm?«

173

»Er hat wohl meistens im Privatmodus gesurft, im Browserverlauf war fast nichts zu finden.«

Das war schlicht gelogen, aber er fühlte sich außerstande, Bärbel zu beschreiben, was ihre Söhne sich anschauten, wenn sie allein waren. Etliches davon hatte er in seinem Leben tatsächlich noch nie gesehen und auch nicht sehen wollen. Und es war nicht nur die Pornografie, die verstörte. Bauanleitungen für Molotowcocktails, Tipps zur Waffenbeschaffung, Videos von grölenden Skinheadbands, Hassseiten über Hassseiten, Mordaufrufe gegen Flüchtlingshelfer und Pfarrer, ekelhaft.

»Was haben wir denn nur falsch gemacht bei ihm?«, fragte er.

Bärbel saß starr und stumm da, den Blick auf die Tischplatte geheftet.

»Was haben wir falsch gemacht?«, wiederholte er. »Und wann?«

»Wenn das das Resultat ist«, sagte sie tonlos, »dann: alles, immer.« Endlich sah sie ihn an. »Aber besser kann ich es nicht. Hättest du es besser gekonnt?«

Schafmann schwieg. Ja, wäre die Antwort gewesen. Er hätte ihn niemals wieder dorthin schicken dürfen.

»Die beiden Kleinen brauchen uns«, sagte Bärbel. »Wir dürfen das nicht vergessen.«

»Ja«, sagte Schafmann. »Das dürfen wir nicht.«

Urplötzlich überfiel ihn eine entsetzliche Angst vor seinem nächsten Fehler. Schweigend stand er auf und verließ die Stube, in der Hoffnung, dass Bärbel ihn nicht durchschauen würde. Aber er fühlte, dass diese Hoffnung trügerisch war.

Sie hatten sich mit dem Juchepie nicht aufgehalten, an echten Genuss war gar nicht zu denken, nicht nur angesichts der Tatsache, dass Burgl noch weitere zweieinhalb Stunden gebraucht hatte, zehneinhalb von Düsseldorf nach Garmisch, nahe am Allzeitnegativrekord. Dazu kam bei beiden ein rechtschaffen erworbener Hunger, sodass sie umgehend ein Taxi bestellt hatten und zu Josefina gefahren waren. Es gab noch »eine Tisch frei«, leider nicht am Fenster und noch leiderer fast an den Toiletten, aber sei's drum.

Josefina brachte eine Flasche San Pellegrino, zwei Gläser von dem Colombard, den sie hier meist tranken, und die Karte, die sie aber nicht brauchten, weil sie sie auswendig kannten und sowieso am liebsten Sachen bestellten, die so nicht drinstanden: Burgl ihre speziell zusammengestellte Pizza mit Sardellen, Schinken und Scampi und Schwemmer Linguini mit Ei, Speck und Pilzen. Sie stießen an und tranken, aber die Stimmung blieb erwartungsgemäß verhangen. Burgl sah nachdenklich ihr Glas an und trank nur wenig, während Schwemmer ihr von Schafmanns Besuch und Drägers Schilderung der Ereignisse berichtete.

»Dass wieder der Grellmayer dabei ist, wenn so ein Drama passiert … Das ist ja noch schlimmer als damals bei Karin und Théo.«

»Er weiß immer, wie er bekommt, was er will«, sagte Schwemmer. »Und Kollateralschäden sind ihm scheißegal.«

»Irgendwie muss man diesem Menschen doch beikommen können!«

»Wenn ich wüsste, wie, wäre ich noch bei der Polizei«, sagte Schwemmer.

»Wie können wir den Schafmanns helfen?«

»Ganz ehrlich: Ich hab keine Ahnung. Wir haben keine Kinder, wir können uns da gar nicht reindenken. Aber vom Gefühl her würde ich sagen, wir lassen sie in Ruhe. Ich meine, wir sind ja damals auch nicht wirklich in Freundschaft auseinandergegangen. Dass er mich gestern besucht hat, ausgerechnet …«

Sie tranken schweigend.

»Außerdem gibt es noch eine Galerie zu eröffnen«, sagte Schwemmer. »Das ist vielleicht nicht so wichtig wie die anderen Sachen, muss aber auch gemacht werden.«

»Ja mei … Wie weit ist der Elektriker?«

»Er wollte gestern das Licht fertig machen. Ich hab's heut aber nicht geschafft, nachzuschauen.«

»Klar, du musstest ja Golf spielen.«

»Ah geh …«

Ein Mann in Kniebundhosen, bunter Weste und Haferlschuhen zwängte sich, unverständliche Entschuldigungen murmelnd, an ihnen vorbei Richtung WC. Er gehörte zu einer Gruppe Touristen, die weiter vorn einen Tisch besetzt hatten und dem Höreindruck nach aus Italien kamen, was die Restaurantwahl erklärte. Burgl machte mit ihrem Stuhl ein wenig Platz, dabei fiel ihr Blick zum Eingang.

»Ich fass es nicht«, sagte sie.

Schwemmer drehte sich um und war geneigt, ihr beizupflichten. Jo Kant hatte das Lokal betreten und sah sich suchend um. Er schien keinesfalls überrascht, sie hier zu entdecken, sondern kam sofort auf sie zu.

»Grüß Gott«, sagte er mit seinem undeutbaren Lächeln, als er ihren Tisch erreicht hatte. »So sagt man doch, nicht wahr?«

»Jetzt lassen S' mal gut sein«, sagte Schwemmer unfreundlich, deutete aber auf den freien Stuhl an ihrem Dreiertisch.

»Sie sind gewiss rein zufällig hier.« Burgls Ton war für ihre Verhältnisse recht ätzend.

»Aber nein, Frau Schwemmer. Ich wollte Sie beide gern sprechen.«

»Und woher wussten Sie, dass wir ausgerechnet hier sind?«

»Mein Engel«, sagte Schwemmer, »wir haben doch beide unser Handy in der Tasche, nicht wahr? Das sollte ihm reichen.«

»Sicherheitsberatern kann man eben nichts vormachen«, sagte Kant.

»Legal?«, fragte Schwemmer.

»Man hat es mir versichert.«

Die Art, wie Burgl jetzt den Mund verzog, fand Schwemmer ziemlich bedrohlich, und er hoffte, dass Kant davon ebenso beeindruckt war wie er, war aber nicht sehr optimistisch, was das anging.

Kant sah sich in der Pizzeria um. »Haben Sie schon bestellt?«, fragte er und, als Schwemmer nickte: »Können Sie etwas empfehlen?«

»Einen Stern haben die hier nicht«, sagte Burgl.

»Sie schätzen mich falsch ein. Gegen gute Hausmannskost, gerade italienische, habe ich nichts einzuwenden. Es gibt da eine Pizzeria in Düsseldorf-Bilk, in der ich seit vielen Jahren Stammgast bin. Sehr empfehlenswert.«

»Ja dann …« Schwemmer winkte Josefina heran, der es für Momente tatsächlich gelang, Kants Miene leicht anzutauen. Josefina konnte jedem Gast, sogar diesem Kant, das Gefühl vermitteln, dass sie nur darauf gewartet hatte, ihn endlich begrüßen zu dürfen, was Schwemmer für eine hohe Kunst hielt. Nebenbei war Josefina mit ihrer energischen Haltung, dem winzigen Silberblick und den wilden schwarzen Locken für ihn die zweitsexyste Frau in Garmisch-Partenkirchen, was er aber der sexysten, mit der er immerhin verheiratet war, noch nicht erzählt hatte, vorsichtshalber. Kant orderte Mineralwasser ohne Eis und Zitrone. Burgl deutete auf ihre Flasche San Pellegrino.

»Bring einfach noch ein Glas, bitte«, sagte sie.

Josefina empfahl auf Kants Frage hin Tagliatelle mit Scampi und Rucola, nahm, als er nicht sofort widersprach, diese Empfehlung als Bestellung und eilte davon. Der Blick, mit dem Kant ihr hinterhersah, ließ Schwemmer vermuten, dass sie ihn ähnlich beeindruckte wie ihn.

»Zur Sache, Herr Kant. Was wollen Sie hier?«, fragte Burgl.

»Nun, ich war unterwegs zu einem völlig anderen Restaurant, das mir das Hotel empfohlen hatte, das Luce d'Oro im Schloss Elmau – das sagt Ihnen etwas, nehme ich an?«

»Jetzt reden Sie nicht so daher«, blaffte Burgl. »*Das sagt Ihnen was.* Wo sind wir denn hier?«

Kant neigte entschuldigend das Haupt. »Bitte verzeihen Sie. Ich wollte niemandem zu nahe treten.«

Als Antwort erhielt er ein unwilliges Brummen von Frau Schwemmer.

»Wie dem auch sei, auf der Bundesstraße 2 wurde ich angehalten von einem ziemlich übergewichtigen und, wie ich sagen muss, ausgesprochen unangenehmen Menschen, der sich mir als Kriminalhauptkommissar Grellmayer vom Bayerischen Landeskriminalamt vorstellte. Sie kennen den Herrn?«, fragte er, als er Burgls unverhohlen angeekeltes Gesicht sah.

»In der Tat«, sagte Schwemmer.

»Er wusste, wer ich bin und dass ich nach Marshall Stevens suche. Und er hat mich aufgefordert, ihm meine Ergebnisse mitzuteilen, was ich höflich abgelehnt habe. Mir will scheinen, da existiert ein recht kurzer Draht zwischen der Nürnberger Halbwelt und dem LKA.«

»Da könnten Sie richtigliegen«, sagte Schwemmer.

»Möglicherweise haben Sie da einige unangenehme Parteien auf Ihren Fersen: die Familie Parashvili und einen korrupten Bullen.«

»Und einen Düsseldorfer Privatdetektiv«, sagte Burgl.

»Aber der ist Ihnen doch hoffentlich nicht unangenehm, Frau Schwemmer.«

Zu Schwemmers Verwunderung lächelte Kant tatsächlich dazu, was an Burgl aber abzutropfen schien.

Josefina brachte das Wasserglas. Schwemmer wartete, bis sie wieder fort war.

»Um jemanden auf den Fersen zu haben, müsste man wegrennen.«

Kant schenkte sich ein. »Darüber sollten Sie vielleicht nachdenken.« Sein Lächeln war bereits wieder verschwunden. »Ich würde Ihnen dazu raten. Sie sollten nicht hierbleiben. Jemand, der so dreist agiert wie dieser Grellmayer, kann wirklich gefährlich werden.«

»Das ist er auch«, sagte Schwemmer. »Ohne ihn würden die beiden jungen Unterwexlers wahrscheinlich noch leben.«

»Das klingt, als wüssten Sie, was mit Reagan Unterwexler passiert ist.«

Kants Lächeln fing an, Schwemmer auf die Nerven zu gehen. »Ach, hören Sie doch auf ...«

Kant nippte an seinem Wasser und stellte das Glas mit spitzen Fingern wieder ab, auf eine Art, die Schwemmer ziemlich albern fand. »Sie haben ja heute Nachmittag schon ziemlich deutlich eine Vorleistung verlangt, was Vertrauen angeht. Nun gut, vielleicht zu Recht, sei's drum ... Die Information über das Geld stammt von meiner Auftraggeberin, der Verlobten der vermissten Person.«

»Marshall Stevens war verlobt? Im Ernst?«

Kant beugte sich ein wenig vor. Er sprach sehr leise. »Ich suche nicht nach Marshall Stevens.«

»Sondern?«, fragte Burgl beherrscht.

»Ich suche nach Mario Pawlak.«

»Wer zum Teufel soll *das* sein?«

»Er war Stevens' Chauffeur und, wie ich vermute, auch sein Leibwächter.«

»Und wieso suchen Sie *den*?«, fragte Burgl.

»Ich könnte mir vorstellen«, sagte Schwemmer, »dass seine Verlobte auf die Lebensversicherung hofft.«

»Das ist in der Tat denkbar«, sagte Kant.

»Und die beiden werden ziemlich eng gewesen sein. Wahrscheinlich haben sie häufig telefoniert. Und dabei hat er ihr erzählt, dass sein Chef eine Menge Geld dabeihat.«

»Ich bin beeindruckt«, sagte Kant.

»So was fällt mir immer noch leichter als putten«, sagte Schwemmer. »Und Sie haben behauptet, nach Stevens zu suchen, weil das mehr Aufregung macht.«

»So ist es. Das Konzept ist ja auch aufgegangen. Zumal, da bin ich mir sehr sicher: Wo auch immer Stevens sich befindet, kann Mario Pawlak nicht weit entfernt sein. Im Übrigen glaube ich, dass Sie beide ihn sogar flüchtig kennengelert haben.«

»Ach ja?«

»Ich habe eine Theorie, was den Ablauf des Tages nach Unterwexlers misslungener Feierlichkeit angeht. Marshall Stevens, in Begleitung seines Leibwächters Mario, suchte die Familie Unterwexler in ihrem hiesigen Haus auf, um ihnen ein Übernahmeangebot für ihre Firmen zu unterbreiten. Es kam, aus Gründen, die ich noch nicht kenne, zu einer Auseinandersetzung, bei der mehrere Schüsse abgefeuert wurden. Höchstwahrscheinlich kamen Stevens und auch Pawlak dabei ums Leben. Ebenso höchstwahrscheinlich waren *Sie* dabei anwesend.«

»Ich nehme an, es spielt keine Rolle, was ich dazu sage?«, fragte Schwemmer.

»Nicht, solange Sie es abstreiten. Ihre Gattin war übrigens ebenfalls dort.«

»Wie bitte? Und was hatte sie da zu suchen?«

»Ich muss einräumen, dass mir der Grund dafür ein Rätsel ist.«

»Das kann von mir aus auch so bleiben«, sagte Schwemmer.

»Darf ich fragen, wie Sie darauf kommen, dass wir uns gleich beide an einer Schießerei beteiligt haben?«, fragte Burgl.

»Dass Sie beteiligt waren, will ich nicht behaupten. Nur dass Sie im Haus waren.«

»Und was macht Sie da so sicher?«

Kant stützte die Ellbogen auf den Tisch und presste die Handflächen aufeinander. Ein paar Sekunden sah er nachdenklich zur Decke.

»Ich kann Ihnen von mir aus ein wenig entgegenkommen«, sagte er, aber er wurde unterbrochen. Eine schwere Hand patschte Schwemmer auf die Schulter.

»Ja, servus! Der Schwemmer Hausl!«

Schwemmer fuhr herum. »Der Gamm Wastl«, entgegnete er. »Servus.«

Sie hatten vor Jahrzehnten zusammen beim 1. FC gespielt, und der Wastl würde ihm nie die Vorlage zu seinem Last-Minute-Siegtor bei der Pokalsensation gegen Jahn Regensburg vergessen. War auch wirklich eine Traumflanke gewesen, aber ansonsten verband Schwemmer rein gar nichts mit dem Mann.

»Bist öfter hier?«, fragte Wastl in seinem dröhnenden Bariton.

»Ja, doch, gelegentlich ...«

»I frei mi immer, wenn i di seh. Des warn Zeiten damois!«

»Ja mei«, sagte Schwemmer.

»War a Super-Rechtsaußen, der Balthasar. A Flankengott ...«

Das höfliche Schweigen seiner Zuhörer drang langsam zu Wastl durch, und er verabschiedete sich mit einem kräftigen »Mia sehn uns« in Richtung Toilette.

»Vielleicht sollten wir ein anderes Mal weiterreden«, sagte Kant.

»Kommt nicht in Frage«, sagte Burgl. »Sie wollten uns gerade erzählen, wo Sie Ihre Infos herhaben.«

Kant sah sich um, bevor er leise weitersprach. »Es gibt eine Person, die Schüsse aus dem Haus gehört hat und drei Personen hat weggehen sehen, zu Fuß. Ich habe dieser Person Fotos vorgelegt, und sie hat auf Sie beide gedeutet. Und auf eine Dame mit Namen Karin Zettel. Aber schauen Sie, da kommt Ihr Essen ...«

SECHS

Schwemmer legte die Tür auf die beiden Böcke unter dem Vordach. Es regnete noch, aber der Wind hatte nachgelassen, sodass er hier im Trockenen arbeiten konnte. Mit Bleistift und Anschlagwinkel zog er eine präzise Parallele zum unteren Rand auf das Türblatt. Mit dem Zollstock kontrollierte er noch einmal den Abstand zum Rand, dann schleppte er den Benzingenerator aus der Abstellkammer an der Seite der Hütte heran. Für Sachen wie Laptop, Ladegeräte oder ein paar Stunden Fernsehen reichte der Batteriepuffer der Solaranlage aus, aber eine Anderthalb-Kilowatt-Kreissäge wollte er ihm nicht zumuten.

Burgl war bei ihrem Grafiker, um die letzten Feinheiten des Katalogs zu besprechen, so hatte er die Gelegenheit genutzt und war rauf zur Hütte gefahren. Das Essen mit Herrn Kant bei Josefina war in einer angespannten Atmosphäre zu Ende gegangen, und sie hatten in der Nacht noch lange daheim in der Küche gesessen. Kant hatte ihnen geraten, das Land zu verlassen, und es war nicht so, dass sie darüber noch nicht nachgedacht hatten.

Aber er wusste, dass er in einem anderen Land nicht glücklich werden würde, nicht wirklich. Eigentlich war ihm Ingolstadt schon zu weit weg gewesen. Und auch wenn ihn mit dem Gamm Wastl nicht viel verband, so war der doch ein Teil seiner Lebensgeschichte. Es war auch wirklich eine sagenhafte Flanke gewesen, und wenn sein Innenmeniskus nicht gerissen wäre, damals, bei dem Spiel gegen Geretsried, wer weiß, ein paar Ligen höher hätte er schon spielen können. Burgl würde es vielleicht mögen, in einem anderen Land leben, am Meer, im Warmen, aber sie kannte ihn zu gut, als dass sie das von ihm verlangen würde.

Der Hund kam näher und beschnüffelte den Generator neugierig.

»Jetzt wird's a bisserl laut, Kuno«, sagte Schwemmer.

Der Generator reagierte anfangs eher widerwillig auf Schwemmers Startversuche, aber er sprang an. Der Viertakter dröhnte in die Stille der Berge hinaus, und Kuno verschwand beleidigt im Haus. Schwemmer setzte die Plastikschutzbrille auf, schloss die Säge an und hob sie auf die Tür. Mit einem entschlossenen Nicken startete er die Säge und schnitt den Strich entlang, der Lärm multiplizierte sich.

»Ja, sakra!«

Die Säge tat sich schwer, das Holz war massiver, als er erwartet hatte. Schwemmer setzte ein paarmal ab und wieder an, es dauerte eine gefühlte Ewigkeit, bis der abgesägte Holzstreifen zu Boden fiel. Mit einem erleichterten »Herrschaftszeiten« legte er die Säge auf dem Boden der Veranda ab. Als er den Generator ausschaltete, bemerkte er im Augenwinkel eine Bewegung auf der Zufahrt. Unten auf dem Weg vom Tal her parkte ein schwarzer BMW X6. Kuno kam aus der Tür geschossen und rannte knurrend auf den Mann zu, der durch den Regen die Zufahrt heraufkam.

»Ja, so was passiert halt, wenn man zu bequem ist, die Schranke hinter sich abzuschließen«, sagte Schwemmer halblaut, als er den Mann erkannte. Kuno stand einen halben Meter vor dem blonden Koloss und verbellte ihn.

»Kuno, stad«, rief Schwemmer. Kuno stellte merklich widerwillig sein Bellen ein, blieb aber stehen, wo er war. Straff, die Ohren aufgestellt, musterte er leise knurrend den ungebetenen Besucher.

»Servus, Balthasar«, rief Grellmayer ihm zu und grinste feist.

Schwemmer straffte sich und trat an den Rand der Veranda. »Ich kann mich nicht erinnern, dass wir uns jemals geduzt hätten, Herr Kriminalhauptkommissar.«

»Oh, Verzeihung, ich dachte, wo wir nicht mehr dienstlich miteinander umgehen …« Er wollte auf ihn zugehen, aber Kuno knurrte heftig, die Lefzen gehoben.

Grellmayers Grinsen verschwand. »Beißt der?« Er steckte die Hände in die Manteltaschen, schien aber nicht allzu sehr beeindruckt.

»Kann vorkommen«, sagte Schwemmer. »Er hat wohl nicht gehört, dass ich Sie auf mein Grundstück gebeten habe. Und Sie haben das auch nicht gehört. Wahrscheinlich weil ich's nicht gesagt hab.«

Grellmayer deutete auf Kuno. »Kuno … das oide Viech vom Machmann, von der Hundestaffel?«

»Ja. Ein Ex-Polizist. Da samma schon zwei.«

Grellmayer stieß etwas aus, das man mit gutem Willen für ein Lachen halten konnte. »Aber der verdient bestimmt nicht so gut wie du.« Er deutete nach oben. »Ist am Regnen.«

»Das seh ich. Und was sollte das ändern?«

Grellmayer starrte ihn ein paar Sekunden an, dann zog er die Hände aus den Taschen und schlug den Mantelkragen hoch.

Wenn er jetzt noch einen Hut aufhätte, dachte Schwemmer, sähe er so eklig aus wie Orson Welles in »Im Zeichen des Bösen«. Er war zwar nicht ganz so fett wie Captain Quinlan, noch nicht, aber, und das wusste Schwemmer nur zu gut: Er war genauso gern bereit, seine Körpermasse bei brutaler Gewaltanwendung auszuspielen.

Kuno folgte aufmerksam jeder Bewegung des Mannes. Sprungbereit belauerte er ihn, als warte er nur auf eine Gelegenheit, anzugreifen.

»Aus«, sagte Grellmayer böse.

»Sie haben es wohl nicht so mit Hunden?«, fragte Schwemmer.

»Ich komm schon ganz gut zurecht, im Allgemeinen.« Grellmayer lupfte seinen linken Mantelaufschlag. In seinem Schulterholster steckte eine Halbautomatik.

»Ist das das Niveau, auf dem die Unterhaltung laufen soll?«, fragte Schwemmer.

»Wie das Niveau ist, ist mir gleich, Hauptsache, einer ist drauf.« Grellmayer grinste wieder sein ekliges Grinsen.

»Was wollen Sie eigentlich?«, fragte Schwemmer. »Ist es dienstlich?«

»Nur ein bisserl.«

»Da bin ich ja gespannt …«

»Ich würd das lieber drinnen besprechen. Dann muss man nicht so durch den Wald brüllen, was man zu sagen hat. Und trockener wär's auch.«

Schwemmer zögerte, aber dann sagte er: »Lassen Sie die Waffe im Auto. Hinter der Windschutzscheibe, so, dass ich sie sehen kann.«

Grellmayer stapfte den Weg wieder hinunter. Er öffnete die Beifahrertür und tat, was Schwemmer ihn geheißen hatte.

»Bei Fuß«, sagte Schwemmer, als Grellmayer die Zufahrt wieder heraufkam. Kuno trabte auf ihn zu und blieb neben ihm stehen, immer leise knurrend.

Als Grellmayer die Veranda erreichte, deutete Schwemmer auf die alte Holzbank unter dem Küchenfenster. »Das muss reichen. Drinnen renovier ich grad.«

»Schad, hätt ich mir gern mal angeschaut, das Chalet.« Mit einem Ächzen ließ er sich auf der Bank nieder.

Schwemmer blieb an eine der Stützen des Vordachs gelehnt stehen. Kuno stand neben ihm und verfolgte jede Bewegung des wuchtigen Mannes.

»Also?«, fragte Schwemmer.

»Die Sache in der Klarweinstraße, die Schießerei da bei der Party. Sie erinnern sich …«

»Natürlich. Und?«

»Da scheint noch mehr gewesen zu sein.«

Schwemmer zuckte die Achseln. »Der Fall war schon nicht mehr meiner, als das passierte. Und jetzt ist er das erst recht nicht mehr.«

»Interessiert Sie also nicht?«

»Klares Nein.«

Grellmayer nickte verstehend. Er wühlte in seiner Manteltasche und zog eine zerdrückte Packung John Players hervor.

»Stört's, wenn ich rauche?«

»Da können Sie aber einen drauf lassen«, sagte Schwemmer.

Grellmayers Ausdruck changierte, aber er fing sich und steckte die Packung wieder ein. »Na schön. Nicht Ihr Fall. Ein Ex-Polizist. Mit einem Ex-Polizeihund. Ja mei. Hätt mich scho intressiert, Ihre Meinung.«

»Wollt ihr den Fall wieder aufrollen?«, fragte Schwemmer.

Grellmayer zog die Nase hoch. »Könnt schon passieren, aber … bis dahin ist das erst mal meine Privatsache.«

Kuno ließ weiter sein leises Knurren hören. Schwemmer kraulte ihn im Nacken. »Privatsache. So wie damals die Privatsache zwischen Ihnen und Gunther Unterwexler.«

Grellmayer räusperte sich angewidert. »Was glauben Sie denn da beweisen zu können?«

»Mir reicht glauben«, sagte Schwemmer. »Ich bin ja nicht mehr bei der Polizei. Ich muss nichts mehr beweisen. Das hat was.«

»Schwemmer, weißt was? Du bist immer noch derselbe arrogante Arsch, der du schon immer warst.«

»Auch das hat was«, sagte Schwemmer. »Sie waren auf Gunthers Lohnliste. Sie waren das Leck in der Inspektion. Sie haben ihn mit allem versorgt, was er über uns wissen wollte. Nein, ich kann das nicht beweisen. Brauch ich auch nicht, ich weiß es.«

»Versteh schon. Ex-Polizist.«

»Mit einem Ex-Polizeihund, ja. Und ich weiß auch, wer den Drogenkoch in dem Stadel umgelegt hat. Und wer die zwanzig Kilo Meth hat mitgehn lassen. Der Mann sitzt direkt vor mir.«

Grellmayer hustete ein verächtliches Lachen hervor und unterstrich es mit einer wegwerfenden Geste.

»Wär schön, wenn wir mal zum Punkt kämen«, sagte Schwemmer. »Ich hab da drinnen zu tun.«

»Gut. Wie Sie mögen. Eine unsrer Quellen hat gehört, da wär's am nächsten Morgen weitergegangen, mit der Schießerei.«

»Was für eine Quelle ist das denn?«

»Das braucht Sie nicht zu interessieren. Mir ist sie gut genug.«

Schwemmer lachte. Grellmayers Laune hob das nicht.

»Marshall Stevens. Schon mal gehört von dem?«

»Nein«, sagte Schwemmer.

»Ein Waffenschieber aus Frankfurt. Der war in Garmisch damals, beim Unterwexler, und ist verschwunden seitdem. Zusammen mit a paar Millionen Dollar.«

»Sagt Ihre Quelle?«

Grellmayer nickte.

»Grellmayer, warum erzählen Sie mir das? Ich mein, Sie kommen hier den Berg hoch, in diesem …«, Schwemmer wies auf den X6, »… Ding, um mir *was* zu erzählen?«

Grellmayer schloss die Augen und atmete tragisch ein und aus.

»Herrschaftszeiten, Sie machen's eim wirklich nicht leicht, Herr Ex-Polizist«, sagte er, die Augen weiter geschlossen. »Sie warn doch auf der Party beim Unterwexler, nicht wahr, als sie den Gunther derschossn haben.«

»Ist ja kein Geheimnis«, sagte Schwemmer. »Steht alles in den Protokollen. Ich war privat da.«

»Privat?«

»Sie sind doch auch privat hier.«

Grellmayer öffnete die Augen wieder und sah Schwemmer direkt an. »Dann zählen wir mal ein paar Sachen zusam: Der Waffenschieber aus Frankfurt? Weg. Des Geld? Weg. Die Unterwexlers in Nürnberg? Am Arsch die Ellie, nicht mehr viel da von der Herrlichkeit. Aber der Schwemmer in Garmisch, der ist noch da. Der war dran an dem Fall. War sogar auf der Party. Und ein paar Tage drauf schmeißt der den Job hin, der Schwemmer, und ist stinkreich, auf einmal.«

Schwemmer sah sich demonstrativ zur Hütte um. »Stinkreich? Wegen dem da?«

»Ah geh, ist doch nicht nur die Hüttn. Neues Auto, Golf spielen, für die Frau eine Galerie … Und wann arbeitest eigentlich mal? Dem Schwemmer, dem scheint die Sonn aus dem Arsch, sag ich.«

»Und was soll das jetzt heißen? Dass *ich* das Geld genommen habe?«

»Denkbar, find ich.«

»So? Ich find die Herleitung arg dünn.«

»Das mag schon sein. Aber ich bin a privat hier. I muss nix beweisen. I muss nur glauben. Das hat was.« Er lachte.

»Und wie geht das jetzt weiter?«, fragte Schwemmer. »Wollen Sie mich ausrauben?«

»Könnt schon sein. Bevor's ein anderer macht.«

»Und wer sollte das sein?«

Grellmayer streckte sich auf der Bank zurück und kratzte sich am Bauch. »Weiß ich nicht, aber ein paar Millionen, die wird schon wer vermissen.«

Schwemmer schüttelte den Kopf. »Sie arbeiten doch in München. Da gibt's an jeder zweiten Ecke einen, der ein paar Millionen hat. Warum fragen Sie nicht einen von denen?«

Grellmayer legte beide Arme auf die Rückenlehne der Bank

und lachte mit zurückgelegtem Kopf. »Ja, was glaubst denn? Der würd doch die Polizei rufen. Das würdest du nicht tun.« »Wenn ich die Millionen hätte, nicht. Aber ich hab sie nicht. Also tu ich's doch.«

Grellmayer zog ordinär die Nase hoch. »Vielleicht lass ich es darauf ankommen.« Mit einem Ächzen stand er auf und grinste Schwemmer an. »Schaun mer mal. Pfüati. Wir sehn uns … Und du bist stad!«, sagte er mit einer drohenden Geste zu Kuno, bevor er durch den Regen hinunter zu seinem Auto ging.

An die Stütze des Vordachs gelehnt sah Schwemmer zu, wie Grellmayer den Wagen recht mühselig in der schlammigen Zufahrt wendete und dann den Weg ins Tal hinunterrollte.

»Der hat uns grad gefehlt, was?«, sagte er zu Kuno.

Er holte das Schleifpapier aus seinem Werkzeugkoffer und begann, die abgesägte Tür von Splittern zu befreien. Der Rand der nicht mehr sehr ansehnlichen weißen Lackschicht löste sich dabei plackenweise und gab das schöne, helle Holz frei. Er hielt inne. Allein mit dem Fingernagel konnte er weitere Placken der Farbe ablösen, und er fällte die Entscheidung, den Lack komplett zu entfernen. Mit einem Spachtel begann er, die Farbe abzukratzen. Einigermaßen verbissen arbeitete er vor sich hin.

Er hatte keine Ahnung, was Grellmayer vorhatte, und das beunruhigte ihn mehr, als ihm recht war. Dass der quasi zeitgleich mit diesem Kant auftauchte, machte die Sache einigermaßen alarmierend. Allzu viele Handlungsoptionen waren nicht in Sicht, und das war etwas, das ihm noch nie gefallen hatte. Halbherzig polkte er noch ein wenig an dem alten Lack herum. Schließlich warf er den Spachtel in den Werkzeugkoffer, wo seine Landung ein heftiges Scheppern verursachte. Kuno streckte den Kopf aus der Tür und sah ihn fragend an.

»Wird nix mit unserer Übernachtung hier, mein Alter«, sagte er. »Wir fahren wieder runter.«

Auerer kam Schafmann auf dem Flur im ersten Stock entgegen. Er sah sich um, bevor er sprach. Eine uniformierte Kollegin kam aus der Damentoilette und grüßte höflich, als sie an ihnen vorbeiging. Schafmann winkte ihn hinter sich her in sein Büro. Auerer schloss die Tür und lehnte sich dagegen.

»Hat Hessmann dich noch nicht erwischt?«, fragte er, während Schafmann seinen Mantel aufhängte.

»Hat ihm wohl noch niemand gesteckt, dass ich da bin. Offiziell weiß ich noch gar nichts von meiner Beurlaubung.«

»Wahrscheinlich traut er sich nicht.«

»Gut möglich. Dann müsste er mir ja auch sein Beileid aussprechen. Und er ahnt wahrscheinlich, was ich ihm dazu sagen würde.«

»Ich hab diesen Lars überprüft«, sagte Auerer. »Müller heißt der mit Nachnamen. Wohnt in Partenkirchen bei seinen Eltern, scheint sich aber abgesetzt zu haben. Ich hab für sein Handy eine Abfrage des Bewegungsprofils gestartet. Er oder das Handy zumindest befindet sich in Schongau. Bewegt wurde es heute noch nicht.«

»Ich dank dir. Aber wenn Eckler oder Grellmayer das auffällt, schalten die die Überwachung sofort wieder ab.«

»Die merken das nicht. Ich habe eine neue Ermittlungsakte angelegt, unter ›Müller, L.‹. Da wird keiner reinschauen.«

»Gut«, sagte Schafmann und ließ sich in seinen Schreibtischstuhl sinken.

»Wie geht es euch?«, fragte Auerer.

»Ich weiß es nicht. Bärbel ist tapfer, aber ich sorg mich um die beiden Kleinen. Wer weiß, wie das wird, wenn Felix wieder zur Schule muss.«

»Hast du mitgekriegt, was gestern in Kaltenbrunn los war?«

»Nichts Genaues. Im Radio haben sie was gesagt.«

»Da haben sich die Nazis und die Linken geprügelt. Beim Haus vom Schloderer. Da waren insgesamt bestimmt dreihundert Leute, davon drei oder vier Dutzend gewaltbereite, angereist aus halb Deutschland. Nazis und Hooligans gegen den schwarzen Block. An dem Haus gibt's kaum noch eine intakte Fensterscheibe. Das war was für Grellmayer. Der wusste genau, was passieren würde, und hat das erst in Ruhe eskalieren lassen, bevor er die Bereitschaft da hingeschickt hat. Dann aber mit großem Auftritt. Sogar die Bundesstraße haben sie gesperrt. Komischerweise waren die meisten von den Nazis schon weg, als die Kollegen ankamen. Also haben sie die Linken mitgenommen, die sie noch kriegen konnten. Neun Männer, zwei Frauen. Sitzen in U-Haft.«

Es klopfte. Auerer trat von der Tür weg. Es war Dräger.

»Schon gehört?«, fragte er, ohne vorher zu grüßen.

»Was?«, fragte Schafmann zurück.

»Grad hat Hansen aus der JVA angerufen. Den Lkw-Fahrer haben sie tot in seiner Zelle aufgefunden. Erhängt.«

Schafmann spürte eine tödliche Kälte vom Nacken aus Rücken und Arme hinunterlaufen.

»Mein Gott«, sagte Auerer. »Der konnt doch nun am wenigsten dafür ...«

Schafmann öffnete den Mund, aber er wusste nicht, was er sagen sollte.

»Der Mann war Familienvater«, sagte Dräger. »Der lässt Frau und Kinder unversorgt zurück. Vor was hatte der Angst? Hatte der überhaupt schon einen Anwalt?«

»Nein«, sagte Auerer. »Wer hat ihn gefunden?«

»Irgendein Schließer.«

»Der Mann ...« Schafmann musste sich räuspern, um seine Stimme unter Kontrolle zu bringen. »Der Mann, dieser Korkmaz, der hat mir gesagt, er habe Grellmayer gesehen, da in Kaltenbrunn, in der Nacht, unmittelbar nach dem Unfall. Noch bevor er aussteigen konnte, war der schon da. Der war schon vor Ort, als alles passierte.«

»*Das* hat der gesagt? Dir?«

»Ich war im Krankenhaus, in der Nacht noch.«

»Der Grellmayer persönlich hat den gestern verhört. Das wird der da doch nicht ausgesagt haben. So blöd wird der nicht gewesen sein.«

»*Ich* hab's dem Grellmayer gesagt. Gestern Morgen.« Schafmann rieb sich den Nacken.

Dräger und Auerer sahen sich an.

»Was soll der Grellmayer da gewollt haben, in Kaltenbrunn?«, fragte Dräger.

»Der Kuczinsky war auch da«, sagte Auerer. »Der ist in die Radarfalle an der B 2 geraten, unmittelbar nach dem Unfall.« Dräger zog sich einen Stuhl heran und ließ sich hineinsinken. »Euch ist schon klar, was ihr da sagt?«, fragte er.

Schafmann schwieg. Es bedeutete, dass er nach seinem Sohn nun auch Erdal Korkmaz auf dem Gewissen hatte.

»Was sollen wir tun?«, fragte Dräger.

»Mach deinen Job«, sagte Schafmann. »Sichere die Spuren in der Zelle. Und zwar so gründlich wie möglich. Und finde raus, wer Zugang zu ihm hatte. Wenn wir das dem Eckler überlassen, weiß ich jetzt schon, was dabei rauskommt.«

»Ich hab zwei gute Leute vor Ort in der Burgstraße. Aber wenn du willst, fahr ich selber rüber.«

»Tu das bitte.«

»Egal, was ich finde, es wird nicht reichen.«

»Für eine Anklage nicht, nein. Aber wir brauchen Klarheit«, sagte Schafmann.

»Okay«, sagte Dräger und verschwand aus der Tür.

»Vielleicht«, sagte Schafmann, »sollten wir uns um Lars Müller auch Sorgen machen.«

»Wir könnten ihn anrufen«, sagte Auerer.

»Dann schaltet er das Handy aus, und wir verlieren die Spur ganz.«

»Mit den Eltern sollten wir sprechen.«

»Ja«, sagte Schafmann. »Mach das. Aber wenn du mit den Eltern von Fabian Schafmann sprechen würdest – die könnten dir auch nichts erzählen über ihren Sohn.«

»Herrschaftszeiten«, sagte Burgl. Sie saßen im Büro der Galerie auf den beiden Klappstühlen.

»Es wird auf eine Art Schutzgelderpressung rauslaufen«, sagte Schwemmer. »Es könnte richtig gefährlich werden. Auch für dich.«

»Wir könnten ihm was anbieten.«

»Das wäre das Falscheste überhaupt. Dann wäre er sich sicher, und er würde nicht aufhören, bis er alles hat, was er will. Und danach würde er die Zeugen beseitigen.«

Burgl bückte sich nach ihrer Handtasche, zog ihr Handy hervor, wählte und schaltete den Lautsprecher ein.

»Kant, guten Tag, Frau Schwemmer. Was kann ich für Sie tun?«

Schwemmer sah seine Frau verständnislos an.

»Grüß Gott, Herr Kant. Wenn ich Sie verpflichten wollte, was würde das kosten?«, fragte sie.

»*Wie* bitte?«, fragte Schwemmer.

»Darüber würde ich ungern am Telefon verhandeln«, sagte Kant. »Dass ich nicht billig bin, ist Ihnen ja klar. Es kommt auch immer auf den Fall an.«

»Nennen Sie mal eine Hausnummer«, sagte Burgl.

Schwemmer schüttelte stumm den Kopf.

»Dreieinhalbtausend. Netto, ohne Extras.«

»Pro Tag?«

»Das ist mein Basistarif.«

Burgl nickte nachdenklich.

»Darf ich da mitentscheiden?«, fragte Schwemmer.

»Natürlich darfst du das«, sagte sie ernst. »Ich hab ja nur nach dem Preis gefragt.«

»Vielleicht sollten wir uns treffen«, sagte Kant. »Ich würde mir sehr gern einmal Ihre Galerie ansehen, da könnten wir das Angenehme mit dem Geschäftlichen verbinden.«

»Wann?«

»Ich könnte gegen neunzehn Uhr da sein.«

»Gut, wir sind hier.« Sie beendete das Gespräch.

»Was hast du vor?«, fragte Schwemmer.

»Dieser Herr Kant hat Möglichkeiten.«

Schwemmer kratzte sich hinter dem Ohrläppchen. »Da hast du natürlich recht«, sagte er. »Aber mit ihm hat der Ärger erst angefangen.«

»Ja. Weil er seinen Job gemacht hat. Auf seine Art. Ich denke, er ist gut.«

»Er ist gut. Kein Zweifel. Er geht mir auf die Nerven, aber er ist gut.« Immer noch kratzte Schwemmer sich am Ohr. Sie hatte recht, mal wieder. Kant war gut. Und gute Leute waren auf der eigenen Seite besser als auf der anderen.

»Man könnte versuchen, Grellmayers Kontakt zu Parashvili öffentlich zu machen«, sagte Burgl.

»Der kann sich immer über seine V-Mann-Schiene rausreden«, sagte Schwemmer. »Egal, was du ihm nachweist.«

»Ungewöhnliche Situationen«, sagte Burgl, »erfordern ungewöhnliche Maßnahmen. Vielleicht fällt Herrn Kant ja was ein.«

»Werner …« Frau Fuchs stand in der Bürotür, eine Thermoskanne und zwei Kaffeebecher in der Hand.

So, wie sie ihn ansah, musste er grauenhaft aussehen. Seit Auerer und Dräger aus dem Büro waren, hatte er hinter seinem Schreibtisch gesessen und vor sich hin gestarrt. Er hatte nichts gedacht, schon gar nichts reflektiert, er hatte dagesessen und gestarrt, irgendwohin. Sie brauchten ihn. Sie brauchten ihn. Die Kinder und Bärbel, sie brauchten ihn, und es war seine verdammte Aufgabe, bei ihnen zu sein, aber er hatte nur dagesessen und gestarrt und war nirgendwo gewesen, bei niemandem, am allerwenigsten bei sich selbst.

»Füchschen …«, sagte er und zog seine Mundwinkel nach oben. »Kaffee, wie schön.«

Sie stellte Kanne und Tassen auf seinem Schreibtisch ab. Immerhin versuchte sie nicht, ihn zu umarmen, wie gestern, aber der mütterliche, besorgte Blick, mit dem sie ihn musterte, war beinahe noch schwerer zu ertragen.

»Ich weiß«, sagte er. »Ich müsste.«

Zu seiner Erleichterung schien sie zu verstehen. Sie drehte die Kanne auf und schenkte ihm Kaffee ein, einfach so, ohne weiter etwas zu sagen, ohne zweite Ebene, einfach nur Kaffee, für ihn, und er nahm ihr den Becher dankbar aus der Hand.

»Ich weiß«, sagte er wieder, und für eine kurze, sanfte Zeit saßen sie schweigend zusammen; die Sekunden zählte er nicht.

»Der Fahrer«, sagte Füchschen und trank aus ihrer Tasse, als wollte sie verhindern, weitersprechen zu müssen.

Schafmann sah sie nicht an. Der Kaffee in seinem Becher roch bitter. »Was ist mit dem Fahrer?«

Sie sah zur Tür. Dann, wütend entschlossen, sah sie wieder ihn an. »Siehst du das?« Ihr ausgestreckter Arm deutete zu Tür. »Da schau ich hin, bevor ich was sag. Alle gucken zur Tür, vorher. Und keiner von uns sagt was oder macht was! Alle haben wir Angst. Vor was eigentlich? Warum hat der Mann sich aufgehängt? Kannst du mir das sagen? Ein Familienvater?«

Er sah schweigend zu Boden.

»Ein Familienvater! Drei Kinder hat der Mann, das jüngste keine vier Jahre alt. Und der hängt sich auf, einfach so, ohne Abschiedsbrief? Glaubst das?«

»Bitte …«, sagte er schwach.

»Gut, er hatte was getrunken. Natürlich hätten sie ihn eingesperrt, vielleicht sogar ein paar Jahre, aber –«

»Jetzt hör auf, bitte.«

Sie nahm einen entschlossenen Schluck aus ihrem Becher. »Weißt du, was ich will? Zu den Guten gehören. Das will ich wieder.«

Kant sah sich interessiert in den Ausstellungsräumen um.

»Eine sehr gute Farbauswahl. Schön matt«, sagte er. »Das Lichtsystem überzeugt auch. Wo werden Sie den Feldmann hinhängen?«

»Dort links, denke ich«, sagte Burgl.

Er entdeckte Geoffreys Bild und beugte sich interessiert vor.

»Das«, sagte er, »ist klasse. Wer ist das?«

»Geoffrey Pecksniff heißt der Mann. Ateliernachbar von Oleg.«

Immer noch vorgebeugt sah Kant sie von der Seite an.

»Geoffrey? Der Hausmeister?«

»Genau der.«

»Ein sehr sympathischer Bursche. Arbeitet gelegentlich für mich. Künstlerisch kannte ich ihn bisher allerdings nur als eher durchschnittlichen Gitarrenspieler. Dass er malt, ist mir neu …«

»Leider ist das das einzige Bild, das er rausgerückt hat.«

»Oh … Dann haben Sie also keinen neuen Künstler, den Sie repräsentieren?«

»Bisher leider nicht. Außer diesem einen Bild.«

»Das ist sehr schade … Aber Kunstgespräche sind ja nicht der Grund unseres Hierseins.«

»In der Tat.«

Burgl wies auf das Büro, in dem immer noch nur zwei Klappstühle standen.

Sie und Kant nahmen Platz, Schwemmer lehnte sich mit verschränkten Armen an den Türrahmen.

»Also dreieinhalbtausend pro Tag«, sagte er. »Ohne Extras.«

Kant verschränkte ebenfalls die Arme und legte den Kopf zur Seite. »Netto«, sagte er. »Aber mir scheint das kein guter Einstieg in ein konstruktives Gespräch.«

Burgl sagte nichts, aber ihr Blick bedeutete Schwemmer, dass er Gefahr lief, in die Minderheit zu geraten.

»Wie aber bereits am Telefon gesagt«, sagte Kant, »das ist der unterste Basistarif und gilt für absolut legale und gefahrlose Aufträge. Ich ahne allerdings, dass Sie etwas anderes benötigen.«

»Da haben Sie leider recht«, sagte Burgl.

»Es scheint seit unserem gestrigen Gespräch eine Entwicklung gegeben zu haben, von der ich noch nichts weiß«, sagte Kant.

»Kriminalhauptkommissar Grellmayer«, sagte Burgl. »Er ist das Problem.«

»Er erpresst Sie«, stellte Kant fest.

»Er droht«, sagte Schwemmer. »Bisher noch recht verhohlen. Aber er scheint Ihr Gerücht zu glauben.«

»Ich habe recherchiert über den Mann, nach meiner Begegnung mit ihm«, sagte Kant. »Ein Mensch von beachtlicher Skrupellosigkeit, wie es scheint.«

»Das scheint nicht nur so«, sagte Burgl.

»Als Polizisten können solche Menschen zu einem Problem für die Allgemeinheit werden«, sagte Kant. »Das musste ich schon erleben.«

»Leider gibt es keinen Anlass, zu hoffen, dass Polizei oder Justiz etwas gegen ihn unternehmen werden«, sagte Schwemmer.

»Also wollen *Sie* etwas unternehmen«, sagte Kant.

»Zunächst einmal«, sagte Burgl, »möchten wir herausfinden, was sinnvoll und was machbar ist.«

»Machbar ist eine Menge. Das ist letztlich alles eine Frage des Geldes. Und natürlich der Frage, wie weit man zu gehen bereit ist.«

»Wie weit wären denn *Sie* bereit zu gehen?«, fragte Schwemmer.

Kant legte die Fingerspitzen aneinander. Er ließ sich Zeit mit der Antwort.

»Die Kategorie ›legal‹ müsste man ziemlich weit hinter sich lassen«, sagte er. »Es könnte unschön werden.«

»Unschön ist es jetzt schon«, sagte Burgl. »Für den Anfang würde ich mir ihn und seinen Umgang genauer anschauen. Dann sehen wir weiter.«

»Was schlagen Sie vor?«

»Ihn zu überwachen. Haben Sie seine Handynummer?«

»Notgedrungen. Ich hatte ja früher dienstlich mit ihm zu tun.«

»Das ist doch schon mal ein Anfang. Verwendet er ein Krypto-Handy?«

»Keine Ahnung.«

»Egal, das werden wir herausfinden. Es würde die Sache auch nur ein wenig aufwendiger machen, nicht sie verhindern. Allerdings halten sich Menschen wie er ohnehin gern für unverwundbar. Das Auto werden wir auch überwachen, den Standort, bei Bedarf auch den Innenraum akustisch.«

»Wie wollen Sie das machen?«, fragte Burgl. »Mit einer Wanze?«

»Das ist bei den modernen Sicherheitssystemen nicht mehr nötig. Der Hersteller weiß immer, wo der Wagen ist, und kann sich im Notfall in die Freisprechanlage einschalten. Was ein Notfall ist, ist natürlich eine Frage der Definition.«

»Und das können Sie auch?«

»Sagen wir so: Ich kenne jemanden, der behauptet, jemanden zu kennen, der behauptet, das zu können.«

»Aber Grellmayer kann dieses System doch ausschalten, oder?«, fragte Schwemmer.

»Deaktivieren, ja. Aber nicht mit einem Aus-Knopf, sondern

mit einem Software-Schalter. Und den kann man auch wieder anschalten.«

»Ich nehme an, das liefe unter ›Extras‹«, sagte Burgl.

»Ja. Es ist sogar ein teures Extra.«

»Und dieses ›Legal hinter sich lassen‹, von dem Sie sprachen«, sagte Schwemmer. »Ich nehme an, das hat auch Auswirkungen auf Ihren Preis.«

»In der Tat. Erhebliche sogar. Aber was die Bezahlung angeht, wollte ich Ihnen ohnehin ein spezielles Modell vorschlagen …«

SIEBEN

Die Strahler, die der Klinkhammer Achim und sein Lehrling angebracht hatten, verbreiteten wirklich ein beeindruckendes Licht. Die ganze Sache fing an, nach etwas auszusehen, allerdings fehlten die Abschlusskappen der Leisten, die der Achim noch vorbeibringen würde. Schwemmer begann, Kunststoffschnüre auf Länge zu schneiden und mit Haken zu versehen, um die Bilder an den Schienen unter der Decke aufhängen zu können. Burgl hatte entschieden, jeweils zwei der kleineren Formate übereinander an eine Schnur zu hängen.

Er stieg auf die Leiter und hatte gerade die ersten beiden Bilder aufgehängt, als leise und zögerlich an die Glastür geklopft wurde. Ein junger Mann stand davor, er trug einen Vollbart und die langen dunklen Haare auf dem Kopf zu einem unordentlichen Knoten gedreht. Schwemmer schätzte den Kerl auf Anfang zwanzig, und er kam ihm irgendwie bekannt vor. Er war sich sicher, dass er ihn kannte, wusste aber nicht, wo er ihn hinstecken sollte. Er stieg von der Leiter und öffnete.

»Kann ich was für Sie tun?«, fragte er.

»Grüß Gott, Herr Schwemmer«, sagte er. »I woaß ned, ob Sie Eahna an mi erinnern.«

Als er die Stimme hörte, fiel es ihm ein.

»Der Herr Kindel, nicht wahr? Der Bassist.«

»Ja. Der Severin.«

Der Bursche war der Enkel von Johanna Kindel. Frau Kindel war eine entzückende ältere Dame, die aber leider glaubte, über seherische Fähigkeiten zu verfügen. Damit hatte sie Schwemmer zu einem ziemlich komplizierten Fall verholfen, in dem auch dieser Enkel, Bassist in einer Heavy-Metal-Band, eine Rolle gespielt hatte. Einen Vollbart hatte er noch nicht gehabt – circa siebzehn war er gewesen damals, heute also Anfang zwanzig, schon ein ganzes Stück erwachsener, wenn vielleicht auch noch nicht ganz.

»I müsst mit Eahna redn. Dringend.« Er sah sich unsicher um. »Und alloa, wenn's geht.«

197

»Dann kommen Sie halt rein.«

Severin Kindel betrat die Galerie. Die Hände in den Taschen, sah er mit hochgezogenen Schultern durch die Schaufenster nach draußen, als fühle er sich beobachtet.

»Gehn wir nach hinten«, sagte Schwemmer. »Da sind wir ungestört ...«

Severin folgte ihm ins Büro. Kuno erwartete sie an der Tür und schnüffelte neugierig an Severins Schuhen, ohne Einwände gegen den Besuch zu erheben. Sie setzten sich.

»Anbieten kann ich Ihnen nur ein Mineralwasser. Wir sind noch nicht auf Besuch eingerichtet.«

»Ja, dank schön ... Sie kenna ruhig Du sagn zu mir.«

Schwemmer reichte ihm einen Pappbecher und die Wasserflasche. Severin schenkte sich ein und trank fast gierig.

»Wie geht's denn der Großmutter?«, fragte Schwemmer.

Severin zuckte die Achseln. »Wird ned jünger.«

»Spielst du noch in dieser Band? Wie nennt sich eure Musik noch mal, Grindcore?«

»Naa, des war damois. Heit spuin mia mehr so an Hardcore-Hip-Hop-Crossover.«

»Aha«, sagte Schwemmer.

»A bisserl auf der Art-Rock-Schien.«

Schwemmer nickte und hoffte, es wirkte verstehend. Trotz aller Bemühungen Burgls war er immer noch Phil-Collins-Fan und hatte keine Ahnung, was der junge Mann ihm da erzählte, der, wie es schien, gern weiter über Musik geredet hätte, aber es lag ihm erkennbar was auf der Seele.

»Um was geht es, Severin?«

»Ja mei ... De Großmama hat gsogt, damois, dass Sie anständig gwesen wärn zu ihr«, sagte Severin zögernd. »Dass man Eahna trauen könnt.«

»Recht schönen Dank. Das ist ja mal ein Kompliment für einen Polizisten.«

Severin senkte den Blick, er schien um Worte zu ringen.

»Aber das is doch wahr, dass Sie ned mehr bei der Polizei san, oder?«

»Ja, das ist wahr. Warum? Ist das wichtig?«

»I moan, wenn i Eahna jetzt was erzähln tät, was mit der Polizei zum tun hätt …« Er brach den Satz ab.

»Du willst wissen, ob ich das, was du mir erzählen willst, der Polizei weitererzähle?«

»Genau«, antwortete Severin und sah ihm direkt in die Augen, was nach seinem bisherigen Auftreten ziemlich entschlossen wirkte.

»Nun, das kommt schon ein bisschen drauf an, was es ist«, sagte Schwemmer. »Wenn du mir hier ein Kapitalverbrechen gestehen möchtest, bin ich vielleicht der falsche Beichtvater.«

»Naa, *des* will i ned. Grad des Gegenteil.«

»Na, dann schieß mal los.«

Severin räusperte sich umständlich. »Habn S' ghört, wos da in Kaltenbrunn passiert ist, vorgestern?«

»Ja, hab ich.«

»Es gibt do an Zeugn. Der hat des ois gsehn.«

»Alles? Was heißt alles?«

»Ois, wos do passiert is. Dass der Bursch do untern Truck graten is.«

»Und?«

»Des war koa Unfall. Des war Mord.«

Schwemmer setzte sich auf. »*Das* hat er gesehen?«

»Ja. Und a, wer's war.«

»Und warum kommst du damit zu mir? Wieso geht ihr nicht zur Polizei?«

Severin brauchte ein paar Sekunden, bis er sich zu einer Antwort durchringen konnte. »Weil der Mörder, des war a Polizist. Der hat den auf d' Straßn gschubst, direkt vorn Laster. Voll mit Absicht.«

»Puuuuuh.« Schwemmer kratzte sich im Nacken. »Und woher weiß der Zeuge, dass das ein Polizist war? Trug der Uniform?«

»Naa. Aber der hat eahm kennt. Des war oana vom Staatsschutz. So a dicker Blonder.«

Schwemmer rieb sich mit beiden Händen das Gesicht. »Ein dicker Blonder. Und er weiß, dass der beim Staatsschutz ist. Woher?«

»Der war do, ois des Asylheim brennt hat, vor a paar Tag. Mia warn auf der Soli-Demo. Und do ham mia eahm gsehn.«

»Wisst ihr, wie er heißt?«

»Mia glaubn, der hoaßt Grellmayer.«

Schwemmer seufzte. Eine ganze Weile kraulte er Kuno unter der Schnauze, bevor er sprach. »Na schön. Und wieso konnte der Zeuge den Mord beobachten?«

»Weil, des is oaner von dene zwoa, de hinter de Nazis her san. Den Ketterer Basti ham s' ja verhaftet. Er ist der andre.«

»Wie heißt der, und wo steckt der?«

»Na, des sog i liaba ned.«

»Okay … Ist vielleicht auch besser … Aber das ist starker Tobak, mein Junge. Kannst du sicher sein, dass das auch stimmt? Dass er das nicht nur erzählt, um sich selber reinzuwaschen? Das ist nämlich das, was jeder Polizist annehmen wird.«

»I kenn den scho lang. I glaub ned, dass der mi anlügn tät, ohne dass i's merk … Is a ned die hellste Leuchtn im Saal, der Bursch.«

»Na schön. Glauben wir ihm mal. Was erwartest du dann von mir? Den Polizisten verhaften kann ich nicht.«

»Des is scho klar. Aber an Rat hätt i gern.«

»Einen Rat … Ich würd gern selber mit ihm reden, bevor ich einen Rat gebe.«

»I frag eahm. Aber i woaß ned … der scheißt si o.«

»Frag ihn und meld dich wieder bei mir. Kann er denn da bleiben, wo er jetzt ist?«

»Ned wirklich. Oan, zwoa Tag, länger ned … Aber mia finden scho wos.«

Schwemmer sah zur Uhr über der Spüle. »Der Elektriker kommt gleich. Erschrick nicht, wenn er zur Tür reinkommt.«

»Scho recht, aber i denk, i geh liaba.« Severin stand auf und reichte ihm die Hand. »Dank schön, Herr Schwemmer.«

»Es gibt ja nicht viel, für das du mir danken könntest.«

»Des is a scho was, wenn ma mit wem redn ko.«

Schwemmer brachte ihn zur Tür. »Seid vorsichtig«, sagte er und klopfte ihm zum Abschied auf die Schulter.

Als der junge Mann hinaus war, lehnte Schwemmer sich an die Tür. Müde strich er sich über den Kopf. Er fluchte sehr ausgiebig innerlich und versuchte, sich einzureden, dass er doch gerade wegen so was nicht mehr Polizist war und ihn das alles schon deswegen nichts mehr anging, aber natürlich glaubte er sich das selbst nicht.

»Keine Chance«, sagte Dräger. »Ich hab wirklich alles untersucht in der Zelle, was geht. Keine Chance, ein Fremdverschulden nachzuweisen.«

»Aber ausschließen könnt ihr's nicht?«, fragte Schafmann. Dräger winkte ab. »Was willst du dir dafür kaufen?«

»Ein Betrunkener fährt meinen Sohn tot und hängt sich auf«, sagte Schafmann müde. »Sollte ich mich da drüber nicht eigentlich freuen?«

»Jetzt hör aber auf«, sagte Dräger.

Es klopfte kurz, und Auerer kam herein. Er sah Dräger fragend an, der bewegte verneinend den Kopf. Auerer stieß ein unwilliges Knurren aus. Er legte einen Aktendeckel auf Schafmanns Schreibtisch.

»Ich hab mit den Eltern von Lars Müller gesprochen. War schwierig. Wissen tun die gar nichts, außer dass er ›so seine eigenen Meinungen‹ hat, und interessieren tut ihr Sohn sie anscheinend überhaupt nicht. War seit ein paar Tagen nicht mehr zu Hause und hat sich nicht gemeldet. Kommt vor bei den Müllers, so was.« Er wies auf den Aktendeckel. »Aber immerhin hat sich sein Handy bewegt. Ist in Oberau, bei Kuczinsky wahrscheinlich.«

Die Tür ging auf, ohne dass geklopft worden wäre, und Polizeidirektor Hessmann stand im Raum. Unverhohlen skeptisch musterte er ihre Zusammenkunft, als vermute er einen meuterischen Komplott. »Meine Herren«, sagte er mit einem angedeuteten Nicken.

Dräger und Auerer murmelten einen Gruß, Schafmann sah ihn nur stumm an. Zwei ganze Tage hatte Hessmann gebraucht, um sich in sein Büro zu wagen.

»Sie haben Besuch, wie ich sehe. Darf ich die Herren bitten, mich für den Moment mit Herrn Schafmann allein zu lassen?«

Dräger und Auerer gingen wortlos zur Tür.

»Und wenn Sie mich in einer Viertelstunde bitte in meinem Büro aufsuchen würden.«

Dräger schloss die Tür deutlich lauter hinter sich als notwendig.

»Herr Schafmann, zunächst möchte ich Ihnen im Namen aller Mitarbeiter der Polizeiinspektion Garmisch-Partenkirchen unser tief empfundenes Mitgefühl aussprechen. Ein so junges Leben, so sinnlos ausgelöscht, ein schrecklicher Verlust.«

Schafmann hatte ihn schon in diesem Tonfall reden hören, als er in der Schlange in der Kantine Leberkäse mit Spiegelei und ein alkoholfreies Radler bestellt hatte.

»Danke«, sagte er.

Damit war die emotionale Seite des Falles für Hessmann offenbar erledigt. »Waren die Herren dienstlich hier?«, fragte er.

»Ja.«

»Darf ich fragen, um was es ging?«

»Um den Todesfall Korkmaz und einen verschwundenen Zeugen im Fall Kaltenbrunn.«

»Darum kümmert sich die Mordkommission unter Kriminalhauptkommissar Grellmayer. Das wissen Sie auch. Und Sie wissen auch, dass Parallelermittlungen nicht nur Ressourcenverschwendung, sondern geradezu kontraproduktiv sind.«

Er schien keine Antwort zu erwarten, und Schafmann gab auch keine.

»Herr Kriminalhauptkommissar Grellmayer hat Ihnen mitgeteilt, dass Sie beurlaubt sind?«

»Es wäre mir neu, dass der da weisungsbefugt wäre.«

»Er hat in meinem Namen gesprochen. Das war Ihnen auch klar.«

Schafmann zuckte die Achseln. »Wissen Sie, dass Grellmayer schon vor dem Vorfall vor Ort war?«, fragte er.

»Wer behauptet denn so etwas?«

»Herr Korkmaz.«

Hessmann geriet etwas aus der Balance, aber nur kurz. »Davon habe ich im Vernehmungsprotokoll nichts gelesen.«

»Das hat Grellmayer geschrieben.«

Hessmann presste die Lippen aufeinander.

»Kuczinsky, Grellmayers V-Mann, war auch da. Zusammen mit einem jungen Mann namens Lars Müller. Den suche ich gerade.«

»Kuczinsky war drei Kilometer weg, das ist alles, was bewiesen ist. Und von dem jungen Mann höre ich das erste Mal.«

»Da schau her«, sagte Schafmann.

»Viel wichtiger ist doch, dass der eigentliche Täter identifiziert und gefasst wird. *Das* wäre Ihre Aufgabe. Und ich verstehe nicht, dass Ihnen das als Vater des Opfers so unwichtig ist.«

»Tja, dann sollten Sie vielleicht genau *da* mal drüber nachdenken.«

Langsam begann die Situation doch, an Hessmanns Contenance zu nagen. »Ich verbitte mir irgendwelche Belehrungen, Herr EKHK Schafmann. Und ich fordere Sie auf, nach Hause zu gehen oder zum Arzt. Lassen Sie sich was verschreiben. Und unterstehen Sie sich, hier die Leute gegen Herrn Grellmayer aufzuwiegeln. Oder gegen mich. Lassen Sie Dräger und Auerer in Ruhe ihre Pflicht tun, verdammt noch mal. Und Frau Fuchs auch. Bis Ende nächster Woche will ich Sie hier nicht mehr sehen.« Er drehte sich um, die Tür knallte er hinter sich zu.

Schafmann schaltete den Bildschirm aus, zog seinen Mantel über und ging.

Die Tür ließ er offen.

Hardy Lepper stand bereits in der Haustür, als sie die Fahrertür noch nicht geschlossen hatte. Er empfing sie mit einem ernsten Lächeln.

»Es ist mir eine Freude, Frau Schwemmer. Auch wenn die wohl einseitig ist, wie ich fürchte.«

Burgl schüttelte die kräftige, raue Hand, die er ihr reichte.

»Nun, die Umstände unserer letzten Begegnung waren ja nicht sehr erfreulich.«

»Das kann man wohl sagen.«

Sie sah sich kurz um. Ein nicht sehr großes Einfamilienhaus, nicht gut in Schuss, aber mit einem baumbestandenen Garten, recht schön und sehr ruhig gelegen, am südlichen Rand eines Nürnberger Vororts.

Hardy bat sie hinein. Die Einrichtung reichte nicht an die Klasse heran, die Unterwexlers Ferienhaus in Garmisch ausgezeichnet hatte.

»Wir mussten uns ein wenig verkleinern«, sagte Hardy. »Kein Vergleich zu der Villa in Erlenstegen. Aber wir leben ja auch nur noch zu dritt hier.«

»Ist Carlo auch da?«

»Carlo lässt sich entschuldigen. Er hat *mich* gebeten, mit Ihnen zu sprechen.«

»Was ist mit Ula?«

»Nun …« Hardy machte eine entschuldigende Geste. »Carlo hat entschieden, ihr zunächst nichts von Ihrem Besuch zu erzählen. Er möchte erst wissen, um was es geht.«

»Ist das schlau?«

»Es ist eine Entscheidung.«

Hardy führte sie in ein Wohnzimmer, in dem eine dunkelbraune Ledergarnitur auf einen großen Röhrenfernseher hin ausgerichtet war. Eine Thermoskanne und zwei Tassen standen bereits auf dem niedrigen Couchtisch. Sie nahmen Platz.

»Was gibt es so Wichtiges, das man nicht am Telefon besprechen kann?«, fragte Hardy.

»Sie können sich denken, dass es um die Ereignisse in Garmisch geht.«

»Ja, kann ich. Nachdem dieser Düsseldorfer bei uns war und nach Marshall Stevens sucht, habe ich mit so etwas gerechnet.«

»Nun, er sucht in Wahrheit gar nicht nach Stevens. Er sucht nach seinem Chauffeur.«

Nun war Hardy doch sichtlich verblüfft. »Das ist ja ein Ding«, sagte er. »Wie hieß der noch?«

»Mario Pawlak. Nicht dass ich das vorher gewusst hätte.«

Aus der Verblüffung in Hardys Miene wurde Misstrauen. »Und was wollen Sie jetzt von mir?«

»Ich möchte von Ihnen wissen, wo seine Leiche ist.«

Hardy lehnte sich im Sessel zurück und verschränkte die Arme vor der Brust. »Das können Sie vergessen.«

»Warum?«

»Frau Schwemmer, bei allem Respekt: Nicht einmal *Ihnen* würde ich sagen, wo eine Leiche mit einem Kopfschuss abgeblieben ist.«

»Ein anonymer Hinweis würde ja reichen. Außerdem erwarte ich keineswegs, dass Sie das umsonst tun.«

Er behielt die Arme verschränkt, aber der leicht schräg gelegte Kopf signalisierte aufkommendes Interesse.

»Was liegt *Ihnen* daran, diesen Chauffeur zu finden?«

»Herr Kant hat das zur Bedingung gemacht, dass er uns hilft. Wir haben Probleme. Es gibt da einen LKA-Mann, der versucht, uns zu erpressen.«

»Grellmayer?«

»Sie kennen ihn?«

Die Augen in Hardys mächtigem Schädel waren zu Schlitzen geworden. »Er ist Levan Parashvilis Mann. Der bezahlt ihn.«

»Das dachten wir uns. Er ist gefährlich, und ihm ist kaum beizukommen. Der Düsseldorfer hilft uns, wenn wir ihm helfen.«

»Also wenn *ich Ihnen* helfe. Brauchen Sie den Düsseldorfer denn unbedingt?«

»Mit ihm steigen unsere Chancen beträchtlich. Und über die Bezahlung für Sie haben wir noch nicht gesprochen.«

Hardy saß unverändert da, die auch in seinem Alter noch beeindruckenden Arme vor dem riesigen Brustkorb verschränkt; sein Kiefer bewegte sich, er saugte an der Unterlippe, sein Blick ließ den Burgls nicht los. Mehr denn je erinnerte er sie an Lino Ventura.

»Das muss Carlo entscheiden«, sagte er endlich.

Frau Fuchs kam geradezu hereingestürmt in den »Wildschütz« und ohne Zögern auf Schwemmer zu, der auf der gepolsterten Bank an der Theke saß. Sie griff seine Rechte mit beiden Händen, und er entdeckte ein wenig besorgt, dass ihre Augen feucht glänzten.

»Frau Fuchs, bitte, so lassen Sie es doch gut sein …«

»Ich kann Ihnen gar nicht sagen, wie sehr ich mich über Ihre

Einladung gefreut habe. Und immer noch freue, natürlich.« Auf ihre ein wenig umständliche Art legte sie ab und hängte Mantel und Schal an einem Garderobenhaken auf.

»Auch schön, dass Sie direkt Zeit hatten«, sagte Schwemmer. Sie warf ihm einen verschwörerischen Blick zu. »Als Sie angerufen haben, hab ich dem Hessmann einfach gesagt, mir wär unwohl. Frauensache. Ich müsste zum Arzt. Und pfüati.« Sie lachte grimmig. »Wäre mir früher nie in den Sinn gekommen, so was.«

»Da hätte der Chef das ja auch gemerkt, wenn Sie grad dann mit ihm essen gehen.« Sie lachten beide ein wenig, und sie wurden auch schnell wieder ernst. Eine Bedienung kam, sie bestellten einen Russ für sie und ein Radler für Schwemmer und zweimal Schweinsbraten.

»Wie geht es Schafmann?«, fragte Schwemmer. »Wie steckt er es weg?«

»Gar nicht gut. Er sieht grauenhaft aus. Er hat sich geweigert, daheimzubleiben, aber vorhin hat Hessmann ihn rausgeschmissen.«

»Haben Sie mit seiner Frau gesprochen?«

»Ja, am Telefon. Seltsamerweise schien sie froh zu sein, dass er nicht daheim ist. Ich weiß nur nicht, was die Kinder davon halten. Das ist alles so furchtbar.«

»Es gibt jemanden, der für das alles verantwortlich ist«, sagte Schwemmer.

»Grellmayer«, antwortete sie laut und ohne zu zögern. »Natürlich. Aber Hessmann auch. Und die von der Staatsanwaltschaft. Und seine Chefs beim LKA. Und der Högewald obendrein. Alles verpesten die.«

Sie bekamen ihre Getränke. Schwemmer sah sich um, aber die Nachbartische waren noch nicht besetzt.

»Ich meinte das nicht allgemein, mit dem Grellmayer und der Verantwortung«, sagte er leise. »Wahrscheinlich war er es, der den Fabian vor den Lkw geworfen hat.«

Frau Fuchs wurde bleich. »Um Gottes willen«, flüsterte sie. »Kann man das beweisen?«

»Es gibt einen Zeugen. Aber dem werden sie nicht glauben.«

»Puuuh …« In einer hilflosen Bewegung umklammerte sie ihre Mass mit beiden Händen. »Und warum werden sie dem nicht glauben?«

»Weil er selber verdächtig ist. Grellmayer will genau ihm das anhängen.«

»Glauben denn *Sie* ihm? Haben Sie mit ihm gesprochen?«

»Noch nicht. Aber ich werde das tun. Nur: Wieso sollte er ausgerechnet Grellmayer beschuldigen, wenn es nicht stimmt?«

Ihre Hände zitterten ein wenig, als sie ihr Glas zum Mund führte.

»Und jetzt?«, fragte sie, nachdem sie getrunken hatte. »Soll das immer so weitergehen?«

»Nein«, sagte Schwemmer. »Soll es nicht.«

»Was haben Sie vor?«

»Ich will und kann nichts versprechen, was ich hinterher nicht halten kann. Aber ich arbeite dran. Und es kann sein, dass ich Hilfe brauche.«

Frau Fuchs stellte entschieden ihr Glas ab. »Was kann ich tun?«, fragte sie.

Kuczinskys Garage stand offen, sie war leer. Der sandfarbene Land Cruiser war nicht zu sehen, aber Auerer hatte Schafmann gerade am Telefon noch mal bestätigt, dass Lars Müllers Handy sich im Haus befand.

Schafmann stieg aus und ging die holprige Einfahrt hoch. Er drückte auf den schäbigen, nur locker an der Wand hängenden Plastikklingelknopf. Eine Schelle ertönte, aber nichts rührte sich. Er drückte noch einmal, klingelte Sturm, es blieb ohne Reaktion. Schafmann trat ein paar Meter zurück und sah zu den Fenstern hoch. Einige standen auf Kipp, bei allen waren die Vorhänge zugezogen, Licht war keines zu entdecken.

Er ging durch den verwilderten Garten um das Haus herum. Rostende Karosserieteile, abgefahrene Reifen und eine alte Badewanne lagen und standen darin herum. Keine Spur von den Bewohnern. Er probierte die Klinke der Hintertür, verschlossen.

Als er wieder an der Haustür ankam, sah er von rechts den Land Cruiser die Einfahrt hochrumpeln. Als Kuczinsky ihn entdeckte, gab er Gas und hielt auf ihn zu, sodass Schafmann auf die kleine Eingangstreppe zurückweichen musste, um nicht angefahren zu werden. Kuczinsky stoppte neben ihm, Schafmann blieb zwischen Wagen und Haus kaum Bewegungsfreiheit. Direkt vor ihm kurbelte Kuczinsky die Seitenscheibe runter.

»Was ist los? Noch immer nicht genug?«

Seine grinsende Fresse war nur einen halben Meter entfernt, und Schafmann hatte seine rechte Faust hineingeschlagen, bevor er sich auch nur klar wurde, was er tat.

Kuczinsky brüllte in einer Mischung aus Schmerz, Wut und Verblüffung, und Schafmann schlug einfach weiter. Seine Linke griff dem Mann ans Ohr und zerrte daran den Kopf fast aus dem Fenster, während die geballte Rechte immer wieder im Gesicht des Mannes landete. Etwas knackte, und Schafmann war es egal, ob es Kuczinskys Nase oder Kiefer oder sein eigener Knöchel war, der da brach, er hieb immer weiter auf den Mann ein, bis der sich nicht mehr rührte.

Schafmann betrachtete seine rechte Hand. Sie zitterte, die Knöchel waren blutig aufgeschlagen, und er konnte die Finger nicht strecken. Kuczinskys Kopf lehnte halb aus dem offenen Fahrerfenster. Blut lief ihm aus Mund und Nase, er atmete röchelnd. Schafmann spuckte ihm ins Gesicht.

Als er gerade seitlich die Treppe hinuntersteigen wollte, wurde die Haustür geöffnet. Lars Müller stand hinter dem Türspalt, verstört sah er auf Kuczinsky hinunter, dann zu Schafmann. Als der einen Schritt auf ihn zumachte, wollte er die Tür wieder schließen, aber Schafmann hatte bereits den Fuß darin. Er drängte ihn ins Haus. Lars versuchte, die Treppe hochzufliehen, Schafmann stieß ihn in den Rücken. Er fiel auf die Stufen, Schafmann zerrte ihn hoch und drückte den Jungen heftig gegen die Wand.

»Und jetzt erzähl mir, was passiert ist.«

Lars wand sich in seinem Griff. Schafmann stieß seinen Kopf gegen die Wand, einmal, zweimal, bis er Ruhe gab und sich nicht mehr wehrte.

»Ich höre!«

»Scheiße, Sie wissen doch, was passiert ist! Die Scheißzecke hat den Fabi vor den Laster geworfen!«

»Was hatte der Grellmayer da zu suchen?«

»Wer ist Grellmayer?«

»Du weißt genau, wen ich meine!«

»Der Blonde, der Dicke?«

»Ja, verdammt! Was hatte der da zu suchen?«

»War doch seine Idee, das Ganze. Konnt ja keiner ahnen, dass die den Fabi gleich kaltmachen, die Asis.«

»Was genau solltet ihr tun?«

»Na, den Bulli entglasen und abhauen.«

»Wohin abhauen?«

»Zur Straße rauf und dann aufteilen. Ich nach rechts und der Fabi nach links.«

»Das war so geplant?«

»Ja, genau so. Mich hat dann der Edi aufgesammelt. Und der Blonde wollte den Fabi einladen.«

»Hast du gesehen, wie es passiert ist? Hast du gesehen, dass der Junge ihn gestoßen hat?«

»Gesehen? Nein. Aber gehört. Scheiße! Wer soll's denn sonst gewesen sein?«

»Was hast du denn überhaupt gesehen?«

»Nix hab ich gesehen, ich bin gerannt wie 'ne Sau! Die warn doch hinter mir her! Und dann hat's auf einmal gescheppert, da hinter mir. Ich bin weitergerannt, bis der Edi mit dem Auto kam.«

Schafmann ließ ihn los und ging hinaus. Kuczinsky war noch groggy, er nahm ihn kaum wahr, als er sich an dem Wagen vorbeidrängte und die Einfahrt hinunterging. Er sah an sich hinunter. Sein Mantel war voller Blut, Kuczinskys und seinem eigenen, das von seiner Hand getropft war, auch auf seine Hose. Er überquerte die Straße und stieg in seinen Wagen. Ein kleiner alter Mann stand im Vorgarten des Nachbarhauses. Er musterte Schafmann aufmerksam und misstrauisch, als der an ihm vorbeifuhr.

Schafmann war es egal.

Polizeidirektor Hessmann öffnete die Tür zum Vorzimmer. »Ah, Frau Fuchs, Sie sind wieder da. Bei Grellmayer ist die ganze Zeit besetzt. Gehen Sie bitte mal rüber und sagen Sie ihm, dass ich ihn sprechen möchte.«

Er schloss die Tür wieder, ohne auf eine Antwort zu warten. Frau Fuchs ging hinaus und den Flur entlang. An Grellmayers Büro klopfte sie kurz und öffnete die Tür.

»Was?«, blaffte Grellmayer sie an. Er hing in seinem Drehstuhl, die Beine ausgestreckt, das Smartphone in den Händen, ein aus dem Gürtel gerutschter Hemdzipfel bedeckte gnädig das halb offene Hosentürl. Der Hörer des Dienstapparates auf dem Schreibtisch lag neben der Gabel.

»Herr Hessmann bittet Sie, in sein Büro zu kommen«, sagte Frau Fuchs.

»Jetzt?«

»Ja, bitte.«

Grellmayer erhob sich ächzend. Umständlich und völlig unbeeindruckt von der Tatsache, dass Frau Fuchs noch in der Tür stand, richtete er seine Hose. Der Reißverschluss klemmte, und das Smartphone in seiner Hand störte. Er warf es nachlässig auf den Schreibtisch. Als die Hose zu war, rauschte er an Frau Fuchs vorbei hinaus, selbstverständlich annehmend, dass sie die Tür für ihn schloss. Das tat sie auch und sah ihm hinterher, bis er in Hessmanns Büro verschwunden war. Dann öffnete sie die Tür wieder und verschwand in Grellmayers Büro.

Das Smartphone war an und ungesichert, wie sie mit einem schnellen Wisch feststellte. Sie zog einen Zettel aus der Blusentasche und bemühte sich, ruhig zu bleiben, während sie die Internetadresse abtippte. Sie folgte den präzisen Anweisungen, die Schwemmer für sie notiert hatte, und klickte endlich auf »Download«. Nervös mit den Fingernägeln die Handballen kratzend, beobachtete sie den Ladebalken und klickte dann auf »Installieren«. Erleichtert aufatmend legte sie das Gerät wieder auf den Tisch. Als sie wieder auf den Gang trat, kam ihr Grellmayer entgegen.

»Was haben Sie denn da drin zu suchen?«, fragte er.

Sie hielt den Zettel hoch. »Der ist mir hier eben aus der Tasche gefallen. Wichtige Telefonnummer.«

Mit einem unwilligen Seitenblick ließ er sie passieren. Ihr Herz schlug im Hals, und sie konnte selbst nicht glauben, dass sie spontan derart kühl reagiert hatte. Schwemmer hatte ihr versichert, dass das Programm, einmal installiert, selbstständig alle Spuren löschen werde, und sie schickte ein kleines Stoßgebet zur Heiligen Jungfrau, dass dies die Wahrheit war. Hinter ihrem Schreibtisch brauchte sie eine Weile, um sich zu beruhigen. Sobald sie ihre Nerven wieder unter Kontrolle hatte, schrieb sie auf ihrem Handy eine SMS. »Erledigt«, sandte sie an Schwemmer.

»Sehr schön«, sagte Kant. »Man hat nicht immer das Glück, das Smartphone physisch in die Hand zu bekommen.«

Er saß bei etwas, das er Schwemmer gegenüber als Brotzeit bezeichnete, im kleinen, aber eleganten Speiseraum des »Lenas«. Es bestand aus frischen Semmeln und einer üppigen Aufschnittplatte mit einer sehr appetitlich angerichteten Käseauswahl, Räucherforelle und Tiroler Speck, die Schwemmer sein noch nicht allzu lange zurückliegendes eigenes Essen mit Frau Fuchs vergessen ließ. Leider war keine Bedienung in der Nähe, bei der er sich das Gleiche hätte bestellen können, was wiederum nicht an mangelndem Service des »Lenas«, sondern an Kants Bitte um Ungestörtheit lag. So begnügte er sich mit seiner großen Tasse Kaffee.

»Wenn er kein zweites Handy benutzt, haben wir ihn an der Leine«, sagte Kant.

»Was wird aufgezeichnet?«

»Buchstäblich alles. Kontakte, Gespräche, GPS-Daten, SMS, Mails und ein sehr schönes Feature: Wir können jederzeit das Mikrofon einschalten und die nähere Umgebung abhören, auch wenn er nicht telefoniert.«

»Und er wird das nicht bemerken?«

»Wenn die App ihr Aufspielen quittiert hat, hat sie es durch die Firewall geschafft. Dann braucht es einen echten Experten dafür.«

Er biss ein Stück von seiner Forellensemmel ab und tupfte sich mit der Stoffserviette die Lippen.

»Sie sprachen eben von ›wir‹«, sagte Schwemmer. Aber den Zugang dazu haben *Sie* exklusiv, oder?«

Kant kaute ungerührt zu Ende und spülte mit einem Schluck Mineralwasser nach.

»Gibt es Neues von Ihrer werten Frau Gattin?«

Schwemmer versuchte, nicht die Augen zu verdrehen. *Werte Frau Gattin.* »Nein«, sagte er. »Wahrscheinlich hat sich Carlo noch nicht entschieden. Aber Sie haben meine Frage nicht beantwortet.«

Kant pickte mit der Gabel nach einer Butterflocke und legte sie auf die andere Semmelhälfte.

»Nun, wir haben eine Verabredung. Solange nicht sicher ist, dass Sie mir das Gewünschte beschaffen können, erlaube ich mir, nicht weiter in Vorleistung zu gehen.«

Schwemmer nippte unwillig an seinem Kaffee, während Kant sehr gelassen die Butter auf der Semmel verstrich und eine Scheibe Hartkäse darauflegte.

»Aber ich mache Ihnen ein Angebot«, sagte er. »Wenn Sie mir erzählen, was wirklich vorgefallen ist an jenem Morgen in Unterwexlers Haus, komme ich Ihnen noch ein Stück entgegen.«

»Warum? Sie wissen doch eh fast alles.«

»Ja, aber eben nur fast.« Kant lachte leise, fast hätte Schwemmer geglaubt, es klänge verlegen. »Es ist tatsächlich reine Neugier.«

»Ich darf Ihnen nur nicht erzählen, was Sie wissen wollen. Es berührt die ärztliche Schweigepflicht meiner Gattin.« Herrschaftszeiten, dachte er ärgerlich, jetzt sag *ich* schon Gattin.

»Sie meinen, weil Carlo Unterwexler bei ihr in Psychotherapie war? Das weiß ich bereits.«

Schwemmer setzte seine Tasse so heftig ab, dass Kaffee auf die Tischdecke schwappte. »Ja, sakra, wo haben Sie denn das wieder her?«

»Ihre Gattin praktizierte damals in einer Gemeinschaftspraxis mit einem Dr. Schurig in Murnau-Hechendorf. Das war leicht zu recherchieren. Ich habe mir die Praxis mal angesehen. Herr Dr. Schurig hat da eine sehr freundliche und fachlich wohl auch kompetente Dame am Empfang sitzen, die allerdings ein wenig nachlässig ist im Umgang mit ihren Patientenakten, respektive der Bewachung des Archivschrankes.«

»Sie haben Burgls Patientenakten geklaut?«, fragte Schwemmer fassungslos.

»Nur die eine von Unterwexler. Da schien mir eine Verbindung naheliegend.«

»Sagten Sie nicht, Sie arbeiten gern legal?«

»Gern, natürlich. Aber nicht ausschließlich. Man möchte ja auch vorankommen. Aber wem sag ich das.«

Zack, dachte Schwemmer. Das saß.

»Wie ich den Aufzeichnungen ihrer Gattin entnehmen konnte, litt Unterwexler an etwas, das man gemeinhin Burn-out nennt, und war extrem angespannt. Leider enden die Aufzeichnungen in der Akte einen Tag vor den Geschehnissen. Was ist dann passiert?«

Schwemmer seufzte ergeben. »Carlo ist in der Praxis durchgedreht. Es gab eine Rangelei, bei der Dr. Schurig verletzt wurde. Carlo wollte in seiner Situation nicht mit der Polizei in Berührung kommen, und als Burgl trotzdem den Rettungswagen rufen wollte, hat er sie in seinen Kofferraum gesperrt und entführt, in das Haus in der Klarweinstraße, wo seine Tochter gerade mit Marshall Stevens verhandelte. Frau Zettel und ich haben sie da wieder rausgeholt.«

»Das war wahrscheinlich komplizierter, als es sich jetzt anhört.«

»Was glauben Sie denn? Ein durchgedrehter alter Gangster entführt meine Frau, und dann taucht auch noch sein noch durchgedrehterer Sohn mit seinem Helfer auf, beide völlig zugedröhnt. Die haben Ihren Mario erschossen, Stevens hat den Helfer erledigt, Reagan Unterwexler Stevens, Carlo hat er in die Brust getroffen, und am Ende hat Ula Unterwexler ihren eigenen Bruder erschossen. Ein völliges Desaster. Es hätte noch mehr Tote gegeben, aber das haben Frau Zettel und ich verhindert. Das war höllisch riskant, wir hätten dabei draufgehen können, Burgl auch. Es war knapp.«

»Und dann haben Sie von Stevens den Umschlag mit den Zugangsdaten für das Nummernkonto an sich genommen. Wie viel war drauf?«

»Siebeneinhalb Millionen Dollar. Eine Million hat die Zettel bekommen.« Schwemmer nippte an seinem Kaffee, aber der war mittlerweile lau.

»Dann haben Sie mit dem Geld eine Briefkastenfirma aufgemacht, die Ihnen als Sicherheitsberater ein regelmäßiges Einkommen überweist, wofür Sie brav Ihre Steuern bezahlen und das Ihren Lebenswandel plausibel macht. Elegant ... Mögen Sie noch einen Kaffee? Wir könnten die Bedienung rufen.«

»Ach nein, danke ...« Schwemmers Handy signalisierte eine Nachricht. Sie kam von Burgl.

»Okay«, stand da. »Nächste Woche. 250k.«

Schwemmer stieß einen tonlosen Pfiff aus. Zweihundertfünfzigtausend Euro schienen ihm reichlich für so eine Information. Aber dass Unterwexler und Hardy Lepper ein paar harte Knochen waren, war auch klar. Von Ula ganz zu schweigen.

»Na gut«, sagte er. »Sie kriegen Ihren toten Mario.«

»Wie schön«, sagte Kant mit dem Lächeln, das Schwemmer so auf die Nerven ging. »Dann lassen Sie uns an die Arbeit gehen.«

Schafmann fuhr ziellos, einfach immer weiter; dass es nach Norden ging, war reiner Zufall und ihm völlig egal. »Utting«, stand auf dem Ortsschild, das er gerade passierte. Wahrscheinlich war er schon über eine Stunde unterwegs. Die Reservelampe der Tankanzeige leuchtete schon eine ganze Weile, nun begann sie zu blinken.

Er hielt an der Aral-Tankstelle. Als er gerade die Tür öffnen wollte, fiel sein Blick auf den blutverschmierten Mantel. Mühsam und umständlich schälte er sich heraus. Auch auf seiner Hose waren Flecken, aber das war jetzt nicht zu ändern. Er tankte für etwas über achtzehn Euro, dann ging er hinein zur Kasse. Mit der Linken reichte er dem Menschen dort einen Zwanziger, murmelte »Stimmt so« und ging zurück zum Wagen. Er hatte gerade die Tür zugeworfen, als sein Handy klingelte. Er wühlte in den Manteltaschen danach. Es war Auerer.

»Werner, in drei Teufels Namen, was machst du?«

Schafmann antwortete nicht.

»Jemand hat den Kuczinsky zusammengeschlagen, und ein Zeuge hat dein Auto da gesehen.«

»Ja.«

»Warst du das?«

»Ja.«

»Herrschaftszeiten, bist du noch zu retten? Du legst dem Grellmayer selber noch den Kopf auf den Block! Auf so was wartet der doch nur!«

»Ich weiß«, sagte Schafmann. »Ich weiß.«

»Harte Burschen sind das immer noch«, sagte Burgl.

Mit Kuno an der Leine spazierten sie den Rießerseefußweg entlang, ihr üblicher abendlicher Weg mit dem Hund. Ein letzter Rest Sonne strahlte im Westen zwischen Gipfeln und Wolken. Die Luft war lauer als in den letzten Tagen.

»Kuno, aus!« Der Hund hatte etwas recht Unansehnliches in den Bodendeckern neben dem Weg entdeckt. Auf Burgls Kommando ließ er es liegen, wenn auch sichtlich widerstrebend.

»Zweihundertfünfzigtausend dürften für die heutzutage auch kein Pappenstiel mehr sein«, sagte Schwemmer.

»Na ja, ich hab mit fünfundsiebzig angefangen. Carlo wollte eine halbe Million. Ohne Hardy hätten wir uns wahrscheinlich gar nicht geeinigt.«

Schwemmer sah sie von der Seite an und lächelte.

»Was ist?«, fragte sie, als sie seinen Blick bemerkte.

»Ich bin stolz auf dich«, sagte er. »Danke, dass du meine Frau bist.«

»Danke, gleichfalls«, sagte sie mit einem Lachen.

Sie bogen in die Riffelstraße.

»Ich hab dem Kant die ganze Geschichte erzählt«, sagte er. »Nutzt ja nix.«

»Auch über Carlo und mich? Das unterliegt der Schweigepflicht!«

»Davon wusste er schon. Er hat deine Unterlagen über Carlo aus Ferdis Praxis geklaut.«

Burgl blieb stehen. »Ich fass es nicht.«

Er wollte weitergehen, aber sie blieb stehen. Sie war ernstlich empört.

»Dass Carlo dich entführt hat, fällt ja wohl kaum unter die Schweigepflicht«, sagte Schwemmer und dämpfte seine Stimme, als ein Herr mit Dackel und Gamsbarthut von der Rießerkopfstraße her auf sie zukam. Das Zamperl wurde Rudi gerufen, wie sie wussten, den Namen seines Besitzers dagegen kannten sie nicht. Der Herr hob die Hand grüßend an die Hutkrempe und hielt mit einem brummeligen »Servus« neben ihnen an, derweil die beiden Hunde sich an den Stellen beschnüffelten, an denen Hunde das eben zu tun pflegen, um dann ein wenig umeinandzuspringen. Herrchen und Frauchen tauschten ein paar Belanglosigkeiten über das Wetter aus.

»Und die Patientenakte hat er ja sowieso«, fuhr Schwemmer fort, als Mann und Hund endlich verschwunden waren. »Und wenn du ihn deswegen zur Sau machen möchtest, tu dir bitte keinen Zwang an, meinen Segen hast du.«

»Der kann sich auf was gefasst machen.« Mit einer ziemlich finsteren Miene setzte sie sich wieder in Bewegung.

Schwemmer berichtete von Frau Fuchs und der Überwachungs-App auf Grellmayers Handy, was Burgls Laune ein wenig hob. Sie hatten fast das Haus erreicht, als ein Ford-Van neben ihnen anhielt und die Seitenscheibe heruntergelassen wurde. Es war Schafmann.

»Werner ...« Schwemmer trat an das offene Beifahrerfenster. Schafmann sah entsetzlich aus, bleich wie der Tod im schwindenden Tageslicht. Die rechte Hand war blutverschmiert, auch seine Kleidung.

»Willst du zu uns?«

»Ja.« Schafmann sah geradeaus.

»Dann stell den Wagen ab und komm rein.«

»Was ist los?«, fragte Burgl, während Schafmann einparkte.

»Kann nichts Gutes sein«, sagte Schwemmer.

Schafmann betrat das Haus zögernd, als wisse er gar nicht recht, wo er war und warum. Burgl manövrierte ihn zum Sofa, und Schwemmer fiel beim besten Willen nichts anderes ein, als ihm einen Cognac anzubieten. Schafmann nahm ihm den Schwenker aus der Hand und betrachtete ihn, als hätte er keine Ahnung, was er damit anfangen sollte. Schwemmer reichte auch Burgl ein Glas und nahm sich selbst eines. Etwas betreten setzten sie sich in die Sessel. Burgl hockte auf dem Rand des Polsters und drehte das Glas in der Hand. Schafmann schwieg und starrte die Tischplatte an.

»Werner«, sagte Burgl, »Worte nutzen nichts. Aber wenn wir dir irgendwie helfen können, werden wir das tun.«

»Mit was auch immer«, sagte Schwemmer.

Jetzt sah Schafmann sie an, von einem zum anderen. »Erst mal danke, dass ihr mich in Ruhe gelassen habt«, sagte er, deutete ein Anstoßen an und kippte den Cognac hinunter. »Das meine ich ganz ernst«, setzte er dann hinzu. Er mühte sich ein Grinsen ab, aber es war unübersehbar, dass ihm weit eher nach Heulen war.

Und zwar Heulen, dachte Schwemmer, nicht Weinen.

»Ich bin erledigt«, sagte Schafmann und sah wieder zu Boden. »Ich hab's verkackt.« Irritiert sah er das leere Glas in seiner Hand an. »Eh wurst«, sagte er und schob es Schwemmer zu.

Schwemmer schenkte ihm nach, und Schafmann begann zu reden; es brach aus ihm heraus, während sie ihm stumm zuhörten und dann und wann an ihren Schwenkern nippten.

Seinen Sohn hatte er auf dem Gewissen. Und den Türken. Er, Schafmann, hatte Grellmayer von dessen Aussage erzählt, und jetzt war der Fahrer tot. Er, Schafmann, hatte Fabian zu Kuczinsky geschickt und zu Grellmayer, um … ja, warum eigentlich? Was hatte er erwartet davon? Hatte er ernstlich geglaubt, Grellmayer so am Zeug flicken zu können? Und jetzt war Fabian nicht nur tot, er war bei den Bösen, einer der Angreifer, ein Nazi. Wie hatte er, Schafmann, nur dieses Risiko eingehen können? Warum? Es gab einen Grund, und den hatte er sich selbst nicht eingestehen wollen, bis jetzt, aber jetzt wusste er: Der Grund war, dass er seinen Sohn, dass er Fabian nicht liebte. Nicht wirklich, nicht mit dem Herzen. Und was konnte man Schlimmeres über einen Vater sagen?

Er hatte Fabian nicht geliebt. Nicht geliebt, weil er nicht so war, wie er hätte sein sollen, wie sein Vater das von ihm erwartete, verlangte. Und weil er ihn nicht geliebt hatte, nicht wirklich eben, hatte er gar nicht ernsthaft darüber nachgedacht, war es ihm halt egal gewesen, was passieren konnte, was Grellmayer planen, tun, anrichten würde. Dass es Fabian am Ende das Leben kosten könnte, sollte, musste. Und er hatte gar nicht gewusst, dass es so war. Dass er gar keine Liebe empfand für seinen Sohn. Für Fabian.

»Aber Bärbel«, sagte Schafmann, »die wusste das. Von Anfang an.«

»Wie geht es ihr?«, fragte Burgl.

»Keine Ahnung. Sie ist weg.«

»Weg?«, fragte Schwemmer.

»Mit den Kleinen. Ich war grad daheim. Ein Zettel, sonst nichts. Sie meldet sich, stand da.«

»Hat sie ein Handy?«

»Freilich. Aber das ist aus.«

»Was ist mit deiner Hand passiert?«, fragte Schwemmer.

Schafmann stieß ein hässliches Lachen hervor. »Kuczinsky«, sagte er. »Der kann froh sein, wenn sie ihn wieder zusammenbekommen.«

»Du hast ihn zusammengeschlagen? Im Dienst?«

»Nein, nein ... ich bin ja beurlaubt. War ganz privat, sozusagen.« Er stürzte den zweiten Cognac hinunter und schob Schwemmer das Glas gleich wieder zu.

Schwemmer sah Burgl fragend an. Sie nickte, wenn auch mit besorgter Miene und einem hilflosen Achselzucken. Er schenkte ein drittes Glas ein. »Und Grellmayer weiß, dass du das getan hast, nehm ich mal an.«

»Na klar«, murmelte Schafmann mit herabsinkenden Lidern.

»Magst hier schlafen?«, fragte Burgl.

»Oh ...« Er schreckte hoch. »Nein. Ja. Keine Ahnung.«

»Ich mach dir das Gästezimmer fertig.« Burgl stand auf und verließ das Wohnzimmer.

»Ich muss ihn drankriegen«, sagte Schafmann. »Irgendwie. Wenn ich nur wüsste, wie.«

»Ich arbeite dran«, sagte Schwemmer.

Schafmanns Lider hoben sich widerstrebend. »Wirklich? Was hast du vor?«

»Ich weiß es noch nicht, aber irgendwas wird geschehen.«

»Er war da«, sagte Schafmann. »Grellmayer war dabei, als es passierte. Der Fahrer hat ihn gesehen. Und jetzt ist er tot.«

Schwemmer schwieg. Dies war nicht der Moment, Schafmann die ganze Wahrheit zu sagen. Nicht dass er sich den richtigen Moment hätte vorstellen können, aber dieser hier war es nicht. Es war nicht der Moment, Schafmann mitzuteilen, dass Grellmayer selbst es war, der Fabian ermordet hatte.

Nicht jetzt, noch nicht. Wenn Schafmann schon Kuczinsky zusammengeschlagen hatte, würde er Grellmayer umbringen, auf der Stelle; und wahrscheinlich wäre es ihm völlig gleichgültig, dass man ihn dafür einsperren würde. Schwemmer fing einen Blick Burgls auf und sah, dass sie das Gleiche dachte wie er.

»Magst du noch einen Cognac?«, fragte er.

ACHT

Schwemmer ließ Kuno von der Leine, und er hetzte sofort den steilen Weg hoch, ein paarmal fröhlich kläffend, nach fünfzig, sechzig Metern stürzte er sich in den Graben neben dem Weg, wo es etwas für einen Hund offenbar rasend Interessantes zu entdecken gab. Den Jeep hatte er am Waldrand oberhalb von Lermoos abgestellt. Er steckte den Akku in das alte Nokia-Handy und gab die PIN der Prepaidkarte ein. Es klinkte sich ins österreichische A1-Netz ein. Sein Smartphone lag zu Hause in seiner Schreibtischschublade. Er vermied es nach Möglichkeit, beide Geräte gleichzeitig in derselben Funkzelle zu betreiben.

Er wählte Karin Zettels Nummer aus dem Kopf, im Speicher war sie nicht, und er würde sie auch später wieder aus der Liste löschen. Er konnte nicht sicher sein, sie zu erreichen. Manchmal hatte sie tagelang kein Netz, wenn sie mit einer Yacht auf hoher See war. Zettel und ihr Théo hatten einen kleinen Charterbetrieb aufgebaut, auf einer Grenadinen-Insel. Aber sie meldete sich.

Wie immer klang sie sehr ernsthaft, denn für einen Anruf Schwemmers gab es selten einen angenehmen Grund.

»Wie geht es Théo?«, fragte er. Dass Zettel fast komplett aus seinem und Burgls Leben verschwunden war, bedauerte er. Es war eine der unschönen Folgen von Zettels Krieg gegen Grellmayer, den sie nicht gewonnen hatte. Eine noch sehr viel unschönere war, dass Théo über ein Jahr lang in dem Rollstuhl gesessen hatte, in den Grellmayer und seine Kumpane ihn geprügelt hatten – nur wegen seiner Hautfarbe.

»Es geht langsam, aber es wird besser«, sagte Zettel. »Die Wärme und das Schwimmen helfen ihm sehr. Er kommt mittlerweile wieder allein an Bord.«

Schwemmer konnte nur ahnen, was das für die beiden bedeuten musste. Damals, in Garmisch, war Théo im Sommer jede Woche zur Hochalm hinaufgejoggt, gern auch mal zur Bergstation der Alpspitzbahn.

»Was ist los? Du rufst doch nicht ohne Grund an«, sagte sie.
»Es kann sein, dass ich einen jungen Mann bei euch unterbringen muss. Grellmayer will ihm einen Mord anhängen, den er selber begangen hat.«
»Scheiße. Wen hat er umgebracht?«
»Schafmanns Sohn. Fabian.«
Eine Weile waren nur Windgeräusche zu hören.
»Kriegen sie ihn dran, diesmal?«, fragte sie dann. Es klang sehr beherrscht.
»Die bestimmt nicht«, sagte Schwemmer. »Aber vielleicht übernehm ich das.«

Schwemmer betrat die Galerie. Die Lieferung aus Düsseldorf war angekommen, an der gegenüberliegenden Wand lehnten geschätzt ein Dutzend Bilder sehr unterschiedlicher Formate. Außerdem stand eine säulenförmige Transportkiste aus soliden Brettern in der Ecke, etwa einen Meter zwanzig hoch. Er wackelte testweise daran, sie war erstaunlich leicht. Burgl werkelte irgendwo hinten, wie er hören konnte, aber als er durch die Tür trat, war es Jo Kant, den er als Ersten entdeckte. Er saß auf einem Stuhl, einen aufgeklappten Laptop auf dem Schoß, nickte Schwemmer höflich zu, sagte aber nichts. Stattdessen warf er einen vielsagenden Blick auf die angelehnte Tür zum Lagerraum. Burgl fuhr herum, als Schwemmer die Tür öffnete.
»Ach, du«, sagte sie nur und drehte sich wieder zu dem Tisch, auf dem sie gerade ein Bild auspackte. Ihr Rücken allein schaffte es, schlechte Laune auszustrahlen.
»Alles klar?«, fragte Schwemmer.
»Ich hatte eine Auseinandersetzung mit deinem Geschäftspartner.«
»Meinem ...?«
»Ich habe ihn gebeten, zu gehen, aber er muss erst mit dir sprechen, wie er mir sagte.«
»Auseinandersetzung?«
»Er scheint nicht das Geringste daran zu finden, vertrauliche

Patientenakten zu stehlen. Und sie zu lesen. Wenn die so wichtig sind, hat er mir erklärt, solle man den Aktenschrank halt abschließen.«

»Nun, da hat er ja nicht ganz unrecht, der Herr Kant, der – nebenbei bemerkt – direkt vor der Tür sitzt und jedes Wort mitkriegt.«

»Das kann er ruhig. Das hab ich ihm schon alles ins Gesicht gesagt.«

»Ja dann«, sagte Schwemmer sanft, »red ich mal mit ihm, damit er verschwinden kann.«

»Ich bitte darum.«

Schwemmer zog beeindruckt den Kopf ein und schloss die Tür des Lagerraums hinter sich.

»Na ja«, sagte er. »War eigentlich zu erwarten.«

»Ich hoffe«, sagte Kant, »dass Ihre Gattin und ich wieder zu einem Modus Vivendi oder wenigstens Operandi zurückfinden werden, der eine weitere Zusammenarbeit nicht erschwert.«

»Geschenkt«, sagte Schwemmer. »Entschuldigen Sie sich einfach.«

»Ich entschuldige mich ungern für Notwendigkeiten.«

»Sie entschuldigen sich ungern«, sagte Schwemmer.

Kant wechselte das Thema, indem er auf dem Laptop eine Taste drückte. »Hören Sie. Aufgezeichnet vor anderthalb Stunden etwa.«

Der Klang war erstaunlich gut, angesichts der Tatsache, dass er nur aus den winzigen Laptop-Lautsprechern kam.

»Die sagen nix. Keiner von denen.« Schwemmer erkannte die Stimme von Kommissar Eckler. »Die Alte keift rum, aber aussagen tut sie auch nicht.«

Dann Grellmayer: »Hab ich mir gedacht.«

»Aber von Pollscheidt hat vielleicht was. Fremdgewebe unter den Fingernägeln von dem Toten. Die Auswertung läuft.«

»Dann warten wir's ab. Den kriegen wir.«

»Wo steckst du?«, fragte Eckler.

»Ich bin unterwegs. Meeting in Augsburg.«

»Das ist interessant«, sagte Kant und stoppte die Aufzeichnung.

Er drückte ein paar Tasten und drehte das Display zu Schwemmer. Es zeigte eine Straßenkarte mit einem blinkenden Punkt in der

Mitte. »Dass er nach Augsburg will, sagt er interessanterweise, während er gerade am Kreuz Neufahrn von der A 92 auf die A 9 in Richtung Nürnberg abbiegt.«

»Aha?«

»Warum fährt er überhaupt in Richtung Nürnberg? Will er zu Parashvili?«, fragte Burgl, die unbemerkt die Lagertür geöffnet hatte und mit verschränkten Armen im Rahmen lehnte.

»Ja«, sagte Kant.

»Oh, das klingt ja sehr sicher«, sagte Burgl.

Kant arbeitete kurz auf dem Laptop und wies auf das Display. »Grellmayer hat eine SMS bekommen. ›16:00‹ war der gesamte Inhalt. Sie kam von einer unregistrierten Nummer. Das Gerät befand sich allerdings in der Nürnberger Innenstadt, ganz in der Nähe eines Nachtclubs, der den Parashvilis gehört.«

Schwemmer sah auf die Uhr: zehn vor vier. »Wo steckt Grellmayer jetzt?«

Wieder tippte Kant auf dem Laptop herum. »In einer Fußgängerzone. Er hat das Auto verlassen.«

»Schalten Sie doch das Mikro ein«, sagte Burgl.

»Ich möchte das dosieren. Das verbraucht viel Strom. Es könnte ihm auffallen, wenn der Akku zu schnell leer wird.«

»Egal, wie modern die Technik ist«, sagte Schwemmer, »das Problem ist seit Jahrhunderten das gleiche. Du hast Spione, aber wenn du sie benutzt, fliegen sie auf.«

»Ja, das lappt ins Philosophische«, sagte Kant mit undefinierbarem Unterton. »Aber probieren wir es mal.« Er tippte, drückte »Enter« und lehnte sich zurück. »Dauert einen Moment.«

Aus den Lautsprechern kamen dumpfe Scheuergeräusche, Schwemmer meinte Baustellenlärm zu erkennen, ab und zu Stimmenfetzen, alles klang sehr gedämpft.

»Er trägt das Handy in einer Hemd- oder Jackentasche«, sagte Kant, mit einem Blick auf die Uhr. »Wenn er pünktlich ist, haben wir noch fünf Minuten.«

»Wo ist er jetzt?«, fragte Burgl.

»Immer noch in der Fußgängerzone, nicht weit entfernt von Parashvilis Club. Die Kartenansicht ist leider nicht ganz in Echtzeit.«

Plötzlich wurden die Geräusche leiser, nur die Scheuergeräusche blieben.

»Setz dich«, sagte eine gedämpfte Stimme.

»Das ist vermutlich die Stimme von Levan Parashvili«, sagte Kant.

Etwas wurde eingeschenkt, Grellmayer schien zu trinken, dann grunzte er zufrieden.

»Hast was für mich da?«, fragte Grellmayer.

»Meth oder Koks?«

»Lieber Meth. Was für den Führer gut war ...« Er lachte hustend.

»Geht mich vielleicht nichts an«, sagte Levan. »Aber ich an deiner Stelle würde das ein bisschen reduzieren mit dem Zeug.«

»Da hast du ganz recht: Das geht dich nix an.«

»Ich mein ja nur. Ich hab nichts davon, wenn du durchdrehst.«

»Zerbrich dir mal nicht meinen Kopf.«

»Schon gut. Pass auf: Morgen Nacht, Mitternacht, krieg ich eine Lieferung von den Tschechen. Da musst du uns den Rücken frei halten.«

»Freilich. Wo?«

»Nördlich von Altdorf, wo wir das schon mal gemacht haben.«

»Ich kümmer mich drum. Falls die Kollegen da was planen, geb ich dir Bescheid.«

»Schön. Aber ich muss mich drauf verlassen können.«

»Was soll das nun wieder heißen? Hab ich dich jemals draufgesetzt?«

»Es heißt das, was ich gesagt habe: Ich muss mich verlassen können.«

»So kannst nicht reden mit mir. Merk dir das.«

»Jetzt fang dich aber mal«, sagte Levan laut und energisch.

Es entstand eine Pause. Grellmayer hustete. Wieder Trinkgeräusche. Dann das Klicken eines Feuerzeugs.

»Auch eine?«, fragte Levan.

Wieder das Klicken, tiefes Einatmen und Husten von Grellmayer.

»Je näher man ihm kommt, desto fieser wird er«, sagte Burgl.

»Richtig eklig.«

»Was ist mit Stevens' Geld?«, fragte Levan.

»Ich denk, der Schwemmer hat's.«

»Sicher?«

»Ganz sicher kann man nicht sein, aber einen Versuch wär's allemal wert.«

»Was hast du vor?«

»Das ist schon ein harter Hund, der Schwemmer. Aber mir wird schon was einfallen.« Er stieß ein dreckiges Lachen aus, das in Husten überging.

»Was denkst du, wie viel das war?«, fragte Levan.

»Schwer zu sagen, aber für unter fünf Millionen hätt ich das nicht gemacht.«

»Da sollte ja noch was von übrig sein. Da machen wir fifty-fifty.«

»Siebzig dreißig. Drunter fang ich nicht an.«

»Was? Ja, sag mal! Von wem kam denn der Tipp? Du kassierst verdammt noch mal genug von mir. Und was hast du dafür getan im letzten halben Jahr?«

»Ich hab dich nicht hochgehn lassen. Das ist nicht wenig. Und überhaupt: Euch gäb es doch gar nicht ohne mich. Ohne mich gehörte Nürnberg heut noch den Unterwexlers. Wenn ich nicht den Mann in Reagans Labor derschossn und das dem Gunther in die Schuh geschoben hätt, dann lebten Carlos Söhne beide noch. Mein Plan war das. Und er hat funktioniert. Oder nicht?«

Es entstand eine Pause.

»Lassen wir es gut sein«, sagte Levan endlich.

»Das sollten wir wirklich.« Husten. »Gibt's oben was Neues?«

»'ne Afrikanerin. Angeblich erst vierzehn. Lust, sie mal auszuprobieren?«

»Kackt der Hund in den Wald?«, antwortete Grellmayer. »Wie spät ist denn?« Ein kratzendes Geräusch kam aus den Lautsprechern, und das dumpfe Scheuern verschwand. »Fein, noch keine fünfe, das passt.« Seine Stimme war klarer verständlich als zuvor, offenbar hatte er das Handy aus der Tasche gezogen.

»Sag mal, bist du zu retten?«, sagte Parashvili. »Hast du etwa dein Handy an hier drinnen?«

»Bleib mal auf dem Boden. Wer sollte mich schon abhören?«

Trotzdem schaltete er das Gerät aus, und die Verbindung wurde unterbrochen. Kant klappte den Laptop zu.

»Sie müssen auf sich aufpassen«, sagte er zu Burgl.

»Was können wir anfangen mit den Aufnahmen?«, fragte sie.

»Eine ganze Menge«, sagte Kant. »Aber es wird nicht einfach.«

Schafmann wachte auf und war sich nicht sicher, wie er in sein Bett gekommen war. Erst nach und nach fiel ihm ein, dass er Schwemmers Angebot, bei ihnen zu übernachten, abgelehnt hatte und mit dem Taxi heimgefahren war. Er schleppte sich ins Bad und sah in den Spiegel. Ein Gefühl von Scham überkam ihn, bei dem, was er sah. Er öffnete den Spiegelschrank und suchte nach Mull oder Heftpflaster, um den Verband zu erneuern, den Burgl Schwemmer ihm am Abend um die lädierten Knöchel gelegt hatte. Es war mühsam mit der linken Hand, aber irgendwie bekam er es ausreichend gut hin. Dann nahm er seinen Rasierapparat. Müde fuhr er sich damit durchs Gesicht, und es kam ihm vor, als sträubten sich die Stoppeln noch mehr als sonst gegen die Maschine. Nach der Rasur klatschte er sich das Aftershave ins Gesicht, das die Kinder ihm zum Geburtstag geschenkt hatten. All das half nicht. Er konnte seinen Anblick nicht ertragen.

Nur in Unterwäsche ging er in die Küche hinunter. Die Schlagläden ließ er noch zu. Als er sich einen Brühkaffee gemacht hatte, stellte er fest, dass die Milch alle war. Er trank ihn schwarz, mit Zucker war es erträglich. Auf dem AB waren vier Nachrichten, er hörte sie ab; es waren Beileidsbezeugungen, von Leuten, die er kaum kannte, und eine Nachricht vom Beerdigungsinstitut, dass die Todesanzeige aufgegeben sei und morgen im Tagblatt erscheinen werde.

Er wählte Bärbels Handy an, es war immer noch aus, als die Mailbox sich meldete, legte er auf. Den Becher in der Hand ging er wieder nach oben. Vor Fabians Tür blieb er stehen, lange. Er starrte auf die Türklinke, doch schließlich drehte er sich um und ging ins Schlafzimmer, um sich anzukleiden. Er fand keinen Sinn darin, weiter in Fabians Leben herumzuwühlen. Sein Sohn hatte es ihm nicht zeigen wollen, und vielleicht sollte er das respektieren, aber viel eher, da machte er sich nichts vor, wollte er nicht sehen müssen, was er dort noch alles zu finden fürchtete.

Angekleidet öffnete er im ganzen Haus die Schlagläden, steckte Portemonnaie und Einkaufsbeutel ein und verließ das Haus. Zu Fuß machte er sich auf den Weg zum REWE an der Hauptstraße. Die Bewegung tat ihm gut, wie er schnell merkte, und auch die frische Luft, die der Wind von den Bergen heruntertrug. In der Ballengasse kam ihm eine junge Frau entgegen oder ein Mädchen, sie mochte achtzehn sein. Schlank, glattes schwarzes Haar; sie trug einen langen schwarzen Mantel aus dünnem Stoff zu schweren Schnürstiefeln. Als sie näher kam, fiel ihm das übertrieben wirkende Make-up auf; das tiefe Schwarz um die Augen war weit nach außen gezogen. Er ging langsamer. Sie wich seinem Blick aus. Er kannte dieses Gesicht. Aus Auerers Akte.

»Verzeihung«, sagte er. »Ist Ihr Name Mara?«

Sie hielt an, sichtbar widerstrebend.

»Sie kannten meinen Sohn, nicht wahr? Fabian.«

»Fabian ...« Ihre Augen suchten nach einem Fluchtweg. »Sie sind sein Vater?«

»Ja. Das bin ich.«

»Wir waren ... befreundet.« Sie schien nicht zu wissen, ob sie ihm die Hand reichen sollte oder nicht.

Schafmann bot ihr seine nicht an. »Sie waren dabei, als er das Feuer gelegt hat«, sagte er.

»Ich möchte Ihnen sagen, wie leid mir das alles tut.«

»Waren Sie auch in Kaltenbrunn dabei?«

»Nein, ich ...«

»Mit Ihrem Mitleid kann ich nichts anfangen.«

Sie nickte stumm und sah zur Seite. »Es tut mir ...« Sie brach den Satz ab. »Ich mochte ihn. Sehr.«

»Wissen Sie, wer dabei war, in Kaltenbrunn?«, fragte Schafmann.

»Kuczinsky und Lars. Und Grellmayer.«

»Sie scheinen die Einzige zu sein, die seinen Namen kennt.«

»Ich bin ja auch die Einzige, die er fickt«, sagte sie völlig unbewegt.

Schafmann sah sich um, sie standen unter einem gekippten Fenster. Er winkte sie hinter sich her und ging ein paar Schritte weiter.

»Tut er das?«, fragte er.

»Immer wenn er in der Stadt ist.«

Das Handy in seiner Brusttasche läutete. Er sah auf das Display. Es war Hessmann. Er drückte ihn weg.

»Sie sind sechzehn, oder?«, fragte er.

»Ja. Seit letztem Monat.«

»Und seit wann läuft das so?«

Sie sah die Gasse hinauf und hinunter, dann senkte sie den Kopf. Die langen Haare verbargen ihre Augen.

»Seit einem Jahr«, sagte sie leise.

Schafmann strich sich durch die Haare, während er verarbeitete, was er gerade gehört hatte.

»Grellmayer«, sagte sie, »ist ein böser Mensch. Und Fabian war kein böser Mensch.«

Schafmann sah sie stumm an. Sie hob den Kopf und strich die Haare aus dem Gesicht.

»Er war ein dummer Junge«, sagte sie. »Und dumme Jungen sterben so. Immer wieder. Überall. Hier. Dort.«

Schafmann sah sie forschend an. Da waren keine Tränen in ihren Augen. Und keine Lügen.

»Wir sollten uns in Ruhe unterhalten, irgendwo«, sagte er.

Der Wanderparkplatz in Hammersbach lag leer in der Dunkelheit. Schwemmer steuerte den Jeep zum hinteren Ende und schaltete Licht und Motor aus. Er war ein paar Minuten zu früh, wie ihm ein Blick auf die Armbanduhr zeigte. Zu erkennen war fast nichts in der Finsternis, aber langsam schob sich eine schmale Mondsichel über die Gebirgskämme im Osten. Er fuhr die Seitenscheibe hinunter, der Wind war frisch, aber ein Rest sommerlicher Wärme war noch darin spürbar. Er brauchte nicht lange zu warten. Das Geräusch von Fahrradreifen auf Schotter näherte sich, und zwei dunkle Gestalten tauchten vor ihm auf. Schwemmer schaltete die Innenbeleuchtung an.

»Steigt ein.«

Severin Kindel kletterte hinten auf die Rückbank, der andere stieg vorn auf den Beifahrersitz.

»Das ist der Arni«, sagte Severin.

»Grüß Gott«, sagte Arni artig. Schwemmer schätzte ihn auf achtzehn Jahre. Im dem fahlgelben Licht wirkte er schwächlich und ungesund. Und verängstigt.

»Erzähl mir, was passiert ist, da in Kaltenbrunn«, sagte Schwemmer.

Arni begann, den Kopf zu schütteln, als glaube er das alles selbst nicht, und hörte damit nicht auf, während er erzählte, offenbar ohne es selbst zu bemerken.

Sie waren zu viert gewesen, beim Schloderer Berni, rumgehangen hatten sie und irgendwann angefangen mit Schafkopfen. Und dann war draußen die Alarmanlage losgegangen. Die Irmi hatte sie noch zurückhalten wollen, aber der Berni war raus auf den Balkon und hatte gebrüllt, und er, der Arni, war mit dem Basti einfach los, aus der Tür, nach draußen. Das waren ja auch nur zwei von den Nazis, und groß waren die auch nicht, keine von den Harten, und wenn schon, es war ja auch nicht das erste Mal, dass sie es denen gegeben hätten, so welchen, der Basti und er, aber dazu kam's ja gar nicht erst. Einen hat er, der Arni, fast erwischt, ein bisschen hin und her ist es gegangen, Kinderkram, einen Kratzer am Kinn hat der ihm verpasst, aber dann hat der sich losgerissen, und weitergerannt ist er, rauf zur Bundesstraße, da war der erste von den Nazis schon nach rechts abgebogen und der Basti immer hinterher und der andere, hinter dem er, der Arni, her war, halt nach links.

Aber dann war der plötzlich weg. Einfach weg, verschwunden. Er, der Arni, hat angehalten, ist zurückgelaufen, und da hat er ihn dann auch bald entdeckt, auf der anderen Straßenseite, zwischen ein paar Büschen oder Sträuchern oder kleinen Bäumen, dichten Pflanzen halt, oberhalb der Straße, und der war da nicht allein, der Nazi. Da war auch der fette Blonde vom Staatsschutz. Der, der auch am Asylheim war, zuvor, als das gebrannt hatte. Da hat er, der Arni, sich hinter dem Bushäuschen in Sicherheit gebracht, weil mit dem Blonden wollte er sich nicht anlegen, aber die beiden haben ihn sowieso nicht bemerkt, weil sie gestritten haben. Einen Spitzel hat der Fette den Jungen genannt, einen Spitzel für seinen Vater, was der Arni nicht verstanden hat, für welchen Vater ist man denn ein Spitzel? Er, der Arni, versteht sowieso nicht so wahnsinnig viel, sagte der Arni, das weiß er schon, aber schlau genug, zu wissen, wann es besser ist, sich in die Büsche zu schlagen, ist er alleweil. Und der Junge hat den Blonden angeschrien, dass sein Vater mit ihm kurzen Prozess machen würde, wenn er ihn nicht in Ruhe ließe, und der Blonde hat nur böse gelacht, und dann waren da die Lichter auf der dunklen Straße, und der Sattelschlepper war rangerauscht gekommen, und der Blonde hat den Jungen gepackt, ganz einfach so, und ihn die Böschung runtergestoßen, so richtig mit Kraft. Nicht mal mehr Zeit zum Schreien hat der Bursche gehabt. Und dann war es sehr laut geworden mit dem Sattelschlepper, dem Horn und der Bremse und den Reifen.

Und dann sehr leise.

Und dann ist der Arni fortgerannt.

»Und jetzt«, sagte er, »weiß ich nicht weiter.« Ohne jemanden anzusehen.

Schwemmer räusperte sich, ein-, zwei-, dreimal. »Dieser Basti«, sagte er dann, »und der Schloderer Berni und seine Irmi, die kennen deinen Namen, nehm ich mal an?«

»Ja, freili«, sagte Severin. »Aber die werdn nix sagn.«

»Das mag sein. Aber die Polizei kommt auch so dahinter. So riesig ist eure Szene ja nicht. Und V-Leute gibt's da auch genug.«

»V-Leute?«, fragte Arni. »Bei uns?«

»Ah geh, was denkst denn. Bist echt so naiv?«, fragte Severin.

»Ihr wollt meinen Rat«, sagte Schwemmer. »Ich sag ihn euch: Der Arni muss das Land verlassen. Sofort, so weit weg wie möglich, solange sie seinen Namen noch nicht kennen. Und das wird nicht mehr lange dauern, glaubt mir.«

»Land verlassen?« Arni sah ihn in einer Mischung aus Unglauben und Verständnislosigkeit an.

»Aber des geht doch ned!«, sagte Severin erregt. »Der Bulle bringt den Bua um, und den Berni und den Basti verhaften s' dafür und die Irmi a, die gar nix gmacht ham! Und dem Bulln passiert nix?« Severin streckte in einer flehenden Geste eine Hand zwischen den Sitzen nach vorn. »I mein, kann man denn gar nix tun?«

»Es geht gar nicht darum, ob man was tun kann. Vielleicht kriegt jemand Beweise und Zeugen zusammen und findet sogar einen Staatsanwalt, der den Grellmayer anklagt. Möglich ist das ... na ja: vielleicht. Sagen wir: denkbar. Aber worum es wirklich geht: Wenn Grellmayer erfährt, dass es einen Zeugen gibt, der ihn gesehen und erkannt hat, dann wird es schlicht lebensgefährlich für ihn. Der Lkw-Fahrer ist schon tot!«

»Herrschaftszeiten! Des kann doch ned sei! Wo samma denn?«

»Ja«, sagte Schwemmer. »Wo samma denn ...«

Arni saß schweigend auf dem Beifahrersitz, mit einer Miene, als redeten sie über einen Fremden. Offenbar überforderte ihn die Situation völlig. Schwemmer wandte sich nach hinten.

»Habt ihr jemanden im Ausland, wo er hinkann?«

»Mei, scho. Aber des san ois Leit aus der Szene. Die stehn ja a oi unter Beobachtung.«

»Meine Mutter«, sagte Arni, der plötzlich aufzuwachen schien. »Meine Mutter ist krank. Und mein Vater ...« Er brach den Satz ab.

»Sei Oida is an Oarsch«, sagte Severin.

»Um deine Mutter kannst du dich aber auch nicht kümmern, wenn du im Knast sitzt.« Oder dich jemand totschlägt, setzte Schwemmer in Gedanken hinzu. Aber Arni schien mit einem Mal wie ausgewechselt.

»Nein«, sagte er. »Ich geh nicht weg von meiner Mutter.«

»Aber jetzad bist a ned dahoam«, sagte Sverin. »Und do, wost bist, kannst ned bleibn. Do gibt's ja ned amoi a Klo.«

»Nein. Jemand muss sich um sie kümmern ... Ich lass sie nicht allein.« Arni klang entschlossen.

»Was ist mit deiner Großmutter?«, fragte Schwemmer nach hinten. »Könnte die das machen?«

»I woaß ned. I werd sie halt fragn ... moi schaugn.«

»Hast du Geld?«, fragte Schwemmer.

»Geld? Nein.« Arni schien die Frage ziemlich abwegig zu finden.

»Einen gültigen Pass?«

»Ja.«

»Immerhin«, sagte Schwemmer. Eine Weile sagte niemand etwas.

»Solange sie nicht wissen, nach wem sie suchen, ist er in Sicherheit. Aber in dem Moment, in dem sich das ändert, ist es damit vorbei. Und es wird sich ändern.«

»Und dann?«

»Ich werd mir was einfallen lassen.«

»Wie lang müsst ich denn weg?«, fragte Arni.

»Ich weiß es nicht«, antwortete Schwemmer leise und sah zu, wie die Venus zwischen den Gipfeln aufging. Dann ballte er die Faust und hieb auf das ledergepolsterte Lenkrad. »Nicht lang«, sagte er entschieden. »Nicht lang.«

NEUN

Schwemmer wurde vom Klingeln des Handys auf seinem Nachttisch geweckt. Es war schon hell draußen, Burgls Bett war bereits leer. Ächzend griff er nach dem Gerät und wischte sich den Schlaf aus den Augen, um das Display lesen zu können. Es war die Handynummer von Frau Fuchs.

»Verdammt«, sagte er und räusperte sich. »Wenn irgendeiner weiß, dass man mich so früh nicht ansprechen darf, dann ist das doch die Fuchs ... Ja?«, blaffte er dann ins Mikro.

»Tut mir tausendmal leid«, flüsterte sie. »Aber für eine SMS ist es zu viel. Gerade kommen die Ergebnisse von Professor von Pollscheidt aus München rein. Noch hab ich sie nicht weitergegeben. Da steht was von Hautfetzen unter den Fingernägeln vom Fabian und dass die DNS bekannt ist.«

»Wer?«, fragte Schwemmer.

»Ein Büttner, Arnold, Jahrgang '99, wohnt in der Notkarstraße 31 in Burgrain. Der hatte mal sechs Wochen Jugendhaft wegen Sachbeschädigung.«

»Mist«, sagte Schwemmer. »Wie lange können Sie das zurückhalten?«

»Eine Stunde vielleicht. Höchstens.«

»Dann machen Sie das bitte. Und halten Sie mich auf dem Laufenden.«

Sie verabschiedete sich mit einem geflüsterten »Alles klar«. Sie kannte ihn also noch gut genug, als dass sie um diese Zeit ein freundliches Dankeschön von ihm erwartet hätte.

Schwemmer setzte sich auf und rieb sich heftig durchs Gesicht, bevor er aufstand und sich eilig anzog.

»So früh?« Burgl saß mit der SZ am Frühstückstisch und sah ihn erstaunt an, als er in die Küche kam. »Warum bist du denn schon auf?«

»Es gibt das nächste Problem. Ich fürchte, ich kann dir heute nicht helfen in der Galerie.« Den Kaffeebecher in der Hand ging er ins Wohnzimmer zum Telefon. Aus dem Telefonbuch suchte er die Nummer von Johanna Kindel heraus, der Großmutter von Severin. Sie meldete sich nach den zweiten Klingeln und war hörbar überrascht und wohl auch ein wenig alarmiert von seinem Anruf und davon, dass er nach ihrem Enkel fragte. »Ist er im Haus?«, fragte Schwemmer.

»Naa. Der Bua is auf der Oarbeid.«

»Können Sie ihn bitte anrufen und ihm etwas von mir ausrichten? Es ist dringend …«

»Geht's um den Arni?«

»Ja«, antwortete Schwemmer. »Es geht um den Arni.«

Es klingelte an der Haustür. Schafmann sah aus dem Küchenfenster auf die Straße, bevor er öffnete. Vor dem Haus parkte ein Streifenwagen. Er ging zur Haustür. Es war Auerer.

»Komm rein, Alois«, sagte Schafmann und ging voran in die Stube. Er setzte sich an den Esstisch und deutete auf einen Stuhl, aber Auerer blieb stehen.

»Ich soll dich festnehmen, Werner«, sagte er.

»Das ist nicht dein Ernst.«

»Anweisung von Hessmann. Ich soll dich ins Präsidium bringen. Er hat einen Haftbefehl beantragt gegen dich. Wegen der Sache mit Kuczinsky.«

Schafmann schüttelte stumm den Kopf. Auerer zog eine zusammengefaltete Zeitung aus der Tasche und legte sie ihm auf den Tisch. »HIEBE VOM KRIPOCHEF?« war die Schlagzeile, mit dem üblichen winzigen Fragezeichen.

»Hessmann hat keine Wahl«, sagte Auerer.

»Keine Wahl … pah.«

»Hör zu, Werner: Ich werd dich hier nicht rauszerren. Wenn du nicht mitkommen willst, sag ich, du wärst nicht zu Hause gewesen. Aber dann kommt das nächste Mal ein anderer. Der Eckler vielleicht.«

»Weißt du, dass Grellmayer kleine Mädchen vergewaltigt?«

Auerer sah ihn traurig an. »Selbst wenn ich das wüsste, dann würde es hier jetzt gar nichts ändern.«

»Die Moldawierin, die ihr festgenommen habt.«

»*Die* hat Grellmayer vergewaltigt?«

»Da war sie fünfzehn. Wenn sie sich gewehrt hätte, hätte er sie ausweisen lassen.«

»Und das kannst du beweisen?«

»Sie würde aussagen.«

Auerer stieß ein böses Lachen aus. »Würde. Und *würde* man der glauben? *Der?* Oder dem Grellmayer? Und danach? Danach *würde* sie wirklich ausgewiesen. Einen Scheiß kannst du beweisen.«

Schafmann sah zu Boden und nickte. Dann stand er auf.

»Lass mich noch ein paar Sachen einpacken«, sagte er.

Schwemmer hielt auf dem Parkplatz am Dorint Hotel. Severin wartete bereits auf ihn und stieg ein. Er trug ein weißes, etwas fleckiges Wams mit einer schräg laufenden Knopfreihe.

»Lang kann i ned«, sagte er.

»Was arbeitest du da?«, fragte Schwemmer.

»I helf in der Küchn. I bin ja Musiker, eigntlich, aber's fehlt halt am Geld bei der Großmama. Wieso ham S' ned mi direkt angrufen?«

»Weil sie Arni identifiziert haben. Dann kennen sie auch seine Handynummer und seine Kontakte. Und da gehörst du ja wohl zu. Deswegen ruf ich diese Nummer lieber nicht an. Der Arni kann nicht hierbleiben, egal, was mit seiner Mutter ist.«

Schwemmer zog einen Packen Fünfziger aus seiner Brieftasche. Er sah sich um, bevor er sie ihm unauffällig hinüberreichte.

»Er darf sein Handy nicht anschalten. Das sind fünfzehnhundert Euro. Besorg zunächst einmal ein einfaches Handy mit Prepaidkarte für ihn. Spar nicht am Aufladen. Sein eigenes darf er auf gar keinen Fall benutzen, es muss ausgeschaltet bleiben. Das hast du ihm hoffentlich klargemacht.«

»Ja, scho, aber i hoff, dass er ned sei Mutter angrufn hod. I trau eahm da ned so recht.«

Schwemmer stöhnte auf. »Wo steckt er? Ich hol ihn da ab. Für ein paar Tage kann ich ihn unterbringen.«

»Und dann?«

»Schauen wir weiter.«

»Ja mei«, sagte Severin. »Wissen S' noch, wo damois unser Probenraum war? In Grainau?«

»Der in die Luft geflogen ist? Werd ich nicht vergessen, mein Lebtag nicht.«

»Da ums Eck ... is aber ned leicht zum findn.«

»Gut. Mit dem Rest von dem Geld kaufst du ein Zugticket nach Nizza. So, dass er spätestens nächsten Mittwoch da ist.«

»Was soll 'n der Arni in Nizza?«

»Eine Freundin wird ihn da in Empfang nehmen. Sie überführt von da eine Segelyacht in die Karibik.«

»Segeln? Der Arni? Aufm Meer?« Ganz offensichtlich überzeugte ihn der Plan nicht.

»Was Besseres kann ich grad nicht anbieten«, sagte Schwemmer. »Da träumen andere von. Bis Nizza geht es ohne, aber in der Karibik braucht er seinen Pass. Wenn was von dem Geld übrig bleibt, gib's der Großmama.«

Schwemmers Handy signalisierte eine SMS. Von Frau Fuchs.

»Grell. plant sek-einsatz, grainau, törlenweg, 30 min, eckler bereits v. ort.«

»Verdammter Mist«, sagte Schwemmer. »Dann hat Arni also doch telefoniert.« Er startete den Motor und gab Gas. »Plan B.«

Severin sah sich hilflos nach dem Hotel um. »I muss oarbeidn ...«

»Geht jetzt nicht«, sagte Schwemmer. »Wir haben keine Minute zu verlieren. Du musst mir zeigen, wo er ist.«

Der Weg nach Grainau führte durch den ganzen Ort. Es war reichlich Verkehr auf der Hauptstraße, und Schwemmer entschied sich für die Fritz-Müller-Straße, wo sie prompt von einem Paketwagen aufgehalten wurden, der ihre Fahrbahn blockierte.

»D' Hauptstraß wär schneller gangen«, sagte Severin.

»Andersrum wäre immer schneller gegangen«, sagte Schwemmer. »Egal, wie rum du fährst.«

Als sie an dem Paketwagen vorbei waren, ging es flüssig weiter. Schwemmer sah auf die Uhr. Seiner Schätzung nach brauchten sie noch mindestens fünfzehn Minuten.

»Wie viele Zufahrten hat das Haus?«, fragte er.

»Oane über die Schien von da Zugspitzbahn, do is aber a verschlossnes Gatter. Und no a kloaner Weg durchn Woid.«

»Kommen wir da mit dem Wagen durch?«

»Dem Jeep? Ned hi, aber scho nah dro.«

»Hör zu, wir haben gleich keine Zeit zu diskutieren. Du gehst rein und zerrst ihn da raus, egal, was er sagt. Verstanden?«

Severin nickte.

»Sag ihm einfach, der Grellmayer käme, ihn zu holen. Das sollte reichen.«

»Des denk i a«, sagte Severin.

In Hammersbach setzte Schwemmer den Blinker, um in die Schmölzstraße abzubiegen.

»D' Loisachstraßn is besser«, sagte Severin, und Schwemmer steuerte zurück auf die Geradeausspur.

Er fuhr durchgehend zu schnell, versuchte aber, das Risiko nicht zu groß werden zu lassen und nicht allzu sehr aufzufallen. In Grainau kassierte er einige Beschimpfungen von Fußgängern, aber sie kamen gut durch bis zur Eibseestraße, wo Severin ihn hinter dem Ort nach links dirigierte, am Tennisclub und am alten Fußballplatz vorbei, und dann rechts in den Wald hinein, auf einen Weg, der für Fahrzeuge nicht gedacht war. Nach einem halben Kilometer bog der Weg ab, und Severin kommandierte: »Stopp!« Schwemmer wendete, bevor sie ausstiegen. Severin marschierte sofort los, einen schmalen Pfad entlang, der nach links abbog. Etwas rauschte vorbei, nicht allzu weit entfernt: die Zugspitzbahn, bergauf. Der Pfad weitete sich, die Bäume traten zurück, und Severin wies auf eine früher mal solide gebaute, nun aber ziemlich heruntergekommene Hütte. Er lief zur Tür und klopfte in einem kurzen, prägnanten Rhythmus. Sekunden später wurde geöffnet.

Schwemmer lief an der Hütte vorbei. In der Deckung der Bäume pirschte er weiter zum Waldrand. Nur wenige Meter von der letzten Baumreihe entfernt lagen die Bahngleise, dahinter Äcker und Weiden. Die Zufahrt kreuzte darüber hinweg und führte in einem Links-rechts-Knick um einen Stadel herum zum Törlenweg. Zunächst konnte Schwemmer niemanden entdecken, aber etwa hundert Meter weiter rechts standen zwei Scheunen nebeneinander. In der Einfahrt dazwischen stand ein unauffälliger Kombi, die Schnauze ausgerichtet auf den Bahnübergang. Er war zu weit entfernt, als dass man hätte erkennen können, ob jemand darin saß, aber Schwemmer hatte wenig Zweifel. Als er nach links blickte, sah er hinter den Bäumen eine große, dunkle Limousine auftauchen, nicht mehr als zweihundert Meter entfernt, Blaulicht blinkte hinter der Frontscheibe, direkt dahinter kam eine zweite. Die dritte wartete er nicht ab. Geduckt wandte er sich um und rannte los. Er erreichte die Hütte, als die beiden gerade aus der Tür kamen.

»Go, go, go!«, rief er und klatschte aufmunternd in die Hände. Severin musste ziemlich überzeugend gewesen sein. Arni hatte im Wortsinne nicht mehr dabei, als er auf dem Leib trug. Sie erreichten den Jeep.

»Beide nach hinten und Köpfe runter!«, kommandierte Schwemmer und gab schon Gas, bevor Arni noch seine Tür richtig zuhatte. »Runter!«, rief er wieder, die beiden Jungs gehorchten. Offenbar hatte mittlerweile sogar Arni verstanden, worum es ging.

Es war nicht zu früh. Sie hatten gerade die Ausfahrt des Tennisclubs passiert, als von der Eibseestraße her ein dunkler A8 mit Blaulicht entgegenkam und an ihnen vorbeidrängte.

Schwemmer bog nach rechts ab und fuhr ruhig, sich an jedes Tempolimit haltend, durch Grainau.

»Ihr bleibt unten«, sagte er. »Ich sag jetzt nicht, wo ich den Arni hinbring, damit der Severin nicht lügen muss, wenn man ihn fragt.«

»Okay«, hörte er von hinten, zweistimmig.

»Severin, hast du mit deiner Großmutter gesprochen? Kann sie sich eine Weile um Arnis Mutter kümmern?«

»»Ja, des passt«, sagte Severin.

»Also, Arni, für deine Mutter ist gesorgt, ich hoffe, das beruhigt dich.«

Es kam ein klägliches Geräusch von hinten, das man als Zustimmung werten mochte. Es würde schwierig werden, dem Jungen klarzumachen, dass er bis auf Weiteres seine Mutter nicht einmal anrufen durfte. Als der Verkehr es zuließ, wandte er kurz den Kopf. Arni kauerte im Fußraum hinter dem Beifahrersitz. Er hielt seine

Knie umklammert und hatte Tränen in den Augen. Er machte nicht den Eindruck, als würde man ihn weiter irgendwo allein lassen können.

»Magst du Hunde, Arni?«, fragte Schwemmer.

Auerer öffnete die Tür zu Hessmanns Büro und ließ Schafmann den Vortritt. Hessmann saß hinter seinem Schreibtisch, davor saß Oberstaatsanwältin Isenwald und sah Schafmann mit einer Mischung aus Mitleid und Verständnislosigkeit entgegen. Sie erhob sich und machte einen Schritt auf ihn zu. Mit beiden Händen ergriff sie seine Rechte und näherte sich seinem Ohr.

»Es tut mir so leid«, hauchte sie.

»Danke«, sagte Schafmann und entzog ihr seine Hand.

Auerer rückte einen Stuhl vom Besuchertisch für ihn heran, dann verabschiedete er sich mit stummem Nicken aus der Tür. Schafmann setzte sich, und Hessmann sah ihn an, als wäre er dafür gern um Erlaubnis gebeten worden.

»Was haben Sie sich nur dabei gedacht?«, fragte er.

Schafmann sah ihm in die Augen und schwieg.

»Herr Hessmann möchte damit sagen, dass wir einfach nicht verstehen, was Sie dazu veranlasst hat«, sagte Isenwald, die wieder Platz genommen hatte.

Jetzt war es Schafmann, der sie verständnislos ansah.

»Was hat dieser Kuczinsky Ihnen getan?«, fragte sie. »Sie haben ihn festgenommen …«, sie blätterte in einer Akte, die vor ihr auf Hessmanns Schreibtisch lag, »… letzte Woche, wegen Widerstands, Haftbefehl wurde aber nicht beantragt. Warum eigentlich nicht?«

Schafmann sah zu Hessmann, der Blick der Oberstaatsanwältin folgte seinem.

»Warum wurde das nicht verfolgt?«, fragte sie Hessmann.

Der Polizeidirektor räusperte sich. »Auf Wunsch des LKA.«

»In Person von Herrn Grellmayer?«

»In der Tat.«

Isenwald pochte nachdenklich mit der Spitze ihres sehr teuer aussehenden Kugelschreibers auf den Aktendeckel. Forschend sah sie Schafmann an.»Wollen Sie sich dazu gar nicht äußern?«

Schafmann sah Hessmann an und sagte:»Nein.«

»Aber vielleicht können Sie mir einen Tipp geben, wo in den Akten ich etwas finde, das mir hilft, Sie zu verstehen.«

»Die Gründe«, sagte Schafmann, ohne den Blick von Hessmann zu wenden,»stehen nicht in den Akten.«

»Was wollen Sie damit unterstellen, Herr EKHK Schafmann?«, blaffte Hessmann.

Isenwald tippte weiter mit ihrem dicken grüngoldenen Stift auf dem Aktendeckel herum.

Es klopfte an der Tür.

»Was ist?«, rief Hessmann scharf.

Frau Fuchs steckte den Kopf herein.»Herr Dräger würde Ihnen gern etwas mitteilen.«

»Soll warten.«

»Er sagt, es gehöre zum Thema.«

»Dann bitten Sie ihn herein«, sagte Isenwald, als sei es ihr Büro.

Dräger kam durch die Tür, einen Aktendeckel unter dem Arm.»Hallo, Vicky«, sagte er zu Isenwald. Sie nickte ihm mit einem sehr zurückhaltenden Lächeln zu.»Herr Hessmann, Herr Schafmann ...«

»Was gibt's denn so Dringendes?«, fragte Hessmann.

»Ich habe die Fingerabdrücke von Eduard Kuczinsky überprüft, die wir letzte Woche von ihm genommen haben. Sie entsprechen denen auf den Scherben des Brandsatzes, der zwei Tage zuvor in das Flüchtlingsheim geworfen wurde.«

»Ach was?«, sagte Isenwald.

Schafmann spürte ein Kribbeln auf den Unterarmen.

»Und wieso, meinen Sie, gehört das hierher?«, fragte Hessmann.

»Würde Herrn Schafmann das erlauben, den Mann ins Krankenhaus zu prügeln?«

»Noch wissen wir doch gar nicht sicher, dass es tatsächlich Herr Schafmann war«, sagte Isenwald kühl.

»Von mir aus«, sagte Hessmann.»Wem auch immer.«

»Ich dachte, das könnte bei der Motivlage helfen«, sagte Dräger.

»Wie kamen Sie eigentlich darauf, die Abdrücke zu überprüfen?«, fragte Hessmann, als hielte er die Idee für völlig abwegig.
»Kriminalistische Intuition vermutlich«, sagte Isenwald. »Dafür ist Herr Dräger doch schon oft gelobt worden ... Das ist doch ein mehr als starkes Indiz dafür, dass Kuczinsky an dem Brandanschlag beteiligt war, nicht wahr?«
»Wenn Sie so wollen«, sagte Hessmann.
»Ja«, sagte Dräger.
»Dann haben Sie also einen mutmaßlichen Brandstifter laufen lassen?«
»Auf Verlangen des LKA«, sagte Hessmann, mittlerweile ein wenig aufgebracht.
»Auf Verlangen von Herrn Grellmayer. Eigentlich sollte es doch so laufen: Sie ermitteln, geben Ihre Ermittlungsergebnisse an uns, die Staatsanwaltschaft. Und wenn *wir* dann Anklage erheben und das LKA hat Einwände, dann kommt das LKA zu *uns*. Und dann schaun wir weiter. Dieser kleine Dienstweg, den Sie und der Herr Grellmayer da offenbar eingerichtet haben, den dürfte es gar nicht geben, Herr Hessmann.«
Hessmann sah sie mit halb offenem Mund an. Isenwald steckte ihren Kuli ein und schenkte ihm ein kühles Lächeln.
»Herr Hessmann, bitte verzeihen Sie, aber hätten Sie einen Raum, in dem ich mich mit Herrn Schafmann allein unterhalten kann?«

Burgl summte eine kleine Melodie. Mittlerweile hingen alle Bilder, nur die Skulptur musste noch aus ihrer Transportkiste befreit und platziert werden.
Jemand klopfte an die Scheibe. Der DHL-Mann stand mit einer Sackkarre voller Pakete vor der Eingangstür. Das würden die Prospekte und Kataloge für die Vernissage sein, auf die sie seit Tagen wartete. Sie schloss auf und ließ den Mann ein. Er grüßte mit einem freundlichen Zwinkern, in den letzten Wochen war er so oft hier gewesen, dass man sich kannte. Er fuhr die Sackkarre hinter ihr her ins Lager und half ihr, die Pakete in die Ecke zu

stapeln. Er machte eine Bemerkung übers Wetter, und sie suchte in ihrem Portemonnaie nach einem Zwei-Euro-Stück für ihn. Er verabschiedete sich mit einem Winken, und sie kramte im Lager nach dem Nageleisen, um die Skulptur aus ihrer Kiste zu befreien. Als sie wieder nach vorn kam, stand Grellmayer vor ihr.

»Raus hier«, sagte sie und beschimpfte sich in Gedanken für ihre Unachtsamkeit.

»Aber Frau Schwemmer, warum so garstig? Ich könnt ein Kunde sein.«

»Hier ist noch zu.«

Er zog die fleischigen Mundwinkel nach oben. Dann wandte er sich um und drehte den Schlüssel in der Eingangstür.

»Gehen Sie raus!«

»Sonst was? Geben S' mir einen mit dem Kuhfuß da?« Er lachte nicht.

»Könnt schon sein.«

Er kam auf sie zu und versuchte, das Nageleisen zu packen, aber sie zog es weg. Die Klaue erwischte ihn am Handrücken, und er zuckte zurück. Erstaunt betrachtete er seine Hand, ein blutiger Striemen war darauf.

»So sollten Sie nicht umgehen mit einem Polizisten.« Er grinste.

Burgl packte das Eisen mit beiden Händen und hob es drohend. Es war ihr klar, dass sie im Ernstfall keine Chance gegen einen so massigen Gegner haben würde, aber sie wollte es für ihn so teuer wie möglich machen. Er griff nach ihr, sie wich aus und hieb mit dem Eisen in seine Richtung, aber der Fette war schneller, als sie ihm zugetraut hätte, sie verfehlte ihn. Wieder versuchte er, sie zu packen, wieder wich sie aus, und wieder ging ihr Hieb daneben. Die Sache schien ihm Spaß zu machen. Beim nächsten Versuch, ihm auszuweichen, stieß sie gegen die Kiste mit der Skulptur und geriet leicht ins Straucheln, was Grellmayer reichte, sie am Oberarm zu packen. Hilfesuchend sah sie durch das Schaufenster auf die Straße. Ein Mann ging vorbei, und sie öffnete den Mund, um zu schreien, aber Grellmayer drückte ihr seine Pranke ins Gesicht. Es gelang ihm, ihr das Eisen zu entwinden. Er warf es zu Boden und zerrte sie zur Tür ins Lager. Sie stemmte sich verzweifelt gegen den Türrahmen. Er lachte.

»Na, na, mein Täuberl«, sagte er, »jetzt mal ernsthaft. Nur, damit ihr versteht, von was eigentlich die Rede ist.«

Gewaltsam löste er ihre Finger von der Klinke, an der sie sich festklammerte. In diesem Moment klopfte jemand an die Scheibe der Eingangstür.

Grellmayer drehte sich um, keinesfalls erschrocken, eher so, als fühlte er sich bei etwas gestört. Vor der Tür stand ein korpulenter Polizist in Uniform.

»Da schau her«, sagte Grellmayer. »Der Herr Auerer.«

Sein Griff lockerte sich. Burgl riss sich los und schlug ihm mit voller Kraft ins Gesicht, so schnell, dass er den Hieb nicht abwehren konnte. Er hob die Hand, um zurückzuschlagen, ließ es nach einem Blick auf Auerer aber bleiben. Burgl beeilte sich, Auerer einzulassen.

»Darf ich fragen, was hier vor sich geht?«, fragte Auerer, als sie ihm geöffnet hatte. Er stand in der Tür, steif aufgerichtet, die Hände auf dem Rücken verschränkt.

»Das haben Sie doch wohl gesehen«, sagte Grellmayer. »Die hat mich attackiert, als ich sie befragen wollte.«

»Das habe ich so allerdings nicht gesehen«, sagte Auerer. »Es handelte sich hierbei also um eine polizeiliche Maßnahme?«

»Ganz recht. Die Dame hat sich der Festnahme widersetzt.«

»Ich dachte, Sie wollten sie nur befragen?«

»Auf mich losgegangen ist der Dreckskerl«, schrie Burgl. »Der wär über mich hergefallen, wenn er mich durch die Tür bekommen hätte. Schaffen Sie mir den hier raus! Bitte!«

Grellmayer lachte. »Ich bitt Sie … Sie kommen jetzt schön mit mir auf die Wache, Frau Schwemmer.«

»Herr Kriminalhauptkommissar Grellmayer«, sagte Auerer, der immer noch regungslos in der Tür stand. »Übertreiben Sie es nicht.«

»Ich fasse mal zusammen«, sagte Isenwald. »Grellmayers V-Mann Kuczinsky hat den Brandanschlag geplant und durchgeführt, mit Unterstützung Ihres Sohnes und anderer. Man könnte ihn also als Anführer einer terroristischen Vereinigung sehen. Grellmayer schützt seinen V-Mann und sorgt für seine Entlassung aus dem Polizeigewahrsam, obwohl er von dessen Beteiligung an dem Anschlag weiß. Dann plant Grellmayer, *nicht* Kuczinsky, den Angriff auf das Haus in Kaltenbrunn. Beide sind während des Geschehens in der Nähe, und Grellmayer wird Zeuge, wie Ihr Sohn ums Leben kommt, gibt das aber nicht zu Protokoll. Zudem gibt es eine minderjährige Frau, die behauptet, als von ihm Abhängige von Grellmayer zur Unzucht gezwungen worden zu sein, und den rätselhaften Selbstmord des Lkw-Fahrers in seiner Zelle ...« Isenwald blies die Wangen auf und sah auf ihren Notizblock. »Nun, ich hatte Sie aufgefordert, frei zu reden, Herr Schafmann, aber das hier ist wirklich starker Tobak.«

Schafmann schloss müde die Augen. »Und Sie werden nichts unternehmen«, sagte er leise und lauschte dem Schweigen der Oberstaatsanwältin und dem Tippen ihres Stiftes auf dem Aktendeckel.

»Ich wünschte«, sagte sie endlich, »ich könnte Ihnen helfen. Wirklich.«

Schafmann öffnete die Augen wieder. »Was ist mit der jungen Frau? Befragen Sie sie!«

»Sie zu befragen ist das eine. Grellmayer anzuklagen etwas ganz anderes. Da reden noch andere mit. Das kann ich nicht allein. Und noch einmal was ganz anderes ist es, das Mädchen in den Zeugenstand zu stellen. Sie wird da ohnehin nicht mitmachen, egal, was sie jetzt sagt oder vorhat. Sie hat keine Aufenthaltserlaubnis. Sie wird das Risiko nicht eingehen ... *Ich* würde es nicht, an ihrer Stelle.«

Schafmann nickte. »Immerhin können Sie *mich* anklagen wegen schwerer Körperverletzung.«

»Ich werde keinen Haftbefehl gegen Sie ausstellen, Herr Schafmann.«

»Da muss ich mich wohl bedanken.«

»Nein, natürlich nicht.«

»Aber anklagen werden Sie mich schon.«

»Was denken Sie denn, was mir übrig bleibt? Im Gegensatz zu Grellmayer liefern Sie die Beweise selber frei Haus. Ich rate Ihnen zu einem guten Anwalt, wenn Ihnen Ihr Job und Ihre Pension lieb sind.«

»Ja … der Job und die Pension …« Schafmann schloss die Augen wieder. »Es wird immer so weitergehen, nicht wahr?«

»Ich hoffe nicht«, sagte Isenwald leise. »Lange können wir uns das nicht mehr leisten.«

»Bist du verletzt?«, fragte Schwemmer.

»Ja. Nein. Halb so wild. Aber meinen Stolz, den hat er verdammt noch mal verletzt.« Burgl rammte den Kuhfuß in die Spalte unter dem Deckel der Transportkiste und versuchte, ihn aufzuheben. »Wenigstens hab ich ihm auch eine gesemmelt. Und zwar nicht zu knapp.«

Er streckte die Hand nach dem Nageleisen aus. »Lass mich das machen.«

»Nein. Ich muss mich abreagieren.« Der Deckel brach am Rand, und ein großer Holzsplitter flog gegen ihr rechtes Handgelenk. Sie schrie erschrocken auf, es begann zu bluten. Schwemmer reichte ihr ein Papiertuch. Sie presste es auf die Wunde, er nahm sie in die Arme und wiegte sie sanft. Ihr Herz konnte er schlagen spüren, heftig und schnell. Minutenlang standen sie so da zwischen den Bildern und achteten nicht darauf, ob jemand durchs Schaufenster schaute oder nicht.

»Wenn der Auerer nicht zufällig hier auf Streife gewesen wäre …«, sagte sie leise, ohne den Satz zu beenden.

Schwemmer schwieg.

»Wo warst du eigentlich?«, fragte sie.

»Ich hab den Jungen auf die Hütte gebracht«, sagte Schwemmer. »Für ein paar Tage sollte das gehen.«

»Ganz allein da oben? Hält der Bub das durch?«

»Ich hab ihm Kuno dagelassen.«

»Wirklich?«

»Ganz allein kann's da nachts schon gruselig werden. Ich hab für alles gesorgt. Die beiden werden nicht verhungern.«

Sie löste sich aus seiner Umarmung und betrachtete den Ratscher an ihrem Handgelenk. Müde schüttelte sie den Kopf und tupfte das Blut weg.

»Grellmayer wird alles kaputt machen«, sagte sie leise.

»Nein, wird er nicht«, sagte Schwemmer. »Ich werde das nicht zulassen.«

ZEHN

Schafmann schloss den Stahlschrank in seiner Kellerwerkstatt auf. Er räumte den Spurensicherungskoffer und alles andere aus dem untersten Fach und nahm den Stahlboden heraus. Darunter stand eine verschlossene Metallkassette. Er öffnete sie mit dem kleinen Schlüssel an seinem Bund. Darin lagen eine 1911er, ein Magazin, eine Schachtel Patronen und ein Schalldämpfer. Waffe und Magazin nahm er heraus und eine einzelne Patrone aus der Packung. Er drückte sie in das Magazin, steckte es in den Griff der Waffe und lud durch.

Die Pistole wog schwer in seiner Hand. Vierzehn Jahre hatte sie, eingeschlagen in ölgetränkte Lappen, im Stahlschrank gelegen, im Geheimfach, in ihrer Kassette. So lange, dass er sie manchmal fast vergessen hatte. Sie war bei einem Raubüberfall verwendet worden, damals, in der Ludwigstraße. Der Täter hatte versucht, mit dem Radl zu fliehen, und sie am Humplmayrweg irgendwo ins Gebüsch geworfen. Das hatte er zumindest gesagt, als sie ihn gefasst hatten. Sie hatten gesucht, und sie war nicht gefunden worden, von der Polizei.

Es war wohl der Schalldämpfer gewesen, der ihn fasziniert hatte. Für einen Schalldämpfer an einer Pistole gab es keine legale Begründung, an sich schon Beweis für kriminelle Absichten. Er hatte sie entdeckt, zwischen Büschen, im Dreck, und nichts gesagt, hatte sie einfach hinten in den Hosenbund gesteckt. Ein Fehler, wie ihm klar war, aber er hatte ihn gemacht.

Und mittlerweile hatte er ganz andere Fehler gemacht.

Die Pistole in der Hand, ließ er sich auf den Hocker sinken. Eine gefühlte Ewigkeit saß er da. Immer wieder starrte er die Waffe an, einmal hob er sie sogar in Richtung seines Schädels, aber er ließ sie wieder sinken.

Und dann läutete es oben an der Haustür.

Der Nachtclub an der Frauentormauer hatte noch lange nicht geöffnet, aber die Tür stand offen. Dahinter schrubbte ein kleiner älterer Mann in blauer Latzhose die Steinfliesen. Das durch die Tür eindringende Sonnenlicht ließ den Laden noch einmal erheblich schäbiger erscheinen, als er Kant bei seinem ersten Besuch vorgekommen war, als die gedimmten roten Lampen über den Tischen etliche Schrammen und Verfärbungen gnädig überdeckt hatten. Mit einer Entschuldigung drängte Kant sich an dem Putzmann vorbei, der sah ihn kaum an, aber drinnen erhob sich Hardy Lepper von seinem Stuhl und stellte sich ihm stumm in den Weg.

»Ich muss Carlo sprechen«, sagte Kant.

»Carlo hat keine Zeit. Sie können mit mir reden.«

Kant konnte Carlo an einem Tisch in einer Nische sitzen sehen. Er hatte einen Laptop und ein paar Ordner vor sich liegen und beachtete den Besucher demonstrativ nicht.

»Na schön«, sagte Kant. »Aber es wird ihn auch interessieren. Und eigentlich haben wir keine Zeit für Spielchen.«

Carlo sah immer noch nicht her, aber er machte eine auffordernde Handbewegung.

»Na gut.« Hardy hielt ihm die offene Hand entgegen. »Handy.«

»Das werden wir brauchen«, sagte Kant. »Ich muss Ihnen etwas vorspielen.«

Hardy knurrte unzufrieden, aber er setzte sich auf die Bank an Carlos Tisch und wies auf einen Stuhl. Kant setzte sich und grüßte Carlo mit einem Nicken, das der Alte nicht beantwortete. Kant zog sein Smartphone und wischte herum.

»Die eine Stimme werden Sie kennen«, sagte er. »Sie gehört Levan Parashvili.« Er stellte die Lautstärke hoch und drückte auf »Play«.

»Was? Bist du retten? Von wem kam denn der Tipp? Du kassierst verdammt noch mal genug von mir. Und was hast du dafür getan im letzten halben Jahr?« – »Ich hab dich nicht hochgehn lassen. Das ist nicht wenig. Und überhaupt: Euch gäb es doch gar nicht ohne mich. Ohne mich gehörte Nürnberg heut noch den Unterwexlers. Wenn ich nicht den Mann in Reagans Labor derschossn und das dem Gunther in die Schuh geschoben hätt, dann lebten Carlos Söhne beide noch. Mein Plan war das. Und er hat funktioniert. Oder nicht?«

Carlo starrte Kant an.»Wer spricht da?«

»Ein Polizist. Vom LKA.«

»Grellmayer«, sagte Hardy.

»Sie kennen ihn?«

»Er war Gunthers Mann, damals.«

»Dachte Gunther«, sagte Kant.

Carlo räusperte sich, es wurde zu einem bösen Husten. Dann lehnte er den Kopf zurück.»Warum spielen Sie mir das vor?«, fragte er, die Augen geschlossen.

»Um Ihnen zu zeigen, dass wir gemeinsame Interessen haben.«

»Wer ist ›wir‹?«, fragte Carlo.

»Sie und meine Klienten und damit natürlich auch ich.«

»Sie meinen die Schwemmers«, sagte Hardy.

»Ja. Beide.«

»Hat Frau Schwemmer Sie geschickt, weil sie glaubt, wir schulden ihr was?«, fragte Hardy.

»Den Eindruck hatte ich keinesfalls. Es war meine Idee, herzukommen. Ich denke doch, dass es Sie interessiert, wer Ihre Söhne auf dem Gewissen hat.«

»Dreck, das tut es auch. Aber was erwarten Sie jetzt von uns?«

»Gemeinsam könnten wir eine Win–win–Situation daraus machen.« Kant sah auf seine Armbanduhr.»Ich schalte jetzt mein Smartphone aus«, sagte er dann.»Damit wir die Details besprechen können.«

Schwemmer hatte sich schon fast damit abgefunden, dass Schafmann doch nicht daheim war, wie Frau Fuchs es ihm versichert hatte, aber dann öffnete er doch noch die Tür.

»Ach, du bist es.« Es klang enttäuscht.»Tut mir leid, ich war im Keller.«

»Kann ich mit dir reden?«, fragte Schwemmer.

Schafmann nickte nur stumm und ging voran ins Haus. Die Läden waren zu, und die Luft roch abgestanden.

»Ich werd angeklagt«, sagte Schafmann. »Und Grellmayer wird nicht angeklagt.«

Schwemmer setzte sich an den Esstisch. Schafmann blieb am Fenster stehen und starrte auf die geschlossenen Läden.

»Ich muss dir was sagen«, sagte Schwemmer. »Setz dich bitte zu mir.«

Schafmann drehte sich mit misstrauischer Miene um und nahm Platz.

»Es gibt einen Zeugen. Grellmayer war nicht nur einfach da, in Kaltenbrunn. Er hat Fabian auf die Straße gestoßen. Eigenhändig.«

Schafmann stützte den Kopf in die Hände. »Macht das noch einen Unterschied? Bedeutet das irgendwas, irgendwem?« Seine Stimme war kaum hörbar.

»Ich hab dir gesagt, ich arbeite dran«, sagte Schwemmer. »Das tue ich tatsächlich. Vielleicht geht was. Du könntest mir helfen.«

»Was soll ich tun?«

»Diese Mara. Hast du Kontakt zu ihr?«

»Ich hab eine Handynummer.«

»Ist sie in Garmisch?«

»Ich denk schon.«

»Ruf sie an. Wir müssen sie treffen.«

»Seit wann ist das Mädchen bei ihm?«, fragte Kant.

Schwemmer sah auf die Uhr, es ging auf null Uhr. »Noch nicht lange.«

»Ich hoffe, sie bringt das alles glaubwürdig rüber.«

»Mein Eindruck war schon, dass sie gut lügen kann«, sagte Schwemmer.

»Was, wenn er sie durchschaut?«, fragte Burgl.

Dann gnade ihr Gott, dachte Schwemmer und konnte Burgl ansehen, dass sie das Gleiche dachte.

»Hätten wir nicht einfach Arnis altes Handy benutzen können?«, fragte Burgl.

»Eben nicht«, sagte Kant. »Dann würde der normale Fahndungsapparat anlaufen. Grellmayer muss die Info ganz exklusiv bekommen. Und diese Mara hat als Einzige einen exklusiven Zugang zu ihm.«

»Exklusiver Zugang«, sagte Burgl düster. »*Das* nenn ich mal einen gelungenen Euphemismus.«

Kant tippte auf dem Laptop herum, ein paar Sekunden später kamen vage Geräusche und Wortfetzen aus dem Lautsprecher.

»Sie befinden sich nicht in der Nähe des Handys, vielleicht im Nebenraum«, sagte er. »Ich schalte das Mikro wieder ab.«

Doch plötzlich, wahrscheinlich war eine Tür aufgegangen, Grellmayers Stimme, deutlich zu hören.

»Und wie kommst du da dran?«

»Er hat telefoniert«, sagte Mara, »als ich auf dem Klo war, und ich hab gelauscht. Er hat ihn Arni genannt. Und dass er aufpassen muss und dass er keinem erzählen soll, dass er gesehen hat, wie der Bulle den Jungen vor den Laster geschubst hat. Und als *er* dann später auf dem Klo war, hab ich einfach die letzte Nummer aus der Liste abgeschrieben.«

»Gar nicht so dumm, die Kleine …«

»Er wählt eine Münchner Nummer an«, sagte Kant.

»Bayerisches Landeskriminalamt, Hauptkommissar Schneiderhahn«, meldete sich eine Stimme.

»Grellmayer hier, servus, Kollege. Ich bräucht ein Bewegungsprofil.«

Schwemmer und Kant nickten.

»Bingo«, sagte Burgl.

»Die Nummer ist …« Grellmayer diktierte eine Handynummer.

»Senden S' mir das auf mein Smartphone, bitt schön. Und frohes Schaffen noch.«

»Danke, gleichfalls«, antwortete Schneiderhahn, bevor er auflegte.

»Er ruft Kuczinsky an«, sagte Kant nur ein paar Sekunden später.

»Grelli, was gibt's?«, fragte eine verschlafene Stimme.

»Edi, pass auf. Die Mara, weißt schon, die ist grad bei mir.«

»Wie schön für dich.«

»Ah geh. Die Mara hat sich bei den Zecken reingeschlichen. Wusstest du das?«

»Nein. *Ich* hab ihr das nicht befohlen.«

»War wohl auch mehr ein Zufall. Aber Glück für uns. Einer von denen ist auf sie reingefallen, und sie hat einiges erfahren. Der Büttner Arnold, das ist der eine aus Kaltenbrunn, den wir suchen, der hat alles gesehen.«

»Alles? Du meinst …«

»Alles bis zum Schluss.«

»Das ist scheiße. Hat sie rausgekriegt, wo er steckt?«

»Besser: Sie hat seine Handynummer rausbekommen. Die lass ich grad anpeilen. Dann schaun mer mal.«

»Wie hat sie das denn gemacht?«

»Weibsleut halt. Wird ihm an der Nudel rumgespielt haben. Da kann man den Kopf ja schon mal verlieren, gell?«

»Du musst es ja wissen. Was hast du vor, wenn du ihn gefunden hast?«

»Bist fit?«

»Fit? Wie es einem halt geht, mit 'ner gebrochenen Nase. Der Schädel brummt, und scheiße sehe ich aus. Aber ansonsten geht's halbwegs.«

»Dann werden wir zwei mal bei ihm vorbeischauen. Und zwar bevor meine Kollegen das machen. Deswegen pressiert's, verstehst?«

»Ja. Logisch.«

»Und dann erledigen wir die Sache endgültig.«

»Okay«, sagte Kuczinsky. »Das sollten wir tun. Wann?«

»Ich ruf dich an. Sobald ich die Peilung hab.«

Das Gespräch endete. Kant schaltete noch einmal das Mikrofon ein, aber das Resultat war das gleiche wie zu Beginn. Einige Minuten vergingen.

»Will einer was trinken?«, fragte Schwemmer und erntete zweimal Kopfschütteln.

Er stand auf und ging in die Küche. Nicht weil er wirklich Durst gehabt hätte, es war die erzwungene Tatenlosigkeit, die begann, ihn kirre zu machen. Er schenkte Apfelsaft in ein Glas und gab Mineralwasser dazu. Durch die offene Tür hörte er in Kants Laptop einen Alarm piepsen.

»Da kommt der Link vom LKA an ihn«, sagte Kant.

Schwemmer nippte an seiner Schorle und ging zurück ins Wohnzimmer. Wieder vergingen ein paar Minuten, dann rief Grellmayer wieder Kuczinskys Nummer an.

»Ja?«

»In Murnau steckt er. Ich bin in a halben Stunde bei dir.«

»Es geht also los«, sagte Kant. Er tippte eine Nachricht in sein Smartphone, nur ein paar Sekunden später summte es, und er wischte über das Display. »Das Okay von Lepper. Sie sind bereit.« Schwemmer trank sein Glas leer und stellte es ab. Burgl lehnte im Türrahmen und schlang ihre Arme um den Oberkörper, als würde sie frieren.

»Es fühlt sich nicht gut an«, sagte sie.

»Wenn Sie mit Gegnern zu tun haben, die unfair kämpfen, bleibt Ihnen nicht erspart, sich unfair zu wehren«, sagte Kant. »Es sei denn, Sie wollen aufgeben. Grellmayer ist ein hochgefährlicher Krimineller. Und kommt stets davon. Da schaffen wir immerhin so etwas wie ein Alternativszenario.«

»Man könnte auch sagen, wir versuchen, den Teufel mit dem Beelzebub auszutreiben«, sagte Schwemmer.

»Den Teufel«, sagte Kant, »werden Sie niemals austreiben. Vielleicht schaffen Sie es, ihn um die Ecke zu jagen. Aber da wird er nicht bleiben.«

Schafmann saß am Esstisch. Die Flasche Enzian stand verschlossen vor ihm, und er rührte sie nicht an. Die Zeit tropfte wie Pech, auf zwei in der Früh ging es zu. Er starrte auf den Teller mit den eingetrockneten Eigelb-Resten, der schon seit zwei Tagen dort auf dem Tisch vor sich hin gammelte. Endlich läutete das Telefon, das vor ihm auf dem Tisch lag.

»Wie steht's?«, fragte er.

»Er hat es geschluckt«, sagte Schwemmer.

»Gott sei Dank. Ich hatte Angst um das Mädchen. Hat er das Handy schon angepeilt?«

»Ja. Sie sind unterwegs. Ich denke, in einer guten halben Stunde werden sie da sein. Hast du dich entschieden? Kommst du mit?«

Schafmann zögerte. »Ja. Aber ich fahr selber«, sagte er dann.

»Bist du nüchtern?«

»Ja«, sagte er und wollte schon auflegen, aber er nahm den Hörer noch einmal ans Ohr. »Machen wir das Richtige?«, fragte er.

»Nein«, sagte Schwemmer. »Wir machen das am wenigsten Falsche.«

Schwemmer fuhr am Kreisel in Murnau in Richtung Kohlgrub. Am Ortsausgang bog er links ab. Nach hundert Metern war die Bebauung zu Ende. Ein Schild verbot die Weiterfahrt, außer für Land- und Forstwirtschaft. Und für Anwohner, die man hier kaum vermuten wollte. Der Weg führte nun steil abwärts, nach weiteren hundert Metern überquerte er die unbeschrankten Gleise der Strecke nach Oberammergau. Der Weg war schlammig, es ging weiter bergab, schließlich an einer Hecke vorbei. Im Licht der Scheinwerfer tauchte darin unvermittelt eine schmale Einfahrt auf, eher ein Eingang. Schwemmer steuerte den Jeep daran vorbei; als die Hecke von der Straße zurücktrat, bog er auf die Wiese ab und fuhr an der Hecke entlang hinter das Grundstück. Hier, vom Weg aus außer Sicht, parkte ein M-Klasse-Mercedes mit Nürnberger Kennzeichen.

»So richtig schlecht kann es den Unterwexlers ja nicht gehen«, sagte Schwemmer, »wenn ich mir den Wagen anguck.«

»So etwas ist gern relativ«, sagte Kant. »Das ist nicht einmal das vorletzte Modell.«

Schwemmer wendete den Jeep und schaltete Licht und Motor aus.

»Wie sind Sie auf dieses Haus gekommen?«, fragte Kant.

»Es scheint mir optimal. Abgelegen und steht seit Jahren leer«, sagte Schwemmer.

»Warum?«

»Da hat der ›Teufel von Garmisch‹ drin gelebt und einen Mann erschossen. Und sich selbst obendrein. Wahrscheinlich will es deswegen keiner kaufen. Dramatische Sache war das.«

»Ich meine, damals davon gelesen zu haben«, sagte Kant. »Dass unser Vorhaben den Wert des Hauses steigern wird, kann ich mir allerdings nicht vorstellen.«

»Da könnten Sie recht haben.«

Kant klappte den Laptop auf und startete das Überwachungs-programm. Zu hören war Motorengeräusch.

»Sie sind unterwegs«, sagte er.

»Wo sind sie?«

»Noch in Oberau.«

Schwemmers Handy signalisierte eine Nachricht. »Schafmann steht oben an der Straße«, sagte er und tippte ein »Okay« ein.

Minutenlang war nichts zu hören außer den Fahrgeräuschen, die Grellmayers Handy in die Lautsprecher übertrug.

»Eines ging mir durch den Kopf«, sagte Schwemmer. »Wie hoch wird die Lebensversicherung eines Bodyguards sein? Die muss doch eine Mordsrisikoklasse haben, und so viel verdienen diese Jungs ja auch nicht, dass sie sich hohe Prämien leisten könnten.«

Kant steckte einen USB-Stick in den Laptop und sagte nichts, er verzog nur unwillig den Mund, wie Schwemmer mit einem Seitenblick feststellte.

»Mehr als ein paar hunderttausend können das doch nicht sein. Sind Sie da nicht zu teuer? Bleibt der Verlobten von dem armen Mario überhaupt was über, am Ende?«

»Manchmal«, sagte Kant, »gebe ich Rabatt.«

»Tatsächlich? Was muss man dafür tun?«

Kant tippte auf dem Laptop herum und antwortete nicht – in Schwemmers Erinnerung das erste Mal. Schwemmer grinste.

»Sind Sie verwandt mit der Dame?«

Kant tippte weiter.

»Oder ist es eine Ex?«

Mit einem für ihn untypischen Seufzen sah Kant ihn an. »Es ist meine Harfelehrerin.«

Schwemmer entfloh ein Lachen. »In echt jetzt?«

»Ja. Ich habe ihr einiges zu verdanken«, sagte Kant und steckte den USB-Stick in die Tasche.

»Da schau her«, begann Schwemmer, aber er wurde von Ku-czinskys Stimme in den Lautsprechern unterbrochen.

»Was genau hast du vor?«, fragte er.
»Wir gehen da rein und drehen der linken Ratz den Hals um.
Das ist ois.«
»Klingt nach 'nem Plan«, sagte Kuczinsky.
»Ich hab noch ganz eine schicke Idee. Ich hab einen Aufkleber
mit, von der ›Antifa Oberbayern‹. Wenn er hin ist, kleben wir ihm
den aufs Maul. Und auf die Stirn schreiben wir: ›Verrätersau‹.«
»Hehehehe. Super. Das ist mies. Gefällt mir. Du könntest
doch auch rumerzählen, der wär dein V-Mann gewesen.«
»Auch nicht schlecht«, sagte Grellmayer.
»Sie sind bald da«, sagte Kant.
»Da vorn links«, sagte Kuczinsky. »Und weiter. Weiter grad-
aus.«
»*Da* runter?«, fragte Grellmayer.
»Ja. Noch ein Stück weiter. Über die Gleise.«
»Ja, sakra«, sagte Grellmayer. »Wie kommt der grad hierher?«
»Wieso?«, fragte Kuczinsky. »Kennst du das Haus?«
»Ich war hier schon mal. A paar Jahr her, da hat's hier einen
Mord gegeben. Die Sache mit dem ›Teufel von Garmisch‹ war
das.«
»Ach was? Hier war das? Wahrscheinlich steht es deshalb leer«,
sagte Kuczinsky. »Ist aber echt kein schlechtes Versteck, mit der
Hecke drumrum.«
Das Motorengeräusch erstarb.
»Hast du vorher noch eine Nase für mich?«, fragte Kuczinsky.
»Dann macht's mehr Spaß.«
Raschelnd kamen aus dem Lautsprecher dann schnupfende
Geräusche. Kant regelte die Lautstärke runter.
»Huuuh«, sagte Kuczinsky. »Verdammt, das knallt gut.«
»Ja. Frisch geliefert«, sagte Grellmayer und zog ein paarmal die
Nase hoch. »Auffi, pack mer's.«
Autotüren wurden geöffnet und nicht wieder geschlossen.
Grellmayer gab flüsternd Anweisungen, die nicht zu verstehen
waren. Kant drehte die Lautstärke wieder höher.
»Da im Fenster am Eck, ist da Licht?«
»Klares Ja. Hinterm Vorhang. Wie gehen wir rein?«
»Das müssen wir schaun.«

Pause.

»Hey«, zischte Kuczinsky. »Tür nur angelehnt.«

Leise Schritte, fast unhörbar, eine Diele knarrte leise.

»Lauter geht leider nicht«, sagte Kant.

»Das Zimmer da«, flüsterte Kuczinsky.

»Ja. Ich stoß die Tür auf, du gehst rein, ich komm nach. Los!« Ein lautes Krachen, schwere, schnelle Schritte, eine zuschlagende Tür.

»Waffen runter«, sagte Hardy Leppers Stimme. »Alle beide.«

»Scheiße«, sagte Kuczinsky. »Wer zur Hölle ist *das* denn?«

»Fallen lassen«, sagte Hardy. »Ich sag's nicht noch mal.«

Gegenstände fielen zu Boden.

»Der Herr Grellmayer«, sagte Carlo Unterwexlers Bassstimme. »Ich hätte nicht gedacht, dass wir uns mal persönlich kennenlernen würden. Und dass mich das dann so freuen würde.«

»Da schau her. Die Unterwexlers, wenn ich nicht irre.« Grellmayer klang eher amüsiert als beeindruckt. »Was habt ihr denn vor?«

»Was wir hier vorhaben«, sagte Carlo, »wird Ihnen nicht gefallen.«

Plötzlich tat es einen sehr lauten Schlag aus den Lautsprechern. Jemand stöhnte auf. Kuczinsky brüllte irgendwas Unverständliches.

»Ein Schuss«, sagte Kant.

Sekundenbruchteile später kamen weitere Schüsse als verzerrte Schläge aus dem Lautsprecher, dann polternde Geräusche, dann Stille.

Schwemmer startete den Motor.

»Los, los, los!«, sagte Kant.

»Das läuft schief«, sagte Schwemmer. So schnell es der Untergrund zuließ, steuerte er den Jeep um die Hecke herum zur Einfahrt.

»Ich hatte Ihnen zu einer Waffe geraten«, sagte Kant.

»Jaja«, sagte Schwemmer.

Kant zog seine Halbautomatik aus dem Holster und lud durch. »Sie bleiben besser draußen.«

Schwemmer hielt rutschend direkt vor der Einfahrt, einen Meter vor dem Kühler von Grellmayers BMW-Monster. Kant sprang aus dem Wagen, die Pistole mit beiden Händen haltend rannte er durch das Licht der Scheinwerfer und verschwand hinter der Hecke.

Schwemmer zog sein Handy und wählte Schafmann an. »Hier geht was schief. Plan B. Blockier mit deinem Wagen den Weg und sieh zu, dass du aus der Schusslinie kommst. Eigensicherung beachten.«

Er zog die Taschenlampe aus der Jacke und hatte gerade die Fahrertür geöffnet, um auszusteigen, als unvermittelt Kuczinsky aus der Einfahrt gerannt kam, in der Hand eine abgesägte Schrotflinte. Er prallte gegen die Motorhaube des Jeeps und versuchte keuchend, auf den Beinen zu bleiben. Jetzt erst wurde er Schwemmer gewahr, der noch halb im Auto saß. Sofort riss er die Waffe hoch, Schwemmer warf sich auf den Sitz, aber es fiel kein Schuss. Stattdessen sah er Kuczinsky nach vorn kippen. Er prallte gegen die offene Fahrertür, drückte sie gegen Schwemmers Beine und rutschte daran herunter. Dann blieb er reglos liegen.

Laufschritte kamen den Weg von den Gleisen herab. Ein Schemen näherte sich in der Dunkelheit und entpuppte sich als Schafmann.

»Alles klar?«, fragte er.

»Muss«, sagte Schwemmer. Er schaltete die Lampe an. In Kuczinskys Hinterkopf war ein Einschuss. »Ich habe keinen Schuss gehört«, sagte er.

»Ich auch nicht«, sagte Schafmann.

Plötzlich flammte am Haus eine Taschenlampe auf. Schwemmer sah hin und war sofort geblendet. Er hob abwehrend eine Hand vor die Augen.

»Verzeihung«, hörten sie Kant sagen. »Das war nicht meine Absicht.« Er senkte den Strahl der Lampe auf den Weg, und sie gingen ins Haus.

Carlo saß auf einem Stuhl, verrenkt, einen großen roten Fleck dort, wo das Herz war, reglos. Auf dem Boden neben ihm lag ein großkalibriger, verchromter Revolver mit kurzem Lauf. Mitten im Raum Grellmayer, auf dem Bauch, zwei große Austrittswunden auf dem Rücken. Hardy Lepper saß auf dem Fußboden, an die Wand gelehnt. Die rechte Hand gegen die linke Schulter gepresst, fluchte er leise vor sich hin.

»Ich bin wohl langsam wirklich zu alt für den Scheiß«, sagte er endlich.

»Was ist passiert?«, fragte Schwemmer.

»Grellmayer hatte wohl noch eine 22er irgendwo stecken«, sagte Kant. »Damit hat er Herrn Lepper erwischt. Carlo hat Grellmayer zwei verpasst, aber für Kuczinsky war er dann zu langsam.«

»Ja«, sagte Hardy. »Der ist erst aus dem Zimmer, aber dann ist ihm wohl eingefallen, dass ich auch noch da war, und er ist zurückgekommen. Scheiße, wenn Sie nicht reingekommen wären, hätt er mich erledigt.«

»War mir ein Vergnügen«, sagte Kant.

»Wie geht es Ihnen?«, fragte Schwemmer. »Brauchen Sie einen Arzt?«

Lepper schüttelte den Kopf. »Geht noch. Wenn mich einer nach Augsburg fährt, schaff ich es. Da haben wir einen Arzt, der keine Fragen stellt.«

»Ich bring Sie hin«, sagte Kant. »Geben Sie mir Ihren Autoschlüssel.«

Plötzlich war da ein Stöhnen. Es kam von Grellmayer. Alle vier Männer starrten den riesigen Körper an, der unbewegt dort auf dem Boden lag. Schwemmer überlegte, ihm den Puls zu fühlen, aber er ließ es bleiben.

»Was machen wir mit ihm?«, fragte Kant.

»Ich kümmer mich drum«, sagte Schafmann.

Kant holte den USB-Stick aus seiner Jackentasche und gab ihn Schafmann. »Stecken Sie ihm den in die Manteltasche. Aber wischen Sie vorher die Abdrücke ab.«

»Was ist das?«, fragte Schafmann.

»Sein Nachruf«, sagte Kant.

Burgl stand hinter seinem Stuhl und massierte ihm den Nacken, während er ziemlich große Schlucke aus einem ziemlich großen Glas Talisker nahm.

»Was für eine Scheiße«, flüsterte er.

»Was ist mit Grellmayer?«, fragte sie.

»Als ich ging, lebte er noch. Schafmann hat gesagt, er kümmert sich um ihn.«

»Was bedeutet das?«

»Ich hab ihn nicht gefragt. Keiner hat das.« Mit dem nächsten Schluck leerte er das Glas. »Wir haben Carlo in seinen Kofferraum gehievt und Hardy auf den Beifahrersitz. Kant bringt ihn nach Augsburg, zum Arzt. Grellmayer und Kuczinsky haben wir dagelassen.« Er schenkte sich nach. »Ich wär auch beinah erschossen worden«, sagte er und trank.

Ihre Bewegungen hielten inne. Sie sagte nichts. Nach ein paar Sekunden nahm sie sie wieder auf.

»Kuczinsky wollte seine Flinte auf mich richten, da hat ihn einer von hinten erwischt. Ich dachte, das war der Kant. Aber als ich mich bedanken wollte, hat er gesagt, er hätte keinen einzigen Schuss abgefeuert.«

»Wer war es dann?«, fragte Burgl.

»Tja. Gute Frage«, sagte Schwemmer.

Schafmann steuerte seinen Wagen an Hechendorf vorbei und bog dann nach rechts von der B 2 ab. Noch war es stockfinster. Vorsichtig fuhr er über den holprigen Weg ins Murnauer Moos hinein. Er spürte, dass etwas von ihm abgefallen war und zugleich eine Kälte in seinem Innern, die blieb und nicht vergehen wollte. Grellmayer hatte noch zwei Stunden durchgehalten. Er, Schafmann, hatte auf einem Stuhl gesessen und ihm beim Sterben zugesehen. Er hatte nicht nachgeholfen, aber er hatte auch nichts unternommen, den Mörder seines Sohnes zu retten. Er wusste nicht, ob das überhaupt möglich gewesen wäre, aber das spielte keine Rolle.

Ein kleines Reh tauchte vor ihm im Scheinwerferlicht auf und starrte mit rot reflektierenden Augen in seine Richtung; es verschwand, wie es gekommen war. Hinter dem alten Steinbruch ging Schafmann vom Gas und ließ den Wagen ausrollen. Er nahm die Waffe mit dem Schalldämpfer, die er neben sich auf dem Beifahrersitz liegen hatte, und stieg aus. Das Fernlicht ließ er an.

Alle paar Meter stand ein »Betreten verboten«-Schild. Im Licht der Scheinwerfer stieg er die Böschung hinauf. Die Waffe zu unterschlagen war damals ein Fehler gewesen. Heute hatte sie Schwemmers Leben gerettet. Der Schuss war mutig gewesen in der Dunkelheit, aber Schafmann hatte nicht gezögert. Dazu hatte auch die Zeit gefehlt. Nur eine Sekunde später hätte Kuczinsky Schwemmer vor dem Lauf seines Schrotgewehrs gehabt. Und ihn erschossen.

Schafmann nahm das Magazin heraus, schraubte den Schalldämpfer ab und zerlegte die Waffe in ihre Einzelteile. Bei jedem einzelnen Teil holte er aufs Neue aus und schleuderte es weit hinaus in das schwarze Wasser des Moosbergsees.

Dann stieg er langsam die Böschung hinab und fuhr heim.

ELF

Schwemmer öffnete die Heckklappe, und Kuno hetzte wie immer sofort den einsamen Forstweg hoch. Schwemmer folgte ihm gemächlich und steckte dabei den Akku ins Handy.
»Gute Nachrichten«, sagte er, als Zettel sich meldete. »Das große Problem wurde erledigt.«
»Im Ernst?«
»Ja. Und zwar final.«
Er erntete ein langes Schweigen.
»Man könnte sagen, er hat sich in den vielen Fäden verheddert, an denen er gezogen hat«, sagte Schwemmer. »Und dann hat ihn jemand geschubst.«
»Und das waren Sie?«
»Ich hab beim Verheddern geholfen. Geschubst hat ihn jemand anders.«
»Ich weiß nicht, was ich sagen soll. Das Gefühl ist … surreal. Anders, als ich gedacht hätte.«
»Ich weiß, was Sie meinen«, sagte Schwemmer.
»Was ist mit dem Jungen, über den wir gesprochen haben?«, fragte Zettel.
»Der verzichtet. Aber danke für euer Angebot.«
»Aber gesucht wird er doch immer noch?«
»Mein Eindruck ist, dass er mehr Angst vor dem Meer hat als vor dem Knast. Wahrscheinlich würde der im Hafen schon seekrank. Das wäre wahrscheinlich nicht schön geworden für euch.«
»Ich würde ja gern ein paar Details erfahren. Können wir uns mal treffen?«
»Eines Tages gewiss. Wir hören voneinander. Vielleicht schon bald. Gruß an Théo.«
»Diesmal besonders gern.«
Schwemmer beendete das Gespräch, nahm den Akku wieder aus dem Handy und stieg seinem Hund hinterher, der hundert Meter weiter oben ungeduldig auf ihn wartete.

Er bemerkte, dass er eine Melodie vor sich hin pfiff, und es kam ihm vor, als hätte er das ewig nicht getan.

»Jetzt pass auf«, sagte Burgl und betätigte einen Schalter.

Die »Skulptur« war eigentlich nichts weiter als eine Konzertgitarre, die senkrecht auf einer Steinplatte stand. Allerdings war sie nicht darauf befestigt, sondern wackelte, angetrieben von einem kleinen Elektromotor in ihrem Inneren, permanent und unregelmäßig in alle Richtungen, das aber so minimal, dass man es erst beim zweiten Hinsehen wahrnahm und auch dann nicht sicher war, ob man es sich nicht nur einbildete.

Schwemmer lachte. Zweifellos ein gelungener Scherz, aber war es Kunst? Er verkniff sich die Frage, als er das Preisschild sah, das Burgl gerade daneben an die Wand hängte.

»Langsam kann es losgehen«, sagte er.

»Ja.« Sie seufzte ein wenig. »Aber solange ich keine eigenen Künstler präsentiere, ist das alles halbgar.«

»Grüß Gott«, sagte jemand von der Tür her. Es war Dräger.

Schwemmer ging auf ihn zu, und sie schüttelten sich die Hand. Dräger sah sich um und nickte anerkennend.

»Das hat gefehlt im Ort«, sagte er.

»Schön, dass es dir gefällt.«

Dräger sah entschuldigend zu Burgl. »Ich müsste mal ein paar Worte mit Ihrem Mann …«

»Du kannst reden«, sagte Schwemmer. »Wir sind unter uns.«

»Grellmayer ist tot«, sagte Dräger. »Wir haben ihn in Murnau gefunden. Im ›Teufelshaus‹, wenn du weißt, was ich meine. Zusammen mit Kuczinsky, einem seiner V-Männer. Beide erschossen.«

»Mein Beileid gilt den Sicherheitsbehörden des Freistaates Bayern«, sagte Schwemmer. »Und zwar tief empfunden und auch im Namen meiner Gattin.«

»Sehr witzig«, sagte Dräger. »Nach Spurenlage sind da noch zwei andere verletzt worden, einer vielleicht sogar getötet. Insgesamt tippe ich auf fünf weitere Personen in drei Autos, die ebenfalls am Tatort waren. Keine Tatwaffe.«

»Was denkst du?«

»Riecht nach organisierter Kriminalität. Das LKA hat übernommen.«

»Werdet ihr sie kriegen?«

Dräger sah ihm direkt in die Augen. »Liegt dir da was dran?«

»Nicht wirklich.«

Dräger nickte verstehend. »Ich war ehrlich gesagt auch schon motivierter. Könnte ein weiterer ungelöster Fall in der wenig ruhmreichen Ära des Polizeidirektors Hessmann werden.« Er wühlte in seiner Hosentasche und holte einen USB-Stick heraus. »Den hatte Grellmayer in der Tasche. Das heißt: nicht den, aber einen, dessen Inhalt nun da drauf ist. Das Original musste ich abliefern, bei Herrn Hessmann persönlich. Ich hab ihm lieber nicht erzählt, dass ich eine Kopie davon habe – schon, um ihn nicht unnötig zu beunruhigen.«

»Was ist da drauf?«

»Verbindungsdaten und Audiodateien. Offenbar hat Grellmayer seine eigenen Gespräche mitgeschnitten. Das ist der Beweis, dass er gekauft war. Wer da alles drauf spricht, ist nicht immer klar, aber auf einer Aufnahme behauptet er, dass er damals den Mann in dem Drogenlabor erschossen hat. Außerdem hat er Informationen über Razzien und Ermittlungsstände an Drogenhändler weitergegeben.«

»Dann darf man ja gespannt sein, was Hessmann daraus macht«, sagte Schwemmer.

Dräger lachte auf. »Gar nichts, natürlich. Als Beweismaterial nicht zulässig, nicht ausreichend und nicht gern gesehen.«

»Und warum geben Sie *mir* das?«

»Ganz ehrlich: Mir ist das Risiko zu groß. Aber wie ich Sie kenne, werden Sie einen Weg finden, das an Leute zu geben, die was damit anfangen können. GarmischLeaks, sozusagen.« Er wandte den Kopf und ließ seinen Blick über die Bilder an der Wand gleiten. »Hier werde ich mich ein andermal in Ruhe umschauen«, sagte er. »Denn ich bin leider ein bisschen in Eile. Unglaublicherweise haben wir nämlich noch einen Leichenfund. Den hat dieser Düsseldorfer Privatdetektiv gemeldet, oben am Felderkopf. Keine Ahnung, wie der den da gefunden hat. Liegt aber wohl schon seit Jahren da.«

Er schüttelte beiden die Hand. An der Tür drehte er sich noch einmal um. »Bitte seien Sie vorsichtig mit dem Ding«, sagte er.

Sie sahen ihm nach.

»Wo kommt der Stick her?«, fragte Burgl.

»Von Kant natürlich. Keine schlechte Idee. Ohne das würden die dem Grellmayer wahrscheinlich noch ein Denkmal bauen.« Ein einigermaßen runtergerockter Nissan Micra bog auf die kleine Parkfläche vor der Galerie, das Kennzeichen begann mit ME. Ein ziemlich großer Schwarzer mit Rastalocken schälte sich aus der Fahrertür.

»Geoffrey?«, fragte Burgl.

Der große Mann blieb seltsam verlegen an seinem Wagen stehen. Schwemmer folgte Burgl hinaus, die dem Mann herzlich die Hand schüttelte. »Was machen *Sie* denn hier?«

»Nun …« Geoffrey öffnete die Heckklappe. Im Kofferraum lag ein Stapel Mappen und Leinwände. »Ich hab gestern sehr lange mit einem gemeinsamen Bekannten geskypt. Manchmal geht er einem auf die Nerven, aber er kann sehr überzeugend sein, der Jo.«

»Wo Sie recht haben«, sagte Schwemmer, »da haben Sie recht.«

Als er nach Hause kam, ging sein erster Blick zu der Schuhreihe im Flur, wie stets, seit Bärbel fort war, aber da standen, wie seit Tagen, nur seine Hausschuhe.

Er verstaute die Einkäufe im Kühlschrank und begann, den Esstisch abzuräumen. Er brachte die Enzianflasche in die Bar im Wohnzimmerschrank und sortierte die eingetrockneten Teller und Tassen in den Geschirrspüler ein. Er füllte Pulver ein und wählte das Intensivprogramm. Als er gerade den Startknopf gedrückt hatte, hörte er, wie die Haustür geöffnet wurde.

»Papa?«, rief Cora. »Bist du da?«

»Ich bin hier!«

Seine Stimme kam ihm fremd vor. Das Zwergerl kam hereingestürmt, auf ihn zu. Sie fiel ihm um den Hals, und er umklammerte das Mädel, als wolle er es nie mehr loslassen. Dann stand Felix da in der Tür und dahinter Bärbel. Die Kleine auf dem Arm ging er auf sie zu und wagte kaum, der Mutter seiner Kinder ins Gesicht zu sehen, aus Angst vor dem, was er da zu lesen fürchtete. Aber Bärbel schob Felix zu ihm, der ihn von der Seite umfasste, und legte ihre Arme um alle drei, ihre ganze Familie, und Schafmann schaffte es nicht, nicht zu weinen.

Die Kleine küsste ihm die Tränen weg und sagte: »Ei, Papa, ei.« Er brachte ein Lächeln zustande und setzte sie ab. Bärbel küsste ihn ernst auf die Wange. Sie sprach nicht und er auch nicht, aber er fühlte, dass sie nicht wieder fortgehen würde.

Nach Polizistenmord in Horrorhaus: Opfer unter Verdacht

Nach der Schießerei in Murnau tappen die Ermittler weiter im Dunkeln. Hinweise auf den oder die Täter konnten bisher nicht gefunden werden, auch weitere Opfer, auf die die Spurenlage hinweist, wurden bisher nicht entdeckt.

Derweil gerät das Vorleben der beiden Opfer Carsten G. und Eduard K. zunehmend in den Fokus des Interesses. Aus Polizeikreisen verlautete, dass Fingerabdrücke von K. bei einem Brandanschlag im letzten Monat in Garmisch-Partenkirchen gefunden wurden. Laut Polizeidirektor Eberhard Hessmann von der Polizeiinspektion Garmisch-Partenkirchen konnten diese allerdings erst am Tag vor der Bluttat Eduard G. zugeordnet werden, sodass ein Haftbefehl noch nicht beantragt wurde. Die Verbindung K.s zu dem Anschlag erhält Brisanz dadurch, dass nach Informationen dieser Zeitung K. in der rechten Szene des Werdenfelser Landes als V-Mann der Staatsschutzabteilung des LKA »allgemein bekannt« war, so die Aussage eines Insiders. Genau in dieser Dienststelle beschäftigt war das zweite Opfer, Kriminalhauptkommissar Carsten G. Zu der Frage, ob G. der V-Mann-Führer von K. war, verweigert das LKA jeden Kommentar.

Vertrauliche Quellen, die unserer Redaktion zugespielt wurden, legen nun nahe, dass G. in Geschäfte mit einer Nürnberger Drogen- und Mädchenhändlerbande verwickelt war. In einem Gespräch, das der LKA-Mann offenbar selbst mitschnitt, beschuldigt er sich zudem selbst des Mordes an einem Drogenhändler in Garmisch-Partenkirchen. Gegen G. waren zahlreiche Anzeigen wegen Dienstvergehen erhoben worden, die aber zu keiner Verurteilung führten.

Kripo und LKA hoben dagegen noch einmal G.s Verdienste hervor, der eine überdurchschnittliche Zahl an Fahndungserfolgen vorweisen konnte. Beide Behörden bestreiten die Echtheit der Mitschnitte und zweifeln zudem die Rechtmäßigkeit ihrer Veröffentlichung an. Die Staatsanwaltschaft München behält sich Maßnahmen gegen Redaktion und Verlag vor.

Spektakuläre Vernissage
Moderne Kunst in Garmisch-Partenkirchen

Dichtes Gedränge herrschte gestern bei der Eröffnungsvernissage der Galerie Schwemmer in der Fürstenstraße. »Ich freue mich sehr über das Interesse«, sagte die stolze Besitzerin Burgl Schwemmer. Bei Champagner und Canapés begutachteten kunstbeflissene Bürger und Touristen eine spektakuläre Auswahl an Bildern und Skulpturen. Bekannte Künstler wie Markus Lüpertz und Hans-Peter Feldmann sind vertreten, aber auch talentierte Newcomer wie der Düsseldorfer Geoffrey Pecksniff. Der Galerie ist es gelungen, diesen aufregenden neuen Maler exklusiv an sich zu binden, dessen Bilder reißenden Absatz fanden, und das bei fünfstelligen Preisen. »Klein, aber oho«, nannte Balthasar Schwemmer die außerordentlichen Kleinformate mit einem Augenzwinkern. Der ehemalige Chef der Kripo Garmisch und Flankengott des 1. FC ist der stolze Gatte von Galeristin Burgl. Er selbst gab sich bescheiden: Sein Beitrag zur Vernissage sei lediglich die Champagner-Auswahl. Die allerdings war sehr gut. Alles in allem eine überaus erfolgreiche Veranstaltung. Ein Besucher aus Düsseldorf, der namentlich nicht genannt werden wollte, bezeichnete die Galerie Schwemmer als »hoffnungsvoll«. Präzise auf den Punkt brachte es der anwesende Künstler Pecksniff. Er nannte die Galerie: »Cool.«

Schwemmer vs. Grellmayer:
Runde Eins

Martin Schüller
DER HIMMEL ÜBER GARMISCH
Broschur, 336 Seiten
ISBN 978-3-95451-300-0

»Der Autor zeichnet alle seine Figuren sehr komplex, kratzt nicht nur an der Oberfläche, sondern gibt dem Leser Einblicke in ihre Gefühlswelt. Und er schreibt da, wo es wehtut. Er stellt Strukturen in Frage.«
Garmisch-Partenkirchner Tagblatt

Der Fall van Wygan
Ein Jo Kant-Roman

Martin Schüller
KUNSTBLUT
Broschur, 208 Seiten
ISBN 978-3-89705-289-5

»Wundervoll ironische Seitenhiebe auf kunstbeflissene Schickimickis, abgehobene Möchtegern-Kulturpäpste und durchgeknallte Art-in-Progress-Performer.« Solinger Tageblatt

»Schnörkellos sein Schreibstil, kompromisslos sein Handlungsaufbau.« Rheinische Post

»Brillant geschrieben.« Ratinger Wochenblatt

www.emons-verlag.de

Der Fall Schedlbauer
Jo Kants erster Besuch in Garmisch

Martin Schüller
TOD IN GARMISCH
Broschur, 272 Seiten
ISBN 978-3-89705-656-5

»Gut erzählt und – typisch Martin Schüller – zum Teil richtig lustig.«
WDR 2

»Fesselnde, gut ausgefeilte Charaktere, ein Plot, der Spannung bis zur letzten Seite bietet – und viel Lokalkolorit.«
Garmisch-Partenkirchner Tagblatt

Heavy-Rock im Werdenfelser Land
Severin Kindels erster Auftritt

Martin Schüller
DIE SEHERIN VON GARMISCH
Broschur, 272 Seiten
ISBN 978-3-89705-726-5

»Kommissar Schwemmer ist eine ganz großartige neue Figur auf dem Krimimarkt. Ein super-sympathischer Charakter, jemand, den man sofort in sein Herz schließt.«   Peter Hetzel, Sat1

»Jede Figur hat ihre eigene kleine Geschichte. Schüller schöpft aus dem Leben und zeigt sich als Meister der Beobachtungsgabe und des Einfühlungsvermögens.«   Horst Eckert, Focus Online

»Ein echter Schüller. Ein tolles Buch.«   Rheinische Post

www.emons-verlag.de

Der Mord im
Murnauer Horrorhaus

Martin Schüller
DER TEUFEL VON GARMISCH
Broschur, 304 Seiten
ISBN 978-3-89705-899-6

»Wieder ein richtig guter Schüller-Krimi: humorvoll, einfallsreich und spannend erzählt – auch für Nichtbayern.«   ekz

www.emons-verlag.de

Der Klassiker

Martin Schüller
JAZZ
Broschur, 208 Seiten
ISBN 978-3-89705-166-9

»Liest sich wie ein Kölsch nach dem andern.« DIE ZEIT

»Wer Jazz liebt, für den ist es ein unbedingtes Muss.« Rhein-Zeitung

Der Thriller

Martin Schüller
KILLER
Broschur, 240 Seiten
ISBN 978-3-95451-431-1

»Martin Schüller beschreibt mit bewundernswerter Dichte und Phantasie die Nöte eines Auftragskillers. Dabei verknüpft Schüller seine Ortskenntnis mit verblüffendem Sinn für spannende Momente.«
Welt am Sonntag

»Ein eiskalter Thriller.« Bild-Zeitung

www.emons-verlag.de